ZODÍACO

Robert Graysmith

Tradução
Samuel Dirceu

Editora Novo Conceito

THE BERKLEY PUBLISHING GROUP
Publicado pelo Penguin Group
Penguin Group (EUA) Inc.; Penguin Group Canadá (uma divisão da Pearson Penguin Canada Inc.); Penguin Group Ltd. (Inglaterra); Penguin Group Irlanda; Penguin Group Austrália (uma divisão da Pearson Australia Group Pty. Ltd.); Penguin Group Índia; Penguin Group Nova Zelândia (uma divisão da Pearson New Zealand Ltd); Penguin Books Pty (África do Sul).

Zodíaco
Livro da Berkley publicado segundo acordo com a St. Martin's Press.

Impressões
Edição da St. Martin's Press publicada em 1986.
Edição da Berkley publicada em abril de 1997 (mass-market)
Edição da Berkley publicada em janeiro de 2007 (movie tie-in edition)

1ª Impressão – 2011
Edição Brasileira

Produção Editorial
Equipe Novo Conceito

Tradutor: Samuel Dirceu
Preparador de Texto: Rodrigo Castro
Revisão de Texto: Josias Aparecido de Andrade e Luciane Helena Gomide
Capa: Triall
Diagramação: Print Mark Marketing e Editorial

Este livro segue as regras da Nova Ortografia da Língua Portuguesa

Dados Internacionais de Catalogação na Publicação (CIP)
(Câmara Brasileira do Livro, SP, Brasil)

Graysmith, Robert
Zodíaco / Robert Graysmith ; tradução Samuel Dirceu.
-- Ribeirão Preto, SP: Novo Conceito Editora, 2011.

Título original: Zodiac.
Bibliografia
ISBN 978-85-63219-60-2

1. Homicidas em série - Califórnia - São Francisco 2. Homicídios em série - Califórnia - São Francisco
3. Homicídios em série - Investigação - Califórnia - São Francisco I. Título.

11-07924 CDD-364.15230

Índices para catálogo sistemático:
1. Homicídios em série: São Francisco : Califórnia : Criminologia 364.15230979461

Novo Conceito

Rua Dr. Hugo Fortes, 1885 – Parque Industrial Lagoinha
14095-260 – Ribeirão Preto – SP
www.editoranovoconceito.com.br

À memória de meu pai.
E com todo meu amor para minha mãe,
David, Aaron, Margot, Penny
e especialmente para Pamela.

Agradecimentos

Sou profundamente agradecido ao inspetor Dave Toschi, a Sherwood Merrill, a Paul Avery, a Herb Caen, a Margot St. James e à empresa Owl and the Monkey, Inc. Agradeço também a Richard Marek, meu editor, por sua orientação sensível e perspicaz sobre qual caminho seguir.

Assassinar alguém é como andar pelas ruas.
Se eu quisesse uma vítima, eu simplesmente pegaria uma.
Nunca considerei uma pessoa um ser humano.

— Henry Lee Lucas
serial killer, 1984

Temos loucos à espreita (...).

— *líder terrorista do Oriente Médio, 1978*

Sumário

Introdução

Depois de Jack, o Estripador,[1] e antes do Filho de Sam,[2] só há outro nome que os iguala em terror: o mortal, fugidio e misterioso Zodíaco. Desde 1968 esse serial killer encapuzado tem aterrorizado a cidade de São Francisco e a Bay Area com uma série de assassinatos brutais. O Zodíaco, em cartas cheias de escárnio enviadas aos jornais, escondeu pistas sobre a sua identidade usando astuciosas mensagens criptografadas que desafiaram as maiores mentes decifradoras de código da CIA, do FBI e da NSA.[3]

Eu era o cartunista de política do maior jornal do norte da Califórnia, o *São Francisco Chronicle*, de forma que estava

---

1. Jack, o Estripador: pseudônimo dado a um assassino serial (ou mais de um), que aterrorizou Londres no segundo semestre de 1888 (ou antes), e que teria matado cinco prostitutas (número oficialmente reconhecido pela polícia) e mais 11 mulheres. O assassino cortava a garganta de suas vítimas, mutilava o abdome e muitas vezes retirava seus órgãos internos. Sua identidade verdadeira nunca foi revelada. (N. do T.)
2. *Son of Sam*: nome pelo qual ficou conhecido David Richard Berkowitz, assassino serial que confessou a morte de seis pessoas e ter ferido várias outras em Nova York no final dos anos 1970. (N. do T.)
3. NSA: National Security Agency, agência do governo americano, instituída em novembro de 1952, com o objetivo de coletar e analisar as comunicações externas, protegendo a comunicação do governo americano com trabalhos de criptoanálise e criptografia. (N. do T.)

lá desde o começo, quando cada uma dessas cartas criptografadas, cada mensagem codificada, cada farrapo de roupa ensanguentada das vítimas chegou à redação. De início fiquei apenas fascinado pela qualidade puramente visual dos símbolos do Zodíaco. Depois, pouco a pouco, cresceu dentro de mim a determinação de desvendar as pistas fornecidas pelo assassino, de descobrir sua verdadeira identidade e, se não conseguisse isso, de pelo menos apresentar todos os fragmentos de prova disponíveis a fim de que alguém, algum dia, pudesse identificar o assassino Zodíaco.

Quando comecei a escrever este livro, percebi que havia dois obstáculos diante de mim. Em primeiro lugar, os vários suspeitos e as poucas vítimas sobreviventes tinham se dispersado, e muitas das testemunhas estavam escondidas. Para descobrir os elos perdidos, eu tinha que descobrir as testemunhas desaparecidas. Uma delas mudara de nome seis vezes. Outra, que escapara do Zodíaco, estava se escondendo havia dez anos, usando vários nomes diferentes. Acabei por descobri-la por meio do carimbo de um cartão de boas festas. Em segundo lugar, os assassinatos tinham ocorrido em condados diferentes, e, em virtude da desconfiança existente entre os vários órgãos oficiais, cada agência de investigação tinha informações vitais que as outras desconheciam. De cada condado, de depósitos para onde os arquivos tinham sido levados como suvenir, de arquivos salvos poucos momentos antes da destruição, consegui pela primeira vez reunir todos os elementos e comecei a fazer um retrato completo do Zodíaco.

Em 1975, depois de vários anos interessado pelo caso, percebi que havia assassinatos do Zodíaco em que ele não aparecia como suspeito e que uma das primeiras vítimas pode ter conhecido seu verdadeiro nome. Essa vítima acabou sendo assassinada no momento em que revelaria o nome dele à polícia.

Não há nenhuma defesa contra o assassino compulsivo e casual. O serial killer é insaciável em sua sede de sangue, e parece que a Califórnia responde por uma parte desproporcional dos assassinatos em série ocorridos nos EUA (está em segundo lugar no país, depois apenas de Nova York). Os assassinatos múltiplos, um fenômeno recente, matam hoje entre 500 e 1.500 norte-americanos por ano, segundo o Departamento de Justiça.

Os assassinatos do Zodíaco não podem ser descritos como simples homicídios. Foram crimes sexuais nos quais o assassino reduziu as vítimas a objetos que existiam apenas para lhe dar prazer através de atos de violência. A caçada pelas vítimas funcionava como as preliminares e o ataque, como substituto para o ato sexual. O Zodíaco (um sádico sexual) atingia o prazer sexual torturando e matando porque, em sua mente, violência e amor estão indissoluvelmente interligados.

Os sádicos sexuais possuem a tendência (como a maioria dos serial killers) de serem muito inteligentes e de se tornarem admiravelmente competentes em se esconder depois do primeiro homicídio. O jogo de gato e rato que travam com a polícia pode se tornar o principal motivo para os crimes. Quando o assassino é capturado, sua detalhada e horripilante confissão, por si só, é uma agressão brutal. Embora ninguém saiba o que cria um sádico sexual, muitos médicos apontam como eventuais culpados um cromossomo sexual defeituoso ou algum fato ocorrido no começo da vida dele. Pais e colegas cruéis e desdenhosos podem criar pressões que se expressam na infância em atos como urinar na cama, furtar lojas e mutilar e torturar animais. Com o advento da puberdade, o ódio se manifesta por meio de atos de sadismo engenhosamente dissimulados e cada vez mais frequentes.

Se existe uma única palavra-chave para a história toda do mistério do Zodíaco, ela é *obsessão*. A atração gerada pelo caso destruiu casamentos, interrompeu carreiras, arruinou a saúde de muitas pessoas. E já que mais de 2.500 suspeitos de serem o Zodíaco foram investigados, várias pessoas foram tomadas por uma onda de mistério, tragédia e perda.

Eu quis que este livro alcançasse alguma coisa, fizesse diferença, parasse o assassino. Vagarosamente, cada símbolo estranho e código decifrado me fizeram aprender como o assassino escreveu as cartas do Zodíaco, por que ele matou e quando ele matou, e até a inspiração para seu símbolo, um círculo cortado por uma cruz, e para sua roupa de carrasco.

Esta é a história real de uma caçada que se estende por mais de duas décadas e que ainda persiste. Incluí nela uma centena de fatos nunca revelados pela imprensa antes. Trata-se de um relato o mais fidedigno possível depois de oito anos de pesquisa. Ao longo dos anos, apenas fragmentos das cartas do Zodíaco foram revelados pela polícia ou reproduzidos e reimpressos pelos jornais. Neste livro, pela primeira vez, está cada palavra que o Zodíaco escreveu à polícia.

Em alguns poucos casos, foi necessário omitir os sobrenomes de certas testemunhas. Eles são conhecidos pela polícia. Os nomes dos principais suspeitos de serem o Zodíaco foram alterados. Alguns dados sobre o passado profissional deles, a formação educacional e a localização geográfica foram alterados. Nos casos em que foi necessário mudar um nome, isso fica claro no texto. No capítulo sobre Andrew Todd Walker, partes limitadas de diálogos foram reconstruídas a fim de preservar o fluxo narrativo.

Magia, ameaças de morte, criptogramas, um assassino encapuzado e ainda procurado, investigadores dedicados e um misterioso homem num Chevrolet branco que é visto e, ao mesmo tempo, é desconhecido de todos são partes do mistério do Zodíaco, a história mais horripilante que eu conheço.

— Robert Graysmith
São Francisco
Maio de 1985

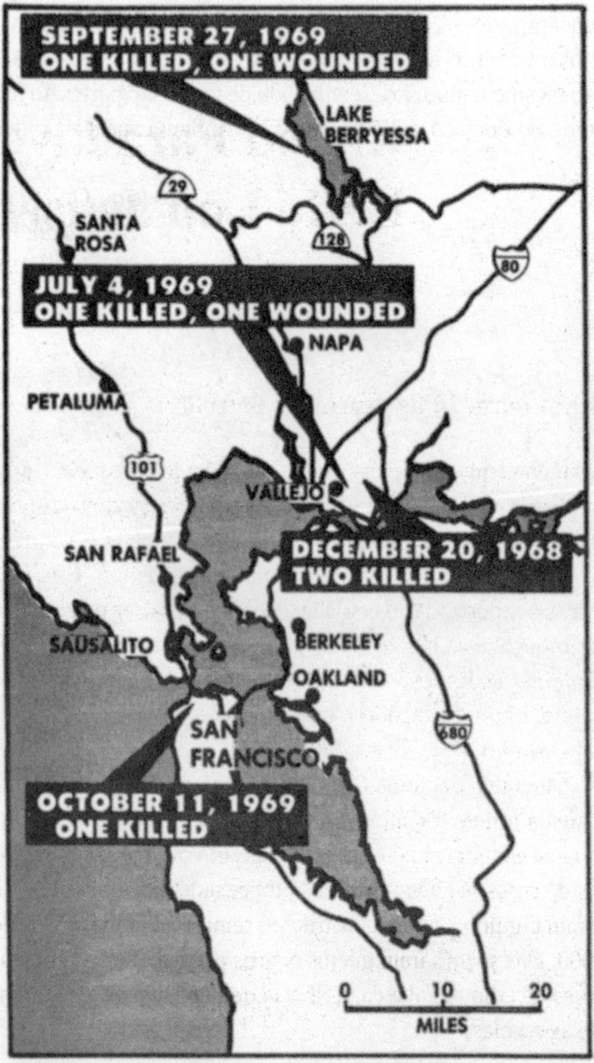
SEPTEMBER 27, 1969
ONE KILLED, ONE WOUNDED
LAKE
BERRYESSA
29
SANTA
ROSA
128
80
JULY 4, 1969
ONE KILLED, ONE WOUNDED
NAPA
PETALUMA
101
VALLEJO
SAN RAFAEL
DECEMBER 20, 1968
TWO KILLED
SAUSALITO
BERKELEY
OAKLAND
680
SAN
FRANCISCO
OCTOBER 11, 1969
ONE KILLED
0
10
20
MILES

1

David Faraday e Betty Lou Jensen

Sexta-feira, 20 de dezembro de 1968

Quando caminhava pelas colinas ondulantes de onde se vislumbrava Vallejo, David Faraday podia ver trechos da ponte Golden Gate, os pescadores de água salgada, os barcos a vela e os barcos a motor na baía de São Pablo, e as ruas largas e arborizadas da cidade. Ele podia divisar os guindastes esqueléticos e negros, os píeres, os navios de guerra, as chaminés de tijolos escurecidos e três armazéns enfileirados da ilha Mare, formando a grande massa cinzenta espalhada pelo estreito.

Durante a Segunda Guerra Mundial, milhares acorreram à área a fim de trabalhar para a Marinha, e Vallejo transformou-se em uma cidade em franco desenvolvimento. Conjuntos de casas baratas feitas de compensado e placas de gesso foram erguidos, como construções temporárias. Nos anos de 1960, elas se tornaram guetos negros permanentes, fomentadores do ódio racial e da violência de gangues que chegaram até as escolas.

David Arthur Faraday, 17 anos de idade, estudante e atleta do time principal da escola, era um dos melhores alunos da Escola Vallejo. Quando o ano de 1968 chegava ao fim, David encontrou uma moça bonita, de cabelos escuros e 16 anos de idade, Betty Lou Jensen, que morava do outro lado da cidade. Ele começara a se encontrar com ela quase todos os dias desde então. Hoje, às 17 horas, David e Betty Lou conversavam com alguns amigos na rua Annette sobre o encontro que teriam naquela noite. Esse seria o primeiro encontro deles sozinhos.

David partiu às 18 horas, e às 19h10 levou sua irmã Debbie para uma reunião das Garotas Arco-Íris, no Pythian Castle, no *boulevard* Sonoma. David contou a Debbie que ele e Betty Lou talvez fossem à estrada do lago Herman, ao final do encontro, porque ele ouvira falar que "um bando de garotos estava indo para lá naquela noite".

David voltou para a casa de seus pais, a casa pintada de verde, em forma de "T" e com telhas de madeira marrom, na Sereno Drive, cercada por uma sebe bem aparada e dois grandes arbustos arredondados, tudo parecendo menor devido à presença do grande álamo à direita.

Por volta das 19h20, David estava se aprontando para o encontro. Ele vestia uma camisa de manga comprida azul-clara, calças Levi's de veludo marrom, meias pretas e botas de cano curto, de couro áspero e bege. Colocou seu relógio com pulseira cromada no pulso esquerdo e enfiou 1 dólar e 55 centavos, tudo em moedas, no bolso direito da frente da calça. Guardou no bolso um lenço branco e um pequeno vidro com pastilhas Binaca, para o hálito. No dedo médio da mão esquerda, colocou o anel de metal amarelo com sua pedra vermelha, símbolo de sua classe na escola. David penteou o cabelo curto diagonalmente sobre a testa, por cima dos olhos grandes e inteligentes e da boca de lábios grossos, antes de vestir um paletó esporte de cor bege.

Ele se despediu dos pais e deixou a casa às 19h30. Inspirou profundamente o ar muito frio da noite (fazia 5,5 graus negativos) e foi até o Rambler marrom e bege, de quatro portas, que estava registrado no nome de sua mãe.

Deu marcha a ré no carro pela entrada da garagem, pegou a Fairgrounds Drive até a Interstate Highway 80 e andou mais 2 quilômetros até a saída para a rua Georgia. Da Georgia, David fez uma curva para a direita até a Hazelwood e seguiu pela Hazelwood até o número 123 da Ridgewood, uma casa baixa e comprida cercada por hera e árvores grandes e esguias. David parou o carro defronte à casa. Eram 20h da noite.

Betty Lou Jensen, como David, era trabalhadora, estudiosa, séria e tinha uma reputação imaculada. Tanto quanto seus pais sabiam, ela e David estavam indo a uma apresentação de Natal na escola dela, a Hogan, a poucos quarteirões dali.

Betty Lou deu uma última olhada no espelho e ajeitou a fita colorida no cabelo; seu comprido cabelo castanho emoldurava o rosto e chegava até os ombros. Ela estava usando um vestido curto na cor púrpura, com punhos e colarinho brancos que faziam seus olhos escuros e espaçados parecerem misteriosos. Usava um sapato de salto na cor preta.

Betty Lou olhou nervosamente por sobre o ombro direito, na direção da janela, para assegurar-se de que as persianas estavam fechadas. Ela sempre dizia a Melody, sua irmã, acreditar que um rapaz da escola a estava espionando, e em muitas ocasiões a senhora Jensen encontrara aberto o portão que levava para a lateral da casa. Um colega de classe? Ou havia alguém mais espionando?

Enquanto esperava por Betty Lou, David conversou com o pai dela, Verne. Os pais da garota eram do Meio-Oeste, mas Betty Lou nascera no Colorado, como a mãe de David.

Quando Betty Lou apareceu, David ajudou-a a colocar o casaco de pele branco. Bolsa na mão, ela deu um beijo no pai dizendo que eles iriam a uma festa depois da apresentação e saiu às 20h20 prometendo regressar por volta das 23 horas.

Em vez de irem à apresentação, os dois foram visitar Sharon, outra estudante, em Brentwood, perto da escola. Às 21 horas, Sharon levou-os até o carro. Eles não disseram para onde iriam em seguida.

Mais ou menos à mesma hora, na estrada do lago Herman, poucos quilômetros a leste dos limites de Vallejo, dois caçadores de guaxinim, que tinham acabado de estacionar sua picape vermelha dentro do rancho Marshall, perceberam um Chevrolet Impala, *hard top*,[1] anos 1960, de quatro portas, parado na entrada perto da estação de bombeamento de água de Benicia. Um caminhão saía da estação de bombeamento em direção à estrada deserta naquele momento.

Às 21h30, um incidente incomum ocorreu nesse lugar. Um rapaz e sua namorada tinham estacionado o carro esporte da moça ao lado da estrada sinuosa, para que ele pudesse verificar o motor. Ambos viram um carro, possivelmente um Valiant azul, descendo a estrada de Benicia em direção a Vallejo. Quando o carro passou pelo casal, diminuiu a velocidade, seguiu mais uns poucos metros e parou no meio da estrada. Eles viram quando as luzes brancas da traseira se acenderam. A seguir o carro começou a dar a marcha a

1 *Hard top*: modelo de carro com teto metálico inteiriço, sem colunas entre as portas ou os vidros. (N. do T.)

ré em direção a eles numa lentidão exasperante. Havia tanta ameaça, uma aura de tanta malignidade naquelas ações, que o jovem engatou o carro e saiu em alta velocidade. O Valiant os seguiu. Quando os dois chegaram à entrada de Benicia, viraram. O outro carro continuou em frente.

Às 22 horas, Bingo Wesher, um pastor de ovelhas no rancho Old Borges, observava suas ovelhas em uma área a leste da estação de bombeamento de água quando percebeu um sedã Chevrolet Impala branco estacionado perto da estação, em frente ao portão. Ele também viu a picape Ford ano 1959 dos caçadores de guaxinim.

Depois que Betty Lou e David tomaram uma Coca-Cola no Mr. Ed's, um *drive-in* local, continuaram rumo a leste pela Georgia e viraram à esquerda na Columbus Parkway. Nos limites da cidade de Vallejo, David virou à direita e pegou a estreita e sinuosa estrada do lago Herman.

Eles passaram pelas grandes torres da Empresa SVAR de Pedras e Materiais para a Pavimentação de Asfalto, cujas máquinas escavavam a encosta laranja e bronze da montanha. Havia minas de prata ali, e David ouvira falar sobre dois homens que planejavam explorar uma mina de mercúrio na área rural. Pequenos ranchos eram comuns nos primeiros quilômetros da estrada. De dia, as colinas ficavam ponteadas de vacas pretas e brancas pastando nas encostas amarelo-pálidas contra um claro céu azul. Agora, a noite cobria tudo de negro atrás dos faróis do Rambler. David e Betty Lou foram para leste até uma remota área onde os namorados estacionavam. A polícia passava por lá periodicamente, alertando os casais do possível perigo de parar em uma área tão isolada.

Pouco antes das 22h15, David saiu da estrada à direita e estacionou a uns 5 metros dela, virado para o sul, na área coberta de cascalho do lado de fora do portão número 10, a entrada da cerca de arame que leva à estação de bombeamento de água do lago Herman. Ele travou as quatro portas, colocou o casaco de pele branco de Betty Lou e a bolsa dela junto do paletó esporte dele no assento de trás do banco do motorista e ligou o aquecedor do carro. Ele inclinou o encosto do assento dianteiro em um ângulo de 45 graus.

Não havia nenhum poste de iluminação, e a área coberta de cascalho estava cercada por montes suaves e campos de cultura. O lugar era popular entre os namorados porque eles podiam ver as luzes de qualquer carro da polícia quando ele surgisse na curva da estrada, o que lhes dava tempo de se livrar das cervejas ou de algum baseado.

Às 22h15, uma mulher e seu namorado, um marinheiro, passaram de carro. Quando chegaram ao fim da estrada e retornaram, 15 minutos mais tarde, o carro ainda estava lá. Mas agora de frente para a estrada, virado para sudeste.

Às 22h50, a senhora Stella Borges chegou a seu rancho na estrada do lago Herman, localizado a exatamente 4,5 quilômetros de onde Betty Lou e David estavam estacionados. Quando a senhora Borges atravessou a porta de sua casa, o telefone tocou e ela começou a conversar com sua mãe. Elas acertaram que a senhora Borges pegaria o filho dela, de 13 anos, em um show, mais tarde, ainda naquela noite.

Às 23 horas, Peggie Your e o marido dela, Homer, foram à estrada do lago Herman no Pontiac Grand Prix dourado, ano 1967, para inspecionar a rede de esgoto e o encanamento que a empresa dele estava instalando perto da estação de bombeamento. Quando passaram pelo Rambler, a senhora Your viu David sentado no banco do motorista e a garota recostada em seu ombro. Quando os faróis do carro dos Your iluminaram a área do portão, ela pôde ver David colocar as mãos no volante.

Depois de inspecionar o canteiro de obras, os Your foram até o pé da colina e viraram no rancho Marshall para voltar em direção a Benicia. Eles conseguiram ver a picape vermelha dos caçadores de guaxinim estacionada 12 metros dentro do campo. Os dois caçadores, com gorros de malha e jaquetas para caçada, estavam na picape. Depois de fazerem o retorno, os Your voltaram e passaram pelo Rambler. David e Betty Lou ainda estavam sentados na mesma posição.

Os caçadores de guaxinim tinham retornado à picape, subindo a estrada que margeia o córrego. Estavam para partir quando viram o carro dos Your pegar a estrada. Eram 23h05 quando eles finalmente partiram, e os dois perceberam o Rambler estacionado sozinho perto do portão, mas agora de frente para ele.

Quando outro carro surgiu na curva da estrada, e eles foram flagrados por faróis que lembravam olhos brilhantes vasculhando as colinas, Betty Lou e David talvez estivessem abraçados. Em vez de passar pela perua, esse carro parou perto deles, à direita, cerca de 3 metros adiante.

Provavelmente, só se podia ver a silhueta do vulto dentro do carro, encurvado e corpulento, semelhante às colinas escuras ao redor, sem profundidade, como uma figura recortada em papel. Na escuridão, talvez tenha havido um momentâneo lampejo de luz, como o do reflexo de óculos. O homem usava um casacão.

E lá estavam os dois carros, lado a lado, junto a uma deserta estrada rural.

Às 23h10, um operário da Humble Oil em Benicia estava indo para casa quando passou pelo Rambler no portão. Ele percebeu o carro, mas não registrou a marca e a cor do outro veículo.

O carro do operário desapareceu na distância.

Uma brisa seca açoitava a grama congelada ao lado da estrada.

Isto é o que pode ter acontecido depois:

O homem que chegou acabou baixando o vidro da janela e falando com David e Betty Lou, pedindo-lhes que saíssem do carro.

Surpreso, o jovem casal se recusou. O homem corpulento abriu a porta do carro. E, enquanto saía, tirou uma arma de debaixo da jaqueta escura.

O desconhecido ficou olhando para Betty Lou, cuja janela estava aberta. Em vez de forçar sua entrada pelo lado mais óbvio — o lado do passageiro —, o desconhecido começou a andar ameaçadoramente ao redor do carro. Ele parou, mirou na janela traseira da direita, um pouco para fora do centro dela, acima da faixa cromada de sua parte inferior, e disparou um tiro. A bala estilhaçou o vidro. Ele foi para o lado esquerdo do carro e disparou na parte do veículo que envolve o pneu. Sua intenção parecia ser forçar os jovens a saírem pelo lado direito do carro.

Ele conseguiu. No momento em que os dois adolescentes tentavam sair meio desajeitadamente pelo lado do passageiro, o desconhecido correu e deu a volta para o lado direito.

Betty Lou conseguiu sair. Quando David escorregou pelo assento e virou a cabeça enquanto saía, o homem estendeu a mão com a arma através da janela aberta do lado esquerdo, pressionou o cano atrás da parte superior da orelha esquerda do rapaz e puxou o gatilho. O projétil penetrou em um ângulo horizontal, deixando as queimaduras de pólvora de um ferimento por contato. E explodiu o crânio do rapaz.

Betty Lou gritou e correu para o norte, paralelamente à estrada e em direção a Vallejo. Correndo atrás da moça, com a arma apontada para frente, menos de 3 metros atrás, o homem corpulento atirou cinco vezes em Betty Lou. Ele a atingiu em uma área bem restrita da parte superior direita de suas costas.

Isso revelava uma incrível pontaria: um alvo móvel, um homem armado correndo sobre o cascalho, em uma estrada rural quase totalmente escura.

Betty Lou caiu morta a exatamente 23,70 metros do para-choque traseiro do Rambler. A moça em fuga nunca chegou a alcançar o asfalto da estrada.

Ela caiu sobre seu lado direito, o rosto para baixo, os pés apontados para oeste. David estava de costas, os pés apontados para o pneu traseiro direito. Ele respirava de forma rascante e quase imperceptível. Uma grande poça de sangue estava começando a se formar em volta de sua cabeça.

O homem corpulento deu marcha a ré em seu sedã e foi embora dirigindo pela estrada escura e sinuosa.

A senhora Borges, ainda com seu casaco, desligou o telefone e pegou a sogra e a filha para a ida até Benicia. Ela olhou o relógio da cozinha. Eram 23h10.

Foram necessários de quatro a cinco minutos para, a menos de 60 quilômetros por hora, chegar ao local em que David estacionara. Quando fez a curva da estrada na beira da cerca de metal, os faróis do carro dela iluminaram o terrível cenário.

De início, a senhora Borges pensou que o rapaz tivesse caído do carro. Então, perto de uma placa de trânsito amarela e na forma de um losango, ela viu Betty Lou. A porta dianteira direita do Rambler ainda estava aberta; naquele silêncio, dava para ouvir o zumbido do aquecedor.

A senhora Borges acelerou pela via expressa que ia até Benicia, em busca de ajuda, correndo a 100 ou 110 quilômetros por hora. Um pouco ao norte da Interstate 680, ela viu uma radiopatrulha de Benicia e começou a buzinar e piscar os faróis para chamar a atenção. Os dois carros pararam em frente a um posto Enco, na rua East 2nd, e ela contou aos policiais sobre a coisa terrível na beira da estrada. Eram 23h19.

A radiopatrulha dirigiu-se para a cena do crime com suas luzes azuis piscando e chegou ali em três minutos. Os policiais, o capitão Daniel Pitta e o policial William T. Warner, notaram que o rapaz respirava, ainda que com dificuldade, e chamaram uma ambulância.

Eles examinaram o Rambler bicolor. O motor ainda estava um pouco quente; a ignição, ligada; a porta dianteira direita, completamente aberta; as outras três e a tampa do porta-malas, trancadas.

Eles encontraram a cápsula de uma bala deflagrada calibre 22 no assoalho da parte dianteira do carro. Como a grama e a área coberta de cascalho estavam congeladas, não havia marcas visíveis de pneus ou sinais de luta.

Eles cobriram o corpo de Betty Lou com um cobertor de lã. A grande poça de sangue formada ao redor de seu corpo saía principalmente da boca e do nariz. A trilha de sangue levava ao carro.

David estava deitado, com o rosto para cima. O capitão Pitta percebeu, pela área enegrecida existente em volta do ferimento perto do ouvido esquerdo, que a arma fora disparada a curta distância. Havia um grande inchaço na face direita dele e sangue nas mãos e nas mangas da camisa. Warner desenhou o contorno do corpo imóvel de David com tinta; seus pés estavam perto da porta direita dianteira.

A escuridão foi rompida pelas luzes vermelhas de uma ambulância. Ela derrapou um pouco ao parar. David foi colocado numa maca e depois na parte traseira da ambulância, para uma viagem de menos de 2 quilômetros, e de um minuto, com a sirene berrando, até o Hospital Geral de Vallejo. Durante o caminho, um médico cuidou dele.

Às 23h29, Pitta chamou o legista-chefe do condado, Dan Horan. Como o crime ocorrera em uma área do condado de Solano que não pertencia à jurisdição de nenhuma cidade, fora da jurisdição da polícia de Benicia, ele notificou a delegacia de polícia do condado de Solano pelo rádio e solicitou uma unidade policial e um investigador.

Horan vestiu-se rapidamente. Por volta da meia-noite, ele já estava na agora movimentada cena do crime, com o doutor Byron Sanford, de Benicia. Horan tinha o hábito de assumir todo o desgaste emocional dessas tragédias, avisando as famílias das vítimas pessoalmente. (Esse desgaste contribuiu para que ele fosse acometido de uma doença cardíaca que o obrigou a aposentar-se.) Sanford declarou Betty Lou "morta no local do crime" e ordenou que o corpo fosse removido para ser autopsiado. Antes, foram feitas fotos de todos os ângulos possíveis.

Um repórter do *Fairfield Daily Republic*, Thomas D. Balmer, chegara mais cedo, mas fora mantido a distância até o investigador chegar, às 0h05.

O sargento-detetive Les Lundblad costumava investigar dois, ou talvez três assassinatos por ano. Agora ele estava pensativo, na escuridão e no silêncio da estrada do lago Herman, o chapéu de abas pequenas enfiado no rosto cansado e típico de alguém da zona rural. Raramente ele foi visto sem aquele chapéu desde que se tornou sargento-detetive na delegacia de polícia, em 1963.

Lundblad fez um esboço da cena do crime, trabalhando à luz de sua lanterna e dos holofotes instalados para os fotógrafos e o pessoal das impressões digitais. O silêncio era pontuado pela estática do rádio dos carros de polícia, que agora margeavam a estrada.

Lundblad mandou seus homens, os policiais Butterbach e Waterman, ao hospital para colherem o depoimento de David. Às 0h23, eles chegaram à unidade de terapia intensiva, procuraram a enfermeira Barbara Lowe e foram informados de que o rapaz chegara morto ao hospital. Ele fora declarado morto às 0h05.

Os policiais ligaram para a delegacia de polícia e o subdelegado J. R. Wilson veio até o hospital e fotografou as queimaduras de pólvora na orelha esquerda do rapaz, o inchaço na face direita e o cabelo emaranhado e ensanguentado.

Na estrada do lago Herman, o Rambler fora coberto de pó para a verificação de impressões digitais latentes. Os policiais então se espalharam e começaram a procurar a arma e outras possíveis pistas. Os policiais de Benicia faziam medições, e Lundblad as anotava.

As fotos e as provas reunidas pela polícia de Benicia seriam repassadas à delegacia do condado de Solano. Pitta e Warner preservaram a cena do crime; o corpo tinha sido isolado das adjacências e nada tinha sido tirado do lugar antes que fosse fotografado, identificado e minuciosamente medido a fim de que a prova pudesse ser levada à Justiça sem motivos para contestação. Mesmo assim, havia muito poucas pistas. Testes foram feitos para se identificar a presença de sêmen.

Para além do contorno da cabeça do corpo, feito à tinta, havia mais cápsulas de bala vazias; ao todo, mais nove cápsulas deflagradas foram recuperadas. A arma do crime parecia ser muito provavelmente um calibre 22 J. C. Higgins modelo 80 ou uma Hi Standard modelo 101. Os projéteis eram do tipo Super X com cápsula de cobre, longos, raiados, fabricados pela Winchester desde outubro de 1967, indicando que eram bem recentes.

Uma marca de bala ricocheteada foi encontrada no teto da perua, e pegadas muito leves foram achadas na frente do carro estacionado, levando para o lado do passageiro. Ainda, a marca profunda de um salto foi achada atrás da casa das máquinas, além da cerca trancada.

Um dos atendentes da ambulância comentou que, em toda a sua vida, nunca tinha visto tanto sangue ao lado de uma estrada. "Tratava-se de um caso excepcionalmente horrível de duplo assassinato", concordou Lundblad.

À 1h04, Lundblad deixou o local indo para o hospital de Vallejo e depois para a funerária Colonial Chapels, onde se encontrou com Butterbach e Waterman para conversar com Horan sobre a posição das balas no corpo de Betty Lou Jensen.

Lundblad ficou nas sombras. Sob o brilho de lâmpadas fluorescentes, o agente funerário removeu as roupas do corpo da garota. De repente, um objeto caiu da calcinha rosa e branca e rolou pelo chão até as botas de Lundblad. O detetive se abaixou lentamente e o pegou. Era uma bala calibre 22 que ficara presa ali depois de transpassar o corpo de Betty Lou. Com ar sombrio, Lundblad colocou a bala num vidrinho, pegou as roupas ensanguentadas e regressou para a delegacia. Butterbach e Waterman trabalharam até as 4h30 da madrugada e depois deram por encerrado o expediente.

Foi feita uma autópsia no corpo de Betty Lou ao meio-dia, e no corpo de David uma hora e meia mais tarde. Às 13h38, o patologista, doutor S. Shirai, encontrou a bala que matara

David, bem amassada, prensada contra o lado direito do crânio da vítima. Ela foi enviada para Lundblad envolta em algodão.

Das vítimas e do veículo foram retirados sete projéteis. Quatro deles estavam em boas condições; os três remanescentes, muito danificados. (Dois nunca foram recuperados, perdidos em algum lugar no campo perto da estrada do lago Herman.) Cada bala recuperada apresentava estrias girando para a direita (no sentido horário), com seis raias e seis espaçamentos — uma "seis por seis".

Quando uma arma é fabricada, uma vara salpicada de rebarbas de aço, uma "broca", é introduzida através do cano, deixando um padrão espiralado de imperfeições, as "raias". Essas raias fazem marcas nas laterais das balas que são disparadas, fazendo-as girar e dando-lhes maior firmeza ao saírem do cano. O processo também deixa marcas características na bala. Elas são chamadas de "estrias" (as partes sulcadas) e "cheio" (espaços salientes entre as raias). Como as impressões digitais, essas marcas ligam a bala disparada à arma que realizou o disparo. Numa análise feita ao microscópio, marcas da "vara ejetora" e de "extração" podem ligar uma bala deflagrada a uma arma específica.

Como Lundblad disse: "A investigação será feita como os galhos de uma árvore". Ele seguiria metodicamente cada linha de investigação à medida que elas surgissem dos fatos. Ele começou fazendo estudos sobre a quilometragem e o tempo, dirigindo em várias velocidades a partir da casa de suspeitos e testemunhas. O último dia das vítimas foi reconstruído com exatidão, minuto a minuto; 34 depoimentos detalhados foram tomados. Lundblad investigou a vida privada das duas vítimas, trabalhando quase sem cessar. A família e os amigos de Betty Lou e David foram interrogados, bem como os suspeitos locais de sempre. Entre outras possibilidades, havia 290 pacientes do Hospital Estadual Napa para Deficientes Mentais morando na região.

Da família de Betty Lou, Horan ficou sabendo haver um rapaz apaixonado que ficava "amolando-a" na escola e que ameaçara David ("Estou pensando em te dar uns golpes com um soco inglês"). Eles também suspeitavam de que esse rapaz seria o mesmo que ficava rondando o quintal à noite. Horan passou essas informações para Lundblad, que descobriu que o suspeito tinha um álibi incontestável: depois da festa de aniversário da irmã, ele assistira ao programa *Global Affair* na televisão até as 23 horas da noite — na companhia de um policial da ilha Mare.

Pistas oferecidas por pessoas comuns foram seguidas ("Procurem um carro preto, sem nenhum cromado..."). Mas parecia não haver nenhum motivo para os brutais assassinatos — além de matar pelo puro prazer de matar. Lundblad não conseguia encontrar nenhum indício de tentativa de roubo ou agressão sexual às vítimas. Talvez o próprio assassinato tenha servido para a satisfação sexual do criminoso.

As notícias vindas do órgão de investigação criminal de Sacramento não eram nada melhores:

> Além de submeter a outros testes qualquer pistola automática J. C. Higgins modelo 80 que for encontrada, novos testes deverão ser feitos em quaisquer armas que tenham as seguintes características:
>
> a. Cápsulas: impressão semicircular de picote de disparo na posição 12 horas, pequenas marcas do extrator na posição 3 horas. Marca da vara do ejetor muito tênue na posição 8 horas (mais tarde talvez não possa mais ser detectada).
>
> b. Cano da arma ou testes com balas: seis sulcos em

> direção à direita, espaçamento e razão do sulco 1:1+. Estria da bala com aproximadamente 1,42 milímetro. Espaçamento das estrias de aproximadamente 1,52 milímetro.
>
> Em virtude da falta de uma estrutura suficientemente individualizada, parece que será encontrada considerável dificuldade para a identificação positiva da arma do crime, se ela for recuperada. [...] Com base em nosso exame, parece que uma identificação conclusiva da arma do crime será extremamente difícil, se não impossível, mesmo que a arma seja recuperada.
>
> O exame do vestido (item 9) revelou um orifício na frente, perto do centro do peito, e cinco orifícios na parte superior direita das costas.
>
> Nenhum resíduo de fumaça ou de pólvora foi encontrado na circunvizinhança desses orifícios, exceto no caso do orifício mais acima, nas costas. Junto a esse último, um único grão de pólvora foi encontrado. Com base nesses exames, parece, portanto, que a arma foi empunhada a uma distância de alguns metros da vítima no momento do disparo. A distância mínima em que teria sido empunhada não pode ser estabelecida sem testes na arma responsável pelo crime quando ela for recuperada.

Não havia testemunhas, motivo ou suspeitos.

2

Darlene Ferrin

Sábado, 21 de dezembro de 1968

— Isto é assustador. Eu conhecia os dois que foram mortos na estrada do lago Herman — comentou Darlene Ferrin para Bobbie Ramos, sua colega de trabalho.

— Você conhecia? — perguntou Bobbie.

— Conhecia. Nunca mais vou lá novamente — respondeu Darlene, sentindo um arrepio.

"Eu estava no balcão conversando com ela", Bobbie me contou depois. "E lembro bem de um trecho da conversa. Ela estava dizendo: 'Você sabe que isso me dá uma sensação sinistra'. Ela os conhecia ou da Escola Hogan ou... Não sei se os conhecia bem, mas sabia quem eram, principalmente a garota."

A Escola Hogan ficava a apenas um quarteirão da casa de Betty Lou Jensen. Darlene estudara lá.

Todas as noites de sexta, sábado e domingo, Bobbie Ramos trabalhava com Darlene até as 3 horas da madrugada, no Terry's Restaurant, na rua Magazine, em Vallejo.

"Uma coisa que Darlene fazia", lembrou-se Bobbie depois, "era que ela conversava com todo mundo. Eu costumava dizer a ela: 'Não converse com todo mundo, nem todo mundo é seu amigo. Você apenas acha que eles são'. Ela era tão sociável, que as pessoas faziam fila para serem atendidas por ela. Darlene usava aparelho nos dentes e tinha 22 anos. Parecia mais ter 17. E agia como se tivesse 17. Tinha um jeito que lembrava as bonecas Kewpie, com aparelho, cabelo louro e curto, o tipo de garota que você quer levar para casa."

Darlene pesava 59 quilos, tinha 1,65 metro de altura, cabelos castanhos claros e olhos azuis penetrantes. Fotos dela, tiradas cinco anos antes, quando tinha 16 anos, mostravam uma enorme semelhança com Betty Lou Jensen.

"Quando ela não estava de óculos, colocava cílios postiços. Ela costumava comprar os cílios para nós, às dúzias", disse Bobbie. "Darlene era feliz, risonha, sempre brincando, sociável, nada tímida. Falante... Não se importava em conhecer novas pessoas, nem em fazer novos amigos."

O segundo marido de Darlene, Dean, e a filhinha deles, Dena, moravam na rua Wallace, número 560, em um edifício de propriedade de Bill e Carmela Leigh, os patrões de Dean no Caesar's Palace Italian Restaurant, onde ele trabalhava como ajudante de cozinha.

Quarta-feira, 26 de fevereiro de 1969

Karen, a babá de 17 anos da filha de Darlene, foi até a janela da frente e olhou para a rua Wallace. O carro estava lá desde as 22 horas, e ela tinha certeza de que o homem dentro do carro estava observando o apartamento dos Ferrin, no térreo.

O carro era um sedã de fabricação norte-americana, branco e com um para-brisa grande, mas estava tão escuro lá fora que ela não conseguia ver a placa, muito embora o carro estivesse estacionado a cerca de apenas 2,5 metros de distância.

O brilho de um fósforo reluziu dentro do carro. O homem lá dentro acendeu um cigarro, e Karen teve uma visão parcial dele. Ele era corpulento, com um rosto redondo e cabelos castanho-escuros e encaracolados. Na opinião dela, ele seria um homem de meia-idade.

Karen ficou tão aflita, que foi para o quarto de Dena e ficou do lado do berço até que Dean voltasse do trabalho. Karen dirigiu-se até a janela, em dúvida sobre se devia ou não falar com Dean sobre o desconhecido, mas decidiu que não falaria nada quando viu que o carro branco não estava mais lá.

Quinta-feira, 27 de fevereiro de 1969

Darlene estava no banheiro maquiando-se para sair quando Karen falou com ela sobre o desconhecido.

— Como era o carro? — perguntou Darlene.

Karen lhe contou.

— Acho que ele está me vigiando novamente. Ouvi dizer que ele estava fora do Estado e que agora voltou. — Darlene fez uma pausa. — Ele não quer que ninguém saiba o que eu o vi fazer — ela disse. — Eu o vi matar alguém.

Darlene mencionou um nome masculino — um nome curto, comum. Mas Karen não a ouviu. Ela estava encucada com o fato de Darlene estar obviamente com medo desse desconhecido.

Quando Darlene passou no Terry's Restaurant naquela noite, ficou sabendo que um homem corpulento fizera perguntas sobre ela.

Sábado, 15 de março de 1969

Pam Suennen, irmã mais nova de Darlene, já tinha encontrado dois pacotes na soleira da casa dos Ferrin, mas nunca tinha visto quem os deixara ali. Contudo, hoje ela abriu a porta da frente a tempo de ver um homem com óculos de aros de tartaruga deixando um terceiro pacote. Ela o tinha visto antes, em um carro branco estacionado na frente da casa.

"E ele me disse", lembrou-se Pam, "que em hipótese nenhuma eu deveria olhar dentro do pacote. Ele ficou do lado de fora da porta. Ele ficou lá fora, no carro, por um tempão depois de deixar o pacote."

"Quando Darlene chegou em casa, ela perguntou se alguma coisa fora entregue para ela. Eu lhe dei o pacote e ela o levou para o quarto dos fundos, e, quando eu perguntei o que era, ela não disse nada. A partir daí, ela ficou diferente. Estava muito nervosa. E pegou o telefone do quarto dela e fez uma ligação. Depois mandou que eu me apressasse e me levou para casa correndo."

Pam finalmente conseguiu descobrir que o primeiro pacote continha um cinto prateado e uma bolsa do México; o segundo, um tecido com estampa de flores brancas e azuis. Darlene planejava usar esse tecido para fazer um macacão.

Bobbie Ramos concluiu que o ex-marido de Darlene, Jim, estivesse no México e que mandara os dois primeiros pacotes por um portador que ele conhecera lá. Jim se casara com Darlene em janeiro de 1966, com o nome falso de Phillips, cinco meses depois de seu desligamento do Forte do Exército em São Francisco. "Nossa mãe! Darlene tinha um medo terrível dele", Bobbie disse-me depois.

Uma colega de trabalho de Darlene na companhia telefônica de São Francisco, Bobbie Oxnam, contou: "Darlene era muito desconfiada em relação a Jim. Não ficaria em um quarto sozinha com ele de jeito nenhum.(...) Uma das razões pelas quais nós os expulsamos de nosso apartamento foi que Jim tinha uma arma (calibre 22), e nós não queríamos a arma lá".

Sexta-feira, 9 de maio de 1969

Darlene e Dean compraram uma pequena casa na rua Virginia, número 300, perto da delegacia de polícia de Vallejo, por US$ 9.500.

Sábado, 24 de maio de 1969

Foi a festa da pintura da casa que finalmente convenceu Karen a parar de trabalhar como babá para Darlene. A maioria dos novos amigos de Darlene fora para a rua Virginia ajudá-la a limpar a casa, e Karen ficou com Dena. Três homens jovens apareceram, e eram tão estranhos, que fizeram Karen ficar incomodada. Ela então saiu da casa. Além disso, já estava cansada de ficar dando cobertura às escapadas de Darlene com outros homens, uma culpa que a vinha perseguindo nos últimos cinco meses.

O irmão mais jovem de Darlene, Leo Suennen, que era muito rebelde, também estava na festa, da mesma forma que os gêmeos Mike e David Mageau, amigos íntimos de Darlene que se superavam na tentativa de lhe prestar favores. Os outros convidados eram Jay Eisen, Ron Allen, Rick Crabtree, o *bartender* Paul (esse não é seu nome verdadeiro), Richard Hoffman, Steve Baldino e Howard "Buzz" Gordon;

os três últimos eram policiais de Vallejo. A única mulher presente era Sydne, uma amiga de Darlene.

Por volta do meio-dia, Darlene ligou para Linda Del Buono, sua irmã, e pediu-lhe que fosse até lá. Foi Linda a primeira a perceber em Darlene um crescente nervosismo e uma crescente decadência física. Darlene não admitia nenhuma das duas coisas. Dean não percebia nenhuma mudança em sua mulher.

Quando Linda estava se dirigindo para lá, outro convidado, um homem corpulento, chegou à nova casa de Darlene.

"Na festa da pintura", contou-me Linda depois, "ela estava tão apavorada que me pediu: 'Linda, saia, saia'. Aquele sujeito na festa não tinha nada que estar ali, e ela me disse para ficar longe dele. Ele era a única pessoa bem-vestida. Todos os outros estavam com jeans velhos e participavam da pintura."

"Posso ver seu rosto de olhos abertos; posso vê-lo de olhos fechados. Lembro dele mais tarde no Terry's, e lembro dele na festa da pintura e de Darlene morrendo de medo. Ela não esperava que ele fosse aparecer. Posso vê-lo sentado lá numa cadeira. Os óculos de armação escura, o cabelo encaracolado, um homem de tipo antiquado. Ele usava óculos de aros escuros como os do Super-Homem."

"Ele estava acima do peso... Tinha 1,75 metro de altura ou algo assim. Claro que ele ficou sentado lá a maior parte do tempo. Lembro de ter ido a um quarto pequeno com Darlene e ter perguntado: 'Darlene, o que há com você?' Ela estava tão nervosa, tão nervosa. Esse cara estava metendo um medão nela. Ela não conseguia comer, você entende? Ela não ria. Não se comportava como a Darlene que eu conhecia. Alguma coisa a incomodava. Quando cheguei, ele já estava lá. E Darlene me implorou: 'Linda, não chegue perto dele. Não fale com ele de jeito nenhum.'"

— Quem é ele?

— Não fale com ele — insistiu Darlene.

"Ela não queria que eu tivesse qualquer contato com ele. Ela me pediu que saísse, pois não queria que ele conhecesse ninguém da família. A situação era realmente estranha. Pensei nisso um bocado, mas então fui para o Texas, no meu aniversário, em junho."

Pam, uma irmã mais nova de Darlene, chegou à festa da pintura pouco depois que Linda saiu. "Lembro de ter visto esse homem deixar um pacote na rua Wallace", ela me contou depois, "e me lembro de tê-lo visto na festa da pintura.(...) Ele gostou de falar comigo porque sempre sou uma pessoa muito sincera. Darlene ficou zangada comigo porque achou que eu estava contando coisas demais para ele. Bem, ele tinha de perguntar alguma coisa. Darlene disse: 'Pam, vou deixar de convidar você para as minhas festas, se você não parar de falar com ele!' Eu falei: 'Pensei que você estivesse saindo com esse sujeito, pelo jeito que ele fala."

"Ele estava muito bem-vestido e usava óculos. Tinha cabelos escuros. Tinha uma verruga no polegar. Por alguma razão, acho que Darlene conheceu esse homem nas Ilhas Virgens. Ela mencionou alguma coisa sobre drogas. Alguns grupos de pessoas iam ao banheiro o tempo todo. Nunca me deixaram entrar lá."

"Alguém mencionou alguma coisa sobre Darlene estar sendo seguida, e Darlene mudou de assunto. E disse: 'Não se preocupe com isso, ninguém vai me ferir'. Ela era uma das pessoas mais confiantes que eu já vi. Eu ia ficar morrendo de medo se soubesse que alguém..."

"Eu perguntei: 'Darlene, você não está com medo?' Ela respondeu: 'Ninguém vai me fazer nada."

Quando Pam saiu da festa, havia ainda 14 pessoas lá, e outras estavam chegando. Alguns desses convidados ouviram o homem importunando Darlene a respeito das fontes de renda dela. O desconhecido tinha um apelido curto, comum. Pam pensou que fosse “Bob” (nome alterado).

Domingo, 22 de junho de 1969

Linda acabara de retornar do Texas e queria contar a Darlene sobre como estavam seus parentes, e então logo cedo ela e o pai, Leo, foram ao Terry’s Restaurant.

“Quando entrei no restaurante com meu pai, nesse dia específico, o homem que comparecera à festa estava sentado lá e ele vigiava Darlene o tempo todo”, contou-me Linda com um arrepio. “Ele a vigiava constantemente e, quando entrei, ele ergueu o jornal até o rosto, pois tinha me visto.”

O desconhecido observou Linda com um “olhar frio” e depois foi até Darlene, falou alguma coisa para ela e saiu. “Meu pai disse: ‘Não é nada’. Ele não notou nada demais.”

Pam também viu o homem. “Ele estava sentado no Terry’s. Eu sentei perto dele. Lembro que ele estava comendo torta de morango. E me lembro de que Darlene estava muito nervosa porque eu estava sentada perto dele. Ele estava falando comigo e ela ficou muito nervosa com tudo aquilo. Ela continuou sussurrando para eu me afastar dele.”

“Ele usava uma jaqueta de couro. Ele sempre tinha cheiro de couro, mesmo quando foi entregar aquele pacote. Era o cara que estava perguntando sobre ela no trabalho, xeretando suas finanças. Ele estava me perguntando sobre a filhinha de Darlene e sobre o relacionamento dela com Dean. ‘O que ela faz com as gorjetas?' E falava coisas como: 'Ela controla tudo', e 'Sei que Dean nunca quer cuidar da criança'."

"Fiquei lá duas horas e meia, sentada ao balcão, e ele ficou sentado lá o tempo todo, comendo torta de morango. Darlene continuou mandando eu sair, mas eu não queria ir para casa, pois meu marido, Harvey, não estava em casa."

"O homem não usava óculos o tempo todo. Ele os colocava quando olhava a conta. Eram óculos de aros escuros, pretos, muito pretos", concluiu Pam. "E ele dirigia um carro com placas antigas da Califórnia. O carro era branco."

"Ela estava com medo de alguém", contou-me depois Bobbie Oxnam, amiga de Darlene, "e já fazia um tempo que ela estava com medo. Começou logo depois que o nenê nasceu."

— Alguma vez ela mencionou o nome desse desconhecido? — perguntei.

— Não. Gostaria de poder dizer que ela mencionou. Ela fazia um ou outro comentário de vez em quando, dizendo que estava tendo problemas ou que estava com muito medo desse sujeito. Mas não entrava em detalhes.

Bobbie Ramos contou para mim que, "por volta do início de junho, Darlene me falou sobre um homem que a vigiava. Ela falou sobre ele de novo, com a gente, quando a levamos e à irmã para a feira do condado de Solano". Ela se voltou para o marido: "Você lembra do sujeito em um carro branco que costumava aborrecer Darlene o tempo todo, que ficava sentado na frente da casa dela e que a trouxe aqui um dia?" O marido não se lembrava. "Ele tinha entre 28 e 30 anos e não era gordo. Usava óculos".

"Foi ótimo quando Darlene e Dean se casaram", Carmela Leigh, a mulher do patrão de Dean, me contou depois. "Ela era engraçada e costumávamos dar risada o tempo todo, mas de repente ela começou a trabalhar no Terry's depois que o bebê nasceu, e aí ninguém mais a via. Ela continuava a ser engraçada, brincalhona, risonha e meio sem juízo, mas não tinha tempo para mais ninguém. Corria até o restaurante e se mostrava muito animada porque ia a algum lugar e só avisava ao marido que não estaria em casa quando ele chegasse. Isso me irritava, pois eu não gostava que ela ficasse superanimada por sair com um bando de amigos, já que ela era casada e tinha uma filha". Carmela costumava visitar Darlene e fazer-lhe companhia quando ela estava grávida, e depois que Dena nasceu, Carmela aparecia para tomar uma xícara de café e receber o aluguel do apartamento. "Eu a conhecia havia uns dois anos", recordou-se Carmela melancolicamente. "Ela era gordinha e usava aparelho nos dentes. Depois que teve a nenê, ficou ainda mais gordinha e muito desleixada com as roupas. Aí, de repente, ela começou a se vestir muito bem e emagreceu um bocado. Começou a cuidar do cabelo, o que achei maravilhoso. Mas então, quando aquilo começou, o relacionamento com o marido terminou. Ela simplesmente nunca estava em casa. Tinha um grupo de novos amigos e eu praticamente não a via. Nunca conheci nenhum dos seus amigos, nem sabia aonde ela ia. Nossa amizade foi esfriando, pois ela nunca aparecia, nunca estava em casa. Dean nunca sabia onde ela estava, e eu nunca a via, pois ela estava sempre fora."

Todo mundo parecia notar a mudança em Darlene, que estava mais irritável e até mais sensível do que antes. Ela perdeu tanto peso, que as pessoas atribuíam o nervosismo dela a remédios de emagrecimento. Darlene falava tão depressa, que misturava as palavras e soltava tudo de uma vez.

"Dean e ela eram meio volúveis de vez em quando", disse Bobbie Oxnam. "Eles tinham seus problemas, como todo casal recém-casado com um bebê.(...) Ela era muito sociável. Gostava de ter pessoas em volta dela e Dean, não. Acho que isso colocava pressão sobre o casamento deles de vez em quando. Ela não era uma vagabunda; não era um anjo, mas também não era uma vagabunda."

Carmela muitas vezes viu Darlene com roupas boas, e um dia fez um comentário sobre um bonito top que ela usava com uma blusa por cima.

— Oh, comprei na James Sears — Darlene falou.

"Caramba!", pensou Carmela, "e eu, que sou dona do meu negócio não consigo fazer compras na James Sears."

"Foi assim que fiquei sabendo onde ela comprava suas roupas", contou-me Carmela mais tarde. "E onde ela conseguia o dinheiro? Dean nunca soube onde ela conseguia o dinheiro para comprar as roupas. Ele era um simples cozinheiro, e ela era garçonete. Ela dizia que comprava em liquidações, mas eu sabia que ela comprava na James Sears, que não era uma loja barata."

"De forma que seu marido não queria era pensar em nada. Nunca passou pela cabeça dele que ela estivesse vendendo drogas ou coisas assim. Ele não pensava nisso. Dizia: 'É apenas alguma coisa que ela tem de botar para fora. Ela acabou de fazer 21 anos."

Entre os amigos de Darlene, não era segredo que ela vinha se encontrando com outros homens, inclusive com policiais.

"Ela costumava ir um bocado a São Francisco", lembrou Bobbie Ramos. "Isso era uma coisa que sabíamos, também porque ela costumava dizer ao marido.(...) Bem, você não chega em casa toda animada e fala para seu marido: 'Ah, nos divertimos muito! Encontrei esses caras na cidade e fomos até a praia e fizemos isso e aquilo."

"Muitas vezes ela ia sozinha", contou Bobbie Oxnam mais tarde. "Ela adorava ficar na areia, perto do mar, pensando. Sentava ali e ficava olhando o Sol nascer."

— Soube que ela não dirigia. O que ela fazia, pegava um ônibus? — perguntei.

— Ela dirigia. Dirigia sem carteira. Dirigia o tempo todo. Era muito habilidosa. Muitas vezes dirigia o carro de um amigo, o carro do patrão do Dean.

Distanciando-se de todo mundo, Darlene passou a chegar em casa quase ao amanhecer, quando Dean já estava dormindo. Punha-se debaixo das cobertas e, com uma perna para fora da cama, embalava-se em silêncio até cair no sono. Quando acordava, Dean já saíra para o trabalho.

Terça-feira, 24 de junho de 1969

Darlene falou para Cristina, outra irmã, também mais nova: "Coisas importantes vão acontecer nos próximos dias". Darlene falou isso de um jeito misterioso. "Realmente importante. Algo realmente importante vai acontecer".

— O quê? — perguntou Cristina.

— Não posso te contar ainda, mas você vai ficar sabendo pelos jornais.

Cristina não tinha a menor ideia sobre o que Darlene estava falando. "Tudo era muito confuso", disse a Carmela Leigh. "Não sei se isso tem relação com drogas, com um assassinato ou com uma festa".

"Naquela época", falou Carmela, "pensamos que Darlene sabia alguma coisa sobre uma batida contra traficantes ou alguma coisa que ouvira de seus amigos policiais."

"Darlene nunca falou com clareza sobre o que a fazia ter medo daquele homem do carro branco", disse-me Bobbie Oxnam mais tarde. "Ele tinha alguma coisa contra ela, mas não sabemos o que era. Tenho a impressão de que isso tem algo a ver com as Ilhas Virgens, mas é só um palpite. Jim e ela se envolveram com pessoas erradas quando estiveram lá, na lua de mel. Foi por isso que saíram correndo. Mas eu não sei que tipo de problema seria esse."

O casal viajara de carona até St. Thomas e Ilhas Virgens, pedindo dinheiro aos passantes, mergulhando atrás de conchas e dormindo na praia.

Pam suspeitava de que foi lá que Darlene presenciara um assassinato.

Sexta-feira, 4 de julho de 1969

Às 15h45, Dean Ferrin chegou para trabalhar no restaurante italiano dos Leigh. Cerca de 15 minutos depois, Darlene ligou para seu amigo Mike Mageau e combinou de irem ao cinema em São Francisco, às 19h30 daquela noite.

Mike e seu irmão gêmeo, David, tinham conhecido Darlene no Terry's. "Bom, esse Mike era um sujeito bem diferente", afirmou mais tarde o sargento John Lynch. "Quando ele e o irmão vieram para Vallejo, começaram a frequentar o café e a conversar com Darlene. Aparentemente, ela era um tipo bem sociável, uma pessoa extrovertida, e eles contaram uma mentira para ela, contaram que estavam sendo procurados em Chicago por causa de uma morte, ou coisa parecida, e acho que foi isso que a fez começar a se interessar pelo sujeito." Bobbie Ramos também lembrou que "os gêmeos contaram a Darlene uma história de fuga. Um disse que era 'Warren Beatty' e outro, que era 'David Jansen'. Eles contaram alguma história, e ela acreditou em tudo. Ela caiu direitinho. Você sabe, ela achava que, se você tinha um problema, ela tinha um problema".

Na realidade, os dois eram filhos do proprietário de uma empresa local de combate a pragas domésticas. Uma intensa rivalidade surgiu entre os gêmeos na disputa pela afeição de Darlene, e eles sempre brigavam para saber quem a levaria ao trabalho.

Linda lembrou-se de que "os dois tinham ciúme de Darlene. 'Vou levar as roupas dela para a lavanderia.' 'Não, eu vou.' A toda hora eles brigavam por causa dela. Era patético".

Os gêmeos tinham olhos verdes, cabelo preto, 1,88 metro de altura e eram muito magros. Completariam 20 anos em outubro. O pai deles disse que Darlene ligava sempre para a casa dos Mageau, até duas vezes por dia.

Às 16h30, Bill Leigh abriu a porta de seu restaurante na rua 14, número 80. Às 18 horas, Carmela, que estava grávida e tinha parado de trabalhar, foi até o Caesar para passar uma hora ou duas.

Cerca de 30 minutos mais tarde, ela viu quando Darlene e sua irmã Cristina, de 15 anos, entraram no restaurante. Darlene usava um macacão fechado com um zíper na frente, todo cheio de estrelas vermelhas, brancas e azuis. Elas vieram ver Dean antes de partirem para a ilha Mare a fim de participarem dos festejos do 4 de Julho e do desfile de barcos no canal. Cristina era uma das candidatas do concurso "Miss Fogos de Artifício", e as duas deveriam participar do desfile de barcos naquela noite.

"Darlene foi à ilha Mare para participar do desfile num barco que estava todo iluminado", disse-me Carmela mais tarde. "Tudo que eu sei é que ela entrou no restaurante e afirmou que conhecia um pessoal que tinha um barco... e que ela estava indo para lá também."

— Você vai voltar a que horas? — perguntou Dean. — Vou convidar algumas pessoas do restaurante para uma festinha lá em casa.

— Oh, lá pelas 22 horas — disse Darlene.

— Então, compre uns fogos — falou Dean. — Vamos chegar por volta da meia-noite.

— OK.

"Ela ia sair e ir até o desfile de barcos, e depois pegar os fogos", afirmou Carmela. "Estava toda animada. Tinha amigos e não dizia quem eram. Só dizia que ia desfilar no barco deles. Dean ficou meio preocupado com a possibilidade de ela sair com os amigos e não voltar para casa, pois ele já tinha nos convidado para ir lá."

Às 18h45, Darlene foi até o Terry's falar com Bobbie sobre a festa que ia acontecer na sua casa.

"Ela ficou falando sem parar", contou-me Bobbie Ramos. "Ficou ao lado da caixa registradora, deu alguns bobes para Jane Rhodes guardar para ela e estava falando sobre a irmã vencer o 'Miss Fogos de Artifício', sobre dar uma festa e sobre querer que eu fosse. Finalmente eu falei: 'OK, OK', mas Darlene sabia que eu não iria, e então Harley, o gerente, entrou. 'Saia daqui e pare de encher minhas garotas', ele disse. Ele não estava com raiva. Ela costumava fazer aquilo o tempo todo. Quando Darlene saiu, às 19 horas, ela disse: 'Vou voltar para te pegar'."

Uma hora mais tarde, Mike recebeu um telefonema de Darlene dizendo que ela ia ficar mais um pouco com Cristina e que telefonaria ou apareceria mais tarde. Quando Cristina e Darlene voltaram da ilha Mare, passaram no Caesar novamente, e às 22h15 Darlene ligou para a babá a fim de ver como estavam as coisas. A babá disse que um dos amigos dela do Terry's estava tentando falar com ela.

Darlene entrou no estacionamento do Terry's às 22h30 e conversou durante cerca de dez minutos com o amigo. Quando ela e Cristina estavam saindo, Darlene parou e conversou com um homem mais velho, em um carro branco parado no estacionamento. Cristina percebeu que a conversa entre os dois estava tensa e "sentiu certo nervosismo no ar". Cristina observou que o carro do desconhecido era maior e mais velho do que o Corvair ano 1963 da irmã. Darlene não disse nada sobre o homem no trajeto para a casa da família Suennen, onde Cristina desceu.

Darlene chegou a sua nova casa na rua Virginia e a babá, Janet Lynne, recebeu-a à porta. Ela contou a Darlene que um homem, cuja voz parecia ser de uma pessoa mais velha, tinha telefonado a noite toda, mas que não deixara nenhum nome ou recado. "Ele disse que vai ligar depois", contou Janet.

Darlene trocou o macacão que lembrava a bandeira americana por outro macacão branco de flores azuis e brancas que tinha sido feito com o tecido do pacote deixado pelo homem do carro branco. Darlene acordou Dena e começou a brincar com ela. E explicou a Janet e a sua amiga Pamela que iria "receber alguns amigos para uma festinha".

Darlene pensou em levar as babás para casa e depois voltar a fim de limpar a casa. Contudo, no momento em que Darlene, com Dena no colo, tinha acomodado as babás no Corvair, o telefone da casa tocou e ela correu para atender. Quando voltou, perguntou se as moças não se importariam de ficar até 0h15, e elas concordaram. Darlene explicou: "Tenho que voltar e comprar uns fogos de artifício para a festa".

Darlene saiu imediatamente, pegando a rua Georgia, na direção leste, até a avenida Beechwood, onde virou à esquerda, na direção da casa de Mike, no número 864 da avenida Beechwood, a quatro quarteirões e meio da casa dos Jensen. Mike morava a oeste da Escola Hogan (Betty Lou Jensen morava ao sul).

Darlene parou em frente à casa, desligou o motor e aguardou. Pouco depois, Mike saiu tão apressado, que deixou todas as luzes acesas, a porta aberta e a televisão ligada.

Sentada no banco do motorista, Darlene deu a partida no motor e gesticulou impacientemente para Mike entrar. Assim que o Corvair cor bronze saiu, ele passou a ser imediatamente seguido por um carro de cor clara, que estava estacionado nas sombras da rua arborizada.

— Estamos sendo seguidos — falou Mike.

Darlene acelerou em direção à rua Oakwood, virou à direita para a Springs Road e foi até a Columbus Parkway, na mesma direção da estrada do lago Herman.

Agora eram 23h55.

O carro acelerava atrás deles em grande velocidade. Darlene continuou fazendo conversões, para se livrar do desconhecido. Ela começou a pegar ruas secundárias, mas o carro continuava atrás deles, cada vez mais perto e mais rápido.

Mike ficava falando: "Oh, não, não, não, não, siga em frente, em frente!" Em um dado momento, Mike disse: "Vá por aqui". Perseguidos incessantemente pelo outro veículo, eles eram levados de forma inescapável para os arredores da cidade.

Ainda dentro dos limites da cidade, e a 6,5 quilômetros do centro de Vallejo, ficava o campo de golfe Blue Rock Springs, outro conhecido lugar para namorar, e era para aí que Darlene e Mike estavam sendo conduzidos. Nervosa,

Darlene virou à direita e parou o carro dentro do estacionamento. A 22 metros da entrada, bateu em um tronco e o motor do carro morreu.

O estacionamento ficava a quase 3 quilômetros do lugar do assassinato de Jensen-Faraday, quase sete meses atrás, mas não era tão isolado. O estacionamento dava vista para o campo de golfe; à direita de Darlene havia um bosque. O carro dela era o único no local.

Os dois ficaram sentados na escuridão, mas no instante seguinte o outro carro, semelhante ao Corvair, entrou no estacionamento, apagou as luzes e parou 2,5 metros à esquerda deles. A dianteira do outro carro estava quase emparelhada com a traseira do carro de Darlene; Mike acreditou que esse carro poderia ser um Falcon ano 1958 ou 1959, com placas antigas da Califórnia. Ele conseguiu perceber que o motorista era do sexo masculino.

— Você sabe quem é? — ele sussurrou.

— Deixa pra lá — Darlene falou finalmente. — Não se preocupe.

Mike ficou sem saber se ela sabia ou não quem ele era.

Quase imediatamente, o outro carro saiu em disparada, indo na direção de Vallejo. Mike deu um suspiro de alívio.

Contudo, cinco minutos depois, o carro retornou. Agora ele estacionou do lado esquerdo e atrás do Corvair, e com os faróis acesos. Mike percebeu que o outro carro parou em diagonal atrás deles, uma técnica utilizada pela polícia rodoviária para fechar outros veículos. Uma vez Mike estava parado no mesmo estacionamento e um carro da polícia aproximou-se da mesma forma.

De repente, uma luz forte e brilhante, como a de um holofote da polícia, foi dirigida contra eles de dentro do outro carro. O ocupante solitário do carro abriu a porta e, carregando uma lanterna estendida à sua frente, avançou em direção ao casal, dirigindo o foco da lanterna ora para o rosto de um, ora para rosto do outro. A luz se apagou. Era uma dessas "lanternas flutuantes", com uma alça, semelhante às que Mike tinha visto em barcos.

Achando que era a polícia, Mike sugeriu a Darlene: "Aí vem a polícia, é melhor pegar a identidade". E esticou a mão na direção do bolso direito traseiro da calça para apanhar sua carteira. Darlene tirou a identidade da bolsa e recolocou a bolsa no assoalho atrás do banco onde estava Mike. O homem caminhou rumo ao lado do passageiro do veículo; o vidro da porta estava baixado.

Sem aviso, a luz ofuscante foi ligada de novo e atingiu diretamente os olhos de Mike. O desconhecido não podia ser visto. Mike ouviu um clique de metal contra a moldura da janela e viu um clarão típico de armas de fogo e fumaça. O estrondo do disparo encheu seus ouvidos. A bala o atingiu em alta temperatura, e Mike sentiu seu sangue escorrendo. Embora os tiros fossem altos, Mike teve a impressão de que a arma tinha algum tipo de silenciador. O homem disparou mais vezes contra o casal.

Darlene caiu para frente, sobre a direção, atingida por tiros que transfixaram o corpo de Mike ou por tiros disparados contra ela. Ela foi ferida nove vezes. Duas balas a atingiram no braço esquerdo e duas no braço direito. Cinco a atingiram no lado direito das costas, perfurando o pulmão e o ventrículo esquerdo do coração.

Mike tentou agarrar a maçaneta da porta, seus dedos tateando freneticamente, mas percebeu, horrorizado, que ela tinha sido removida. A situação dele era desesperadora, impossibilitado que estava de desvencilhar-se do diabólico assassino que atirava contra ele. O moço tinha sido ferido no braço direito e sentia uma dor terrível. Nesse momento, o atirador, sem proferir nenhuma palavra, virou-se e começou a se afastar, com a cabeça abaixada.

Mike soltou um grito de agonia.

O atirador, quando se preparava para abrir a porta do carro e fazia alguma coisa que Mike não conseguiu dizer o que era, parou, em meio à noite calma e silenciosa de verão, e virou-se vagarosamente, olhando na direção de Mike, por cima do ombro da sua jaqueta do tipo daquelas usadas pela Marinha. Com a mão na maçaneta da porta, o perfil do homem corpulento foi iluminado pela luz vinda do interior do carro, e pela primeira vez Mike viu o rosto de seu agressor.

O homem parecia ter um rosto grande, e não usava óculos. Teria entre 26 e 30 anos, e seu cabelo, cortado curto, no estilo militar, era encaracolado e castanho-claro. O homem "tinha uma compleição forte, corpulenta, sem ser gordo", talvez pesando algo entre 88 e 90 quilos. Mike calculou que ele seria uma cabeça mais alto do que o Corvair de Darlene, talvez tivesse 1,73 metro de altura. Suas calças apresentavam pregas, mas Mike percebeu que ele tinha uma discreta barriga.

O atirador havia parado e olhado de novo para Mike. Agora retornava para terminar o serviço. O homem corpulento se inclinou para dentro do Corvair, pela janela abaixada, e disparou mais dois tiros contra Mike. Mike deu chutes com as pernas, em uma patética tentativa de autodefesa. Sem nenhum outro lugar para onde ir, enfiou-se no banco de trás, as pernas ainda se movendo espasmodicamente.

O homem realizou mais dois disparos contra Darlene, deu meia-volta e se afastou. Entrou no carro e saiu em uma velocidade alta o suficiente para fazer o cascalho sair voando.

Mike, muito ferido na perna esquerda e no pescoço, finalmente conseguiu passar para o banco da frente. Ele abriu a porta do passageiro pelo lado de fora e deixou-se cair do Corvair no chão do estacionamento. O sangue escorria por sua face e seu pescoço; a bala tinha entrado pela bochecha direita e saído pela bochecha esquerda, abrindo um buraco através do maxilar e da língua. Ele se sentia como se tivesse "sido atingido por uma marreta", e quando tentava falar só conseguia gorgolejar. Ele não podia nem gritar por socorro.

No banco da frente, ele conseguia ouvir Darlene gemer.

Por volta da meia-noite, na sua casa, localizada a cerca de 250 metros do estacionamento do Blue Rock Springs, George Bryant, o filho de 22 anos do zelador do campo de golfe, estava tendo dificuldade para dormir por causa do calor excessivo daquela noite. George estava no quarto, no segundo andar da casa, deitado de barriga para baixo e olhando pela janela que dava vista para o parque.

Ele tinha ido para a cama meia hora antes e ficou ouvindo as risadas de algumas pessoas ao longe e alguns fogos de artifício explodindo. De repente, George escutou o barulho de um tiro. Um pequeno intervalo de silêncio e então outro tiro. Uma pequena pausa e vários tiros. Logo depois ouviu um carro partir "em alta velocidade e cantando pneu". A sorte do atirador continuava inabalável. George podia ver a maior parte do estacionamento, mas o lugar onde Darlene parou o carro estava encoberto por árvores.

Três adolescentes, Debra, Roger e Jerry, estavam procurando por um amigo de Roger. Tinham vindo a Blue Springs depois das celebrações do 4 de Julho no centro de Vallejo. Quando passaram pelo estacionamento principal, viram o

Corvair de Darlene e pensaram em verificar se o amigo desaparecido de Roger estava ali.

Depois acharam que não, e estavam de saída quando ouviram um grito abafado. Debra deu marcha a ré no carro e o virou, para apontar os faróis na direção do Corvair. Eles viram um homem no chão que agonizava.

Debra chegou o mais perto que pôde e parou. Os três adolescentes correram até o homem ferido.

— Você está bem?

— Fui baleado — Mike finalmente foi capaz de falar —, e a moça foi baleada. Chame um médico.

— Está bem — disse Jerry. — Vamos chamar um.

Roger queria ficar com Mike, mas Debra e Jerry insistiram com ele para irem até a casa de Jerry a fim de chamarem a polícia. Quando o Rambler marrom deixou o estacionamento e pegou a Columbus Parkway, os três adolescentes pensaram ter visto as luzes traseiras de um carro desaparecendo na estrada do lago Herman.

Debra ligou para a polícia da casa de Jerry e contou o que eles tinham visto. Com o passar do tempo, ficaram ansiosos e foram à casa do tio de Jerry, que era policial. O tio verificou a situação e ficou sabendo que um carro já tinha sido enviado para o local. Os quatro foram então à delegacia.

A operadora da central telefônica da polícia de Vallejo, Nancy Slover, tinha recebido uma ligação dizendo que "duas pessoas tinham sido baleadas na área leste do estacionamento de Blue Rock Springs à 0h10". O sargento-detetive John Lynch e seu colega, o sargento Ed Rust, estavam em seu carro, vestidos à paisana, quando receberam essa informação.

"Vou contar como aconteceu", disse-me Lynch depois. "Estávamos patrulhando o *boulevard* Sonoma e a rua

Tennessee quando recebemos um chamado dizendo que disparos tinham sido realizados no Blue Rock Springs. Eu estava dirigindo o carro e dei meia-volta para descer pela rua Tennessee. Falei com Rust, e ele afirmou: 'Ah, é 4 de Julho e alguns garotos estão soltando fogos', e então não fizemos nada e não fomos para lá. Acho que dez minutos depois recebemos outro chamado dizendo que tinha havido tiros lá."

"É uma coisa que me entristece o fato de não termos seguido para lá imediatamente depois do primeiro chamado. Se tivéssemos ido pela rua Tennessee, o carro teria que passar por nós. Porque ele veio pela Tennessee e depois virou na Tuolumne.(...) Acho que ele não virou na estrada do lago Herman. Cheguei ao local 15 minutos depois do ocorrido."

Rust e Lynch viram o Chevrolet de Darlene na área leste do estacionamento, de frente para o parque. Os faróis dianteiros e traseiros estavam acesos, a seta de conversão piscando e a porta do passageiro, aberta.

O policial Richard Hoffman e o sargento Conway já estavam no local, tentando interrogar Mike, que sangrava muito pelos ferimentos graves no pescoço, no peito, no ombro e na perna esquerda. Ele estava deitado atrás do Corvair, de forma perpendicular ao veículo. Lynch chamou uma ambulância do Hospital Kaiser.

"O Mageau estava realmente sofrendo", afirmou Lynch mais tarde. "Para falar a verdade, quando chegamos lá não achei que ele estivesse muito ferido.(...) Pensei que Mike tinha sido o responsável pelo... Ele parecia sentir muitas dores no ferimento do joelho."

Lynch e Rust se inclinaram sobre Mike e perceberam uma coisa estranha. O rapaz estava usando três calças, três suéteres, uma camisa de manga comprida e uma camiseta.

Em uma noite de 4 de Julho!

Eles notaram que Darlene usava uma roupa com estampa de flores brancas e azuis, além de sapatos azuis. Com a cabeça encostada ao volante, ela abriu um pouco os olhos; ainda estava com os cílios postiços. Lynch e Rust a conheciam. "Vários policiais a conheciam e costumavam parar no café onde ela trabalhava. Eu a conhecia", disse Lynch, "mas nunca conversei com ela. Na verdade, a família dela mora logo depois da minha família, na mesma rua. Ela gostava de correr na praia. Tirava os sapatos e as meias e corria pela arrebentação".

"Ela saía com uma porção de policiais. Aparentemente, ela era o tipo de pessoa que gostava de policiais. Em geral, as pessoas que trabalham à noite gostam de policiais."

Lynch percebeu que a área ocupada pelo corpo de Mike, no chão, tinha sido cuidadosamente desenhada em tinta branca por Conway. Os olhos de Mike estavam arregalados, e ele lutava para abrir a boca e falar. Quando finalmente conseguiu, o sangue jorrou. Com palavras entrecortadas, e entre espasmos de dor, ele disse a Lwynch que "um homem branco... apareceu... num carro... desceu... foi até o carro, iluminou com uma lanterna lá dentro... começou a atirar".

— Saí... do carro... tentei chamar as pessoas... mas elas iam embora. Depois de... dez minutos finalmente... a polícia chegou.

— Você sabe quem atirou em você? — perguntou Conway.

— Não.

— Você pode dar uma descrição dele?

— Não posso.

— Tente.

— Jovem... corpulento... num carro de cor clara.

— Ele falou alguma coisa?

— Não. Só começou a atirar, e continuou atirando.

Lynch foi novamente para o lado do motorista, onde Darlene estava caída sobre o volante. Ele viu que ela estava ferida na parte superior do corpo e no braço esquerdo e que ainda estava viva. Ela emitia um som lamentoso e delicado, como o vento.

— Onde está a ambulância? — resmungou Lynch.

"Eu lembro", contou-me, "que ela estava tentando dizer alguma coisa e que eu coloquei meu ouvido bem perto dela, tentando entender, mas não consegui. As palavras que ela disse eram ou 'Eu' ou 'Meu'. O pulso dela estava fraco e a respiração, curta". Conway tirou Darlene do carro e a colocou no chão.

Rust notou que as duas janelas do lado esquerdo e do lado direito estavam abaixadas, e que a chave da ignição estava na posição de ligado. O rádio também estava ligado e o câmbio, em primeira. Já o freio de mão não tinha sido puxado. Ele ficou pensando sobre o que isso significava.

Sete cápsulas foram encontradas a alguma distância das vítimas, do lado direito do veículo. Rust examinou Darlene pelo lado direito e viu três buracos de bala no corpo dela, dois na parte de cima do braço direito e um no flanco direito.

Quando a ambulância chegou, Lynch ajudou o atendente a colocar Darlene dentro do veículo. Hoffman acompanhou as vítimas até o hospital, para o caso de Darlene contar alguma coisa.

Lynch tinha pedido três carros do corpo de bombeiros para iluminar a área com holofotes, enquanto Rust inspecionava o ponto em que Mageau tinha ficado deitado. Mais ou menos no lugar onde o meio das costas de Mike estivera, ele encontrou uma bala envolta em jaqueta de cobre, bastante deformada, mas ainda reconhecível como uma 9 mm ou uma calibre 38. Não havia nem vestígios de sangue nem de pele na bala. Rust a colocou em um saco plástico e fez uma anotação nele.

Rust então inspecionou o lugar em que Darlene tinha ficado reclinada sobre o volante e achou outra bala, semelhante à que foi encontrada debaixo de Mike, mas em melhores condições. Ele continuou a examinar o interior do carro e achou no assoalho atrás do banco do lado direito duas cápsulas deflagradas, de metal, marcadas com um “W-W”; para Rust, elas pareciam ser munição de uma 9 mm. Lynch não tinha muita familiaridade com armamentos.

O interior do Corvair estava todo ensanguentado. Rust se ajoelhou do lado do motorista e, examinando cuidadosamente, percebeu que um buraco de mais ou menos 4 centímetros por 2,5 centímetros tinha sido feito na área da maçaneta. Ele fez uma anotação para lembrar John Sparks, perito do Departamento de Identificação, de procurar dentro da porta quando o carro fosse rebocado para a delegacia de Vallejo.

Rust viu uma carteira preta, de homem, sobre o capô, perto da roda traseira da direita, onde Hoffman a tinha colocado. Rust deu uma olhada dentro dela e depois vasculhou o porta-luvas, onde encontrou documentos do carro em nome de Arthur Ferrin, o pai de Dean.

No assoalho atrás do banco do passageiro, ele encontrou uma bolsa feminina de algodão, amarrada com uma tira de couro e coberta de sangue. Dentro havia apenas 13 centavos.

Rust ouviu a estática do rádio do carro. Lynch foi ver. Era Hoffman chamando.

Darlene tinha chegado morta ao hospital à 0h38.

Exatamente à 0h40, de um telefone público, um homem ligou para a delegacia de Vallejo, por meio de uma telefonista. Nancy Slover, operadora da central telefônica da polícia, atendeu.

— Quero informar um duplo assassinato — o homem falou. A voz dele não enfatizava as palavras, e pareceu a Nancy que o homem estava lendo o que dizia. Ou que tinha ensaiado aquilo.

— Se vocês andarem 1 quilômetro e meio para leste, na Columbus Parkway, em direção ao parque público, vão encontrar jovens em um carro marrom.

A voz do desconhecido era firme e consistente, clara mas imperativa. Nancy tentou interrompê-lo, para obter maiores informações, mas o homem falava alto, encobrindo a voz dela. Para Nancy, a voz parecia ser a de um adulto. Ele não parou de falar até que terminasse de dar sua declaração.

— Eles foram mortos com uma Luger 9 mm. Eu também matei aqueles garotos no ano passado. — Adeus.

Quando o homem disse "adeus", sua voz ficou mais profunda e ameaçadora. Nancy ouviu o som do telefone sendo colocado no gancho e ficou escutando o ruído da linha telefônica.

Depois que desligou, o assassino deve ter ficado um instante na cabine iluminada. De repente o telefone começou a tocar; um homem negro, de meia-idade e mal-vestido estava passando e viu o homem corpulento dentro da cabine. Virando a cabeça para o outro lado, o homem abriu a porta da cabine e fez com que ela mergulhasse na escuridão. A fim de fazer com que o telefone parasse de tocar, ele tirou o fone do gancho e o deixou pendurado. Um momento depois, saiu apressado, para dentro da noite.

À 0h47, a Pacific Telephone tinha rastreado a ligação como tendo sido feita da estação Joe's Union, na rua Tuolumne com a Springs Road, bem em frente à delegacia de polícia de Vallejo e de onde se via a casa verde de Darlene e Dean, na rua Virginia. O homem corpulento pode ter olhado para a casa quando passou por ela após ter feito a ligação. Dean ainda estava trabalhando àquela hora, de modo que os únicos ocupantes da casa eram Dena, a babá e o amigo dela.

A polícia ligou para o pai de Dean, pois o Corvair estava registrado no nome dele. Dessa maneira, o pai de Dean foi o primeiro a ficar sabendo da morte de Darlene.

A polícia depois tentou, pelo telefone, entrar em contato com alguém da casa dos Mageau, e, quando isso não deu certo, mandou o policial Shrum e seu parceiro até o endereço na rua Beechwood. Eles saíram do carro de patrulha e se aproximaram cuidadosamente da casa, pois a porta da frente estava aberta e todas as luzes, acesas. Exceto pelo barulho da televisão, os policiais não ouviam nenhum outro ruído dentro da casa. Eles encontraram o local vazio.

Após fecharem o Caesar's, os proprietários e os funcionários, incluindo Dean, foram em direção a oeste para a casa dos Ferrin, na rua Virginia, rumo à festa. Bill Leigh e Dean, em carros separados, pararam na Loja de Bebidas do Pete e compraram algumas.

"Depois que fechamos o restaurante", lembrou-se Carmela mais tarde, "as garçonetes e todos nós pegamos nossos carros e fomos para a casa dele. Quando chegamos, estavam lá a babá e duas jovens que Dean não conhecia e que nunca tinha visto antes. Elas eram filhas de uma amiga de Darlene, o que fez Dean ficar um pouco incomodado. Ele pareceu meio sem jeito. Elas deveriam ter sido levadas para a casa delas, mas Darlene não tinha aparecido ainda".

"Foi por isso que começamos a imaginar: 'Onde ela estará? O que ela está fazendo?' Segundo as babás, ela tinha dito que iria comprar alguns fogos de artifício."

Dean saiu para procurá-la. O telefone tocou à 1h30 e Bill Leigh atendeu. A única coisa que ele ouviu foi uma respiração pesada. "Provavelmente um dos amigos tontos de Darlene", ele disse para Carmela, por sobre o ombro.

Bill foi rude. "Por que ela não fica em casa com o marido para variar?", ele disse ao bocal do telefone, e desligou.

Alguns minutos depois, os pais de Dean receberam uma ligação semelhante e só ouviram uma respiração ruidosa ou "o vento do outro lado da linha". Tudo o que podiam dizer é que havia alguém do outro lado.

O irmão de Dean recebeu um telefonema do mesmo tipo.

Assim, houve três ligações anônimas para parentes de Darlene menos de uma hora e meia depois de ela ter sido baleada, e muito antes de qualquer notícia sobre o crime aparecer nos jornais ou no rádio. Os pais de Darlene, os Suennen, não receberam nenhuma ligação. O número deles não estava na lista telefônica.

Será que o assassino procurava uma pessoa específica com quem desejava falar? Será que era Dean que ele queria aterrorizar, e será que ele conhecia a voz de Dean? Embora Dean e Darlene tivessem mantido o mesmo número de telefone quando se mudaram para a rua Virginia, eles apareciam na lista telefônica como ainda morando na rua Wallace. Se o assassino fosse um desconhecido, ele teria suposto que ligava para uma casa localizada a muitos quarteirões dali; contudo, usou um telefone público de onde se podia ver a nova moradia do casal.

"Finalmente, por volta das 2 horas, o marido de Darlene voltou", contou-me mais tarde Janet, a babá. "Ele disse: 'Vou te levar para casa'. Ele parecia preocupado ou irritado, como se alguma coisa o estivesse incomodando, como se alguma coisa não saísse da sua cabeça. Ele falou algo como: 'Darlene ainda vai demorar', e depois nos levou para casa."

"Dean levou as moças para a casa delas imediatamente, não sei a que horas", contou Carmela. "Ele provavelmente ficou fora uns dez minutos. Ficamos sabendo do assassinato quando a polícia apareceu na porta. Ainda estávamos lá, passando o tempo. É, estávamos todos lá imaginando onde Darlene se metera e onde estavam os fogos. Conversávamos na sala havia mais ou menos uma hora quando a polícia apareceu. Então a polícia veio até a porta, e meu marido e Dean foram para a delegacia. E logo que eles saíram, um dos policiais entrou na casa e nos fez algumas perguntas sobre onde Dean tinha estado mais cedo naquela noite. Acho que o marido é sempre suspeito num caso como aquele."

"Então falamos para ele que todos trabalhávamos juntos, que todos tínhamos vindo para a festa e que estávamos aguardando Darlene. E então eu perguntei: 'O que aconteceu?"

"Ele nos disse que ela tinha sido baleada e que estava com outro homem. 'Ela está bem?', perguntei. Ele disse: 'Não, ela está morta'. Foi terrível. Todos ficamos chocados. Ele contou tudo, mas Dean só ficou sabendo quando chegou à delegacia."

A polícia interrogou Dean e Leigh por uma hora, dando a eles o mínimo de detalhes possível.

"Soubemos que ela tinha um amante", os detetives disseram a Dean.

"Bem, Dean nunca quis saber de nada", afirmou Carmela depois. "De fato, ele não queria acreditar naquilo. Quando ela saía, as pessoas diziam para ele: 'Garoto, é melhor você descobrir com quem ela está saindo'. Ele costumava falar: 'Ela não está fazendo nada de errado. Ela não tem amante nenhum. Ela é apenas jovem e tem que colocar para fora a sua energia'. Ele realmente a amava. E a protegia quando as pessoas lhe contavam coisas sobre ela. Quando tudo terminou, e ele ouvia coisas ruins sobre ela, ele se fechava. Sobre ela, ele não sabia nada a mais do que nós. No último ano, ele quase não a viu."

Bill Leigh disse à polícia: "Não sei de nenhum motivo para que alguém quisesse matar Darlene."

Lê-se o seguinte no interrogatório oficial de Bill, na sala 28 da delegacia de polícia de Vallejo:

> William declarou que sabia que ela estava saindo bastante e que achava que ela estava se encontrando com outros homens, mas declarou que não podia fornecer nomes, datas ou lugares. Declarou que ela saía e que ficava fora até tarde da noite ou até o começo da madrugada. Declarou que alguns de seus amigos tinham lhe contado que tinham visto Darlene em vários lugares diferentes e com vários homens diferentes. William declarou que Dean permitia que ela saísse o quanto quisesse e que Dean nunca achava que ela estivesse fazendo alguma coisa errada.
>
> William depois declarou que se lembrava de uma pessoa de nome Paul (nome alterado), para quem Dean tinha vendido uma picape Ford ano 1951. Declarou que ouviu dizer que esse Paul tinha tentado várias vezes fazer com que Darlene saísse com ele, mas que ela não saiu e que esse Paul ficou sarcástico, agressivo e cáustico pelo fato de ela nunca ter desejado nada com ele... William declarou que nunca se encontrou com esse Paul, segundo acredita, e que não sabe

> onde ele mora ou trabalha. Ouviu dizer que ele é *bartender*... Ouviu dizer que esse Paul costumava aparecer no bar (Jack's Hangout) localizado perto da antiga casa de Darlene, na rua Wallace, e que costumava aparecer lá quando Darlene estava em casa, a fim de importuná-la, tentando fazê-la sair com ele.

Bobbie Ramos ficou sabendo dos tiros à 0h15, pelo policial Howard "Buzz" Gordon, um amigo comum de Darlene e Bobbie. "Ele ligou para mim no trabalho e me contou o que tinha acontecido. Talvez estivesse na delegacia quando a notícia chegou lá", disse-me ela mais tarde. Às 2h30, o sargento Rust chegou ao Terry's para falar com os colegas de trabalho de Darlene.

Bobbie Ramos foi a primeira. Ela tinha passado algumas noites com Darlene no Coronado Inn, onde gostava de ir para dançar. O único homem amigo de Darlene que Bobbie conhecia era Mike.

(Depois da morte de Darlene, Bobbie se transferiu do Terry's, que ficava em uma área um pouco isolada, para o Banquet Room, onde ela via cerca de 200 pessoas por dia.)

Rust falou depois com Evelyn Olson, que afirmou ter sido informada por Darlene de que o casamento dela estava no fim. "Darlene pensava que o marido não a amava mais. Ela me falou isso no Natal e depois me disse que estava se encontrando com outros homens. Darlene tinha muitos namoradinhos, mas nada sério", Evelyn falou.

Pouco depois das 3 horas, Rust conversou com Lois McKee, a cozinheira, que disse que, embora Darlene tivesse muitos amigos do sexo masculino, parecia gostar mais de Mike, e de fato ela sabia de uma viagem a São Francisco que os dois haviam feito no mês passado.

Harley Scalley, o gerente, confirmou que Darlene se “envolvia com vários homens”.

— Darlene se encontrava com muitos caras? — perguntei a Lynch depois, e ele respondeu: — Todo tipo de caras. Ela tinha vários parceiros.

Mas Bobbie, Evelyn e Lois se lembraram de um determinado indivíduo, um homem corpulento e baixo, com cabelo preto, que tentava de todas as formas sair com Darlene. O homem tinha uma picape rosa e um carro marrom, possivelmente um Corvair, e “ficava tenso quando Darlene não saía com ele. Ele ficava muito irritado com isso”. As moças não sabiam o sobrenome dele, mas sabiam que era *bartender* e que o primeiro nome dele era Paul.

Às 3h30, o corpo de Darlene foi levado para Twin Chapels e fotografado.

“Eu estava grávida na época”, contou Linda, irmã de Darlene. “Quando entrei na funerária, ela estava estendida sobre uma mesa, e eles me disseram: ‘Ainda não terminamos’. E eu disse: ‘Quero vê-la agora’.”

“E entrei.(...) Eu estava com a adrenalina transbordando. (...) Entrei pela porta e a toquei. Nunca vou esquecer aquilo, porque foi como se eu estivesse tocando um pedaço de mármore ou uma boneca. E o cabelo dela estava cor de abóbora. Sua boca ainda tinha sangue. Eles tinham suturado a boca, mas ainda havia sangue. Pensei que não deveria ter entrado, mas era isso que eu queria, e então entrei.”

Lynch ainda estava em Blue Rock Springs às 7 horas. “Estávamos procurando por qualquer coisa. Ed Cruz fez um esboço bem preciso de toda a área. Retiraram uma bala perfeita do carro, uma que não estava amassada. Provavelmente ela transfixou uma parte mole do corpo e depois só teve força para penetrar no estofamento, de onde a retiraram".

A busca pelos projéteis disparados pelo assassino no estacionamento resultou em nove cartuchos 9 mm e sete projéteis de 9 mm com jaqueta de cobre, em condições diversas.

Como o assassino tinha feito pelo menos nove disparos, e eventualmente 13, sem recarregar, a polícia entendeu que a arma era uma Browning. (A Smith & Wesson fabricava a pistola M59, uma 9 mm Parabellum, que usava versão modificada do sistema da Browning e que tinha um magazine com capacidade para 14 projéteis.) Todas as outras semiautomáticas avaliadas — Star, Smith and Wesson, Astra, Llama, Neuhausen, Zbrojovka', Husqvarna, Esperanza e Parabellum (Luger) — tinham um magazine com capacidade para sete ou oito projéteis. A Browning 1935 High Power (FN GP35), fabricada no Canadá pela Empresa John Inglis desde a Segunda Guerra e usada pelo Exército canadense, comporta 13 projéteis, em um magazine de fileiras alternadas.

Rust chegou ao Blue Rock Springs acompanhado de Linda, ainda muito chocada, e seu marido. Linda contou a Lynch que os três amigos mais chegados de Darlene eram Sue, a prima de Dean, Bobbie, "a loura do Terry's", e um homem conhecido apenas por "Bob", que costumava trazer presentes de Tijuana para Darlene. Linda também mencionou Paul. "Paul tentava sair com Darlene, mas ela não gostava muito dele. Ele se vestia bem, era baixo, tinha o cabelo preto", contou ela. "Ele visitava Darlene com frequência; era muito emotivo."

Lynch falou com o pai de Mike, que passara a noite do assassinato no motel Kentwig. Ele contou que "Darlene ligara várias vezes na sexta-feira". Quanto ao irmão gêmeo de Mike, ele aparentemente estava morando em Los Angeles desde umas quatro ou cinco semanas antes da morte de Darlene, mas havia relatos conflitantes sobre essa informação.

Às 8h25 da manhã, Mike foi operado. Durante a cirurgia de emergência, seu queixo foi amarrado e a perna esquerda foi fixada com o uso de três pinos metálicos e engessada por inteiro. Uma bala foi removida da coxa dele pelo médico; ela foi colocada num vidro e entregue a Lynch. Mas o trabalho cirúrgico mais delicado foi feito no braço, porque a bala provocara fragmentação de tecidos e ossos. O grave ferimento na língua ainda impedia que Mike falasse sem sentir muita dor.

Às 9h30, John Sparks, o perito do Departamento de Identificação, fez um exame minucioso no Corvair estacionado na garagem da polícia.

Às 11h15, Lynch e Rust foram à casa da família Suennen, e o pai de Darlene, Leo, disse que Darlene não tinha nenhum inimigo conhecido, mas que "às vezes parecia ter medo do Mageau".

Mesmo estando bastante sedado, Mike acabou sendo interrogado por Lynch em seu leito hospitalar. Cuidadosamente, Mike enfatizou que "estava muito escuro e difícil de ver". Com palavras baixas e entrecortadas, ele relatou para Lynch os eventos daquele trágico dia 4 de Julho. Apenas uma parte da história foi alterada: "Darlene me pegou às 23h40, e, como estávamos com fome, pegamos a Springs Road para oeste, em direção a Vallejo, mas no Ed's demos meia-volta, e por sugestão minha, fomos para o Blue Rock Springs a fim de conversarmos".

Fiquei sabendo de outra alteração na história de Mike por meio de um relatório confidencial. Sue Ayers, uma assessora jurídica, afirmou ter falado com Mike no hospital logo depois do ataque e que ele contara que Darlene e outro homem tinham discutido enquanto ele estava no carro dela, no Terry's, na noite dos tiros, e que quando eles partiram o desconhecido os seguiu até Blue Rock Springs, onde a discussão continuou. E que eles tinham sido baleados por esse homem. Mike também contou a ela que eles foram seguidos "pelo menos desde que ela me pegou em casa".

Em conversas posteriores, Mike disse que o agressor usava uma blusa ou suéter azul, pesava cerca de 72 quilos e "penteava o cabelo formando um topete na frente". O tipo do carro também foi mudado. Tratava-se agora de um Chevy bege-claro.

Pam, irmã de Darlene, declarou que Mike falou para ela no hospital "que o cara apareceu e atirou.(...) Ele conhecia Darlene porque a chamou pelo nome; ela era conhecida pelos amigos como 'Dee' e ele a chamou de 'Dee'".

— Por que você acha que Mike não quer contar certas coisas para a polícia? — eu perguntei a Pam.

— Bem, ele amava Darlene — ela sugeriu. — Mike escrevia cartas para ela.

Quando Darlene morreu foram encontradas três cartas de Mike, cada uma assinada com um nome diferente. Mike gostava de se fazer passar por pessoas diferentes.

A polícia entrou em contato com as babás e pediu que fossem à delegacia.

"Eles foram muito insistentes. Muito duros. Nós falávamos alguma coisa e eles diziam: 'Não, não pode ser', até que a gente dizia, 'É, não pode ser'. Não se discute com um policial quando se é muito jovem. E a gente tem certeza de ser jovem quando se tem 14 anos", disse-me Janet, alguns anos depois. "É realmente muito estranho. Eles levam a gente para uma delegacia, a gente fica tendo pesadelos durante semanas, mas a gente tenta se lembrar de tudo."

"Anotei aqui", disse Lynch, "que Darlene chegou às 23 horas e limpou a casa."

"Não", falou Janet, "na verdade foi às 23h35."

"Havia uma grande discrepância", disse Janet, "entre o que a polícia dizia e a hora em que ela chegou. Eles continuavam dizendo que ela chegara às 23 horas, e nós continuávamos dizendo que tinha sido mais tarde. Eles nem se davam ao trabalho de anotar. A que horas vocês estão dizendo que ela foi morta? Meia-noite. Ela nem tinha saído de casa perto da meia-noite, porque estávamos vendo um programa que só começa pouco antes da meia-noite, e ela teria sido morta só cinco minutos depois. Como ela poderia ter chegado lá em cinco minutos? E ela ainda apanhou alguém no caminho. Achamos que isso era importante. Não se pode chegar lá tão depressa."

Uma perseguição poderia explicar a presteza.

Como no caso dos assassinatos do lago Herman, não houve agressão sexual ou roubo. Nos dois casos, o assassino disparara vários tiros e não deixara pistas ou impressões digitais. O agressor conhecia bastante bem o relevo de Vallejo. Seria um morador de Vallejo, talvez um vizinho dos Jensen ou dos Faraday, ou mesmo um amigo comum de todas as vítimas?

Lynch contatou Lundblad, que comparou os dois crimes e concluiu que os telefonemas à polícia não tinham sido um truque. Lundblad falou com a imprensa e comentou a semelhança entre os crimes, mas não mencionou as ligações telefônicas nem fez qualquer comentário sobre as provas.

Um policial de Vallejo, que se encontrara algumas vezes com Darlene, foi incluído entre os suspeitos, mas depois inocentado por Lynch, e acabou deixando a polícia.

Domingo, 6 de julho de 1969

Às 12h02, Carmen, mãe de Mike, chegou a Vallejo vinda de Los Angeles. Ela e o irmão de Mike conversaram com Lynch. "Darlene não tinha nenhum inimigo conhecido", o irmão gêmeo de Mike disse.

Um homem e seu filho telefonaram para Lynch e contaram ter visto uma discussão entre um homem e uma mulher no estacionamento do Terry's, por volta das 22h30, no dia 4 de julho. O homem teria uns 30 anos, pesaria entre 80 e 85 quilos, e teria pouco mais de 1,80 metro de altura. O cabelo era cor de champanhe, penteado para trás.

Às 18h45, Lynch falou com os três adolescentes que tinham descoberto o assassinato. Às 19 horas, o pai de Darlene pegou Cristina e as duas babás e as levou à casa de Darlene, onde encontraram Lynch e Rust.

Entre cinco detetives, Lynch foi designado para comandar a investigação do crime. Ele aventou todos os motivos possíveis, de ciúme até vingança, mas nenhum rendeu alguma coisa. A natureza dos estranhos telefonemas levou o detetive a concentrar sua investigação num maníaco.

"Ela era uma garota bonita. Estive na autópsia. Não tinha mais nenhum dia de folga. Para uma cidade como Vallejo, isso era uma coisa muito importante, especialmente depois da morte dos outros dois garotos", comentou Lynch, pesaroso.

Segunda-feira, 7 de julho de 1969

O Corvair foi devolvido, e Linda e seu pai tiveram que levar o carro colina abaixo, longe da casa, a fim de limpá-lo. "Ele estava cheio de sangue", disse Linda, "e ainda havia Dena chorando e chamando a mãe. Era de cortar o coração".

Dean levou todos os diários, agendas telefônicas e papéis de Darlene para Lynch. Ele descobriu um envelope amarelo, de revelação fotográfica, com palavras estranhas escritas nele. Dean não conseguiu explicar o que as palavras podiam significar. As palavras "mutilado", "preso", "testemunhou" e "visto" estavam na beirada do envelope, na caligrafia de Darlene. Lynch também conseguiu levantar uma série de outras palavras parciais. Elas não faziam sentido. Eram "acrqu", acci", "calc" e "icio". Além disso, ela tinha circulado as palavras impressas "sobre", "por" e "no", e rabiscado a palavra "altamente". O número de telefone no verso do envelope era do restaurante e *drive-in* Mr. Ed's.

Havia outras coisas perturbadoras chamando a atenção de Lynch. Darlene saíra para comprar fogos de artifício na noite do dia 4. Mas, ainda assim, sua irmã dizia que ela já tinha levado os fogos. Quando Darlene foi encontrada, ela não tinha nem os fogos nem o dinheiro para comprá-los; apenas 13 centavos foram encontrados em sua bolsa. "Parece-me", lembra Lynch, "que ela foi até a casa de Mike e lhe disse que iam soltar fogos na casa dela e pediu que ele fosse com ela comprar os fogos.(...) Havia quiosques vendendo fogos em toda a cidade".

Informações passadas à polícia sugeriam que o assassinato de Darlene envolvia drogas, atos de bruxaria das Ilhas Virgens e até uma igreja satânica, um culto do diabo em Vallejo.

Perguntei a Linda sobre a bruxaria.

— Darlene estava metida nisso desde os 17 anos. Ela acreditava na reencarnação, no vodu e em coisas desse tipo. Foi quando esteve nas ilhas Virgens que ela realmente se envolveu com isso.

Carmela me contou mais tarde que "ela provavelmente estava envolvida com o ocultismo. Ela se misturava com pessoas estranhas apenas porque gostava da emoção provocada por essas coisas.(...) Ter casado a primeira vez com o tipo de pessoa com quem se casou era como um estilo de vida para ela.

"Darlene mencionou as práticas de bruxaria até certo ponto", Pam contou, "e conhecendo aquele cara sentado no balcão do Terry's, o jeito como ele falava, o jeito como ele estava metido na história da caveira com as velas queimando. Darlene falou que ele era o homem que mantinha as velas acesas, e ela comentava essas coisas estranhas e falava sobre a bruxaria."

"Mas não havia rituais. Os amigos de Darlene chegavam e faziam provocações, mas quem começava tudo era esse cara, o homem que entregou os pacotes, o homem presente na festa da pintura."

Falei com Bobbie Oxnam sobre as notícias que os jornais publicavam a respeito de Darlene e das drogas.

— Essas histórias nos irritavam muito.(...) Ela pode ter fumado maconha uma vez ou outra, mas as drogas eram um tabu para ela.

— Eu acho — Bobbie Ramos me explicou — que a polícia não me fez as perguntas certas. Toda essa falação sobre drogas me desagradou.(...) Darlene se envolveu com alguma coisa e depois não conseguiu sair; ela estava com medo.

Assim, acho que ela quis dar o fora e o assassino pensou: "Bem, vou dar um fim nela porque, provavelmente, ela irá à polícia".

Contudo, Linda tinha suas próprias teorias. "Quanto ao dinheiro para a casa nova", ela disse com convicção, "nem um centavo veio de Dean. Ele veio do que quer que ela estivesse fazendo com esse homem do carro branco.(...) Constantemente, duas ou três vezes por semana, eu a levava ao banco, o Crocker Citizen, na rua Georgia".

E por que Mike estava usando três calças e três camisas numa noite de verão? E a maçaneta que estava faltando? Dean declarou que a maçaneta interna do lado da porta do passageiro estava lá, e Cristina disse que ela estava lá quando deixou o carro na casa da família.

Mas a coisa mais surpreendente e inexplicável foi que, depois de o casal ter sido encontrado em Blue Rock Springs, depois de ter sido levado para o hospital e depois de a polícia ter cercado a área, a maçaneta interna desaparecida da porta do passageiro do Corvair fora misteriosamente recolocada.

Sexta-feira, 11 de julho de 1969

Agora Lynch estava concentrado na busca pelo *bartender* Paul. Ele tinha um Chevrolet ano 1956, azul e branco, um Pontiac vermelho e a picape que comprara de Dean Ferrin. Paul costumava tomar café da manhã no Terry's, às 2 horas, depois do fechamento dos bares. Um informante dissera a Lynch que Paul estava constantemente aborrecendo Darlene e que ele a seguia muitas vezes. Darlene tinha um "medo mortal dele, e fingia amizade só para mantê-lo a distância".

Lynch me disse que "Paul não era realmente agressivo, mas era o tipo de cara difícil de ser afastado. E vinha ao café insistir com Darlene. Levamos uma semana para achá-lo". Finalmente, Lynch recebeu uma informação de que o Paul com quem eles queriam falar estava empregado em um bar em Benicia. Eles contataram o sargento-detetive Bidou, da delegacia de Benicia, que descobriu um endereço de Paul, mas de 1966. Primeiro, Lynch e Rust verificaram em vários bares de Benicia, sem sucesso, e então foram ao antigo endereço, na rua D, e falaram com a senhoria, que declarou ter visto Paul um mês antes. Ela descreveu o *bartender* como sendo uma pessoa "gordinha e de cabelos pretos lisos".

Às 20 horas, ela ligou para Rust, na delegacia de Vallejo, e disse que fizera umas ligações e descobrira que Paul estava em Yountville, entre Napa e o lago Berryessa. Os detetives se dirigiram para lá imediatamente e falaram com Paul na casa dele. Paul agora trabalhava em uma fábrica de caldeiras.

"Não conheço nenhum amigo de Darlene", foi logo falando.

"Nós só queremos saber onde você estava na noite de 4 de julho."

"Estava jogando *softball* com um time patrocinado pelo Departamento de Polícia de Napa. Eu gosto de policiais", disse ele, secamente. "O jogo começou às 10h30 e, quando terminou, vim direto para casa. Depois de jantar, fui à queima de fogos de uma associação de veteranos e voltei para casa por volta das 19 horas, não saindo mais."

A nova mulher de Paul confirmou a história.

Lynch ficou muito desapontado. Um dos seus colegas detetives me disse: "Toda a investigação parecia apontar para esse sujeito. Quero dizer, todo mundo estava procurando esse Paul. O cara tinha até trabalhado no Elk's Club, em Blue Rock Springs. Mas verificamos tudo; o álibi era irrefutável".

Lynch e Rust voltaram desanimados para a delegacia.

Mike mudou-se para um pequeno apartamento de segundo andar, seu "esconderijo", tingiu o cabelo de ruivo e era levado para o hospital pelo pai a fim de tratar da perna e do braço. Mais tarde, foi morar com a mãe e o irmão no sul da Califórnia.

"Achamos", disse-me depois Carmela, com a voz meio embargada, "que Mike devia saber quem era o assassino, porque não sei se me mudaria de cidade só porque fui baleada. Depois, achamos que talvez ele soubesse. Talvez ele soubesse".

Lynch finalmente perguntou a Mike por que ele estava usando tantas roupas. Lynch me contou: "Ele disse que ficava desconcertado por ser tão magro e que usava mais roupas para parecer um pouco mais forte".

— Algo bastante desconfortável para um 4 de Julho, não é? — comentei.

E a maçaneta desaparecida que foi misteriosamente recolocada depois de o Corvair ter sido apreendido pela polícia? A conclusão lógica era de que o assassino, para poder recolocar a maçaneta, deveria ser um policial ou alguém ligado à polícia. Então me lembrei da anotação feita por Rust e dirigida ao pessoal da polícia técnica: "Realizar busca por balas no lado interno da porta". O perito deve ter feito isso e, quando terminou, automaticamente recolocou a maçaneta, talvez depois de encontrá-la caída debaixo do banco, onde o assassino pode tê-la jogado.

Jack Mulanax, o policial durão e de ombros largos que ficaria encarregado do caso Ferrin nos meses seguintes, período durante o qual se tornaria algo muito maior do que alguém jamais seria capaz de imaginar, chegou a ir atrás do primeiro marido de Darlene em Santa Cruz e o interrogou. “Esse é um cara sem importância. Estou completamente convencido de que ele não é o assassino”, disse-me.

Rust e Lynch se reuniram com Linda para preparar um retrato falado do homem da festa. “Sentei lá com a polícia, e o desenhista fez um retrato seguindo minhas instruções. Fiquei horas com a polícia”, contou-me Linda. “Depois me deram uma longa lista com nomes para eu circular todos os nomes das pessoas que estavam na festa. Eles conseguiram identificar todo mundo, menos o cara de terno. Depois do Terry’s, nunca mais o vi.”

O envelope que chegou ao *São Francisco Chronicle* apresentava um carimbo do correio de São Francisco e tinha dois selos de 6 centavos, com a efígie de Roosevelt, colocados verticalmente um acima do outro. A carta contida nele, escrita em letras miúdas e espremidas, que descambava para a direita ao chegar perto do pé da página, era fria e ameaçadora. Junto da carta, havia a terça parte de um criptograma impresso com perfeição, composto de símbolos estranhos.

Era uma carta endereçada ao editor. Nela, o autor assumia a responsabilidade pelas mortes de David, Betty Lou e Darlene.

3

Zodíaco

Sexta-feira, 1º de agosto de 1969

Na redação do *São Francisco Chronicle*, na esquina da rua Fifth com a rua Mission, reuni-me com os dois editorialistas, Temp Peck e Al Hyman, e com o *publisher* do jornal, Charles deYoung Theiriot, na sala de reuniões, às 10 horas. Nós nos encontrávamos toda manhã para discutir as notícias e decidir os temas da página de opinião do dia seguinte. Eu leria os jornais, desenharia seis esboços de charges, e os editores escolheriam um. Depois que eu redesenhasse em tinta e em papel mais grosso, especial para ilustração, ela seria a charge da página de opinião da edição do dia seguinte.

Foi nessa redação que a primeira carta do assassino de Vallejo apareceu, assinada apenas por um círculo cortado por uma cruz. O assassino incluíra, também, uma mensagem em código, composta de símbolos misteriosos.

Existe uma longa tradição de escritores e artistas que tentaram solucionar crimes verdadeiros em suas obras de ficção. Desde Poe (*O Mistério de Marie Roget*) e Mary Roberts Rhinehart (*First Mate Bram Murder Case*, a Arthur Conan Doyle e Agatha Christie, esta fundamental para a solução de um caso de envenenamento por acônito. Oscar Wilde e

Walter Sickert, pintor britânico do século XIX, alegavam saber quem realmente era Jack, o Estripador. Wilde semeou pistas em *O Retrato de Dorian Gray*, e Sickert escondeu referências ao criminoso em seus quadros sobre assassinatos a facadas. Nos anos mais recentes, por um breve período, suspeitou-se de que, na verdade, Sickert fosse o Estripador.

Isso rondava no fundo da minha mente enquanto eu olhava o pequeno texto da carta. Fui tomado por várias emoções, mas principalmente senti profunda raiva diante da frieza, arrogância e insanidade do assassino. Como chargista da página de opinião, desenvolve-se um forte senso de justiça, uma necessidade de mudar as coisas, e, como pintor e cartunista, eu trabalhava com símbolos todos os dias. As ferramentas da minha profissão estavam sendo deturpadas e apropriadas por um assassino.

Por volta dessa época, nenhum assassino desde Jack, o Estripador, escrevera à imprensa e zombara da polícia com pistas sobre a sua identidade. A estranheza da carta me enredou. Irrevogavelmente fisgado, imediatamente obcecado, eu queria solucionar o que sentia que iria se tornar um dos maiores mistérios da história.

A carta, escrita com uma caneta azul de ponta porosa, dizia:

> Caro Editor[1]
> Aqui é o assassino dos
> 2 jovens no último Natal
> no Lago Herman & da moça

1. Com relação às correspondências do Zodíaco, os erros de grafia e as pontuações estranhas foram mantidos na tradução. (N. do E.)

no dia 4 de Julho perto do
campo de golfe em Vallejo
Para provar que os matei Eu
vou contar alguns fatos que
só Eu & a polícia conhecemos.
Natais

1. Marca da munição
   Super X
2. 10 tiros foram disparados
3. o jovem estava de costas
   com os pés apontados para o carro
4. a jovem estava deitada sobre o lado
   direito pés voltados para Oeste

4 de Julho

1. a jovem estava usando
   calças estampadas
2. O jovem foi baleado também
   no joelho.
3. Marca da munição foi
   western
   (Câmbio)

Aqui está parte de um código as
outras 2 partes desse código
estão sendo enviadas aos editores
do Vallejo times & do SF Examiner.

Quero que o senhor publique esse código
na primeira página do seu
jornal. Nesse código está minha
identidade.
Se o senhor não publicar esse código
até a tarde da sexta-feira, 1º de
ago de 69, vou iniciar uma matança

> louca sexta-feira à noite. Vou perambular
> todo o fim de semana matando pessoas
> solitárias à noite e continuar
> matando de novo, até que eu tenha
> uma dúzia de pessoas no
> fim de semana.

O *São Francisco Examiner* e o *Vallejo Times-Herald* também receberam a sinistra carta, com pequenas variações ("Eu sou o matador...") e uma terça parte da mensagem completa em código.

Os jornais publicaram uma parte do texto das cartas, mas, atendendo a uma solicitação da polícia, não reproduziram a carta propriamente dita. Isso foi feito para que fossem preservadas certas coisas que só o assassino saberia. Trata-se de um procedimento-padrão da polícia em muitos casos de assassinato, a fim de que haja provas indiscutíveis para a identificação e captura do criminoso.

Cada terça parte da mensagem consistia de oito linhas com 17 símbolos cada uma: símbolos gregos, do código Morse, meteorológicos, caracteres alfabéticos, sinais de sinalização naval e símbolos astrológicos.

Depois de fazer fotocópias, os jornais encaminharam as cartas e os códigos originais para Lynch. A delegacia de Vallejo, por sua vez, fez cópias dos códigos e os mandou para a Inteligência da Marinha nos estaleiros da ilha Mare, para serem decifrados.

O *Times-Herald* e o *Chronicle* publicaram sua terça parte do código nas edições seguintes. No sábado, o *Chronicle* publicou a seguinte manchete na página 4:

Pistas codificadas para os assassinatos. Esse código pode conter a identidade do matador de Vallejo.

Esta é a parte do Chronicle do criptograma completo:

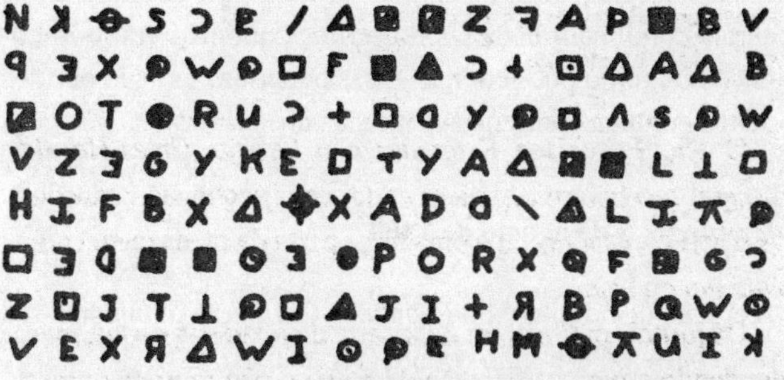

Ver abaixo a parte do código do *Times-Herald*. O *Examiner* decidiu não publicar sua parte do código até o domingo, possivelmente porque duvidava de que a carta fosse realmente do assassino.

No órgão de inteligência da Marinha, os códigos tampouco puderam ser decifrados. Os setores de leitura de códigos do governo, a Agência Nacional de Segurança (NSA) e a Agência Central de Inteligência (CIA) foram chamados para ajudar.

O chefe de polícia de Vallejo, Jack E. Stiltz, não estava totalmente convencido de que as cartas tinham sido escritas pelo assassino e solicitou publicamente ao autor que enviasse "uma segunda carta com mais fatos". Stiltz admitiu que as cartas continham detalhes dos crimes que não eram do conhecimento do público, mas esses poderiam ter sido obtidos de testemunhas presentes nas cenas dos crimes.

Domingo, 3 de agosto de 1969

A edição de domingo do *Examiner-Chronicle* publicou a sua terça parte do estranho código (ver abaixo).

Abaixo da sua parte do código, o *Examiner* publicou os códigos encaminhados pelo assassino ao *Chronicle* e ao *Times-Herald*. Pela primeira vez, a mensagem inteira foi toda vista.

Donald Gene Harden, 41 anos, professor de história e economia na Escola North Salinas, a pouco mais de 150 quilômetros ao sul de São Francisco, interessava-se desde criança pela decifração de códigos, de forma que leu o jornal com redobrado interesse.

Já que se tratava de uma manhã de domingo com pouca coisa para fazer, ele decidiu brincar com o criptograma. Foi até uma estante e pegou seu velho volume de interpretação de códigos, *Secret and Urgent*, de Fletcher Pratt. Harden tirou tudo que estava em cima da mesa da sala de jantar, muniu-se de lápis bem apontados, uma régua e uma borracha e começou tentando descobrir que tipo de código *não era* aquele.

A palavra criptografia é derivada das palavras gregas *kryptos* ("secreto") e *graphos* ("escrita"), enquanto a palavra *cipher* deriva do hebreu *spahar*, significando "numerar". Um código ou reordena sistematicamente a usual sucessão de letras do texto ou substitui o alfabeto normal por outros caracteres, letras ou símbolos.

Harden começou a trabalhar com letras maiúsculas, verificando a frequência dos símbolos. Harden sabia que o "e" é a letra mais comum na língua inglesa, seguida, pela ordem, por "t", "a", "o", "n", "i", "r" e "s". As letras dobradas mais comuns em inglês são "l", "e", e "s". As letras que com maior frequência ocorrem juntas são "th", "he" e "an". Mais da metade de todas as palavras termina em "e", e mais da metade de todas as palavras começa com "t", "a", "o", "s" ou "w". Harden estava ciente de que as combinações de três letras mais comuns (trigramas) são "the", "ing", "con", e "ent". Finalmente, ele decidiu que se tratava de um "código de substituição", em que cada letra do alfabeto é substituída por um símbolo, uma letra ou uma figura. O assassino usara tantos símbolos diferentes, que uma substituição "um por um" dos caracteres não era possível. O professor teve que inventar seu próprio procedimento, tentando encontrar coisas que fossem iguais a cada outra, na busca por padrões ou símbolos de repetição. Durante horas ele ficou sentado à mesa, trabalhando nos mesmos padrões persistentes e recorrentes que dançavam por sobre o papel cheio de anotações. Se pelo menos ele pudesse reduzir o número das variáveis!

A real dificuldade para decifrar esse código era que Harden não sabia qual bloco do código era o primeiro, ou onde as palavras estavam quebradas.[2]

No final da terceira hora de trabalho, a mulher de Harden se juntou a ele no mistério. Bettye June Harden é o tipo de mulher que nunca desiste; uma vez que põe a mão na massa, ela não para. "Ela tem uma tremenda capacidade de manter-se focada", disse-me Harden depois. Muito embora nunca tivesse olhado para um documento codificado em sua vida, ela mergulhou de cabeça. Afinal de contas, em teoria, tudo o que foi codificado pode ser decodificado.

O casal acelerou o exame metódico e trabalhou durante todo o dia e até a noite. Então os dois foram dormir, preocupados com a solução e sonhando com ela.

Segunda-feira, 4 de agosto de 1969

Harden estava quase desistindo do criptograma na manhã seguinte, mas não conseguiu convencer Bettye a parar. Muito embora de vez em quando ela não tivesse a menor ideia do que estava fazendo, ela continuou trabalhando; e Harden acabou se juntando a ela.

---

2. Na verdade, como finalmente acabei por entender, o assassino marcara a ordem dos códigos, como um lembrete para ele ou como uma pista. O número de selos na carta ao *Examiner* era dois, o número de selos na carta ao *Chronicle* era três, e o envelope da carta ao *Vallejo Times-Herald* foi postado com quatro selos. (N. do A.)

Bettye era da opinião de que o assassino era tão egomaníaco, que começaria tudo com "eu". A intuição lhe disse que ele falaria sobre matar, e embora eles ainda não soubessem qual trecho codificado vinha na frente, ela sugeriu que o criminoso deveria começar com uma frase como "Eu gosto de matar (...)".

A resposta veio num átimo. O criptograma continha um número de combinações duplas de símbolos. De acordo com o quadro de frequência, a letra que, normalmente, mais aparece dobrada em inglês é "l". Os quadros de frequencia mostram a frequência comparativa de letras, pares de letras, grupos de letras e sílabas. É praticamente impossível escrever uma mensagem sem repetir palavras, então os dois procuraram por padrões de quatro letras que se encaixariam na palavra *kill* ("matar"). E havia a possibilidade de *kill* ser usada mais de uma vez. (Analistas de criptogramas em campos de batalha, por exemplo, examinam qualquer código capturado procurando padrões de símbolos que possam se referir a "ataque".)

É sinistro, e ao mesmo tempo excitante, ver um código começar a se revelar. O assassino usara *kill* uma vez, os Harden acabaram descobrindo. Ele usou *killing* ("ato de matar") duas vezes e *killed* ("morto") e *thrilling* ("emocionante"), uma vez cada. Outras palavras com "l" duplo, como *will* (indicativo de futuro), foram usadas quatro vezes, e a palavra *collecting* ("coleção"), uma vez.

À medida que a mensagem se revelava, os Harden perceberam as ardilosas armadilhas que o assassino usara para frustrá-los. Primeiro, ele usara 15 vezes o símbolo feito por um "q" escrito de trás para frente, para induzir os decifradores de códigos a pensar que se tratava da letra "e", a letra mais comum. Para a verdadeira letra “e”, ele utilizara sete símbolos diferentes.

O assassino empregara um sistema de checagem de modo que símbolos alternados tinham sido usados em sequência, embora dois símbolos diferentes tenham sido usados indiferentemente para “a” e para “s”. A caligrafia do assassino era ruim, algo feito provavelmente de propósito, de modo que em muitos lugares ele cometera erros na utilização do seu próprio código. Contudo, os Harden concordavam que não deveria haver outra decodificação possível, a não ser aquela que eles acabaram encontrando. O processo todo levara 20 horas de trabalho.

O código decifrado dizia:

> GOSTO DE MATAR PESSOAS
> PORQUE É MUITO DIVERTIDO
> É MAIS DIVERTIDO DO QUE
> MATAR ANIMAIS SELVAGENS NA
> FLORESTA PORQUE
> O HOMEM É O ANAMAL MAIS
> PERIGOZO DE TODOS PARA MATAR
> ALGUMA COISA ME DÁ A
> MAIS EMOCIONANTE EXPERIÊNCIA
> É MELHOR ATÉ DO QUE
> FAZER SEXO COM UMA GAROTA
> A MELHOR PARTE DISSO É QUEE
> QUANDO EU MORRER RENASCEREI
> NO PARAÍZO E O QUEEU
> MATEI SE TORNARÃO MEUS ESCRAVOS
> NÃO VOU DIZER MEU NOME
> SENÃO VOCÊS VÃO TENTAR RETRADAROU DIFICULTAR MINHA COLESÃO DE

ESCRAVOS PARA DEPOIS DA MORTE
EBEORIETEMETHHPITI

Harden ligou para o editor que fazia plantão à noite no *Chronicle* e comunicou ter decifrado o código. Ele recebeu uma resposta não muito entusiasmada, já que aquela era mais uma das centenas de ligações que o jornal recebera desde a publicação do código. Harden foi instruído a mandar a solução pelo correio e ouviu a promessa de que ela seria repassada às mãos do sargento Lynch.

No final ficou demonstrado que o casal tinha realmente quebrado o código, que tinha desafiado a CIA, o FBI e a Agência Nacional de Segurança. O setor de inteligência da Marinha requisitou a Lynch os papéis dos Harden, checou tudo de novo e afirmou que a decodificação estava correta.

Terça-feira, 7 de agosto de 1969

O assassino, em resposta ao pedido do delegado Stiltz, escreveu de novo. Desta vez ele forneceu mais detalhes sobre os dois ataques em Vallejo. A carta tinha três páginas.

Pela primeira vez ele usou um nome para si mesmo: Zodíaco.

Prezado Editor
Aqui quem fala é o Zodíaco.
Em resposta a sua solicitação
de mais detalhes sobre os bons
momentos que passei em Vallejo,
terei muito prazer em
fornecer ainda mais material.

> A propósito, a polícia
> está se divertindo com o
> código? Se esse não for o caso, diga-lhes para
> se animarem, pois quando eles o
> decifrarem, eles me pegarão.
> Sobre o 4 de Julho:
> Não abri a porta do carro, O
> Vidro já estava abaixado
> O moço estava inicialmente sentado no
> banco da frente quando comecei
> a atirar. Quando dei o primeiro
> tiro na cabeça dele, ele pulou
> para trás ao mesmo tempo
> prejudicando minha pontaria. Ele acabou
> no banco de trás depois
> no assoalho de trás movimentando
> muito violentamente as pernas;
> foi assim que atirei no
> joelho dele. Não deixei a cena
> do assassinato com os pneus cantando
> & em alta velocidade como descrito nos
> jornais de Vallejo.
> Saí vagarosamente para não
> chamar a atenção para o meu carro. O homem
> que disse à polícia que meu carro era marrom
> foi um negro, 40/45 anos, muito malvestido.
> Eu estava numa cabine telefônica
> me divertindo com a polícia de Vallejo
> quando ele estava passando.
> Quando desliguei o telefone
> o maldito começou a tocar & aquilo
> chamou a atenção dele para mim & meu carro.

Nenhum desses fatos jamais fora divulgado.

Natal passado
Nesse esposódio a polícia
ficou imaginando como pude
atirar & acertar minhas vítimas na
escuridão. Eles não falaram isso abertamente,
mas deixaram isso implícito ao dizer que
a noite estava bem iluminada & que eu podia
ver silhuetas no horizonte.
Bobagem aquela área é sercada
por montes altos & árvores. O que
eu fiz foi prender com fita uma pequena
lanterna no cano de minha arma. Se
você observar, no centro do facho
de luz se você mirar ele numa parede ou
teto você verá uma mancha preta ou
iscura no centro do
círculo de luz com 8 a 15 cm
do outro lado.
Quando presa ao cano da arma, a
bala vai acertar exatamente no
centro do ponto negro na luz.
Tudo o que tive de fazer foi borrifá-los...
Nada de endereço.

O Zodíaco escrevera que quando a polícia decifrasse o código "eles o pegariam". O que o assassino não sabia é que os Harden já tinham concluído a decodificação, mas que a identidade do assassino continuava a ser um mistério.

Terça-feira, 12 de agosto de 1969

Finalmente a solução encontrada pelos Harden foi publicada, e intérpretes amadores de código de toda a região da Bay Area concordaram que as últimas letras no final da mensagem cifrada, "Ebeorietemethhpiti", poderia ser um anagrama do verdadeiro nome do assassino. Acrescentando um "r", um "m" e um "p" a esse eventual anagrama, ele vira "Robert Emmet The Hippie".

Nos dias seguintes, leitores criativos do *Chronicle* continuaram a sugerir variações para o anagrama: Emmet O. Wright, Robert Hemphill, Van M. Blackman, I Am O. Riet, Kenneth O. Wright, Leo Blackman, F. L. Boon, Timothie E. Pheiberte.

Um dos assinantes sugeriu que a polícia pegasse a anotação "Rush to the Editor"("Encaminhar ao Editor"), que aparecia nos envelopes de todas as quatro cartas do Zodíaco, e procurasse um senhor Rush. Um cidadão prestimoso escreveu a Lynch que as letras no final da mensagem decodificada significavam "São Benito Mental Hospital" (Hospital São Benito para Deficientes Mentais). O problema é que não havia nenhum lugar com esse nome.

Lynch não ficou impressionado com a ideia do anagrama. No máximo, pensou, a "assinatura" poderia ser apenas o pseudônimo do matador. Robert Emmet era o nome de um revolucionário patriota da Irlanda executado em 1803. Mas, para ter certeza, Lynch verificou todos os Robert Emmets, *hippies* ou não. "A artimanha pode ser apenas isso — artimanha", disse, "para tentar nos despistar. Afinal de contas, ele diz no código, 'não vou dar meu nome'. Não temos certeza se 'Robert Emmet' é a pessoa que estamos procurando", acrescentou. "Talvez ele nos mande outra carta e nos deixe descobrir isso."

Harden acreditava que a última linha fora usada apenas para complementar o bloco cifrado, uma forma de evitar que decodificadores soubessem qual bloco era o último.

Ao contrário do doutor D.C.B. Marsh, chefe da Associação Americana de Criptogramas, eu não achava que o assassino fosse um especialista em códigos e mensagens cifrados. Na minha opinião, o Zodíaco trabalhava apenas tendo outros como exemplo. O Zodíaco era um amador com códigos, como eram os Harden. Era como a caça e o caçador copiando-se, sentindo seu progresso em direção a um fim. Nós agora sabíamos a qual letra do alfabeto cada símbolo correspondia, mas o que eu queria saber era como o assassino chegara à *escolha* dos símbolos.

Um código compreendendo 55 caracteres é algo muito complicado. Esse código era totalmente original ou o Zodíaco utilizara outras fontes para desenvolver seu sistema cifrado? Se ele tivesse utilizado determinados livros sobre códigos, talvez isso pudesse levar até ele.

Comecei verificando os livros básicos sobre escrita cifrada. No prefácio de *The Codebreakers*, de David Khan, apresenta-se um exemplo de alfabeto cifrado; oito dos 26 equivalentes sugeridos tinham sido usados pelo assassino. O Zodíaco deveria ter um exemplar desse livro.

Quanto ao restante dos símbolos estranhos, os quase religiosos triângulos, círculos, quadrados e cruzes, lembrei-me de ter ouvido falar de um código utilizado na Idade Média. Era um alfabeto pictórico, desenhado para parecer místico ao desinformado, um alfabeto cifrado descrito como “largamente impressionante” e “sinistro” — qualidades que um homem como o Zodíaco se esforçaria para ter.

Eu o encontrei com a mesma facilidade com que encontrei o código de Khan, em um livro chamado *Codes and Ciphers*, de John Laffin. O nome desse alfabeto cifrado, do século XIII, explicou a escolha pelo bizarro nome do assassino.

Era chamado de "Alfabeto do Zodíaco". O Zodíaco usara muitos símbolos para cada letra do alfabeto e chegara a eles inspirado por esse antigo código.

Por exemplo, o símbolo de Zodíaco para "r" é ""; o símbolo do Alfabeto do Zodíaco para "r" é ""; o símbolo de Zodíaco para "r" é ""; o do alfabeto, "".

Raciocinei que, se esses dois livros tinham inspirado o código do Zodíaco, então eles deveriam ser encontrados em bibliotecas da Bay Area, junto dos registros sobre quem os consultara. Tendo em vista o que pareciam ser símbolos navais no código de Zodíaco e pelo fato de o assassino ter sido descrito, no caso do Blue Rock Springs, como apresentando um corte de cabelo no estilo militar, dediquei uma atenção especial ao Exército e às instalações navais em torno de São Francisco e Vallejo.

Liguei para o Forte de São Francisco e para a base naval da ilha Treasure (onde um incêndio destruíra parte da biblioteca) bem como para o Terminal do Exército em Oakland. Em todos esses casos, os livros ou tinham sido roubados ou estavam desaparecidos. A Base Aérea da Marinha em Alameda nunca tivera o livro, e a Base da Força Aérea em Hamilton não tinha "nenhum registro de qualquer dos livros". O bibliotecário do Estaleiro da Marinha na ilha Mare, em Vallejo, disse que os registros tinham sido depurados recentemente.

No Centro de Informações JFK em Vallejo, a bibliotecária me disse que o livro fora declarado desaparecido havia algum tempo e acrescentou que *Codes and Ciphers* era utilizado pelos "alunos da oitava série como material de leitura, por causa de sua linguagem simples". Na biblioteca pública de São Francisco, o livro ficava na sala usada pelas crianças.

Na carta, o Zodíaco declarava que:

> QUANDO EU MORRER RENASCEREI NO PARAÍZO E TODOS OS QUE MATEI SE TORNARÃO MEUS ESCRAVOS

Professores da Universidade Stanford reconheceram nessa estranha mistura de cristianismo e cultos antigos raízes vindas do Sudeste da Ásia e traços de alguns cultos de adoradores de Satã, como o que era dirigido em São Francisco por Anton LeVey. Será que o Zodíaco era membro de um culto desse tipo?

Em seu código, o Zodíaco descrevia os seres humanos como o animal de caça mais perigoso. Há um filme, fora de cartaz há muito tempo, chamado *O Caçador de Vidas*. Fui vê-lo, em um desses cinemas que apresentam filmes mudos e que ficam perto de São Francisco.

O filme, da RKO-Radio Picture, é de 1932 e baseia-se em um conto de Richard Connell escrito em 1924. Ele conta a história de um assassino louco, o conde Zaroff, que usa luzes de sinalização para um canal inexistente a fim de atrair navios para os recifes junto à sua ilha fortificada. Os sobreviventes dos navios naufragados tornam-se suas presas, a serem caçadas na selva particular do conde. Zaroff, interpretado por Leslie Banks, é um russo alto, gentil, com uma cicatriz irregular na testa. O ferimento se transformou em um símbolo de sua loucura. "Minha vida tem sido uma gloriosa caçada", diz ele aos prisioneiros. "Para mim, é impossível dizer quantos animais eu já matei. Uma noite, quando estava em minha tenda pensando com essa minha cabeça, uma ideia terrível insinuou-se em minha mente, como uma serpente: caçar [animais] estava começando a me entediar.(...) Quando perdi meu amor pela caçada, perdi meu amor pela vida, pelo amor. Aqui na minha ilha eu caço a mais perigosa das caças [humanos]." "Só depois da morte é que o homem conhece o verdadeiro êxtase do amor", diz Zaroff. "Esse é um instinto natural. Mate, e *então* ame! Quando se conhece isso, se conhece o êxtase!" Com sua matilha de mastins negros, o conde Zaroff, vestido todo de preto, as dobras da roupa afiveladas nos punhos e calcanhares, uma faca de 30 centímetros na bainha presa do lado esquerdo, um rifle de precisão na mão direita, corre rapidamente por entre o nevoeiro à caça de um jovem casal.

Depois do filme, parei em meio ao ar agradável da noite, do lado de fora do cinema, olhei para as ruas deixadas úmidas por um nevoeiro e imaginei se a inspiração para os assassinatos de Vallejo não tinha sido um livro infantil de códigos e um filme.

O *Los Angeles Times* divulgou o perfil psiquiátrico fornecido à polícia de Vallejo pelo Instituto Médico da Califórnia, em Vacaville, depois da decodificação.

"Ele provavelmente é uma pessoa que remói sentimentos frustrados, sentimentos sobre ter sido afastado de seus semelhantes.(...) Comparar a emoção de matar com a satisfação sexual expressa normalmente algum tipo de inadequação. Ele provavelmente acredita que, por alguma razão, seus semelhantes o desprezam. A crença de que suas vítimas seriam seus escravos depois da morte reflete um sentimento de onipotência indicando um delírio paranoico de grandeza — algo manifestado por meio de crenças comuns entre os povos primitivos ao longo da história."

"Além disso, os bilhetes e os telefonemas cheios de escárnio podem ser parte de um apelo para ser descoberto, exposto, talvez encurralado. Nesse caso, um paranoico típico muito possivelmente se matará, como sinal de um gesto magnífico, um gesto para punir o mundo por tê-lo ignorado durante a vida dele."

4

Cecelia Ann Shepard

Sábado, 27 de setembro de 1969

Para Cecelia Ann Shepard, esse tinha sido um dia para se despedir do amigo Bryan Hartnell, um colega da Faculdade Pacific Union, em Angwin, no condado de Napa, na extremidade leste do vale. Desde seu primeiro semestre na FPU, Cecelia conhecia o estudante de rosto vincado, mas bonito, que se preparava para fazer o curso de direito, e os dois chegaram a ser bastante próximos.

Depois de passar as férias de verão com os pais em Loma Linda, Cecelia voltara à FPU no fim de semana para empacotar as coisas que deixara na escola e mandá-las para o sul da Califórnia. Tendo terminado os dois anos em Angwin, ela se transferiria em outubro para a Universidade da Califórnia, em Riverside, para estudar música.

A fim de ajudar Cecelia a empacotar as coisas dela, Hartnell viera de carro desde Troutdale, no Estado do Oregon, onde, ele também, visitara seus pais.

Os dois se encontraram na FPU logo de manhã e, depois de irem à igreja, ficaram uma hora enchendo caixas com os pertences dela. A atmosfera era de muita alegria. Eles caminharam do Newton Hall até a cafeteria da escola, em meio aos edifícios compridos e baixos, na cor bege e branca, da faculdade.

Enquanto comiam, Bryan perguntou:

— Você vai fazer alguma coisa de especial hoje à tarde?

— Por quê?

— Não sei. A gente podia sair para um passeio, ou ir a São Francisco. Você sabe, nós sempre fomos bons amigos, nós tínhamos uma amizade tão legal.

Bryan abriu a porta de seu Karmann Ghia branco para a jovem de baixa estatura, delicada e de cabelos claros acomodar-se ao lado do motorista, e os dois desceram felizes a estrada da montanha Howell, passaram pelo Sanatório St. Helena, pela Highway 29, e viraram à esquerda em direção a Rutherford, terra de Inglenook e Beaulieu, velhas vinícolas em pedra com depósitos em forma de arcos. Em um bazar de objetos usados na igreja em Napa, para obras de caridade, eles compraram uma TV. Depois pararam em St. Helena para fazerem mais compras, encontraram alguns amigos e, em seguida, deram uma carona para dois garotos até suas casas. E aí ficou tarde.

Em vez de irem para São Francisco, Bryan sugeriu a Cecelia um passeio até o lago Berryessa. "Lá tem um lugar que é um dos meus preferidos, onde costumo ir sempre", ele falou para ela.

O casal pegou a direção do vale Pope e da estrada Knoxville, percorrendo a linha da costa serpenteante e passando pelos braços de terra do lago artificial. Berryessa tem mais de 40 quilômetros de extensão por 5 quilômetros de largura. Ali é possível encontrar uma grande quantidade de peixes-guelra-azul, trutas comuns, trutas arco-íris e também salmões-do-pacífico, bagres, peixes *black bass* e trutas de alto-mar presas nas enseadas.

Mais cedo, por volta de 14h50, três garotas de 21 anos de idade seguiram pela mesma rota de Cecelia e Bryan. Quando elas entraram no estacionamento perto da cadeia de *fast-food* A & W, um outro carro, dirigido por um homem desacompanhado, parou ao lado delas e deu a ré, de modo que seu para-choque traseiro ficou na mesma linha do para-choque do carro delas. O homem ficou lá, com a cabeça abaixada, como se estivesse lendo alguma coisa. As moças tiveram a impressão de que ele não estava lendo nada.

O carro dele era um sedã Chevrolet ano 1966, de duas portas, prata ou azul bem claro, com placas da Califórnia. O motorista tinha entre 25 e 35 anos, mais de 1,80 metro de altura e algo entre 90 e 100 quilos. Não usava óculos, e o cabelo escuro era liso e repartido do lado. Vestia um moletom preto de manga curta e calça azul-escura. Uma camiseta podia ser vista saindo por cima da parte traseira da calça dele, mas o homem tinha um jeito educado e uma aparência agradável. Fumava um cigarro depois do outro.

As moças foram embora na direção do lago. Estavam tomando banho de sol uma hora mais tarde quando viram o mesmo homem a observá-las. Depois de 20 minutos, o homem partiu.

Às 16 horas, Bryan estacionou seu Karmann Ghia com capota de lona preta, ano 1956, à beira da estrada perto do lago. Não havia outros carros ali. Os dois andaram 400 metros até onde cresciam dois carvalhos grandes.

"Isso aqui é uma ilha durante a estação seca", disse Bryan. "Dá para ver onde havia um dique. Este lugar é realmente muito bonito."

O casal encontrou uma clareira na sombra, para o piquenique, a exatos 466 metros da estrada, em uma península da margem oeste do lago. Eles estenderam um cobertor e ficaram sentados, abraçados, durante uma hora.

O lago é cercado por colinas suaves, e o Sol resplandecia sobre a água à frente do casal. Bryan e Cecelia podiam ver a ilha Goat diante deles, e, à esquerda, um ou outro barco. A faixa de praia onde os dois ficaram estava deserta, e os arbustos os deixavam ainda mais isolados.

A uns 1.280 metros estrada abaixo, um dentista e seu filho pequeno tinham estacionado o carro e andado até a praia. O dentista e o filho viram um homem que os observava na noite silenciosa. Ele estava a menos de 90 metros deles, do outro lado de um braço de terra. Era um adulto branco, com mais ou menos 1,75 metro de altura, encorpado, vestido com calças escuras e uma camisa de manga comprida escura com detalhes em vermelho. O homem não tinha nada nas mãos e parecia estar apenas dando um passeio pelas colinas, entre a estrada e o lago.

De repente o homem percebeu que o dentista e seu filho tinham-no visto e talvez o rifle calibre 22 que ele carregava. Ele se virou abruptamente e começou a subir a colina, na direção sul, enfiando as mãos no casacão azul.

Marcas de pneus indicavam que o carro do homem corpulento ficou estacionado bem atrás do carro do dentista. O homem corpulento talvez estivesse disposto a investigar qualquer veículo estacionado ao lado da estrada, e quando viu o carro isolado, decidiu ir até o lago e ver quem eram seus ocupantes.

O desconhecido saiu de perto do carro do dentista e dirigiu para o sul por exatos 1.208 metros, quando viu o Karmann Ghia branco. Ele parou no acostamento, bem atrás desse veículo.

Vagarosamente, saiu da rodovia entrando em uma estrada de cascalho. Uns 180 metros adiante, à esquerda dele, havia um pequeno bosque e um pântano. A distância, ele viu uma comprida península sem árvores ou vegetação se estendendo por cerca de 280 metros lago adentro. Na ponta da península estavam as únicas árvores existentes fora do bosque: dois carvalhos. Debaixo deles, um jovem e uma moça estavam deitados sobre um cobertor.

O plano, aparentemente, consistia em aproximar-se de sua "caça", percorrendo uma grande área descampada e surpreendê-la. Tarefa difícil. Como ele poderia passar despercebido e cruzar um espaço aberto, desprovido de vegetação durante a estação das chuvas por causa da água do lago?

Cecelia distinguia a figura de um homem a distância. Ele estava bem longe da clareira cor de trigo existente na península, mas ela não podia ver o rosto dele; o rosto surgia borrado e com suas linhas apagadas, mas o homem parecia que os estava observando. Ele era corpulento e tinha cabelos castanho-claros. Ele desapareceu no bosque, a cerca de 230 metros de distância, à direita de Cecelia.

Momentos depois ela viu o homem corpulento de novo, quando ele saiu do bosque vindo na direção deles. Ela interrompeu a conversa com Bryan para dizer que tinham companhia. Bryan estava deitado de costas sobre o cobertor, e o topo da cabeça apontava diretamente para o sujeito massudo que avançava lentamente pelo terreno estreito e cheio de pedras. Cecelia estava deitada de barriga para baixo, com o rosto voltado para a praia e a cabeça recostada no ombro de Bryan. O homem agora estava bem perto.

A brisa da noite atirou um pouco de poeira nos olhos de Cecelia, e quando ela ergueu o olhar de novo o homem vestido com roupa escura tinha desaparecido. A noite estava tão amena, que Bryan nem se deu ao trabalho de se virar, mas Cecelia ficou assustada. Ao ver o desconhecido de tão perto, percebeu que ele era muito mais ameaçador do que parecia a distância. Ele caminhara vagarosa e pesadamente. Como pôde desaparecer tão depressa e tão completamente?

Instantes depois, Bryan ouviu o farfalhar de folhas.

— Você trouxe os óculos? — perguntou. — Por que você não dá uma olhada para saber do que se trata?

— É aquele homem — disse ela.

— Ele está sozinho?

— Ele acabou de colocar-se atrás de uma árvore. — De início Bryan pensou que ela se referia a uma das árvores do bosque, a vários metros de distância.

— Hum — Bryan disse. — Fique olhando e me diga o que está acontecendo.

Bryan e Cecelia estavam debaixo do maior dos dois carvalhos. O homem corpulento estava atrás do segundo carvalho, à direita de Cecelia, a cerca de seis metros.

— Meu Deus, ele está com uma arma! — gritou Cecelia, agarrando o braço de Bryan. O homem corpulento saíra de trás da outra árvore, e Bryan, com o canto do olho, percebeu instantaneamente um vulto grande e escuro, a sua esquerda, olhando silenciosamente para ele. Quando o casal se virou, o homem caminhava para onde eles estavam.

O homem dera a volta em torno deles. Atrás da árvore, ele vestira um capuz cerimonial preto, quadrado no alto, com quatro pontas, semelhante a um saco de papel. Parecia um carrasco da Idade Média.

O capuz cobria os ombros do homem corpulento, chegando até quase sua cintura, e não tinha mangas; as abas desciam por cima do peito. A parte de cima era achatada, com uma costura em volta das beiradas. Estampada em branco na parte da frente do capuz, parte essa semelhante a um babador, havia uma cruz quadrada de 7,5 centímetros colocada sobre um círculo. As pontas dos braços da cruz saíam para fora do círculo. Ela rebrilhava em um tom alaranjado devido ao pôr do sol e fora colocada ali com esmero, quase profissionalmente. Havia cortes feitos no tecido para os olhos e a boca; e o homem usava óculos de sol preso sobre o capuz. Bryan ficou maravilhado com a maneira engenhosa com que a máscara fora feita.

As mangas escuras estavam bem apertadas na altura dos pulsos e as calças, enfiadas em botas de cano curto. (Evidentemente, o Zodíaco usava uma proteção de borracha, como os militares, para as calças enfiadas nas botas.) Do lado esquerdo havia uma faca tipo baioneta, com no mínimo 30 centímetros de comprimento, dentro de uma bainha presa ao cinto. Na altura do peito, do lado direito, estava um coldre preto, com a presilha aberta. Vários pedaços de corda de varal, de plástico, branca e oca, pendiam por debaixo da jaqueta do homem desconhecido.

Seus pés penetravam profundamente na areia da praia; Bryan viu o que pensou ser a barriga protuberante do homem saindo para fora das calças. Contudo, o corpo do homem parecia rígido, sem sinais de flacidez.

A mão direita dele ficou estendida em direção ao casal enquanto caminhava; nela, ele carregava uma pistola semiautomática de aço azulado.

Bryan e Cecelia ficam petrificados, à luz do crepúsculo,

vendo o homem de corpo volumoso se aproximar. Não podia ser uma brincadeira de um dos amigos deles; os dois não tinham contado a ninguém aonde iriam naquele dia. Será que tinham sido seguidos?

"E então ele foi chegando", contou-me Bryan depois. "Naturalmente, há coisas com as quais eu não me importaria, já que valem pela experiência. Pensei, bem, tenho só 50 centavos comigo. Se acontecer, tudo bem. Não pensei nada além disso."

O homem corpulento ficou de pé, olhando o casal sobre o cobertor.

"Falei com ele", disse Bryan.

E uma voz extraordinariamente calma veio de debaixo do capuz, uma voz que tinha um timbre nem muito alto nem muito baixo, uma voz de tom monocórdio. O dono daquela voz, segundo pareceu a Bryan, teria entre 20 e 30 anos.

"Aquela voz... era como a de um... um estudante", disse-me depois. "Mas meio arrastada; mas não arrastada como no caso dos sulistas."

"Quero o dinheiro de vocês e as chaves do carro", afirmou o homem.

"Isso é só um assalto", pensou Bryan.

O homem encapuzado continuou falando. As palavras eram pronunciadas em um ritmo constante e de forma calma.

"Ele não parecia ter grau superior, mas tampouco lembrava um analfabeto", contou Bryan.

"Quero o carro de vocês para ir até o México", continuou o desconhecido.

Bryan olhou para cima, para o capuz escuro com óculos de sol presos aos buracos dos olhos. Teria ele, por baixo dos buracos no capuz, visto o brilho metálico de outros óculos?

Através desses buracos, Bryan conseguia ver um cabelo castanho-escuro e suado.

O homem corpulento usava uma jaqueta leve, de punhos e cintura apertados, azul e preta, sobre uma camisa de lã, preta-avermelhada. Àquela distância, Bryan notou que o círculo com a cruz tinha sido costurado na roupa.

As mãos do homem estavam escondidas por luvas pretas, e suas calças eram largas e com pregas, "de um tipo antigo". Segundo Bryan, ele tinha entre 1,80 e 1,85 metro de altura e pesava entre 100 e 110 quilos. Por ser muito grande, Bryan não conseguia avaliar bem a altura dos outros.

Rapidamente, ele vasculhou seus bolsos em busca do dinheiro e das chaves. "Só tenho uns trocados", disse, antes de estender o resto do dinheiro que tinha junto das chaves do Volkswagen. O mascarado guardou o dinheiro no bolso e jogou as chaves sobre o cobertor. Depois colocou a arma no coldre.

Bryan pensou que esse homem talvez precisasse realmente de ajuda. Então, disse: "Veja o que eu posso fazer. Não tenho dinheiro agora, mas se você precisa tanto, eu talvez possa ajudar de outras maneiras".

"Não", disse o desconhecido. "O tempo está se esgotando. Sou um condenado que fugiu de Deer Lodge, Montana. Matei um guarda da prisão lá. Roubei um carro e não tenho nada a perder. Estou completamente duro."

"Bom, cara, não é melhor ser acusado de roubo do que de ameaça com arma de fogo?" disse Bryan.

"Não comece a bancar o herói para cima de mim", disse o homem. "E não tente pegar minha arma."

"Eu realmente achei que a arma não estava carregada", contou-me Bryan depois. "Sempre achei que a arma estivesse sem balas. Já ouvi um monte de vezes que isso é o que eles fazem, como blefe. Mas decidi não pagar para ver."

Bryan falou para o homem: "Você está perdendo seu tempo comigo. Tenho a minha carteira e esses trocados, e é só".

"Eu falava o que me vinha à cabeça", e contou-me, "falava as coisas mais estranhas. Eu estava tendo uma aula de sociologia. Você está falando com um aluno de segundo ano de faculdade que nunca tinha se encontrado com um criminoso de verdade. Nossa, não era o caso de ter medo desse cara.(...) Ele só queria meu dinheiro. Disse a ele que tudo o que eu tinha eram 76 centavos, e ele não pegou nada. Se me lembro bem, dei a ele as chaves e por alguma razão ele não as levou. Ele contou que o carro que ele tinha era quente. Pensei que ele queria dizer que o carro era muito veloz e comentei isso com ele. Mas ele afirmou que era roubado. Ele falou sobre a prisão e sobre entrar em contato comigo. Conversamos por um bom tempo."

O homem encapuzado pegou um pedaço de corda de varal.

A faca do homem corpulento estava na altura do olho de Bryan, e ele a fitava, tentando registrar o máximo possível de detalhes. A lâmina tinha entre 2 e 2,5 centímetros de largura, e entre 28 e 30 centímetros de comprimento, talvez uma baioneta ou uma faca de pão, com um cabo de madeira no qual era possível ver dois rebites de metal. Um esparadrapo de 2,5 centímetros de largura estava atado em volta do cabo da faca, que ficava enfiada em uma bainha de madeira. A lâmina tinha gume duplo.

Se Bryan tivesse visto *O Caçador de Vidas,* ele teria reconhecido nela uma boa cópia da faca que o conde Zaroff mantinha na sua vestimenta negra de caça.

"Deitem de cabeça para baixo, no chão", disse o homem encapuzado. "Vou ter de amarrar vocês."

Desafiando-o, Bryan levantou-se, mas foi compelido a se deitar no cobertor. "Não estou brincando, Robert", disse-me Bryan depois, "fiquei muito irritado diante da possibilidade de ser amarrado como um porco. Muito irritado, argumentei com ele, e pensei, não de forma sensata, mais à maneira de polícia e ladrão, em pegar a arma. Sempre achei, pelo modo como ele empunhava a arma, que dava para eu agarrá-la. A única coisa que me impediu de fazer isso é que isso era algo que não precisa ser necessariamente feito. Se eu estragasse tudo e se alguém fosse ferido, eu seria acusado de tentar bancar o herói".

"Olha, acho que posso pegar a arma", sussurrou Bryan para Cecelia. "O que você acha?"

"Ela ficou com medo", disse-me Bryan. "Então pensei que, como havia duas vidas em jogo, e não apenas a minha, eu não ia fazer aquilo. Pensei: 'Vamos agir com cautela'. Essa é a maneira certa de agir. Se alguém está roubando você, você coopera. Você entrega o dinheiro. O cara parecia ser meio excêntrico, mas estávamos tendo uma conversa razoavelmente lógica. Tudo o que ele queria era o dinheiro."

O homem encapuzado virou-se para Cecelia.

"Você amarra o rapaz."

Cecelia enrolou a corda nas mãos e nos pés de Bryan e deu uns nós frouxos. "Ela me amarrou sem apertar muito", contou Bryan para mim, "e eu pus as mãos meio longe uma da outra. Como se vê na televisão".

Enquanto amarrava Bryan, Cecelia enfiou a mão no bolso dele, retirou dali a carteira de Bryan e a jogou para o homem encapuzado. Ele não a pegou. Quando ela terminou, o homem corpulento amarrou-a de forma semelhante. Ao tocar na garota, as mãos dele começaram a tremer, mas ele a prendeu com firmeza. Só então percebeu os nós frouxos de Bryan e os refez, dando nós duplos.

"Ele me amarrou de novo, com nós muito apertados", disse Bryan. "Com aquela corda de varal."

"Estou ficando nervoso", o homem falou.

Nessa hora, os estudantes estavam indefesos — Cecelia de barriga para baixo e Bryan deitado sobre seu lado esquerdo. "Pensando em retrospecto", comentou Bryan comigo, "por que alguém amarraria outra pessoa depois de roubá-la e de descobrir que essa pessoa não tinha mais dinheiro? Por que ele simplesmente não me obrigou a caminhar uns 100 metros, mandando que não me virasse? Não fazia sentido me amarrar como um porco".

O homem encapuzado falava com eles numa voz tão calma, que em nenhum momento lhes ocorreu a possibilidade de que seriam agredidos. Bryan repetiu sua oferta de ajuda, e os três conversaram por mais uns minutos enquanto escurecia.

"Havia alguma coisa diferente na voz dele. Se me lembro bem, ela não era artificial. E não apresentava nenhum sotaque. Ele tinha uma maneira particular de dizer as coisas. Ele não falava como nós estamos falando agora", contou Bryan. "Não que eu estivesse tentando tirar coisas dele. Ele nem estava tentando conversar comigo direito. Eu é que ficava fazendo perguntas. Ele não estava facilitando nada. Primeiro, eu estava lá, deitado de barriga para baixo e disse: 'OK., agora que tudo acabou, você vai me deixar ver se a arma estava carregada?' Ele retirou o pente da coronha e me mostrou uma bala. Parecia uma bala calibre 45."[1]

"Ele a colocou de volta, e eu virei a cabeça para o outro lado."

O casal amarrado ouviu uma voz, agora mais roufenha, falar por debaixo do capuz: "Agora vou ter de esfaquear vocês".

Indefesos, os dois ficaram em estado de choque.

"A primeira vez em que percebi um primeiro sinal de perigo foi quando o vi pegar a faca, e então pensei que tinha chegado meu fim. Foi a primeira indicação de que as coisas iam ficar muito piores do que algo como ter de passar a noite toda amarrado."

"Por favor, me esfaqueie primeiro", falou Bryan. "Sou um covarde. Não suportaria vê-la ser esfaqueada".

"É isso o que vou fazer", disse o sujeito encapuzado.

Ele se ajoelhou e tirou a faca da bainha, levantando-a acima das costas de Bryan. E começou a esfaquear as costas do rapaz. O sangue jorrado atingiu o rosto de Cecelia, antes de começar a escorrer em pequenos fios.

"Estou deitado de barriga para baixo", contou-me Bryan mais tarde. "Ponha-se no meu lugar, alguém o golpeia com uma faca. Qual é a primeira coisa que você faz? Você se retesa... e espera que a coisa toda pare. Não há nada que você possa fazer. Você está na posição mais vulnerável possível. Para mim, eu só esperava que aquilo parasse. Ela via a faca desferindo os golpes e gritava para ele parar, e tudo o mais.

---

1. O Colt.45 1911A1, usado pelas Forças Armadas dos Estados Unidos, é "semelhante em desenho e função" à Browning High Power, mas é mais pesado e mais comprido e tem um magazine com apenas sete cartuchos. (N. do A.)

Ela se vira de lado e então, quando ele se volta para ela, ela sabe exatamente o que vai acontecer, e qual é a reação dela? Tentar escapar. Tentar sair do caminho."

"Você tem esses poucos segundos para entender o que está acontecendo. Você estará numa posição diferente dentro em breve, e foi isso o que aconteceu — ela era uma pessoa com uma estrutura óssea bastante frágil. Ela não era magra, mas não tinha uma estrutura óssea forte. Quando ele a atingiu, quebrou várias costelas dela."

Quando Bryan deu um gemido e finalmente pareceu desmaiar de dor, o capuz negro se voltou para a moça. E qual seria a expressão do rosto debaixo do pano preto? A respiração ofegante do homem movimentava espasmodicamente o pano, sugando-o para dentro e empurrando-o para fora.

Ainda de joelhos, o homem emitiu um som horripilante e descontrolado e, deixando exalar o ar longamente, começou a esfaquear a moça nas costas. A faca mergulhou dez vezes. Instintivamente, Cecelia rolou o corpo, ficando de barriga para cima, e o caçador de preto continuou a investida. Em um dos golpes, ele enfiou a faca, até o cabo, no peito dela. Depois, um golpe em cada seio, um na região pubiana e um no abdome.

"Para, para, para...", implorou a moça. Quanto mais ela se virava e se contorcia, mais furiosamente o homem encapuzado a esfaqueava.

"Ela está virada de lado", contou-me Bryan. "Ele a esfaqueia no lado. Soube depois que ele a esfaqueou formando o símbolo do Zodíaco, o círculo com a cruz, mas... ele se movimentava demais e não parecia que estivesse esfaqueando-a de forma a fazer algo assim intrincado."

"Acho que ele a atingiu na frente, nas costas e no lado porque ela ficou se mexendo. Se me lembro direito, ele tentava segurá-la, mas ela..."

"Então virei o rosto. Olhei, mas de repente percebi, ei, veja... por que é que estou olhando? Não aguento olhar isso. E virei o rosto."

"E quando me virei, pensei, Hartnell, o esperto, não vai fazer nenhum movimento. Obviamente não havia nada que eu pudesse fazer para salvá-la, mas não vou fazer nenhum barulho, ou eu morro... Fique imóvel."

Finalmente satisfeito, o homem corpulento levantou-se e atirou o dinheiro e as chaves sobre o cobertor, ao lado das vítimas. E andou lentamente pela península descampada, sumindo no crepúsculo vazio.

De volta à estrada, o homem corpulento colocou o capuz e a faca ensanguentada no banco dianteiro do carro, andou até o Karmann Ghia de Bryan, que estava trancado, se ajoelhou ao lado da porta dianteira do passageiro, que estava mais distante da estrada. Ele fez alguma coisa com a porta e depois saiu no seu carro. Tinha um telefonema a dar.

"Acho que não desmaiei", disse-me Bryan. "Se tivesse desmaiado... há uma leve névoa em minha memória.(...) O que eu o ouvi fazer foi sair sem pressa. Parei de respirar. Eu simplesmente congelei, e então depois disso há um pequeno ponto negro. Mas me lembro de sempre ter tido a impressão de nunca haver perdido a consciência."

"Quando se olha de verdade para o que me aconteceu exatamente, a gente percebe que tive muita sorte; ele roçou a cavidade do meu coração e fez com que o líquido dentro dela ficasse um pouco rosado, mas não a furou. Mais uma fração de centímetro para a direita e eu estaria morto."

"A aorta de Cecelia foi transfixada em vários lugares; já a minha, não. Uma facada entrou de um lado, e outra, do outro lado. Realmente nunca fiquei ferido. Quero dizer, fiquei, mas não nesse nível."

Cecelia recobrou a consciência e o casal começou a gritar por socorro. A primeira preocupação de Bryan foi a de "apenas continuar vivo". Depois a de se soltar para ir buscar socorro. Sentindo muitas dores, ele girou o corpo até uma posição em que pudesse morder a corda branca em volta dos pulsos de Cecelia. O sangue dos ferimentos da moça tinha deixado a corda escorregadia; a boca dele ficou cheia de sangue. O trabalho era demorado e doloroso. A moça acabou se soltando e virou-se para desamarrar as mãos de Bryan.

"A primeira dificuldade que tivemos", revelou Bryan, "foi o fato de ele ter me amarrado com nós muito apertados. Então, puxa, ainda não sei como ela conseguiu desamarrar as cordas, considerando seu estado de debilitação. De qualquer forma, depois que ela desatou todos os nós, minhas mãos ainda levaram um tempo até superarem a dormência, pois ficaram atadas por meia hora sem quase nenhuma circulação. De modo que demorou um pouco até eu poder movimentar as mãos e até elas pararem de formigar."

A intenção de Bryan era arrastar-se e pedir socorro, mas ele perdera tanto sangue que mal podia se mover.

Um pescador chinês de São Francisco e seu filho, que estavam em um barco pequeno dentro do lago, ouviram gemidos vindo da ponta da península e, então, remaram para mais perto a fim de dar uma olhada. Vendo aquela cena terrível, não ousaram chegar mais perto. Saíram em busca de socorro.

A 3 quilômetros dali, no Rancho Monticello Resort, o pescador saiu correndo para contar aos guardas-florestais o que tinha visto. O guarda-florestal Dennis Land e o guarda-florestal sargento William White estavam no carro de patrulha a quase 5 quilômetros de lá quando receberam o chamado pelo rádio da sede da administração do parque, localizada perto da água. "Deixei Bill White no Rancho Monticello", contou-me Land, "e ele foi de barco para o local. Recebi informações dele sobre onde era o local, de modo que fui de carro até lá. Eu não tinha a menor ideia do que nos esperava. Tudo o que sabia é que alguém estava ferido, que tinha cortado o pé ou..."

Na península, quando viu o pescador chinês e seu filho remarem para longe, Bryan acreditou que ninguém viria ao socorro deles. E começou a arrastar-se em direção à estrada. "Tudo o que consegui foi chegar à trilha dos jipes. Foi quando vi um carro se aproximando".

"Encontrei o rapaz", afirmou Land. "Ele tinha se arrastado por uns 270 metros desde o ponto em que as facadas tinham sido desferidas. Estava totalmente desamarrado e indo em direção à estrada. Não vi ninguém suspeito. Ele estava deitado de comprido na estrada de terra... e eu saí e dei uma boa olhada nele. Ele me contou que a namorada dele estava na ilha. Entrei no carro o mais rápido que pude e fui para onde ela estava."

Dois barcos, nos quais estavam o guarda-florestal White e os donos do Rancho Monticello, chegaram, e os guardas-florestais enrolaram Bryan e Cecelia em cobertores até que a ambulância chegasse lá. Não havia ambulância no lago; ela teria de vir do Hospital Queen of the Valley, a quase uma hora de distância. Enquanto contavam aos patrulheiros o que tinha acontecido, o casal alternava períodos de consciência e de inconsciência.

Enquanto tinha se arrastado, Bryan só havia remoído um único pensamento: "Meu Deus, não quero morrer". Bryan estava certo de que o homem encapuzado, quando saiu, tinha acreditado que eles estavam mortos. "Acho que só estava com medo de morrer. Não me lembro muito da dor.(...) Eu estava basicamente em estado de choque", ele disse. "Mas ela sentia muitas dores, dores terríveis".

"Eles estavam sofrendo muito", disse White mais tarde a Dave Smith, do *L.A. Times*. "A garota me implorava que desse alguma coisa para acabar com a dor dela ou para fazê-la desmaiar. Ela se contorcia no chão, de dor, e eu quase não conseguia sentir a pulsação dela. Tentei pensar em alguma coisa que eu pudesse fazer. Eles não estavam mais sangrando, mas apresentavam muitos ferimentos feitos a faca."

Cecelia fora esfaqueada 24 vezes.

"Eu me lembrei", continuou White, "de uma coisa que tinha ouvido muito tempo atrás, sobre coçar algum lugar longe de onde doía e que isso tirava o foco da dor. Então falei sobre isso com a garota. Ela tentou fazer isso, e me disse que isso a ajudou por alguns minutos, mas depois voltou a insistir para que eu acabasse com a agonia dela."

As vítimas, cujo estado era grave, foram levadas às pressas para o hospital. A moça foi operada durante quase toda a noite.

"Cecelia sentiu muita dor o tempo todo durante a viagem", disse-me Bryan, "até que finalmente passou a ignorar a dor, isolando-a mentalmente. Não sei o que teria acontecido se eles não tivessem vindo.(...) Certamente ela teria chegado morta ao hospital, e, não sei, talvez eu também. Você sabe, a hemorragia; embora nenhum órgão vital tenha sido atingido, a pessoa morre por falta de sangue".

O relatório sobre o duplo ataque a facadas em Berryessa foi registrado na delegacia de Napa às 19h13. O policial Dave Collins e o subdelegado Ray Land, irmão de Dennis, foram enviados à cena do crime. Às 19h40, uma hora e dez minutos depois do ataque, o telefone da delegacia de Napa tocou e foi atendido pelo policial encarregado.

— Departamento de Polícia de Napa, policial Slaight falando.

A chamada caiu na linha 1.

— Quero comunicar um assassinato — não, um assassinato duplo — disse a voz do outro lado da linha.

Slaight teve a impressão de que a voz pertenceria a um homem de 20 e poucos anos. A voz era calma.

— Eles estão 3 quilômetros ao norte da sede da administração do parque. Eles estavam em um Volkswagen Karmann Ghia branco.

Houve uma longa pausa.

— Onde você está?— perguntou Slaight.

— Fui eu que os matei — afirmou o homem, numa voz que "quase não se ouvia".

O atendente ouviu o telefone ser colocado no gancho, mas a ligação não foi interrompida. "Há alguém aí? Há alguém aí?", perguntou Slaight. Ele sabia que a linha ainda estava aberta porque conseguia ouvir os carros que passavam. "Por alguma razão fiquei com a impressão", disse ele mais tarde, "de que havia pessoas junto ou perto dali, pois acho que me lembro de ter ouvido vozes femininas ao fundo... Contudo, na época, eu estava também ligando para o delegado de Napa por meio de outra linha, então é difícil dizer. Eu repassei a informação a respeito da chamada e então liguei para a telefonista a fim de saber se a ligação poderia ser rastreada".

A polícia rastreou rapidamente o sinal até um telefone público localizado no número 1.231 da rua Main, o Lava-Rápido Napa. Ele ficava a apenas quatro quarteirões e meio da delegacia de polícia, e a exatamente 43,5 quilômetros da cena do crime. A polícia conseguiu obter, no telefone, uma imagem clara da palma de uma mão; o local precisaria ser secado sob luz artificial antes que eles pudessem aspergir pó sobre ele a fim de coletar a impressão digital. É preciso fazer isso para que o pó grude nos ácidos da mão, como se espera que aconteça para obter a impressão digital, e não em outras áreas úmidas.

Um indício de que o assassino acreditava ter matado os dois estudantes é que abandonou a região do lago prontamente.

As complicadas ruas de mão única de Napa e a localização da cabine telefônica me fizeram acreditar que o Zodíaco estava tão familiarizado com Napa quanto com Vallejo. Ele tinha virado à direita na rua First, rua essa que percorreu até passar pela delegacia; então fez outra curva para a direita a fim de entrar na Main, de onde ligou para a polícia. Depois o assassino tinha que pegar a avenida Soscol de volta para a estrada 121 (que depois virou a Highway 29). E como não podia regressar em direção ao lago, teria que ir para o sul, na direção de Vallejo. Sua casa era em Vallejo? Ou além?

O assassino gostava de dar seus telefonemas de algum lugar perto de uma delegacia de polícia, o que explica por que ele não ligou de Berryessa. Como de costume, ele atacara em uma área de jurisdição policial dúbia.

O sargento-detetive Kenneth Narlow, um policial forte e durão da delegacia de Napa, assumiu o comando da investigação e certificou-se de que toda a área do lado do lago onde ocorreu o ataque fosse vasculhada em busca de testemunhas que tivessem visto alguém suspeito. "Quando recebi o chamado do escritório", disse-me Narlow, "fui imediatamente ao hospital falar com as vítimas. Não havia sentido em correr para Berryessa. Cecelia Shepard estava inconsciente".

Quando Narlow finalmente chegou à cena do crime, seu rosto largo e bronzeado foi tomado por um sentimento de raiva. Alguém tinha juntado o cobertor colorido e as cordas e colocado tudo em uma caixa para ele.

Então Narlow olhou para a porta do Volkswagen branco e o que ele viu fez com que se arrepiassem os cabelos de sua nuca. O assassino escrevera na porta, com uma caneta hidrográfica azul:

Vallejo
20-12-68
4-7-69
27 set,69-6h30
a faca

Os números significavam alguma coisa para Narlow. Eram as datas dos assassinatos nos condados de Vallejo e Solano.

Havia um maníaco à solta, e ele atacara mais ao norte.

Os técnicos do laboratório de criminalística descobriram marcas de pneus do carro do criminoso e fizeram moldes em gesso — as "moldagens". Havia dois pneus diferentes na parte da frente, ambos bem gastos. A distância entre as rodas foi medida pela polícia e indicava 144 centímetros.

Um minucioso exame feito pelo subdelegado Collins revelou uma pegada estranha encaminhando-se para o carro de Bryan, para o local onde a inscrição tinha sido feita, na porta. As mesmas pegadas desciam até a cena do crime e de volta pela colina, até a estrada. Moldes das pegadas também foram feitos, indicando tamanho 41. Essas pegadas eram bastante profundas. Narlow pediu a um dos policiais mais pesados para que andasse ao lado das pegadas. Esse policial pesava 95 quilos, mas suas pegadas não penetravam tanto na areia quanto as do Zodíaco. "Sim, fizemos um teste comparativo de compactação da areia, com um policial", disse-me Narlow, "e para fazer pegadas tão profundas na areia estimamos que o Zodíaco teria de pesar 100 quilos". Eles estavam lidando com um homem corpulento; o fato de o calcanhar do assassino ter deixado marcas bastante nítidas indicava que o homem não estava correndo quando saiu dali.

"Descrevi então esse sujeito como sendo bem gordo", disse-me Hartnell depois. "Mas não sei, ele poderia ser moderadamente pesado e estar usando uma jaqueta grossa. E também não é impossível que ele estivesse usando uma peruca, de cabelo preto. Lembro de ter percebido uma espécie de oleosidade na testa dele."

Narlow se ajoelhou no chão arenoso e observou atentamente as marcas das passadas. Entre o calcanhar e a sola havia um círculo com uma inscrição. "Dava para ver distintamente o círculo, mas não dava para ler o que estava escrito. Mas assim mesmo conseguimos identificar a sola. Conseguimos determinar quem era o fabricante do sapato", contou-me Narlow. Ele descobriu um tempo depois que os círculos pertenciam a uma bota descartável chamada "Wing Walker". "A parte superior da bota é fabricada por uma empresa chamada Empresa de Sapatos Weinbrenner", Narlow informou. "Eles ficam em Merrill, Estado de Wisconsin, a cerca de 32 quilômetros da cidade onde nasci. A sola é fabricada pela Avon-Avon, de Massachusetts. É isso o que está escrito nesse pequeno círculo." Mais de 1 milhão dessas botas foram fabricadas como parte de um contrato com o governo. E 103.700 pares foram enviados para Ogden, Estado de Utah, a fim de serem distribuídos entre as instalações da Força Aérea e da Marinha na Costa Oeste.

A bota fabricada sob encomenda do governo apontava para um assassino envolvido de alguma forma com os militares.

"Não acho que [o casal foi] realmente seguido, pela simples razão de que a ida para Berryessa foi algo decidido de uma hora para outra", disse Narlow. "Nada foi planejado. Na verdade, eles deveriam ir à cidade naquela noite. Contrariando algumas reportagens publicadas, os ferimentos não tinham nenhuma forma ou formato sádico, não apresentavam nenhum padrão ou coisa do tipo... Não havia nenhum tipo de marca nos seios para indicar qualquer símbolo do Zodíaco."

"Certo tipo de criminoso usa determinadas armas porque, com elas, ficam mais perto das vítimas. Se alguém quer sair e matar pelo puro prazer de matar, pode-se usar um rifle potente e uma mira telescópica, e matar a 200, 300 metros de distância. Mas, assim, não será possível obter satisfação sexual. Já enfiar a faca em alguém é o mais íntimo contato que se pode ter com a vítima, e a respeito disso não há nenhuma dúvida: é também assim que o Zodíaco se excita". Narlow destacou para mim, ainda, o fato de a faca ser uma arma que mata silenciosamente.

Ele também descobriu que um homem tinha agido de forma estranha no lago naquele mesmo dia, horas antes, e pediu a Bob McKenzie, do Departamento de Registros de Napa, que fizesse um retrato falado. "Esse retrato em particular", disse-me Narlow, "foi desenhado com a ajuda de três estudantes da Faculdade Pacific Union, que tinham visto aquele indivíduo dentro de um carro, agindo de forma suspeita. Mas isso não tinha ocorrido nem mesmo perto da cena do crime. Contudo, poderia ter sido o sujeito".

"Pode ser que ele não seja o assassino", disse o capitão Don Townsend, da delegacia de polícia de Napa, "mas gostaríamos de falar com ele".

O pessoal do laboratório examinou a corda e removeu a porta do carro para testes e análise grafotécnica. Ao final, esse material foi arquivado para ser usado como prova caso o criminoso viesse a ser detido. Junto de um amigo, fui até Berryessa para falar com o guarda-florestal Land e dar uma olhada bem de perto na cena do crime.

A região do lago Berryessa estava praticamente deserta nessa época do ano e não tive nenhuma dificuldade em encontrar a sede da administração do parque. Eles entraram em contato com Land por meio do rádio, e, em 15 minutos, estávamos no carro a caminho do lugar onde Cecelia e Bryan tinham sido atacados, distante 2,5 quilômetros dali.

"Não há dúvida nenhuma, Robert", Land disse, "esse foi um caso bizarro. O simples fato de alguém ter sido apunhalado lá não é de todo incomum. Durante os meses de verão, tivemos várias denúncias sobre ataques com faca. Esse seria o segundo assassinato ocorrido aqui, mas não há muita certeza sobre o outro. Não sabemos se foi crime ou não. Pode ter sido suicídio".

A estrada empoeirada estava fechada por uma corrente,

mas Land desceu do carro e, usando a combinação do segredo, abriu o cadeado. Descemos para a península.

"Cuidado com as cascavéis", avisou.

No dia seguinte ao crime, Land fizera um sobrevoo tirando fotos aéreas do local do crime. A península se destacava. Olhei as fotos. Era difícil imaginar alguém capaz de esgueirar-se até uma outra pessoa através da comprida área descampada, na qual havia, bem no final, apenas duas árvores. Só quando me sentei no mesmo lugar em que Cecelia e Bryan se sentaram, e pedi a meu amigo para vir em minha direção atravessando a península, foi que percebi como o homem corpulento conseguira passar despercebido.

À minha esquerda, de frente para a praia, havia uma profunda depressão que contornava a pouco íngreme elevação da ilha, onde estavam os dois carvalhos. Em um determinado ponto, meu amigo desapareceu de vista. A depressão, com mais de 1,80 metro de profundidade, funcionava como um peitoril estreito rodeando a ilha. Ela permitira ao homem corpulento, mesmo sem se agachar, dar a volta ao redor deles, atravessando um banco de areia na praia, e chegar até o carvalho, ponto em que subiu e vestiu o capuz.

Fitei o lago sereno. Dentro de um mês, a estação chuvosa iria encher o lago e engolfar o terreno onde eu estava. Percebi que todos os assassinatos do Zodíaco tinham sido cometidos perto da água. Por que essa atração?

Segunda-feira, 29 de setembro de 1969

Às 15h45, Cecelia, na presença dos pais, morreu em virtude dos múltiplos ferimentos a faca nas costas, no peito e no abdome.

Townsend colocou Bryan sob proteção imediatamente. "Com um psicopata à solta, não podemos correr nenhum risco de perder nossa única testemunha viva", disse.

Bryan mostrava-se amargurado pelo fato de a ambulância ter demorado mais de uma hora para chegar até eles, no lago, e mais outra hora até levá-los ao hospital. "Se Cecelia tivesse recebido cuidados médicos quando os guardas-florestais nos localizaram, ela talvez tivesse sobrevivido. O socorro demorou muito para chegar".

Quinta-feira, 2 de outubro de 1969

No dia em que a comunidade adventista, entristecida, compareceu ao serviço fúnebre de Cecelia, no altar da igreja da universidade, Townsend disse aos repórteres: "Há algumas outras coisas que ainda estamos mantendo em segredo, para podermos identificar o homem se ele ligar novamente. Esse homem não pode ser outra coisa a não ser uma pessoa com problemas mentais. Ele deve se satisfazer sexualmente por meio do ato de matar".

Townsend admitiu que o símbolo em cruz encontrado na porta do carro era o mesmo que o Zodíaco usou nas cartas enviadas aos jornais. Moradores de Napa foram aconselhados a ficarem longe de áreas afastadas e a viajarem em grupos depois do escurecer até que o maníaco fosse apanhado. As unidades de *fast-food* e os *drive-ins* ficaram desertos à noite. Em Vallejo, pais diziam a filhos e filhas que, se eles ficassem dentro de casa, em segurança, teriam liberdade para abraçar e beijar seus namorados e namoradas sem serem perturbados.

As investigações de Narlow contaram com a participação de Lundblad e Lynch, bem como de Mel Nicolai, do Departamento de Investigação e Identificação Criminal. Os quatro trabalharam juntos, trocando teorias e informações.

Os detetives determinaram o que os crimes do Zodíaco tinham em comum:

1. As vítimas eram estudantes jovens, casais.
2. Todos os ataques aconteceram nos fins de semana, dois perto de feriados.
3. Os assassinatos ocorreram ao entardecer ou à noite.
4. Roubo e agressão sexual não estão entre os motivos dos crimes.
5. Uma arma diferente foi usada a cada vez.
6. O criminoso apresentava uma compulsão por gabar-se dos assassinatos por meio de telefonemas ou cartas.
7. O Zodíaco matava em lugares afastados aonde namorados costumavam ir.
8. As mortes todas ocorreram em carros ou perto de carros.
9. As vítimas estavam sempre perto da água.

Townsend acreditava que o assassino tinha mais ódio pelas vítimas do sexo feminino do que pelas do sexo masculino já que, em dois dos casos, os homens sobreviveram aos ataques e as mulheres, não. Esse carrasco psicótico parecia procurar áreas que ofereciam privacidade para casais jovens, nas noites de fim de semana, quando ele próprio estaria provavelmente se sentindo solitário.

Um fato assustador é que, agora, os assassinatos estavam acontecendo em intervalos de tempo cada vez mais curtos.

5

Paul Lee Stine

Sábado, 11 de outubro de 1969

Não é fácil estacionar o carro ao pé de uma íngreme ladeira de São Francisco. O homem corpulento virou as rodas contra o meio-fio, puxou o freio de mão, trancou a porta e subiu ofegante a ladeira para pegar um ônibus em direção à área dos teatros.

Ele desceu na esquina da rua Post com a Powell e ficou por um tempo na praça Union, observando o grande número de táxis amarelo-canário chegando e saindo da frente do elegante e antigo Hotel St. Francis. Nessa noite, ele usava um casaco do tipo parca, azul bem escuro, para proteger-se do vento frio da baía.

Cruzando a rua Powell, ele começou a subir a rua Geary até a rua Mason. Um fluxo constante de luzes das lanternas traseiras de carros passava por ele, e o homem podia ver, sem conseguir distinguir exatamente, casais andando por debaixo das luzes brilhantes dos letreiros de teatro, um quarteirão à frente. Eram 21h30, e os que tinham ido assistir à primeira sessão da peça *Hair* saíam do teatro Geary. Ao lado do Geary, ficava o teatro Curren, maior e mais decorado. O homem corpulento refugiou-se debaixo do toldo de faixas vermelhas da Livraria Harold's e observou os táxis — Luxor, Desoto, Veteran's, City e Yellow — convergindo para os teatros.

Paul Lee Stine estava estacionado no ponto de táxis em frente ao St. Francis quando recebeu um chamado para ir à Nona Avenida. Stine ingressou no tráfego da rua Powell e virou na Geary. Na lateral de seu táxi estavam escritas as palavras "Chame 626-2345. Serviço de Rádio". A porta do lado do motorista estava amassada devido a um acidente ocorrido dias antes.

O grande número de pessoas presentes ali dificultava o avanço de Stine. Quando ele começou a levar seu táxi adiante, passando pelo Pinecrest Restaurant, um homem corpulento adiantou-se vindo de debaixo do toldo, colocou a mão na porta do lado do motorista, perto do espelho retrovisor, e olhou para dentro do táxi. As luzes existentes atrás do homem corpulento desenhavam o contorno de seu corpo, e o brilho transpassando seus cabelos cortados rente revelava a curvatura da cabeça dele. Após entrar no banco traseiro, o desconhecido deu um endereço localizado na área residencial do Forte Heights. Stine registrou o endereço na folha de controle das corridas, escrevendo "rua Washington com Maple", e acionou o taxímetro.

O táxi foi para oeste pela Geary até a esquina da avenida Van Ness, onde Stine virou à direita, passando pelos revendedores de automóveis, chegando à rua Califórnia, onde virou à esquerda. Stine, 11 quarteirões adiante, pegou a Divisadero. Outra conversão à esquerda, e o táxi continuou para oeste, rumo à rua Washington. A noite caía atrás deles.

Bem iluminada e umedecida por causa do nevoeiro, a rua Washington enfileirava casas imponentes e de alto preço, com grandes escadarias e uma grande quantidade de adornos e ferro trabalhado. Quando o carro parou na esquina da Maple com a Washington, o homem corpulento conseguiu ver seu carro estacionado ao pé da íngreme ladeira. Após ter concluído seu trabalho no táxi, o homem corpulento planejava descer depressa até seu carro e desaparecer na noite.

De repente, um homem apareceu na frente dos faróis do táxi de Stine, um homem que passeava com seu cachorro. O homem corpulento inclinou-se para frente e disse ao motorista do táxi: "Ande mais um quarteirão".

Soprava uma leve brisa, e o homem corpulento podia ouvir o barulho de sinetas acionadas pelo vento em uma das casas próximas. O táxi parou entre duas árvores na esquina da Washington com a Cherry, bem em frente ao número 3.898 da Washington.

Abruptamente, o desconhecido corpulento pressionou com força a boca do cano de uma arma contra a face direita do motorista, junto à orelha direita dele; com a articulação do braço esquerdo, prendeu a garganta de Stine. Em vão, Stine tentou erguer o braço esquerdo por sobre o ombro direito. O homem corpulento apertou o gatilho com firmeza; a arma disparou.

Houve um pequeno barulho. Um tampão foi criado pelo encontro da pele com a boca da arma, e a explosão se expandiu para dentro dos tecidos do corpo do taxista. Partículas de pólvora não queimada saíram pela culatra da arma, salpicando a mão enluvada do agressor. Uma perfuração cônica no crânio foi feita quando do disparo do projétil. A bala, girando e formando uma espiral, à medida que partículas de metal derretido eram expelidas e o projétil avançava a uma velocidade de mais de 300 metros por segundo, provocou fraturas múltiplas no crânio de Stine. A bala de chumbo com jaqueta de cobre, amassada e dividida em quatro segmentos, penetrou à esquerda e lateralmente na direção da secção medial do arco zigomático esquerdo para, ao final, alojar-se no músculo temporal esquerdo.

Em uníssono, o cano e o cursor recuaram até que o movimento do cano cessasse. Continuando para trás, o cursor passou por sobre o martelo, engatilhou-o e arremessou-o contra a culatra, liberando e ejetando a cápsula deflagrada, que caiu sobre o assoalho do táxi. O cursor foi impulsionado novamente à frente e forçou o próximo cartucho do magazine duplo para a câmara, colocando-o em posição. A arma estava pronta para ser novamente disparada.

O assassino saiu pela porta traseira do veículo e reentrou pela porta da frente. Então, colocou a cabeça de Stine no colo, pegou a carteira dele e rasgou um pedaço da camisa do taxista.

Às 21h55, do lado exatamente oposto da rua, uma garota de 14 anos de idade olhou para fora da janela do meio do segundo andar de um prédio. Havia uma festa ali, mas ela se inclinou para fora, cobriu os olhos com a palma da mão e olhou para baixo, na direção da rua úmida. De repente, ela chamou o irmão de 16 anos e outro garoto mais jovem para virem até a janela. Eles estavam a quase 15 metros de distância e conseguiam ver o táxi com clareza.

Um homem corpulento mantinha a cabeça do taxista sobre o colo. Ele parecia estar lutando com o motorista ou revistando-o. Depois ele se inclinou por sobre o corpo do taxista e deu a impressão de estar limpando o interior do veículo.

O homem corpulento fizera alguma coisa com o corpo do motorista, mas as pessoas que estavam na festa, e que agora se aglomeravam em torno da janela no segundo andar, não sabiam dizer o que era. A porta da frente do lado do passageiro do táxi foi aberta, e o homem corpulento saiu do veículo.

Ele deu a volta no táxi, trazendo consigo um pedaço de pano ou uma toalha, e começou a limpar a porta do lado do motorista, a maçaneta, a região em volta do espelho retrovisor externo e a parte traseira do lado esquerdo do passageiro. Em um determinado momento, ele abriu a porta do lado do motorista e se inclinou para dentro, para limpar a área do painel novamente. Para manter o equilíbrio, colocou a mão direta na coluna que separa a janela dianteira da traseira. O fragmento de pano ainda estava em sua mão esquerda. Ele então fechou a porta e saiu andando.

Quando virou a esquina, passando perto de uma caixa do correio, os que estavam na festa perderam-no de vista. Ele estava indo para o norte, pela rua Cherry, em direção ao Forte. Ele não correu.

Enquanto tudo isso acontecia, as pessoas na festa tinham ligado para o centro de comunicações da polícia. O relato foi registrado pelo operador às 21h58. Segundo o operador, a pessoa que telefonou estava muito agitada. Enquanto preenchia a ficha com o endereço de quem fazia a ligação, ele perguntou: "O crime ainda está em andamento?".

"Sim."

Ele tentou obter uma descrição da aparência física do homem e, nesse ponto, um erro grave e incrível foi cometido: o criminoso acabou sendo descrito com um NMA (*negro male adult*), ou seja, um negro.

"Para que lado ele foi quando saiu? Estava armado?"

O operador anotava abreviadamente as respostas. Pouco depois, a ficha foi entregue ao operador de chamadas, que se inclinou à frente sobre seu painel iluminado, consultou um complexo mapa de São Francisco dividido em distritos e setores e transmitiu uma chamada geral para todos os carros, furgões e unidades da polícia: um CGU, ou seja, um chamado geral para todas as unidades.

"Recomenda-se cautela", acrescentou.

Uma unidade da polícia estava perto da Cherry com a Washington e dirigiu-se rapidamente para o local. A unidade chegou à Jackson com a Cherry por volta das 22 horas e viu um homem corpulento andando "pesadamente" pelo nevoeiro, em direção ao Forte.

Os policiais Donald Fouke e Eric Zelms, integrantes dessa unidade e que estavam à procura de um negro, gritaram para o desconhecido perguntando se ele vira alguma coisa de anormal nos últimos minutos. O homem corpulento afirmou que vira um homem brandindo uma arma e correndo para leste, pela Washington. O carro de patrulha saiu em alta velocidade, naquela direção.

Se a radiopatrulha tivesse realmente abordado o homem corpulento, os policiais teriam percebido que ele estava encharcado de sangue onde a cabeça de Stine repousara, no colo dele. As manchas estavam disfarçadas pelo tom escuro das roupas e pela sombra das árvores ao longo da rua. Os policiais, em virtude da confusão feita no comunicado, não tinham nenhuma razão para procurar um WMA (*white male adult*), ou seja, um homem adulto branco. E, se os policiais tivessem chamado o homem corpulento até o carro para fazer algumas perguntas rápidas, provavelmente teriam sido baleados; o assassino teria tido a vantagem de uma 9 mm escondida em sua mão direita. O policial mais velho viu o perfil esquerdo do homem corpulento claramente, mas ainda demoraria algum tempo até os dois policiais perceberem que haviam falado com o assassino de Stine. Eles tinham chegado muito perto de prendê-lo. Esse foi o início da patológica obsessão do homem corpulento pela polícia de São Francisco.

O homem parou em meio ao ar fresco da noite. Em vez de virar e voltar para seu carro imediatamente, dirigiu-se até o Forte e andou até o Parquinho Público de Diversão Julius Khan. Então, agachando-se um pouco contra a parede de pedras, rumou para o sul, de volta ao seu carro.

Às 22h55, os policiais Armand Pelissetti e Frank Peda chegaram, respondendo ao alarme, ao mesmo tempo em que o inspetor da seção de homicídios Walter Kracke, que estava perto dali, em sua casa. Os dois carros pararam exatamente atrás do táxi. Os homens saíram correndo dos carros e encontraram Paul Stine baleado na cabeça, a parte superior do torso sobre o assento do passageiro, a cabeça apoiada no assoalho do veículo.

Quando Kracke abriu a porta, a mão esquerda do motorista saiu para fora, com a palma virada para cima, quase encostando na rua. O criminoso não tinha se dado o trabalho de levar o relógio dele, e o detetive percebeu a fina pulseira preta no pulso do homem assassinado. Um Timex. O criminoso também deixara Stine com o anel da época de estudante.

O taxímetro ainda estava funcionando. As chaves do táxi tinham desaparecido.

Os policiais chamaram uma ambulância, indicando "código três", e divulgaram uma correção da descrição do assassino, agora um homem adulto branco, como os jovens haviam lhes dito. Mais unidades da polícia convergiram para o local.

A ambulância de número 82 chegou às 22h10. O atendente da ambulância declarou Stine morto. Kracke tinha chamado todas as unidades disponíveis e requisitado um veículo com holofote para iluminar a área. Depois, notificou o legista-chefe de São Franciso. Como o inspetor Kracke tinha ouvido o comunicado inicial e respondido prontamente, conseguiu, com a ajuda dos dois policiais da delegacia de Richmond, preservar integralmente o local do crime.

Às 22h20, foi convocada a equipe da homicídios de plantão naquela hora, equipe essa que ficaria encarregada do caso até que ele fosse solucionado.

O inspetor David Toschi (pronuncia-se *tahs-kee*), da homicídios, estava exausto, física e mentalmente. Ele tinha ido dormir no momento em que chegara em casa, às 20h. O telefone chamou às 22h30.

Toschi atendeu e ouviu a voz do operador noturno, que ligava do quarto andar da Secretaria de Segurança Pública, na rua Bryant.

— Dave — o operador falou —, um motorista da Yellow Cab foi baleado, provavelmente roubado e possivelmente esfaqueado.

— Onde? — resmungou Toschi.

— Na rua Washington — disse o encarregado das comunicações —, entre a Maple e a Cherry. Mais para perto da Cherry.

"O que é que está acontecendo?", pensou Toschi. Esse seria o quarto assassinato desde o dia 7 de outubro. Ele tinha acabado de chegar de um homicídio no qual a vítima morreu espancada. “Meu Deus, quatro homicídios em quatro dias!”

O detetive pegou seu bloco de anotações amarelo e pautado e escreveu a data, a hora exata em que recebera a informação pelo telefone e o nome do operador que ligara.

Toschi telefonou para seu parceiro, Bill Armstrong, e disse-lhe que iria apanhá-lo dentro de dez minutos. Depois se lembrou de um detalhe. Discou o número da central de operações. “Há um monte de gente, em uma noite de sábado, andando por aquele local; insista para que preservem o local o máximo possível. Diga-lhes para manterem todo mundo longe do táxi. E de jeito nenhum deixem alguém tocar no veículo”.

Toschi chamou o laboratório de criminalística, entrou meio tropeçando no pequeno banheiro e passou as mãos sobre o cabelo preto e ondulado. O detetive escovou os dentes e vestiu rapidamente calças bege, colocou sapatos tipo mocassim bem macios, meias escuras, jaqueta de veludo e uma capa para a chuva e o frio. Estava frio lá fora, e muitas vezes ele ficava fora de casa durante dois dias. Os inspetores trabalham em oito equipes de dois homens em rodízio. A “equipe de plantão” é responsável por todos os homicídios ocorridos na sua semana e tem sete semanas para trabalhar na solução de cada um desses casos.

Toschi conseguiu tempo suficiente para apenas engolir uma xícara morna de café instantâneo Folgers, pegar sua indefectível pasta e beijar a mulher, Carol. Ela já estava acostumada a vê-lo ser chamado a qualquer hora e partir.

Ele ligou o carro da família, um Borgward vermelho, de duas portas, deu marcha a ré e saiu da garagem. Minutos mais tarde, viu o parceiro em uma esquina, usando um suéter preto de gola rolê e uma capa de chuva preta. No caminho para o local do crime, Toschi notificou a polícia militar para que ajudasse na busca pelo criminoso. Os dois inspetores chegaram à cena do crime, naquele momento já fervilhando de gente, às 23h10, na mesma hora em que os policiais militares e três minutos depois do médico-legista.

Luzes vermelhas, luzes azuis piscantes, luzes de carbono, luzes amarelas brilhantes: a rua Washington brilhava como em um dia de verão. Algumas centenas de pessoas tinham se aglomerado quando os detetives estacionaram do outro lado da rua, em frente ao táxi, bem debaixo da janela do apartamento onde acontecera a festa dos jovens. Toschi estava contente de ter chamado a central de operações a fim de garantir que ninguém tocasse no táxi. Mas mesmo quando isolavam a cena do crime, impedindo a aproximação de uma multidão extremamente curiosa, Toschi e Armstrong tinham que ter cuidado para não afastar alguma testemunha importante ou tocar e pisar, eles próprios, em alguma coisa.

Um policial lhes forneceu detalhes sobre o crime. Para Armstrong e Toschi, aquele crime começara como um dos muitos assaltos a taxistas que acontecem em São Francisco todas as semanas, mas se transformara em um roubo executado de forma desajeitada e ineficiente e que terminara de maneira terrivelmente desastrosa.

Os dois parceiros consideraram o crime um trabalho de amador: o assassino deixou o local perdendo sangue e, muito provavelmente, não conseguiu muito dinheiro. Considerando a folha de registros de corridas, eles avaliaram que Stine não deveria ter mais que 20 ou 25 dólares. O assassino levara a carteira do motorista.

Em seu bloco amarelo, Toschi anotou uma descrição completa do corpo e do entorno. No corpo de Stine, o criminoso deixara intocados um anel, sete chaves, um talão de cheque e alguns papéis: certificados de registro de um carro e de uma motocicleta. Foram encontrados exatamente 4,12 dólares no bolso do morto, tudo em moedas.

Havia sangue por todo o táxi.

Toschi ficou examinando o carro enquanto Armstrong anotava nomes e endereços de todas as testemunhas.

Toschi abaixou-se e examinou minuciosamente o corpo, observando todos os respingos na roupa, se o sangue estava úmido ou seco e se havia alguma arma à vista. Manchas de sangue ainda rebrilhavam no assento do carro, no painel e até no taxímetro. O sangue grudou em cada fenda ou ranhura existente do lado do motorista. "Stine sangrou profusamente", Toschi anotou.

Enquanto isso, Armstrong instruiu os policiais a checarem e rechecarem com os residentes da área se eles tinham visto ou ouvido alguma coisa. Mesmo quando os dois inspetores não estavam juntos, um sabia o que o outro estava fazendo; assim, evitavam realizar as mesmas tarefas mais de uma vez. Normalmente, um deles ficaria com o corpo, como Toschi fez esta noite. Toschi acreditava firmemente que o corpo é que forneceria a maior parte das informações necessárias para a solução do caso.

À mão livre, e em uma folha de papel, o detetive fez um esboço da cena do crime, desenhando o táxi, os edifícios e a relação do corpo com eles. Mesmo fotografias feitas de todos os ângulos imagináveis oferecem uma visão distorcida do corpo em relação ao seu entorno, de modo que ele fez medições exatas com sua trena de metal e as anotou no esboço.

Quando o funcionário do departamento de medicina legal puxou o corpo para fora do táxi, o guia de ruas de São

Francisco que Stine usava, ensanguentado, veio com ele e caiu na rua. O corpo foi colocado em um saco plástico verde bem escuro, com um zíper comprido, e depois levado numa maca. Foram feitas fotografias de tudo o que estava debaixo do corpo de Stine.

Toschi inclinou-se para frente.

Sim, lá estava ela. Quase debaixo do assento, e perto do eixo central do táxi, rebrilhava o cobre de uma cápsula 9 mm. No canto do assento dianteiro do passageiro, havia três riscos que podiam ser as marcas de três dedos cheios de sangue. E como Stine caíra para o lado do passageiro com as palmas das mãos para cima, Toschi achou que as marcas poderiam pertencer ao assassino.

Debaixo do painel, Toschi encontrou um par de luvas de couro preto fosco. Estavam ensopadas de sangue, mas eram muito pequenas para serem de homem. Mais tarde ele descobriu que pertenciam a uma passageira que tomou o táxi mais cedo naquele dia.

Às 23h30, o laboratório de criminalística respondeu, com Bob Dagitz, de São Rafael, e Bill Kirkindal, de Pacifica. Eles eram dois dos melhores funcionários do laboratório. Ambos eram especialistas em impressões digitais. Dagitz e Kirkindal examinaram o interior do táxi em busca de qualquer impressão digital latente que o assassino tivesse deixado para trás.

Impressões digitais latentes são aquelas transferidas para superfícies pelos óleos naturais do cabelo e do rosto que a palma da mão ou que os dedos tenham tocado. O suor das mãos não tem lubrificante suficiente para deixar uma impressão. A menos que uma pessoa tenha manejado alguma coisa gordurosa, ou coberta de poeira, as impressões são invisíveis e precisam ser avivadas impregnando-se a superfície com pó escuro ou cinza. Assim que uma impressão fica visível, ela pode ser recolhida através de fita transparente e aplicada em um cartão com área de 7,5 centímetros por 12, 5 centímetros e um fundo contrastante.

Os homens marcaram o local das impressões latentes, mediram a distância entre as impressões e o teto e o assoalho do carro e fizeram as áreas serem fotografadas pelo pessoal do laboratório fotográfico. Depois, todas as pessoas que tivessem andado no táxi naquele dia, localizadas pela folha de controle das corridas, teriam suas impressões colhidas e confrontadas com qualquer impressão clara que o laboratório tivesse levantado. A grande maioria das impressões seria fragmentária ou estaria sobreposta. As impressões de Stine também deveriam ser recolhidas; elas, muito provavelmente, já estariam arquivadas na Yellow Cab. Um exame detalhado das mãos da vítima também seria feito, em busca de cortes, ferimentos ou unhas quebradas, da mesma forma que um exame no cabelo da vítima.

Toschi percebera duas marcas escuras na mão esquerda de Stine. Talvez ele tivesse colocado a mão para cima a fim de se proteger do disparo.

Nesse momento, os dois peritos descobriram a pista mais importante no caso Stine: as impressões de uma mão direita. As impressões foram feitas com sangue. Essa informação e a informação sobre onde a impressão havia sido descoberta foram mantidas em sigilo absoluto.

O legista autorizou a remoção da vítima para o necrotério, e os subdelegados Schultz e Kindred se encarregaram do corpo.

Armstrong e Toschi tinham obtido dos jovens uma descrição muito vaga sobre o assassino. E agora eles iriam ampliar as buscas. “Vasculhem a área”, Toschi disse, “e procurem qualquer um que combine com essa descrição: jaqueta escura, cabelo cortado rente, pessoa grande, meio corpulento, meio gordo".

As unidades com cães começaram a checar os quarteirões próximos, procurando pessoas escondidas em vãos de portas, entradas de garagem ou nas sombras.

Toschi e Armstrong tinham feito uma minuciosa busca por mais cápsulas ou buracos de bala, mas não encontraram nada. O cartucho foi etiquetado e identificado com extremo cuidado para que a prova não fosse prejudicada de forma nenhuma. Toda bala disparada que a polícia encontra recebe em sua ponta a marca especial da delegacia. Essa marca nunca é feita na lateral da bala, e isso para que as estrias do projétil não sejam comprometidas. Todas as peças que constituem prova são registradas no momento em que são achadas para que a cadeia de provas possa ser mantida. O laboratório de criminalística precisaria da bala fatal, da cápsula fatal, de qualquer peça de roupa da vítima contendo resíduos de pólvora e, se possível, da própria arma do crime.

O Forte, atual sede do Sexto Exército, fica a um quarteirão e meio de distância da esquina da Cherry com a Washington, ao norte desse ponto. A base fica aberta o dia inteiro, com quase nenhuma vigilância e com poucas áreas de acesso restrito. Os detetives ouviram de vizinhos que uma figura corpulenta fora vista correndo do Parquinho Público de Diversão Julius Khan rumo à densa mata existente junto ao Forte. Toschi convocou os possantes holofotes do corpo de bombeiros para iluminar a área inteira. Um grande número de patrulheiros começou uma busca árvore por árvore, arbusto por arbusto, enquanto as lanternas abriam linhas na noite. A distância, vozes chamavam-se mutuamente.

Em algum ponto à frente, eles esperavam que sua presa estivesse abrindo caminho por entre os arbustos, tentando colocar-se a salvo na vasta área verde do Forte. E, em algum ponto à frente, escondido nas trevas, eles esperavam encontrar o assassino de Stine.

A patrulha com cães, sete dos melhores cães de busca do país, se reuniu na entrada principal do Forte; os animais foram encaminhados para várias direções, um de cada vez. Por mais de uma hora, os cães trabalharam com determinação, farejando a grossa vegetação rasteira existente do lado de lá dos muros do Forte.

Armstrong e Toschi avaliaram quais eram as possibilidades: será que o assassino tinha caminhado rapidamente pela mata, saído do Forte na avenida Richardson, tomado a Highway 101, passado pelo Forte Point e chegado à ponte Golden Gate antes de desaparecer no condado de Marin? Ou teria atravessado o Parquinho Público de Diversão Julius Khan e dado meia-volta rumo ao sul, na direção da rua Jackson?

Uma ligação para o patrão de Stine na Yellow Cab, Leroy Sweet, revelou que o último comunicado para o motorista partiu às 21h45 e dizia para ele ir ao número 500 da Nona Avenida, 500. Como ele não apareceu, a corrida foi passada para outro motorista. O taxímetro de Stine, ainda ligado quando ele foi encontrado, exatamente às 22h46, marcava 6,25 dólares. Isso indicava que Stine tinha apanhado um outro passageiro, o assassino, quando ia para a Nona Avenida.

Fazendo uma estimativa com base no preço da corrida indicado no taxímetro, Toschi podia determinar mais ou menos onde o passageiro tinha tomado o táxi. Os táxis da cidade, em 1969, estavam entre os mais caros dos Estados Unidos;

por uma corrida de pouco mais de 3 quilômetros, Stine teria cobrado 1,35 dólar.

"Para começar, como o criminoso teria chegado à área dos teatros? E teria ele voltado para pegar o carro dele? Esse carro estaria estacionado no amplo Estacionamento e Garagem Downtown?", perguntava-se Toschi.

À 1 hora, o táxi foi rebocado até a Secretaria de Segurança Pública, seguido por Dagitz e Kirkindal.

Às 2 horas, a busca foi cancelada. Armstrong e Toschi deixaram o local. Um assassino tinha andado furtivamente pelas ruas dessa elegante e rica região e depois desaparecido dentro do nevoeiro.

Domingo, 12 de outubro de 1969

A descrição do assassino foi transmitida continuamente pela polícia durante toda a noite e pela manhã. A essa altura, os policiais militares tinham interrompido a busca no Forte.

À 1h30 da madrugada, dez minutos depois de a mulher de Stine, Claudia, ter sido avisada da morte dele pelo telefone, Dagitz e Kirkindal começaram a vasculhar o táxi parado no pátio do estacionamento da Secretaria de Segurança Pública. O Yellow Cab número 912, placa Y17413 da Califórnia, foi minuciosamente examinado à procura de cartuchos, balas, buracos de tiros ou qualquer outra prova.

O corpo de Stine foi o primeiro a ser autopsiado aquela manhã, pouco depois das 9h15.

A fria sala de autópsia do departamento de medicina legal, pintada de um branco leitoso, fica exatamente atrás da Secretaria de Segurança Pública e três andares abaixo da sala de Toschi. Os corpos presentes na ala de armazenamento ficam em pranchas de metal inclinadas, dentro de gavetas, cada uma com um número, como os armários de guarda-volumes de um terminal de ônibus. A câmara refrigerada e de aço inoxidável, onde a temperatura gira em torno de 3 graus Celsius, fica adjacente à sala de autópsia, que é mantida em uma temperatura de 15,5 graus Celsius. Luzes fluorescentes frias eliminam as sombras. Os patologistas se vestem com roupas cirúrgicas verdes e usam grandes luvas de borracha, enrolando as extremidades delas nos punhos. Normalmente, o patologista-chefe observa ou faz ele próprio a autópsia. O relatório da autópsia conterá, no mínimo, a idade, o sexo, a raça, a constituição física e os traços característicos da vítima. Os indícios referentes à morte, tais como o *rigor mortis*, a perda de temperatura, a lividez e a decomposição, são registrados. Realiza-se um exame externo da cabeça e do tronco e uma investigação interna a respeito dos órgãos, do conteúdo do estômago, do pescoço, da espinha dorsal, da cabeça, dos vasos sanguíneos maiores e do coração. Uma etiqueta em papel manilha, com um gancho de arame em uma de suas pontas, é presa ao dedão do pé direito do cadáver.

Antes que o sangue e todos os excrementos sejam removidos, fotos em close da vítima vestida são feitas, sob orientação do patologista. Coleta-se material dos ferimentos para que se verifique a existência de grânulos de pólvora. A fim de eliminar qualquer possibilidade de causa contribuinte para a morte, uma autópsia completa é feita mesmo que a cavidade corporal não tenha sido penetrada. “Penetração” é o termo utilizado para indicar que um objeto entrou no corpo, mas não saiu. Quando um objeto entra e sai do corpo, o termo usado é “perfuração”.

O cirurgião responsável pela autópsia examinou o ferimento na cabeça de Stine. Tratava-se de um rasgo dentado, em forma de estrela. Fragmentos de pólvora e fuligem criaram uma "bolsa" entre a pele e o crânio, enegrecido em virtude do calor excessivo. A carbonização convergia do exterior para o centro do ferimento. A "tatuagem" na pele adjacente ao ferimento irregular fora causada pela explosão e pelos gases em expansão. Tanto a mancha na têmpora de Stine quanto o ferimento grande indicavam ao cirurgião que a arma fora disparada em contato com a pele. Nesse tipo de disparo, o ferimento de saída é muito menor do que o de entrada, ao contrário do que acontece no caso de um tiro sem contato. No caso do motorista de táxi, a bala não saiu, mas ficou alojada no corpo dele.

A lividez *post-mortem*, uma descoloração púrpura nas partes mais próximas do chão, ocorre cerca de duas horas depois da morte. Isso oferece um indício sobre quanto tempo transcorreu desde a morte. Os músculos ao redor da cabeça, do pescoço e do maxilar e as pálpebras de Stine já tinham começado a enrijecer. Esse era o começo do *rigor mortis*. Seriam necessários dois ou três dias até que a rigidez começasse a desaparecer.

Enquanto a autópsia estava sendo feita, a polícia interrogou as testemunhas adolescentes e preparou um retrato falado com a ajuda de um policial que também atuava como desenhista. Ele preparou o lápis de grafite mais grosso e mais macio, uma borracha e o papel especial para desenho.

Tom Macris, o melhor desenhista da polícia no Estado, me disse uma vez: "É preciso dizer à testemunha que acredite nela mesma e na infinita capacidade do cérebro de reter detalhes. Você faz uma entrevista orientada. Avalia a pessoa, o alcance de sua mente, sua capacidade de imaginação". Como Macris, esse desenhista trabalhava com base em seus sentimentos e intuição. E, como a maioria dos artistas que faziam retratos falados, ele guardava uma coleção de retratos, pessoas com diferentes tipos de rosto e de cabelos. A testemunha olhava as fotos até encontrar uma semelhante ao suspeito. Isso dava ao desenhista uma base para começar. O policial estava fazendo um desenho de rosto completo, pois é dessa forma que as fotos de identificação policial são tiradas, e os retratos falados podem então ser mais facilmente comparados com elas. A descrição de homicidas costuma ser a mais difícil: a atenção do observador geralmente está centrada na arma.

"Ele tinha uma constituição física forte", os adolescentes concordavam, "parecia ter 1,75 metro de altura. Estava usando uma jaqueta do tipo parca azul escura ou preta e calças escuras."

"Qual era o formato da cabeça dele?", perguntou o desenhista. "Triangular? Redonda? Quadrada? Parece alguma destas?"

Depois de meia hora, o desenhista mostrou um esboço incompleto aos adolescentes e fazia com que eles ficassem observando enquanto ele trabalhava, permitindo que o ajudassem a corrigir e dar os retoques finais.

"Como era a testa? E os olhos? O nariz? Tinha orelhas grandes? Qual era a cor dos cabelos? Compridos ou curtos?" Vocês perceberam se o homem tinha alguma cicatriz? O nariz é parecido com o que eu desenhei? É bem parecido? O.K. Há alguma coisa que eu precise alterar? Desenhei os olhos muito separados? A idade dele bate com a que vocês perceberam?"

Os adolescentes tinham descrito um homem branco com cabelos curtos ruivos ou louros, com algo entre 25 e 30 anos de idade, e que usava óculos.

Armstrong e Toschi decidiram fazer circular o retrato falado, o Boletim de número 87-69, e enviaram uma cópia para cada empresa de táxi da cidade. Os detetives queriam alertar os motoristas sobre a possibilidade de estar em curso uma onda de assassinatos de taxistas. Cada empresa recebeu 100 exemplares de um cartaz de "Procura-se", que descrevia o método de ação do assassino:

> O suspeito toma um táxi na área central por volta das 21h30 e senta-se no banco da frente, ao lado do motorista.
>
> Pede ao motorista que vá para a região da Washington com a Laurel ou para alguma área próxima do parquinho de diversão ou do Forte. Ao chegar ao destino, o suspeito pede ao motorista, sob a mira de uma arma, que continue avançando um pouco mais até o parquinho ou até as imediações dele. Ali então pratica o roubo.
>
> Em um caso, a vítima foi baleada na cabeça, à queima-roupa.
>
> A arma foi uma automática 9 mm.

Armstrong e Toschi queriam que todos os motoristas que tivessem visto alguém parecido com o retrato falado entrassem em contato com eles. Sem que soubessem, eles tinham outras duas testemunhas: os dois policiais da radiopatrulha, que tinham falado com o assassino e que tinham sido desviados para uma busca infrutífera.

Naquela época, o pitoresco e afável Dave Toschi era provavelmente o mais dinâmico membro do corpo de elite da polícia, os inspetores do Departamento de Homicídios. Ele era o "supertira" da cidade.

Um amante de roupas requintadas, o detetive cheio de estilo podia ser encontrado no trabalho vestindo uma camisa de seda de manga curta, jaqueta de veludo, meia-bota marrom de cano curto, com grandes fivelas de metal, e sua sempre presente, e grande, gravata-borboleta. O coldre de ombro de Toschi, um modelo inclinado para baixo e fácil de sacar, é usado do lado esquerdo, com um magazine de recarga com sete cartuchos e um par de algemas. A arma é um calibre 38 modelo Cobra, uma das seis variações do compacto calibre 38 Special, com um tambor que se projeta para fora e que é feito de liga de alumínio. É um revólver cujo gatilho dispara e arma o tiro seguinte ao mesmo tempo, pesando pouco menos de 500 gramas e medindo, no total, 18 centímetros. Steve McQueen encontrou-se com Toschi antes das filmagens de *Bullitt*, de 1968 e cuja história se desenrola em São Francisco. No filme, McQueen usa uma duplicata do revólver e do coldre de Toschi. O ator criou seu personagem com base no detetive de origem italiana nascido em Marina, um distrito de São Francisco.

Toschi era um homem de compleição física atarracada e musculosa, olhos escuros, boca arqueada e vigorosa, queixo aquinhoado, tudo envolto por uma basta e encaracolada cabeleira negra. Ao longo dos anos, sempre evitou levar com ele, para casa, os problemas envolvendo seus casos. Mas, quando a solução de um caso lhe escapava ou não lhe saía da cabeça, costumava dirigir seu carro pela Great Highway ou dar passeios a pé, no meio da noite, pelo bairro de Sunset, onde morava.

Algumas vezes, depois de um duro dia de trabalho, Toschi voltaria para casa, para a mulher, Carol, e suas três filhas pré-adolescentes, se esparramaria na grande poltrona de couro marrom, colocaria um disco de uma *big band* na vitrola, normalmente o *Artie Shaw's Greatest Hits*, sorveria um Manhattan e ficaria cantando, como ele fazia na Escola Galileo ou quando era *bartender* na rua Califórnia. Ele pensara em seguir carreira no mundo da música.

Mas, em vez disso, virou policial.

O parceiro mais velho de Toschi era Bill Armstrong. Alto e bonito, lembrando um pouco o personagem Paul Drake, da série de televisão *Perry Mason*, Armstrong, 40 anos de idade, tinha um rosto de traços marcados e um queixo forte. O rosto era emoldurado por um farto cabelo prateado e contava ainda com os óculos que às vezes usava. Seus ternos bem talhados e discretos e o cabelo curto eram um contraste com Toschi, mais moreno e de compleição menor. Armstrong também tinha três filhas e tentava não levar para casa os problemas dos casos que investigava.

Ultimamente estava muito difícil conseguir fazer isso.

A roupa manchada de sangue de Stine fora removida, após o que uma etiqueta de identificação, com um arame, foi presa a cada um dos itens, colocados depois debaixo de uma lâmpada para secar. Quando as roupas estivessem completamente secas, elas seriam estendidas e, entre elas, colocado um papel grosso a fim de evitar que qualquer coisa passasse de uma peça para outra. As roupas foram relacionadas em uma lista e depois encaminhadas para uma sala onde ficariam guardadas em segurança para futuros testes de laboratório. Nenhuma peça é entregue ou jogada fora antes de o caso ser encerrado. Tudo o que estava nos bolsos dele também foi catalogado.

O corpo é colocado na mesa de autópsia, e o cirurgião relata em voz alta o que vai encontrando durante o exame. A parte superior da mesa de metal inclinada onde o corpo fica tem uma grelha; na parte de baixo, há uma banheira rasa, localizada embaixo da grelha. Pela banheira, corre um fluxo permanente de água. Os braços são estendidos ao lado do corpo, um bloco de madeira colocado debaixo das espáduas força o peito para cima e faz a cabeça inclinar-se para trás. Suspenso no teto há um microfone, que registra cada frase ditada pelo patologista, incluindo uma minuciosa descrição de todos os ferimentos e a localização deles.

O cirurgião responsável pela necropsia ditou o seguinte para John Lee, o médico-legista:

> O corpo é de um adulto jovem, branco, bem desenvolvido, bem nutrido, aparentando ter a idade constante em seus documentos. A cabeça é simétrica e coberta por uma pequena quantidade de cabelo preto, recuando nas têmporas.
>
> Há um ferimento grande, com bordas fragmentadas e irregular, aparentemente feito pela entrada de um tiro, no lado direito da cabeça. Esse ferimento está localizado na parte superior e anterior da junção do ouvido direito com o couro cabeludo. O comprimento vertical mede 4 centímetros, e o transversal mede 2 centímetros.
>
> Há um enegrecimento da pele sobre a posição ventral desse ferimento, estendendo-se por uma distância de 2 centímetros. Quando sondado, o ferimento penetra lateralmente em direção à secção medial do arco zigomático esquerdo. Há uma grande quantidade de sangue sobre o rosto.

O ferimento do homem morto foi removido e examinado em um microscópio à procura de resíduos de pólvora. O patologista fez anotações em um formulário pré-impresso mostrando desenhos de um corpo masculino, de frente e de costas, e a cabeça mostrada de cima.

Em uma autópsia é feita uma incisão em forma de Y no peito e no abdome. Uma porção triangular das costelas é removida. Depois que a garganta e o pescoço são examinados, o cirurgião retira o coração e os pulmões e prende os grandes vasos sanguíneos. Rins, pâncreas, fígado, baço e o trato intestinal são retirados da cavidade abdominal, depois que o coração é examinado, e dissecados em uma prancha negra de dissecação. Uma amostra de sangue é retirada, e o tipo de sangue é estabelecido. Finalmente, a pélvis e a genitália são examinadas.

O cerebelo é preservado com uma injeção de formaldeído, e o patologista abre o crânio com uma serra elétrica circular, evitando cuidadosamente penetrar no cérebro. A parte de cima é removida, com a membrana cranial ainda dependurada. Antes que o cérebro seja retirado intacto e seja pesado em uma balança branca de metal, a superfície interior da parte de cima do crânio e o cérebro são examinados. O cérebro então é segmentado para a verificação de alguma anormalidade.

Depois é tarefa do assistente recosturar o corpo, recolocando as vísceras e os órgãos e recolocando no lugar a porção triangular das costelas. Ele costura a incisão em forma de Y, começando pelo púbis e indo até o peito. O corpo é então lavado e esfregado, coberto com um lençol preto de borracha e levado de volta para o compartimento do necrotério.

Sempre que um médico precisa extrair uma bala de um corpo, ele deve ser cauteloso, pois as impressões do cano da arma no projétil ligam a bala à arma da qual foi disparada.

Em muitos casos, o cirurgião deixa uma marca identificadora na ponta da bala.

No caso de Stine, uma bala de chumbo revestida em jaqueta de cobre, amassada e fragmentada, foi retirada. Os quatro fragmentos de metal foram colocados em um envelope de papel opaco e acetinado, que foi então lacrado e assinado pelo patologista. A aba colada do envelope também incluía a localização da bala.

> Diagnóstico: ferimento de tiro na pele e no tecido subcutâneo, ferimento na cabeça.
>
> Causa da morte: ferimento de bala no cérebro.

O táxi de Stine, guardado em uma garagem com fechadura dupla, ainda seria examinado pelos técnicos do laboratório durante mais dois dias. O único sangue encontrado no táxi era tipo O-Rh negativo, o tipo sanguíneo de Stine.

Stine completaria 30 anos dentro de 69 dias. Ele estudava na Faculdade estadual São Francisco e trabalhava no turno da noite para pagar os estudos. Também vendia seguros. Em janeiro, ele tinha planejado completar sua tese de pós-graduação para um doutorado em língua inglesa. Trabalhara como repórter para o jornal da escola secundária e mais tarde para o *Turlock Journal*. Um homem forte, 81,5 quilos espalhados por 1,75 metro de altura, Stine vivia com a mulher em uma antiga casa vitoriana verde, dividida em múltiplos apartamentos, na rua Fell, número 1.842, do outro lado da estreita faixa coberta de verde que levava ao Parque Golden Gate. O casal não tinha filhos.

Cerca de cinco semanas antes, Stine fora roubado por dois assaltantes. Doze dias antes, em uma noite de terça-feira, outro motorista da Yellow Cab fora assaltado. Teria sido tudo isso um ensaio para o verdadeiro assassinato?

Segunda-feira, 13 de outubro de 1969

Às 9 horas, as impressões de Stine foram enviadas ao Departamento de Homicídios e comparadas com as impressões visíveis encontradas no táxi. As impressões sujas de sangue não eram de Stine.

As impressões digitais são divididas em tipos gerais: arcos, verticilos, presilha externa, presilha interna, bifurcação, fins de linha, núcleos, deltas. As linhas finas nas impressões são chamadas de "cristas" e os espaços entre elas, de "sulcos". Uma impressão digital normal tem cerca de 50 características de crista. O desenho formado pelas cristas é chamado de "padrões". Impressões parciais muitas vezes contêm 12 pontos característicos, mas no caso de impressões fragmentárias eles muitas vezes não podem ser confrontados de forma a se obter um resultado claro. Qualquer coisa inferior a 12 pontos de similaridade teria que ser submetida à "opinião" de um especialista.

Toschi e Armstrong, usando o formulário de anotação de corridas do táxi, foram aos endereços onde os passageiros haviam sido deixados, bateram em uma porção de portas e localizaram um terço das pessoas que tinham usado aquele táxi específico no sábado. Mais tarde, naquele dia, uma equipe do laboratório de criminalística viria tirar suas impressões digitais para eliminá-las definitivamente da lista de suspeitos.

No laboratório, o datiloscopista Bob Dagitz classificou as impressões visíveis encontradas no táxi. Quando o assassino tinha se inclinado para frente a fim de limpar o painel na área do motorista, ele se apoiou na coluna que separa o vidro dianteiro do vidro traseiro e deixou impressões de sua mão direita.

"Dedo médio e dedo anular da mão direita", Dagitz escreveu. "Oito pontos em dois dedos. Em sangue."

6

Zodíaco

Terça-feira, 14 de outubro de 1969

Às 10h30, no *Chronicle*, Carol Fisher, editora da seção de cartas do jornal, acabara de voltar de longas férias fora do país. Ela dividia uma pequena sala, no terceiro andar, com dois editorialistas. Enquanto eles, o *publisher* e eu realizávamos a reunião que definia os editoriais, ela verificava a pilha de cartas que inundava a redação todos os dias. Uma carta tinha o endereço de destino escrito com caneta hidrográfica azul:

> S. F. Chronicle
> São Fran
> Calif.
> Favor Encaminhar Urgentemente ao Editor
> Favor Encaminhar Urgentemente ao Editor

O carimbo do correio indicava que ela fora postada no dia anterior, em São Francisco. O remetente e seu endereço tinham sido substituídos por um símbolo.

Um círculo cortado por uma cruz.

Com muito cuidado, Carol rasgou a extremidade do envelope e retirou uma carta dobrada. Ao abri-la, um pedaço de tecido cinza e branco, de 7,5 centímetros por 13 centímetros, rasgado com esmero (não cortado) e manchado de sangue caiu sobre a mesa flutuando.

O Zodíaco escrevera sua quinta carta.

Rapidamente, ela percorreu as finas linhas azuis:

> Aqui quem fala é o Zodíaco
> Eu sou o assassino do
> motorista de táxi
> na r Washington & r Maple na noite
> passada, para provar isso aqui está
> um pedaço de sua camisa
> manchado de sangue. Sou o mesmo homem
> que matou as pessoas
> na área norte da baía.
> A polícia de S. F. poderia ter me
> apanhado ontem à noite se
> tivesse procurado no parque
> da maneira certa
> ao invés de ficar correndo nas ruas
> com suas motos para ver
> quem fazia mais barulho. Os
> motoristas dos carros deveriam
> apenas ter estacionado seus carros e ter
> aguardado que eu saísse
> do esconderijo.

A carta terminava com uma ameaça incrivelmente horripilante. (Embora a primeira parte dessa carta tenha sido divulgada antes, esta é a primeira vez que ela é mostrada por inteiro.)

> Crianças de escola são ótimos al-
> vos, acho que vou acabar com

> um ônibus escolar uma manhã dessas. Basta
> atirar no pneu dianteiro & então
> acertar os garotos quando saírem
> pulando.

Carol, segurando a carta com dois dedos, nos alertou e correu para a editoria de cidades. “Achei esta coisa na correspondência.” O editor imediatamente telefonou para a seção de homicídios da delegacia de polícia de São Francisco.

A carta foi primeiramente xerocada e fotografada. Todos nós nos aglomeramos em torno da carta para ler o que ela dizia, antes de o repórter Peter Stack, que estava substituindo Bob Popp, o setorista da Secretaria de Segurança Pública, levar a carta e o pedaço de pano ensanguentado para Toschi e Armstrong. “Não sei se isto é importante”, falou Stack. “Recebemos esta carta, e meu chefe me disse para trazê-la para vocês, para ver se ela quer dizer alguma coisa”.

Toschi olhou para cima, sentado à mesa.

“É uma coisa que está meio suja”, disse Stack. “Parece um pedaço ensanguentado de pano ou de camisa”. Ele a colocou sobre o mata-borrão, na frente de Toschi e Armstrong.

Toschi viu o tecido e se lembrou de sábado à noite. “Jesus Cristo!”, disse. “Parece a camisa de Stine! Bill, acho que é a camisa de Stine!”

Armstrong virou-se para Stack. “Vamos levar esta camisa para a sala do médico-legista. A roupa de Stine está guardada lá.”

Os detetives precisavam saber quantas pessoas tinham tocado na carta e pediram a Stack para ele descobrir isso. Toschi e Armstrong, antes de irem para a sala do legista, pararam na sala de Marty Lee, chefe dos inspetores, e solicitaram vê-lo o mais rápido possível. “Temos alguma coisa nova aqui”, Toschi falou.

Quando eles finalmente foram recebidos na sala de Lee, Armstrong retirou a carta do envelope de papel opaco e acetinado e a depositou com muito cuidado sobre a escrivaninha do inspetor.

— Acho que estamos envolvidos em um caso muito grande — falou Toschi. — Acho que estamos envolvidos com um serial killer. Acho que São Francisco está envolvida. Stack, do *Chronicle*, trouxe isso até aqui, em mãos.

— Ela já foi publicada? — quis saber Lee, olhando para a carta, mas sem tocá-la.

— Não — respondeu Armstrong.

— Acho melhor falar com o Chefe sobre isso — disse Lee, pegando o telefone.

Armstrong e Toschi deixaram a carta no laboratório fotográfico, para que fossem feitas ampliações no tamanho 20 centímetros por 25 centímetros. O laboratório de criminalística agora tentaria encontrar impressões digitais latentes na carta. O papel é a pior superfície para se trabalhar nesses casos. Não apenas a superfície é difícil, mas muitos criminosos profissionais usam luvas ou colocam cola de aeromodelismo ou colódio na ponta dos dedos.

Dagitz, o especialista em impressões digitais, aspergiu a carta do Zodíaco com uma solução altamente tóxica e de cor púrpura, chamada Ninhydrin. Ela altera todas as impressões e faz o papel ficar púrpura. O elemento químico reage com o suor e os aminoácidos deixados pelos dedos na superfície do papel. Os dois lados da carta do Zodíaco foram aspergidos com a substância e depois levados para a câmara escura do laboratório. A carta foi colocada em uma prateleira, à espera do processo de revelação. O processo todo demorou de três a quatro horas.

No anexo do térreo, Toschi e Armstrong encontraram-se com o médico-legista, doutor Henry Turkel, que apanhou todas as roupas de Stine guardadas na sala onde ficavam os pertences tirados dos cadáveres. Eles voltaram para o andar de cima e contaram a Lee que o tecido vindo com a carta saíra da parte inferior esquerda da camisa de Stine.

São Francisco estava definitivamente envolvida.

O passo seguinte foi comparar a letra desta carta do Zodíaco com a letra das outras cartas que o Zodíaco enviara à imprensa.

O capitão Townsend, de Napa, concordou em se encontrar com Toschi e com Armstrong no escritório dele, junto de seu investigador. Eles também ligaram para a delegacia do condado de Solano, já que todos eles iriam provavelmente trabalhar juntos. Armstrong e Toschi estavam atordoados. Estavam envolvidos com um assassino insano, um assassino que, até então, deixara cinco vítimas mortas e duas feridas.

Mais tarde, naquele dia, Toschi telefonou para Paul Avery, o repórter do *Chronicle* que vinha acompanhando o caso do Zodíaco até aquele momento. "Depois de confirmada a origem do pedaço de camisa", afirmou Toschi, "estamos mergulhados até o pescoço nos assassinatos do Zodíaco".

Naquela noite, Armstrong e Toschi foram até Napa falar com Townsend e o sargento-detetive Narlow. Ele concordou que a caligrafia da carta enviada ao *Chronicle* era semelhante à das cartas anteriores.

Quarta-feira, 15 de outubro de 1969

Toschi e Armstrong foram até Sacramento mostrar a carta ao chefe do departamento estadual de investigação de documentos, Sherwood Morrill. Mesmo depois de ter sido submetida a uma análise com produtos químicos, uma carta original é sempre melhor do que uma cópia para se fazer comparações. Morrill chegou à conclusão de que a carta tinha todas as características dos comunicados anteriores do assassino.

O Zodíaco usava uma bizarra combinação de letras cursivas e letras impressas. O assassino sempre usava um "r" tão pequeno, que parecia mais o sinal de ticar e um "d" cursivo que parecia estar prestes a tombar de lado.

"Se esse cara continuar matando", afirmou Morrill, "vai provavelmente se concentrar em escrever para o seu departamento. Se ele for um ególatra, vai continuar com os jornais de grande circulação."

Toschi olhou a manchete da edição daquela manhã do *Chronicle*: "Carta de 'assassino' gabola afirma que autor matou taxista e mais quatro". O jornal publicou novamente o retrato falado e mais a metade superior da última carta do Zodíaco.

Por solicitação da polícia, a ameaça contida no final foi mantida em segredo, enquanto as autoridades procuravam encontrar a melhor maneira de enfrentá-la.

Sexta-feira, 17 de outubro de 1969

A publicação da ameaça feita pelo Zodíaco foi finalmente autorizada. O público reagiu com pânico. Houve uma enxurrada de notícias em TVs, rádios, serviços noticiosos e imprensa. Um boletim de emergência foi distribuído para a polícia e para superintendentes de escolas do condado e da cidade:

> Para todas as unidades policiais.(...)
> Um taxista de São Francisco foi assassinado por
> um psicótico de identidade desconhecida... que ameaçou
> "acabar com um ônibus escolar"...
> e depois "acertar os garotos quando
> saírem pulando" para fora.

Seguiram-se instruções aos motoristas de ônibus escolares sobre como agir em caso de qualquer ataque violento ao veículo:

1. Continue dirigindo o ônibus mesmo com um pneu furado. Não pare.
2. Diga às crianças para ficarem abaixo do nível das janelas e deitadas no chão.
3. O motorista deve continuar dirigindo, acender todas as lâmpadas e tocar a buzina.
4. O ônibus escolar não deve parar até chegar a uma área com bastante gente.
5. Depois de chegar a esse local, contatar imediatamente qualquer agência das forças de segurança.

O Distrito Escolar Unificado do Vale Napa convocou todos os seus 90 motoristas, entre motoristas de tempo integral ou não. Eles foram informados de que "o motorista seria o primeiro alvo na mira do Zodíaco caso ocorresse um ataque a um ônibus". Um segundo homem, "um vigia", foi designado para cada ônibus para assumir a direção no caso de um ataque realizado por um atirador de tocaia. A legislação estadual exige que, quando um motorista deixa o ônibus para ajudar uma criança a atravessar uma rua, ele leve consigo a chave da ignição. Em virtude da ameaça, o motorista deixaria a chave com o motorista substituto, que ficaria dentro do ônibus com as crianças. Se o motorista fosse baleado, o substituto deveria dirigir o mais rapidamente possível e para bem longe. “Lembrem-se”, foi-lhes dito, “atraiam o máximo possível de atenção, acionando a buzina, piscando os faróis, e dirijam de forma errática”.

Cerca de 10 mil crianças matriculadas em 28 escolas usavam os 65 ônibus de faixas amarelas do condado de Napa. Os ônibus rodavam mais de 6.400 quilômetros diariamente, em viagens de ida e volta, uma boa parte desse trajeto sendo realizado através de curvas perigosas e cruzamentos cegos. Em alguns pontos, as estradas de áreas rurais são totalmente desertas, e às vezes 3 quilômetros separam uma casa de outra. Toschi era capaz de imaginar um ônibus cheio de crianças balançando-se de um lado para o outro sobre uma estrada de cascalho, passando por pomares e vinhas, tocando a buzina, piscando furiosamente os faróis. O motorista gravemente ferido ao volante. Ou talvez um ônibus parado, e o Zodíaco metodicamente atingindo cada um de seus pneus e, depois, atirando contra os 40 estudantes lá dentro.

Em função do boletim, 70 policiais fortemente armados começaram a viajar nos ônibus escolares de Napa. O delegado do condado de Napa e a delegacia de polícia de St. Helena, além da polícia rodoviária, ficaram responsáveis pela segurança dos estudantes nos ônibus. Picapes do departamento florestal e guardas-florestais do lago Berryessa foram também convocados. Eles foram instruídos a seguir os ônibus e a ficar 90 metros atrás deles. Aviões Cessna do aeroclube de Napa e aviões da delegacia de polícia do condado de Napa começaram a fazer o patrulhamento aéreo ao longo das centenas de quilômetros das rotas percorridas pelos ônibus. Autoridades do setor escolar de Napa disseram: "Como é possível reagir a uma situação dessas? Sempre ficamos pensando se fizemos o suficiente. Se um louco conseguiu atingir o presidente Kennedy, mesmo com toda a proteção que ele tinha, então algo pode acontecer em Napa, não importa o que façamos".

Em virtude de uma ameaça de bomba recebida em Santa Rosa e feita por meio de um telefonema dado por alguém que sugeria poder ser o Zodíaco, uma cuidadosa busca por bombas era feita toda manhã antes que cada ônibus saísse.

O pânico em Napa não era maior do que o instalado na Secretaria de Segurança Pública, em São Francisco.

Às 9 horas do dia 16 de outubro, Fouke e Zelms, os dois policiais que tinham visto o homem corpulento caminhando para dentro do Forte, perceberam que talvez tivessem passado pelo assassino. Os dois preencheram um relatório inicial entregue ao seu capitão, relatório esse depois encaminhado a Toschi e Armstrong na forma de um comunicado interdepartamental. Os dois policiais estavam "abalados e extremamente desacorçoados".

Com o auxílio dos dois, um segundo retrato falado do Zodíaco foi feito. O novo retrato mostrava um homem com idade entre 35 e 45 anos de idade, com um queixo mais pronunciado. Ele pesava 90 quilos ou mais, tinha um tronco forte e usava um casaco da Marinha na cor azul-escura ou preta, fechado por um zíper e que chegava à cintura. Os patrulheiros notaram que ele teria 1,72 ou 1,75 metro de altura, cabelo marrom-avermelhado e cortado curto e que usava óculos com uma armação grossa.

O relatório e as declarações dos policiais foram colocados em arquivos confidenciais. A polícia de São Francisco negou oficialmente que o Zodíaco tivesse sido visto por qualquer policial. A negativa continua a ser repetida até hoje. Várias fontes me confirmaram que "o Zodíaco, com certeza, *quase* fora capturado pela polícia de São Francisco". A polícia nunca foi capaz de explicar por que um segundo retrato falado teve de ser feito repentinamente.

Um homem telefonou para a redação do *Palo Alto Times* e afirmou: "Aqui quem fala é o Zodíaco. Vou ter de deixar São Francisco porque estou ficando muito procurado lá". O chefe de polícia de Palo Alto considerou a mensagem anônima feita por telefone "extremamente grave". Podia ter sido uma brincadeira de mau gosto, mas ele preferiu não correr riscos e entrou em contato com o supervisor do departamento de transporte do distrito. Entre eles, resolveram colocar um policial armado em cada um dos 25 ônibus escolares da cidade.

Em quase todas as comunidades do norte da Califórnia, providenciou-se algum tipo de proteção policial. Em São Fracisco, policiais vestidos à paisana e colocados a bordo de 24 carros aparentemente comuns vigiavam os ônibus. Mais de cem veículos da polícia ficaram de prontidão.

"O intervalo entre os ataques está ficando assustadoramente curto", Armstrong disse à imprensa. "Pode acontecer a qualquer dia. Meu Deus, eu odiaria fazer especulações."

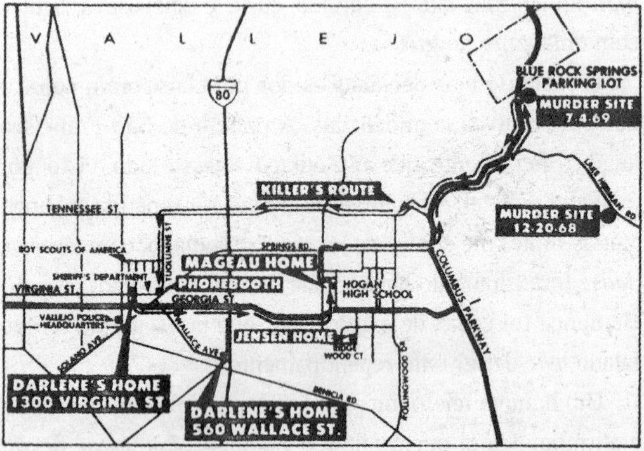

A rota do Zodíaco na noite de 4 de julho de 1969, quando seguiu e atacou Darlene Ferrin e Mike Mageau. No mapa pode-se ver também o local dos assassinatos Jensen-Faraday. *Mapa elaborado por R. Graysmith.*

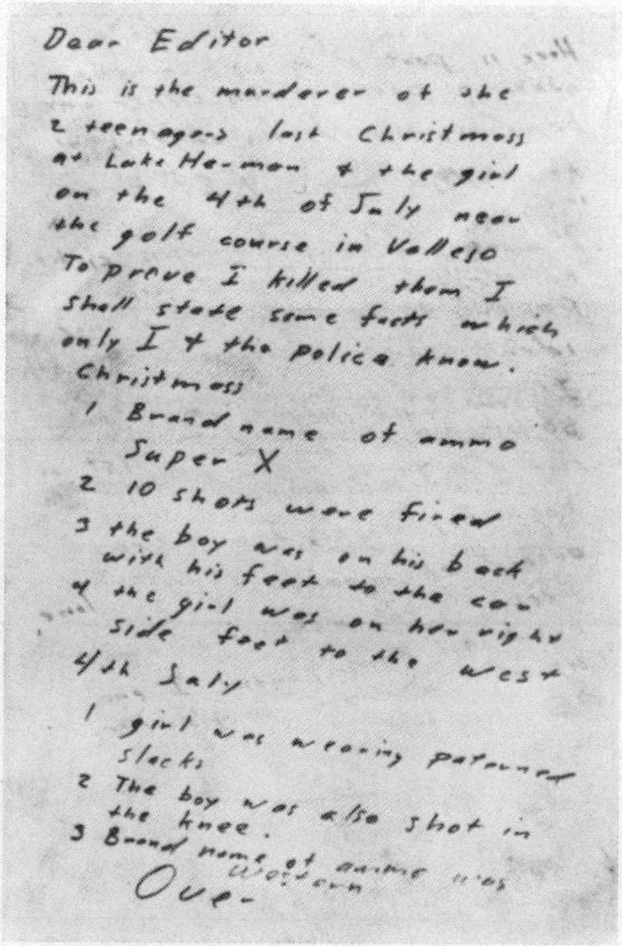

Dear Editor
This is the murderer of the
2 teenagers last Christmass
at Lake Herman & the girl
on the 4th of July near
the golf course in Vallejo
To prove I killed them I
shall state some facts which
only I & the police know.
Christmass
1 Brand name of ammo
Super X
2 10 shots were fired
3 the boy was on his back
with his feet to the car
4 the girl was on her right
side feet to the west
4th July
1 girl was wearing patterned
slacks
2 The boy was also shot in
the knee.
3 Brand name of ammo was
Western
Over-

A primeira carta do Zodíaco ao *São Francisco Chronicle*, recebida no dia 1º de agosto de 1969. Esta carta nunca tinha sido reproduzida anteriormente.

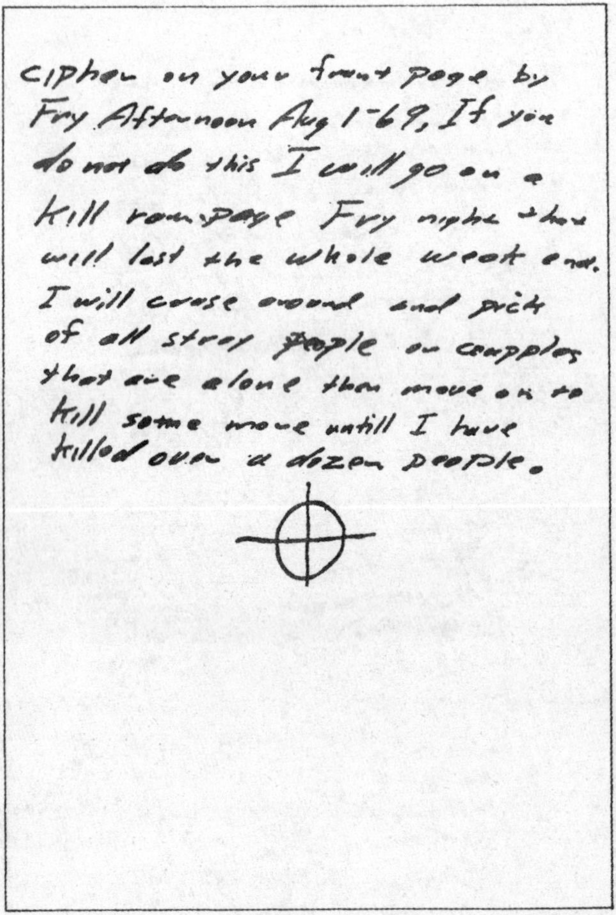

cipher on your front page by
Fry Afternoon Aug 1-69, If you
do not do this I will go on a
kill rampage Fry night that
will last the whole week end.
I will cruse around and pick
of all stray people or coupples
that are alone then move on to
kill some more untill I have
killed over a dozen people.

Ameaça incluída na carta ao *Vallejo Times-Herald*, recebida no dia 1º de agosto de 1969. A carta ao *Chronicle* continha frases ligeiramente diferentes.

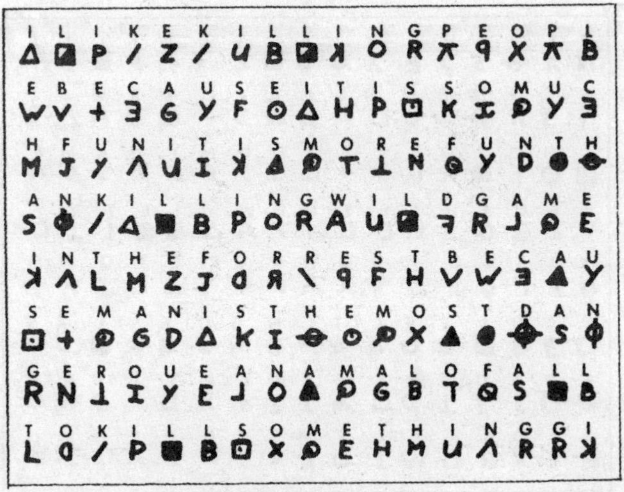

Ao *Vallejo Times-Herald*

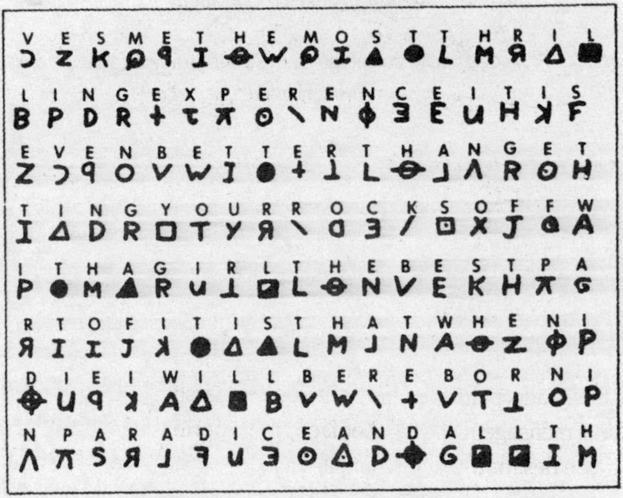

Ao *The São Francisco Examiner*

Ao *São Francisco Chronicle*

A decifração do código de três partes foi realizada pelos Harden.

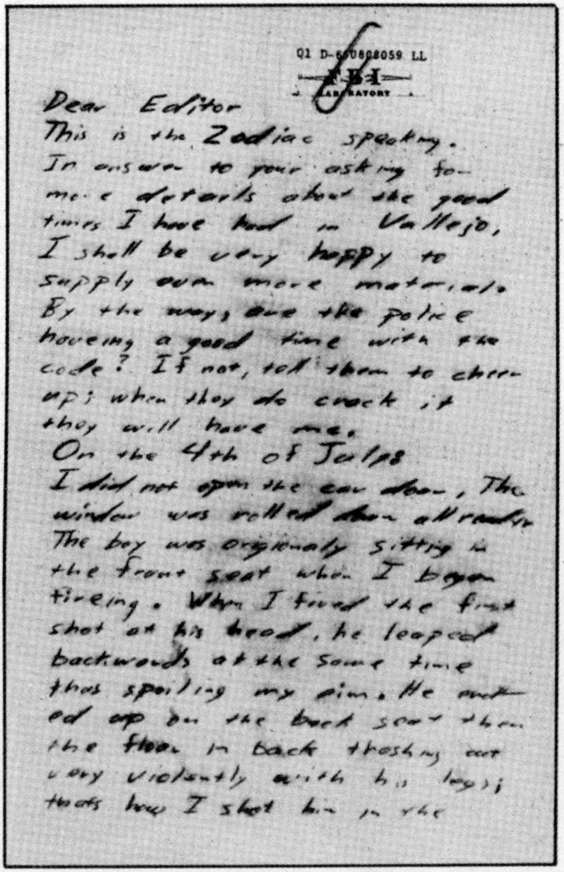

Dear Editor
This is the Zodiac speaking.
In answer to your asking for
more details about the good
times I have had in Vallejo,
I shall be very happy to
supply even more material.
By the way, are the police
haveing a good time with the
code? If not, tell them to cheer
up; when they do crack it
they will have me.
On the 4th of July
I did not open the car door, The
window was rolled down allready.
The boy was origionaly sitting in
the front seat when I began
fireing. When I fired the first
shot at his head, he leaped
backwards at the same time
thus spoiling my aim. He end-
ed up on the back seat then
the floor in back thashing out
very violently with his legs;
thats how I shot him in the

A primeira das três páginas da carta recebida pelo *Vallejo Times-Herald* no dia 7 de agosto de 1969. Nesta carta, aparece pela primeira vez o nome “Zodíaco”. Esta carta nunca tinha sido reproduzida antes.

Ilustração do Zodíaco feita pelo autor, com vestimenta completa, no lago Berryessa, no dia 27 de setembro de 1969, segundo a descrição de Bryan Hartnell.

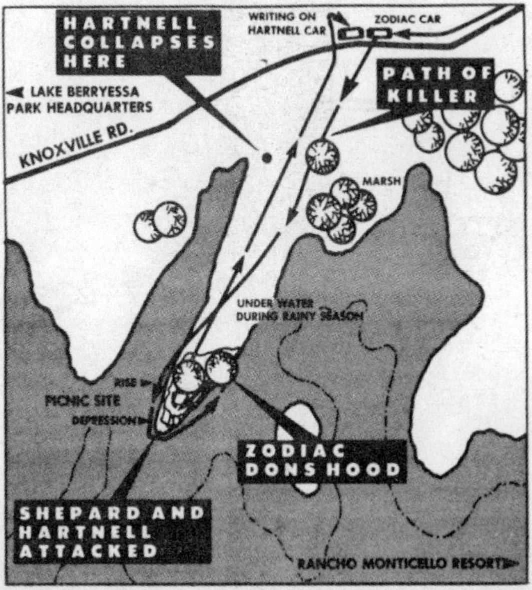

O caminho feito pelo Zodíaco na região do lago Berryessa, no dia 27 de setembro de 1969, quando, usando uma vestimenta espalhafatosa, esfaqueou Bryan Hartnell e Cecelia Shepard. *Mapa elaborado por R. Graysmith.*

Retrato falado feito por Robert McKenzie para a polícia de Napa mostrando o homem visto no lago Berryessa no dia do ataque a facadas. O retrato falado teve circulação limitada e talvez nunca tenha sido impresso — certamente não o foi em São Francisco.

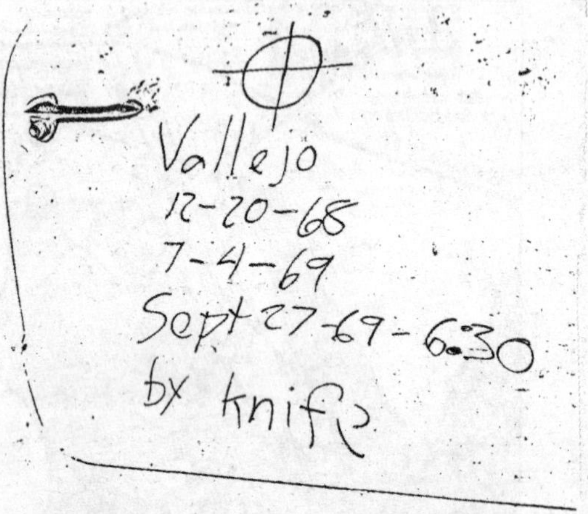

Acima: A caligrafia do Zodíaco em caneta hidrográfica preta, no Karmann Ghia de Bryan Hartnell. Estas palavras foram escritas pelo Zodíaco depois de ele ter esfaqueado as vítimas.

Abaixo: Mapa do assassinato de Stine em São Francisco, no dia 11 de outubro de 1969. *Mapa elaborado por R. Graysmith.*

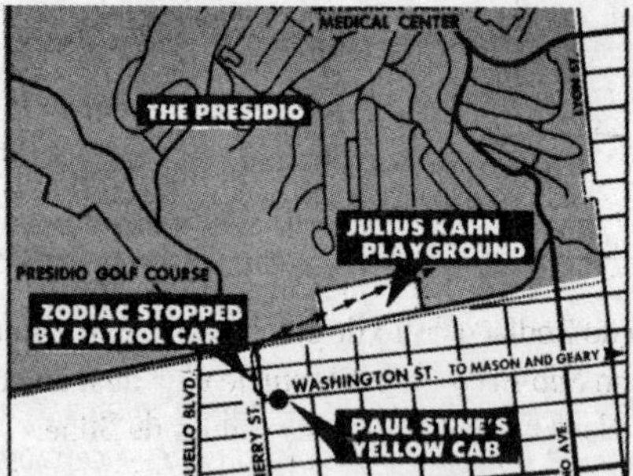

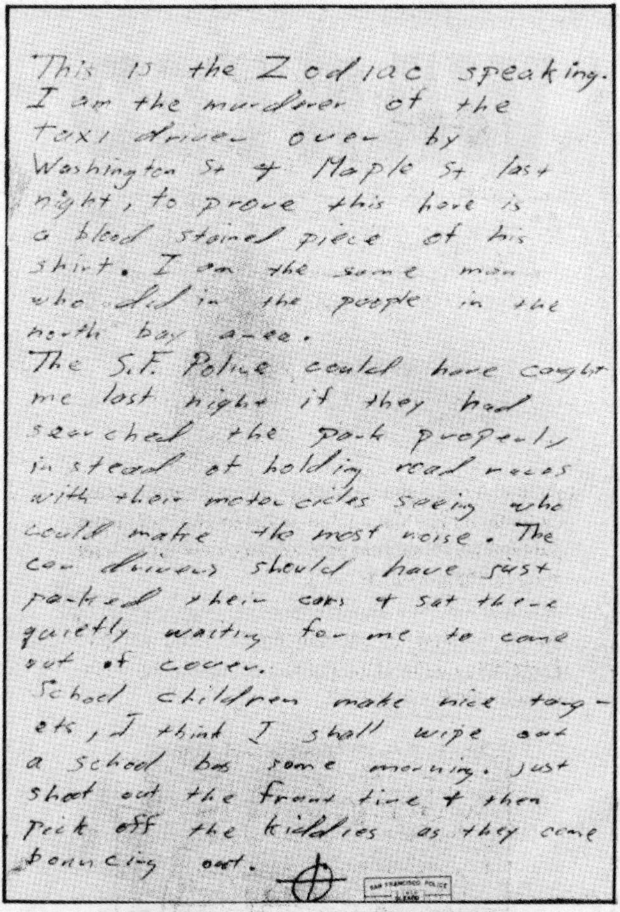

This is the Zodiac speaking.
I am the murderer of the
taxi driver over by
Washington St & Maple St last
night, to prove this here is
a blood stained piece of his
shirt. I am the same man
who did in the people in the
north bay area.
The S.F. Police could have caught
me last night if they had
searched the park properly
instead of holding road races
with their motorcicles seeing who
could make the most noise. The
car drivers should have just
parked their cars & sat there
quietly waiting for me to come
out of cover.
School children make nice targ-
ets, I think I shall wipe out
a school bus some morning. Just
shoot out the front tire & then
pick off the kiddies as they come
bouncing out.

Carta do Zodíaco de 13 de outubro de 1969, endereçada ao *São Francisco Chronicle* e na qual anexou um pedaço ensanguentado da camisa de Stine.

WANTED

SAN FRANCISCO POLICE DEPARTMENT

NO. 90-69 — WANTED FOR MURDER — OCTOBER 18, 1969

ORIGINAL DRAWING — AMENDED DRAWING

Supplementing our Bulletin 87-69 of October 13, 1969. Additional information has developed the above amended drawing of murder suspect known as "ZODIAC".

WMA, 35-45 Years, approximately 5'8", Heavy Build, Short Brown Hair, possibly with Red Tint, Wears Glasses. Armed with 9 MM Automatic.

Available for comparison: Slugs, Casings, Latents, Handwriting.

ANY INFORMATION:
Inspectors Armstrong & Toschi
Homicide Detail
CASE NO. 696314

THOMAS J. CAHILL
CHIEF OF POLICE

O segundo pôster de PROCURADO com o rosto do Zodíaco, alterado para incluir uma descrição mais detalhada fornecida ao Departamento de Polícia de São Francisco pelos dois policiais que abordaram o assassino.

Parte da frente do cartão de felicitações enviado pelo Zodíaco ao *San Francisco Chronicle*.

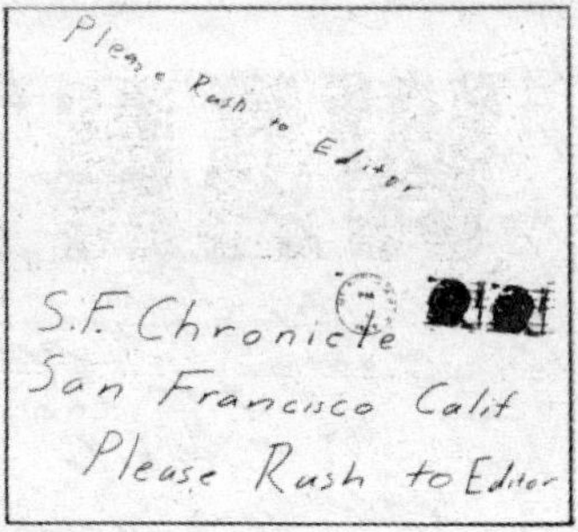

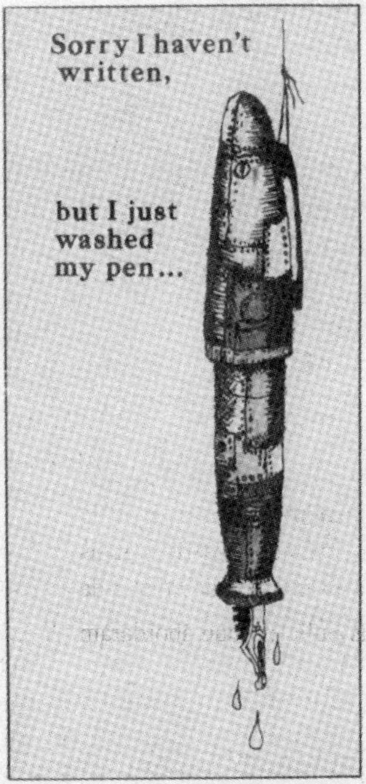

Envelope do cartão de felicitações, com um montante de selos duas vezes maior que o necessário, conforme costumava acontecer no caso do Zodíaco.

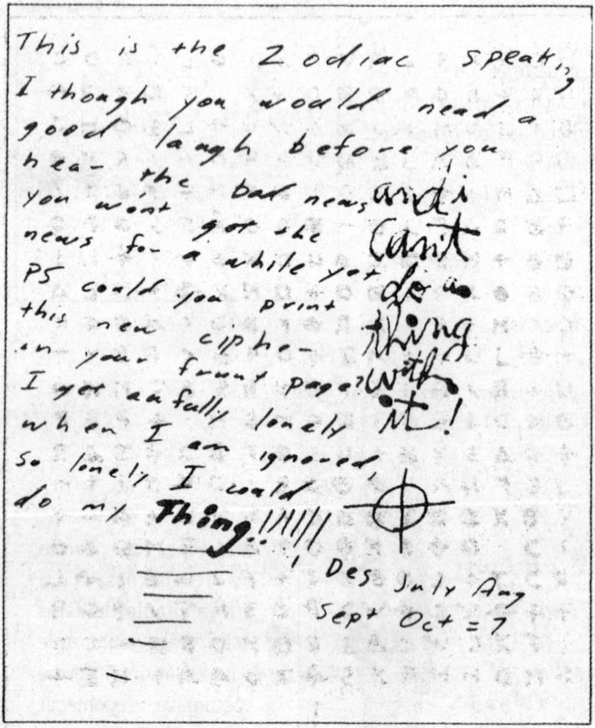

This is the Zodiac speaking
I though you would need a
good laugh before you
hear the bad news
you wont get the
news for a while yet
PS could you print
this new cipher
in your front page?
I get awfully lonely
when I am ignored,
So lonely I could
do my Thing!!!!!!!

and i can't do a thing with it!

Des July Aug
Sept Oct = 7

Parte interna do cartão de felicitações de 8 de novembro, com a "caneta pingando".

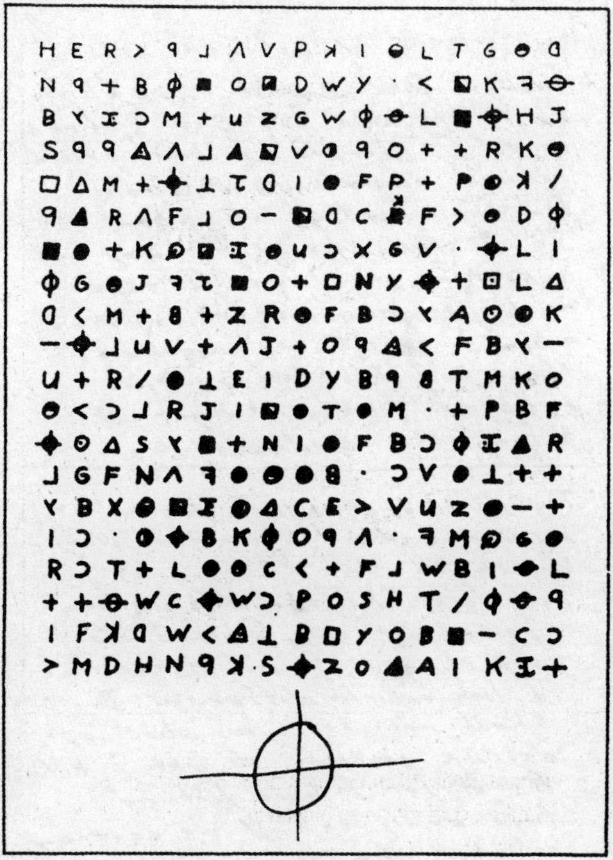

O código de 340 símbolos recebido pelo inspetor Toschi no dia 8 de novembro de 1969.

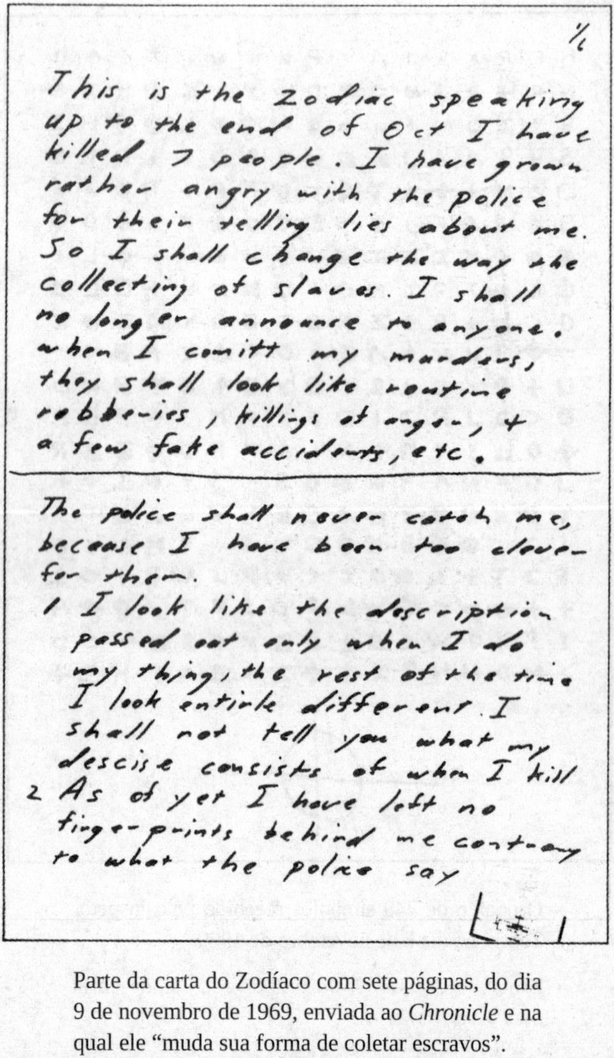

1/6

This is the Zodiac speaking up to the end of Oct I have killed 7 people. I have grown rather angry with the police for their telling lies about me. So I shall change the way the collecting of slaves. I shall no longer announce to anyone. when I comitt my murders, they shall look like routine robberies, killings of anger, + a few fake accidents, etc.

The police shall never catch me, because I have been too clever for them.

1 I look like the description passed out only when I do my thing, the rest of the time I look entirle different. I shall not tell you what my descise consists of when I kill

2 As of yet I have left no fingerprints behind me contrary to what the police say

Parte da carta do Zodíaco com sete páginas, do dia 9 de novembro de 1969, enviada ao *Chronicle* e na qual ele "muda sua forma de coletar escravos".

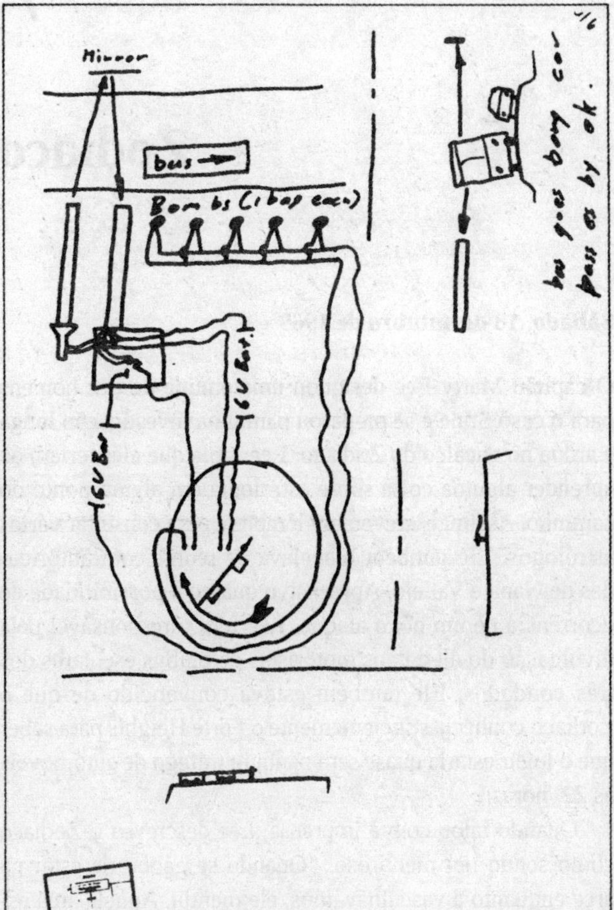

Esquema da bomba do ônibus escolar da carta de 9 de novembro.

7

Zodíaco

Sábado, 18 de outubro de 1969

O capitão Marty Lee designou uma equipe de dez homens para o caso Stine e se preparou para uma investigação longa e árdua no encalço do Zodíaco. Lee sabia que eles teriam de aprender alguma coisa sobre astrologia em algum ponto do caminho. Assim, escreveu um lembrete para consultar vários astrólogos. Ele também planejava se reunir com autoridades de Napa e Vallejo. Apreensivo quanto à possibilidade de ocorrência de um novo ataque, Lee fora o responsável pela divulgação do alerta aos motoristas de ônibus escolares dos três condados. Ele também estava convencido de que o Zodíaco conhecia suficientemente o Forte Heights para saber que o lugar estaria quase sem nenhum tráfego de automóveis às 22 horas.

Quando falou com a imprensa, Lee descreveu o Zodíaco como sendo um mentiroso. "Quando se gabou de estar na área enquanto a vasculhávamos, ele mentiu. Aquela área estava toda iluminada. Tínhamos sete cães farejadores e um sem-número de carros realizando buscas ali, árvore por árvore, moita por moita. Os cães são os melhores do país. Um camundongo não teria conseguido escapar à nossa atenção. O fato de o Zodíaco não ter mencionado os cães e os holofotes prova que ele não estava em nenhum lugar da vizinhança".

Pelo correio e pelo telefone, literalmente 1.000 denúncias inundaram o Departamento de Polícia de São Francisco, enviadas por cidadãos assustados. Os detetives começaram a descartar as denúncias que apontavam vizinhos, colegas de trabalho e ex-maridos como possíveis Zodíacos. A central telefônica da polícia foi inundada por ligações. Lee triplicou o tamanho do contingente normalmente em serviço nos fins de semana, fazendo com que os policiais se revezassem no atendimento aos telefonemas.

O capitão de polícia Wade Bird, de Vallejo, que estava atrás do Zodíaco desde julho, tinha suas próprias teorias. "Segundo acredito, chegaremos à seguinte conclusão: ele é um gênio que chegou a tal ponto longe, que passou dos limites. Ele pode ou não ser alguém desta região. Muitas — melhor dizendo, milhares — pessoas moraram aqui durante a guerra e passaram a conhecer a área antes de se mudarem. Ele, de toda forma, conhecia as áreas normalmente frequentadas por casais de namorados. Essas áreas não ficavam muito longe umas das outras. Alguns aventam a hipótese de que ele passa pela região a caminho do trabalho, que comete esses assassinatos e depois envia as cartas sobre eles de seu local de trabalho, em São Francisco. Eu acho que não. Não acredito que um homem perturbado assim conseguiria manter um emprego estável, regular. Ele já foi longe demais para isso".

O doutor Leonti Thompson, psiquiatra que trabalha para o governo do Estado em Napa, disse à imprensa que "para alguns psicóticos, o ato de matar é uma forma de negar... sua impotência. A psicose é a obliteração gradual do ego, a terrível perda da própria autoimagem. Ele faz coisas de forma agitada, furiosa, e depois volta ao normal. Entre os psicóticos, os esquizofrênicos do tipo paranoico são geralmente discretos e reservados quanto ao que fazem em relação a seu entorno. Podem lidar relativamente bem com o mundo exterior e, ao mesmo tempo, desenvolver suas próprias visões sobre como o mundo é realmente".

Em Napa, o subdelegado Tom Johnson viu-se soterrado por centenas de pistas e, ainda assim, não conseguiu fazer com que formassem uma imagem consistente do suspeito. "Não há ninguém que queiramos capturar mais do que ele", disse Johnson. "Não vamos desistir; ele é nossa prioridade absoluta."

E, no entanto, pairava no ar o claro temor de que o Zodíaco matasse de novo. E em breve.

Domingo, 19 de outubro de 1969

Thomas C. Lynch, procurador-geral do Estado, divulgou um apelo ao Zodíaco para que se entregasse. Ao mesmo tempo, convocou discretamente um seminário sobre o assassino, a fim de reunir representantes de várias jurisdições de modo que pudessem trocar informações sobre os crimes anteriores.

"Providenciaremos para que ele receba ajuda e para que todos os seus direitos sejam protegidos", afirmou Lynch em seu apelo. "Ele é obviamente um indivíduo inteligente. Sabe que acabará sendo preso, de modo que seria melhor que se entregasse antes que uma tragédia seja escrita com sangue."

O apelo à rendição ficou sem resposta.

A edição de domingo do *Examiner* publicou sua própria versão de um apelo ao assassino. A mensagem saiu impressa no alto da primeira página:

> Cinco pessoas estão mortas. Que não haja mais assassinatos. A polícia diz que o senhor é inteligente. Se for, então dê ouvidos à razão. Você está sendo caçado em todos os cantos do Estado e do país. Você está sozinho neste mundo. Não pode compartilhar seus segredos com ninguém. Nenhum amigo pode ajudá-lo.
>
> O senhor é vítima de seus crimes da mesma forma que aqueles cuja vida o senhor tirou. Não pode andar pelas ruas como um homem livre. O senhor não pode se sentir seguro em lugar nenhum. E o senhor será apanhado, não há dúvida. O senhor vive a vida como um animal caçado, atormentado — isso só vai mudar se o senhor ajudar a si mesmo. Pedimos que se entregue ao Examiner.
>
> Não lhe oferecemos nenhuma proteção e nenhuma solidariedade. Mas lhe oferecemos, sim, um tratamento justo e a garantia de ajuda médica e da observância de todos os direitos garantidos por lei.
>
> E nos oferecemos para contar a sua história.
>
> Por que você mata? Que mal a vida lhe fez? Ligue para a editoria de cidade do Examiner, a qualquer hora do dia ou da noite.
>
> O número de telefone é (415) 781-2424. Ligue a cobrar.
>
> Sua chamada não será rastreada.

O Zodíaco não apenas ignorou esse apelo, como também nunca mais escreveu ao *Examiner*. Evidentemente, ele considerou essa abordagem um insulto.

Segunda-feira, 20 de outubro de 1969

Nove dias depois do assassinato de Paul Stine, ocorreu um seminário sobre o Zodíaco em São Francisco, na Secretaria de Segurança Pública. Armstrong e Toschi compareceram, e as delegacias e os departamentos de polícia de Napa, Solano, Benicia, Vallejo, São Mateo e Marin enviaram investigadores. O FBI e o serviço de inteligência da Marinha estavam presentes, bem como os Inspetores dos Correios dos Estados Unidos, a polícia rodoviária e a Agência Estadual de Identificação e Investigação Criminal (CI&I). Napa pedira ao governo do Estado que enviasse agentes, e o CI&I fornecera especialistas em grafologia e facilitara a utilização do laboratório de criminalística em Sacramento. Lynch, o procurador-geral, ainda estava no Colorado, participando de um encontro de procuradores-gerais dos Estados do oeste do país e foi representado por seu braço direito, Arlo Smith.

Um grande quadro-negro podia ser visto na parte da frente da sala. Desenhado com giz branco na superfície negra do quadro havia um grande círculo cortado por uma cruz — o símbolo do Zodíaco. Uma a uma, as cenas dos crimes foram desenhadas e apagadas, enquanto os detetives trocavam o pouco de informação que possuíam.

A pistola semiautomática 9 mm que o Zodíaco usara para matar Stine era relativamente rara: apenas 143 armas desse tipo haviam sido vendidas na Bay Area nos últimos três anos. Segundo a teoria de Toschi, a pistola 9 mm usada no assassinato do taxista era provavelmente um novo modelo da Browning e havia a probabilidade de que fosse diferente da 9 mm usada pelo Zodíaco anteriormente.

Até a chegada da carta enviada ao *Chronicle*, Toschi investigara o assassinato de Stine como se se tratasse apenas de mais um roubo à mão armada típico das cidades grandes. Provavelmente era isso que o assassino desejava que a polícia pensasse. Mas havia também a possibilidade de que Stine tivesse sido escolhido por um algum motivo e que não fosse uma simples vítima casual.

O homicídio mais difícil de ser resolvido, mesmo para uma dupla de investigadores experientes como Toschi e Armstrong, é o que envolve o assalto e assassinato de um taxista dentro de seu táxi. Normalmente, o assassino leva o motorista para um lugar deserto e escuro. A maioria dos crimes desse tipo é praticada com tiros na cabeça e com a arma encostada na cabeça da vítima. Portanto, ninguém ouve o barulho do tiro.

Toschi aprendeu, ao longo dos anos, que raramente, ou nunca, restam provas materiais no táxi. Normalmente, o assaltante toca apenas na maçaneta interna da porta para fechá-la quando entra ou sai. Tudo o que se consegue são digitais borradas, sem utilidade.

Ou, então, consegue-se exatamente o contrário. Pode haver cinco impressões digitais nítidas no táxi e nas colunas das portas, ou no espelho lateral, a maioria deixada pelos passageiros anteriores ou pelos funcionários das empresas de táxi.

"No assassinato de um taxista", disse-me Toschi, "é oito ou oitenta. Pelo menos em homicídios em supermercados, o suspeito geralmente compra alguma coisa ou põe as mãos em uma lata de Coca-Cola ou de cerveja, uma caixa de biscoitos ou uma garrafa de bebida alcoólica, coisas que irão fornecer impressões digitais latentes. Algumas vezes, em um esforço para agarrar até o último centavo da caixa registradora, o suspeito deixará uma boa área cheia de impressões ou mesmo tocará no balcão. Na maioria dos assassinatos de motoristas de táxi, as provas materiais são mínimas". "Nesses casos, é necessário muito trabalho duro", disse-me Toschi, "e sorte".

Em Vallejo, mais tarde, perguntei ao sargento detetive Mulanax, que assumira o caso Ferrin, sobre a impressão digital no táxi.

"Então eles têm uma impressão digital latente", disse Mulanax. "Segundo minha opinião, há muitas dúvidas sobre se essa é uma das digitais do Zodíaco. Se você procurar impressões em um táxi, vai conseguir obter algumas latentes. Mas isso não quer dizer necessariamente que sejam do cara que cometeu o crime".

A investigação realizada pelos peritos mostrou que não fora disparado mais do que um tiro no táxi de Stine. Exceto pela cápsula de 9 mm encontrada no assoalho próxima ao corpo, nenhuma outra bala e nenhum outro fragmento de metal foram achados.

Por meio dos patrões e colegas de trabalho de Stine, Toschi descobriu que o taxista guardava o dinheiro das corridas ou em sua carteira ou no bolso, mas geralmente no bolso. A esposa de Stine informou que ele tinha apenas 3 ou 4 dólares consigo quando saiu de casa para o trabalho. Normalmente ele guardava junto o dinheiro das corridas e gorjetas, separando um do outro no final do turno.

O capitão Lee tomara providências para que o seminário reunisse apenas profissionais da polícia. Nenhum vidente, nenhum místico e nenhum astrólogo estava presente, como algumas vezes era o caso.

"Não podia dizer que estávamos perto de capturar o suspeito", disse Lee ao final do encontro que durou três horas.

Na conclusão do seminário, os detetives sublinharam que todos os crimes do Zodíaco haviam acontecido em fins de semana.

Agora viria o trabalho exaustivo de interrogar os comerciantes de armas de toda a Califórnia. Tentando identificar o assassino por meio de sua caligrafia, as assinaturas deixadas em formulários de registro de armas seriam comparadas com as cartas do Zodíaco recebidas até então. Novas leis federais sobre armas haviam entrado em vigor no início daquele ano, mas até então muitos modelos fabricados no exterior podiam ser comprados pelo correio em dezenas de lojas que colocavam anúncios em revistas para homens. Talvez o Zodíaco tivesse algum motivo para usar suas armas apenas uma vez.

Enquanto isso, em Napa, guardas armados e voluntários — professores, motoristas e bombeiros em horário de folga — continuavam a andar nos ônibus escolares.

Quarta-feira, 22 de outubro de 1969

Eram 2 horas da madrugada quando o telefone tocou na central telefônica da delegacia de Oakland. O telefonista da polícia atendeu a ligação e se retesou quando uma voz masculina disse: "Aqui quem fala é o Zodíaco. Quero que vocês entrem em contato com F. Lee Bailey. (...) Se não puderem achar Bailey, aceito falar com Mel Belli. (...) Quero que um ou outro apareça no programa de entrevistas do Canal 7. Farei contato por telefone".

Se havia alguém tão eloquente quanto F. Lee Bailey, advogado do Estrangulador de Boston, era Melvin Belli, o "Rei das Indenizações". Eloquente e persuasivo, com cabelos grisalhos, Belli transitava em um mundo de *glamour* e opulência. Abalada com o telefonema, a delegacia de Oakland fez contato com Marty Lee, e Lee, por sua vez, falou com Toschi e Armstrong. Duas horas depois, Lee telefonou para a cobertura de Belli, na rua Montgomery, número 1.228, em Telegraph Hill. Belli concordou prontamente em participar do programa. Um acordo foi feito com o apresentador da atração, Jim Dunbar, prevendo que Belli apareceria naquela manhã, no programa de duas horas de duração. Os telespectadores de Dunbar são convidados a telefonar a fim de discutirem o tópico do dia, mas, nessa manhã em particular, ele pediu a seus fãs que deixassem as linhas desocupadas para que o assassino pudesse falar com Belli.

Embora o programa começasse normalmente às 7 horas, naquele dia ele começou meia hora mais cedo. Belli e Dunbar ficaram sentados de frente um para o outro, preparados para um período de bate-papo leve e comerciais de sabonete.

Como milhares de outras pessoas, assisti ao programa de entrevistas da KGO. Eu me perguntava se finalmente ouviria a voz do assassino Zodíaco.

Às 7 horas, o telefone finalmente tocou.

Foi durante um comercial, e a pessoa que telefonou desligou quase imediatamente. O homem tinha uma voz hesitante e vacilante.

A próxima chamada veio às 7h20. Os diálogos a seguir são transcrições literais:

Em um apelo emocionado, e no seu melhor estilo de advogado de tribunal, Belli implorou ao autodenominado Zodíaco que desse a si mesmo um nome menos ameaçador.

— Sam — disse a voz que parecia ser a de um jovem, do outro lado da linha.

— Como e onde podemos encontrar você? — perguntou Belli.

— Me encontre no último andar do Hotel Fairmont — disse. E fez uma pausa. — Sem mais ninguém ou eu pulo.

Sam desligou, ligou de novo e continuou com as conversas curtas e repentinas por mais de duas horas. Doze chamadas de fato foram ouvidas no ar, de um total de 35 telefonemas feitos por "Sam". A mais longa durou nove minutos.

— Você acha que precisa de cuidados médicos? — perguntou Belli.

— Sim — respondeu Sam. — Cuidados médicos, não psiquiátricos.

— Você tem algum problema de saúde?

— Estou doente — disse Sam. — Tenho dores de cabeça.

— Eu também tenho dores de cabeça, mas um quiroprático acabou com elas uma semana atrás. Acho que posso ajudá-lo. Você não terá de falar com mais ninguém, a não ser comigo.

Sam desligou mais uma vez, temendo evidentemente que sua chamada estivesse sendo rastreada.

Lee, assistindo ao programa de seu escritório, afirmou: "Não estamos tentando rastrear a chamada. Esse é um processo longo e difícil. E é ineficiente com esses telefonemas breves".

Quando Sam voltou a ligar, às 8h25, Belli perguntou qual era o problema dele.

— Não quero ir para a câmara de gás. Tenho dores de cabeça — disse. — Quando eu mato, elas somem.

— Ninguém vai para a câmara de gás há anos — disse Belli. — Você quer viver, não quer? Bem, essa é a sua chance. Há quanto tempo você sofre dessas dores de cabeça?

— Desde que matei um garoto — respondeu Sam.

— Você consegue se lembrar de sua infância?

— Sim.

— Você tem lapsos de memória?

— Sim.

— Você tem acessos?

— Não. Eu só tenho dores de cabeça.

— Você toma aspirina?

— Sim.

— Melhora alguma coisa?

— Não.

— Você tentou ligar uma outra vez quando o senhor Bailey estava conosco, duas ou três semanas atrás? — perguntou Dunbar.

— Sim.

— Por que você queria falar com Bailey?

— Quando você quer conversar comigo? — perguntou Belli.

— Não quero que me machuquem — afirmou Sam.

— Não vão machucá-lo. Não vão machucá-lo se conversar comigo.

— Você não vai para a câmara de gás — disse Dunbar.

— Não acho que vão pedir a pena de morte. Devemos perguntar à promotoria. Quer que eu faça isso, Sam? Você quer que eu fale com o procurador? — perguntou Belli.

Ouviu-se um pequeno grito.

— O que foi isso?

— Eu não disse nada. Isso foi minha dor de cabeça — falou Sam.

— Você parece estar sentindo muita dor — replicou Belli. — Sua voz está abafada. Qual é o problema?

— Minhas dores de cabeça — disse. — Estou muito doente. Estou tendo uma das minhas dores de cabeça.

Mais um pequeno grito e uma pausa.

— Vou matá-las. Vou matar todas aquelas crianças! — berrou Sam. E desligou.

Quando Sam telefonou novamente, Belli fez com que a ligação fosse direcionada para uma linha privativa a fim de que o público não os escutasse.

— Você quer que eu seja seu advogado? Há bondade dentro de você. Gostaria de me contar alguma coisa?

— Não, nada.

— Você sente que vai perder a cabeça? Sam, o que você quer que façamos?

— Sinto uma terrível solidão.

— Você precisa de remédios ou alguma outra coisa? Não gostaria de se livrar dessas malditas dores de cabeça?

Belli disse que tentaria conseguir do promotor John J. Ferdon a garantia de que o Zodíaco não seria condenado à câmara de gás se fosse considerado culpado de homicídio.

Em vez do Fairmont, Belli sugeriu como ponto de encontro as escadarias da Igreja Antiga de St. Mary, em Chinatown, mas Sam indicou um outro local que escolhera: o Daly City, em frente à St. Vincent de Paul, uma loja de objetos usados localizada à rua Mission, número 6.726, às 10h30 daquela manhã.

— Até mais e tudo de bom — disse Belli.

— Ok — Sam falou.

Aquele provavelmente foi um dos menos secretos encontros secretos da história. Belli foi seguido pela polícia, que monitorara a linha privativa; a polícia, por sua vez, foi seguida por equipes de televisão, vans de emissoras de rádio, repórteres e fotógrafos. Todo mundo estava lá. Todos, exceto Jim Dunbar, que ficara contrariado com todo aquele circo. E, é claro, o Zodíaco — se é que se tratava realmente dele —, que deu o cano em todo mundo.

Depois de 45 minutos, Belli desistiu e foi para casa dormir um pouco.

Sam não dissera nada que ajudasse a polícia a pegá-lo. Por outro lado, não dissera nada que provasse ser ele o verdadeiro Zodíaco. Pelo menos a voz do misterioso homem fora gravada pelo Canal 7.

O policial de Oakland que recebera o telefonema original das 2 horas disse estar convencido sobre ter conversado com o verdadeiro Zodíaco, e, segundo acreditava, a voz que ouviu no programa de Dunbar não seria a mesma do telefonema.

Enquanto isso, três das quatro pessoas vivas que ouviram a voz do Zodíaco se reuniam em uma pequena sala na KGO-TV para ouvir a conversa de Sam com Belli. Os três eram o policial de Napa David Slaight, a telefonista da polícia de Vallejo, Nancy Slover, e Bryan Hartnell. Por quase uma hora eles escutaram atentamente enquanto a gravação com a voz de Sam era repetida várias vezes. No final, permaneceram em silêncio, sem esboçar qualquer movimento. Era essa a voz do Zodíaco?

Bryan falou primeiro. "Senti que a voz na fita não era tão profunda quanto a do Zodíaco nem de uma pessoa tão velha quanto parecia ser o Zodíaco." Os outros levantaram os ombros e sacudiram a cabeça concordando. "É jovem demais", disse o policial Slaight, de cabelos escuros e queixo comprido, "menos seguro de si". "Essa voz inspira muita compaixão e é patética demais para ser a do Zodíaco", disse Nancy Slover.

Ficou óbvio que o telefonema para o programa de Dunbar fora dado por alguém decidido a tirar vantagem da oportunidade de participar da "Telemaratona do Zodíaco" — ou, como sugeriu um policial sarcástico, do "Filho do Zodíaco", como deveria ser o novo nome do programa de Dunbar.

"Em vista da situação atual, na ausência de qualquer pista sobre a identidade do assassino, estamos dispostos a tentar qualquer coisa", disse um detetive, "tentar qualquer coisa, mesmo que isso signifique ter de lidar com uns malucos".

O mistério de Sam acabou sendo resolvido quando, em telefonemas subsequentes para Belli, as chamadas foram rastreadas até o Hospital Estadual Napa e descobriu-se que eram de um deficiente mental internado ali.

O canal KRON-TV ligou para a sala de imprensa da Secretaria de Segurança Pública pouco antes do prazo de fechamento de seu noticiário noturno para apurar uma informação segundo a qual o Zodíaco fora capturado pela polícia após ter se atrasado para o encontro no Daly City. O boato era de que a prisão do Zodíaco estava sendo mantida em segredo enquanto não houvesse algum tipo de identificação positiva. Aconteceu que se tratava apenas de um boato, mas esse boato criou um grande rebuliço.

Por volta da mesma hora, o *Chronicle* começou a receber telefonemas de leitores que acreditavam ter descoberto uma relação entre o Zodíaco e a tira de quadrinhos de Dick Tracy, que o jornal publicava. Em 17 de agosto, poucas semanas depois de o Assassino Enigmático ter-se denominado Zodíaco, a gangue do Zodíaco, um grupo de assassinos astrológicos, liderados por um vilão grotesco chamado Scorpio (escorpião), fez sua estreia na tira. A gangue matou um astrólogo por afogamento, e Tracy encontrou abotoaduras com um escorpião e um horóscopo na camisa dele. Agentes do CI&I tinham a esperança de que, em algum lugar dos quadrinhos, surgisse um paralelo entre o assassino ficcional do Zodíaco e o Zodíaco da vida real. Earl Bauer, analista-sênior de perícia criminal do CI&I, disse: "A esta altura, isso é apenas uma especulação. Não mergulhamos realmente fundo nisso ainda. É apenas mais uma dessas coisas estranhas em que a gente dá uma olhada".

Dick Tracy é escrito e desenhado com várias semanas de antecedência de sua publicação, a fim de possibilitar uma boa revisão, a arte-final e a impressão de provas, antes de serem encaminhadas para os jornais. A sequência Tracy--Zodíaco só foi publicada depois que o Zodíaco escolhera seu nome, de modo que seria impossível que a tira o tivesse influenciado — a menos que o Zodíaco fosse alguém que de fato trabalhasse em um jornal.

Segunda-feira, 10 de novembro de 1969

Armstrong e Toschi foram avisados de que o *Chronicle* recebera mais duas correspondências do Zodíaco, ambas enviadas de São Francisco. Adotando sua costumeira tática de impedir que a polícia o rastreasse por meio de sua caligrafia, o assassino continuara a escrever em letras bem-ordenadas e bem pequenas. No entanto, não havia dúvida de que a correspondência era autêntica: mais um pedaço da camisa cinza e branca de Stine fora anexado a ela.

Como antes, os envelopes estavam endereçados simplesmente ao *Chronicle*: "Favor encaminhar urgentemente ao editor". Eles haviam sido postados no sábado, 8 de novembro, e no domingo, 9 de novembro.

Em suas novas cartas, o Zodíaco se gabava de mais dois assassinatos — sete, em vez dos cinco conhecidos.

Os únicos homicídios recentes não resolvidos na Bay Area de que Toschi tinha conhecimento eram mortes provocadas por facadas.

Em 3 de agosto, duas adolescentes de São Jose, colegas de escola, deixaram suas casas no meio da manhã para fazer um piquenique em uma colina da região montanhosa do vale Alameda, ao sul de São Jose. As moças, Deborah Gay Furlong, de 14 anos de idade, e Kathy Snoozy, de 18 horas, prenderam suas bicicletas com cadeado na cerca de metal ao pé da colina e subiram até um outeiro ensolarado com vista para suas casas, localizadas em um conjunto habitacional. Quando não voltaram, às 18 horas, o pai da mais nova saiu para procurá-las. Ao se aproximar da área onde estariam fazendo o piquenique, viu um grande número de motociclistas e policiais reunidos. Tomado de horror, correu na direção do conjunto de árvores. Os corpos das meninas estavam lá. Com exceção de uma sandália encontrada nas proximidades, as duas estavam totalmente vestidas. Os detetives acreditavam que elas haviam sido mortas em outro local porque havia pouco sangue ali. Ao escurecer, várias pegadas foram achadas no bosque de carvalhos localizado na encosta da colina. A polícia começou a fazer moldes de gesso das pegadas.

O doutor John E. Hauser, médico-legista-chefe do condado de Santa Clara, ficou tão abalado com o crime, que quase não conseguia falar.

"Nunca vi um caso em que houvesse tantos ferimentos à faca", disse. "Sabe, estou nesta profissão há muito tempo e algumas vezes acho que fiquei meio calejado, mas quando vi essas meninas, acredite, foi terrível. As mutilações sexuais feitas pelos nazistas durante a Segunda Guerra Mundial não foram nada comparadas ao que aconteceu com essas jovens."

A faca de lâmina estreita que tirou a vida das meninas em meio a um frenesi sanguinolento havia subido e descido mais de trezentas vezes, todos os golpes tendo sido desferidos acima da cintura das vítimas adolescentes.

Toschi teve medo de que o Zodíaco estivesse cumprindo sua ameaça de que "as crianças são bons alvos".

Simultaneamente, a ameaça do Zodíaco de assassinar crianças continuava a criar pânico. Em São Jose, 475 pais indignados procuravam pelo assassino de Furlong e Snoozy, formando grupos de justiceiros, patrulhando a vizinhança dentro de carros identificados com pedaços de pano branco. Todos os homens estavam armados. A teoria era de que um adolescente magro e alto seria o assassino. Ele moraria ali na vizinhança, já que tinha desaparecido muito rapidamente depois dos crimes. Transcorreriam quase dois anos até que o assassino das garotas fosse apanhado.

Toschi não sabia de nenhum outro assassinato, com exceção do caso de um bebê que, segundo suspeitava, havia sido morto por cães. Os detetives voltaram sua atenção para a carta do Zodíaco, de 8 de novembro. Embora, como de costume, houvesse na carta mais selos do que a postagem exigia, esses não estavam colados de cabeça para baixo e nem um em cima do outro, mas de forma normal.

O envelope continha um cartão de felicitações com a imagem de um "bobo da corte", fabricado pela empresa Forget Me Not Cards/American Greeting Cards Co. Na frente do cartão (reproduzida pela primeira vez), havia o desenho de uma caneta-tinteiro pendurada por uma linha e pingando, acompanhada da legenda:

> Desculpe por não ter
> escrito,
> mas acabei de
> lavar minha caneta...

Dentro havia uma frase de efeito, escrita de forma amalucada e com borrões:

> e não consigo fazer nada com ela!

O texto do Assassino Enigmático dizia:

> Aqui quem fala é o Zodíaco
> Achei que vocês iam precisar de
> uma boa risada antes de
> receberem a má notícia
> mas vocês vão ficar sem
> a notícia por enquanto
> PS vocês poderiam publicar
> esta nova mensagem cifrada
> nas primeiras páginas?
> Eu fico terrivelmente sozinho
> quando sou ignorado,
> Tão sozinho que poderia
> fazer Minhas Coisas!!!!!!

Cinco meses estavam listados de forma abreviada no final do cartão: "Dez Jul Ago Set Out = 7". Vítimas em todos os meses, exceto agosto. Parecia que o Zodíaco estava dizendo que matara duas pessoas em agosto. Snoozy e Furlong eram os únicos homicídios ainda em aberto ocorridos em agosto; o Departamento de Polícia de São Francisco não conseguiu descobrir nenhum outro.

Dentro de uma hora, o esquadrão de investigação do Zodíaco começou a verificar papelarias que vendiam cartões na esperança de que algum balconista se lembrasse de ter vendido o cartão enviado pelo Zodíaco. Só em São Francisco havia agora 50 policiais e dez inspetores cuidando do caso Zodíaco em tempo integral.

Dentro do cartão, o Zodíaco também enviara seu criptograma mais complexo. A mensagem cifrada era composta de 340 símbolos dispostos em um bloco de 20 linhas e assinada com seu próprio símbolo pessoal, um grande círculo com uma cruz sobreposta. Toschi mandou fazer fotocópias da nova mensagem cifrada e as enviou para a Agência Nacional de Segurança e para a CIA em Washington. A NSA disse que, com certeza, havia uma mensagem no criptograma.

Armstrong e Toschi esperavam que, quando o *Chronicle* publicasse a imagem do criptograma de 340 símbolos, decifradores amadores de código dessem sorte uma segunda vez. "É preciso ter paciência até que as peças se encaixem. Tentativa e erro", disse um perito em criptografia, "é o que resolve criptogramas". Um especialista em linguística da Universidade de Massachusetts processou várias vezes o código em um computador, mas não chegou a lugar nenhum.

Aderindo ao espírito de decifração de códigos, o *Examiner* publicou um desafio criptográfico para o Zodíaco, feito pelo doutor Marsh, da Associação Americana de Criptogramas. O doutor Marsh afirmou ao *Examiner* que "o assassino não ousaria, ao contrário do que alegara em suas cartas, revelar seu (verdadeiro) nome em um código que será analisado por especialistas em criptografia experientes. Ele sabe, para citar Edgar Allan Poe, que 'qualquer código inventado pelo homem pode ser decifrado pelo homem'". O doutor Marsh então publicou uma mensagem para o Zodíaco, no próprio código do assassino, e desafiou-o a mandar para a associação de criptografia seu nome verdadeiro codificado. O desafio feito pelo criptógrafo ao Zodíaco, quando decifrado, fornecia um número de telefone para o qual o assassino deveria ligar a fim de fornecer seu próprio código.

Na carta do Zodíaco postada em 9 de novembro, sua sétima carta, o assassino enviou ao *Chronicle* uma diatribe de sete páginas. O texto completo dessa carta nunca fora revelado até agora, e nunca fora publicado. Toschi e Armstrong começaram com a primeira página e foram fazendo anotações.

Aqui quem fala é o Zodíaco
até o final de out eu matei
7 pessoas. Fiquei com bastante
raiva da polícia por contarem
mentiras a meu respeito.
Então mudarei a maneira de
coletar escravos. Não mais
anunciarei a ninguém
quando cometer meus assassinatos,
eles parecerão roubos de
rotina, homicídios passionais &
uns poucos falsos acidentes etc.
A polícia nunca me pegará,
porque tenho sido esperto demais
para eles.

1 Eu pareço com a descrição
divulgada só quando faço
as minhas coisas, o resto do tempo
eu pareço muito diferente.
Não lhes direi do que consiste
meu plano quando eu mato.

2 Até o momento, não deixei
nenhuma impressão digital para trás,
ao contrário do que a polícia diz
em meus assassinatos uso
proteções transparentes

na ponta dos dedos.
São apenas 2 camadas de cola
de aeromodelismo cobrindo
as pontas de meus dedos — bastante
imperceptível & muito eficaz.
3 minhas ferramentas de
matar comprei pelo correio de
empresas fornecedoras
antes da proibição[1] entrar
em vigor. exceto uma & foi
comprada fora do estado.
Então como podem ver a polícia não
tem muito com que trabalhar. Se vocês

se perguntam por que eu esfegrava o
táxi eu estava deixando pistas fausas
para a polícia ficar correndo por toda a cidade,
com o que, como diria alguém, eu dei aos
tiras muto trabalho para mantê-los
felizes. Eu gosto de provocar
os porcos de azul. Ei porco de azul
eu estava no parque — vocês estavam useando
caminhões de bombeiro para disfarsar o som
de seus carros de patrulha passando. Os
cães nunca chegaram a 2
quarteirões de mim & eles
estavam a oeste e havia apenas 2
grupos de carros estacionados
separados cerca de 10 minutos
então as motocicletas passaram

---

1. A Lei Federal de Controle de Armas de 1968 havia proibido a venda de armas e munição por correspondência e, nas lojas, a venda para moradores de fora dos Estados, pacientes psiquiátricos e criminosos condenados. (N do A.)

a cerca de 45 metros de distância
indo do sul para o noroeste.
p.s. 2 tiras fizeram papel de bobo cerca de 3
minutos depois que deixei o táxi. Eu estava
descendo a colina para o parque
quando esse carro de polícia encostou
& um deles me chamou
& perguntou se eu vi alguém
agindo de forma suspeita ou estranha
nos últimos 5 a 10 minutos & eu disse
sim havia esse homem que passou
correndo balansando uma arma
& os tiras cantaram pneu &
viraram a esquina como
indiquei para eles & eu desa-
pareci dentro do parque um quarteirão &
meio de distância para
nunca mais ser visto
de novo.
Ei porco não te aborrece
ter o naris esfegrado
com suas pisadas na bola?
Se vocês tiras acham que vou atacar
um ônibus do jeito que falei que ia,
vocês merecem um tiro
na cabeça.
Pegue um saco de fertilizante
de nitrato de amônio & 1 galão de óleo de fogarei-
ro & despeje alguns sacos de cascalho em cima &
então detone a merda
& isso irá posivelmente mantar pelos ares
tudo que estiver no caminho
da explosão.
A máquina da morte já está

pronta. Eu lhes mandaria
fotos mas vocês seriam maus
o bastante para rastreá-las até
quem revelou & depois até mim
então eu descreverei minha obra-prima
para vocês. As parte boa dela é que
todas as peças podem ser
compradas no comércio sem per
guntas serem feitas.
1 bat. de relógio eletr — que
dura aprox um ano
1 interruptor fotoelétrico
2 molas de cobre
2 bat carro de 6 v
1 lâmpada de lanterna & refletor
1 espelho
2 tubos de papelão 18 pol pretos com
graxa de sapato por dentro & pro fora

Na quinta página, o assassino desenhara um diagrama do mecanismo interno da bomba. Ela seria armada para explodir na altura dos ônibus e para deixar veículos com carroceria mais baixa passarem em segurança.

o sistema funcionou
de cabo a rabo em meus
testes. O que vocês não sabem
é se a máquina da morte está à vista
ou se está guardada em
meu porão para uso futuro.

Se o Zodíaco realmente tinha um porão, então isso significava que ele morava em uma casa, e não em um apartamento.

Isso limitava o número de lugares em que ele poderia morar, uma vez que porões não são muito comuns na Bay Area.

> Acho que vocês não têm
> policiais suficientes para impedir isto
> aqui fazendo buscas constantes nas
> margens das rodovias procurando por esta
> coisa. & não adianta re direcinar [redirecionar]
> & mu dar o horário dos ônibus p
> orque a bomba pode ser adaptada
> a novas situações.
> Divirtam-se! Por falar nisso
> poderia ficar muito complicado
> se vocês tentarem blefar comigo.

No final da página, o Zodíaco desenhara um grande círculo cruzado, cinco letras "x" no sentido horário no hemisfério esquerdo. Eram um mapa simbólico dos vários assassinatos do Zodíaco ou um mapa do endereço dele? Mais provavelmente, concluiu a polícia, tratava-se de um calendário mostrando as datas dos sete assassinatos.

> PS. Não deixem de
> publicar a parte que marquei
> na página 3 (sobre ser parado pela polícia) ou
> eu farei coisas
> Para provar que sou o Zodíaco,
> pergunte ao tira de Vallejo
> sobre minha arma com mira elétrica
> que usei para começar
> minha coleta de escravos.

Toschi abaixou a carta. "Telefone para o Exército e descubra se é possível construir um dispositivo como este", ordenou Lee.

O especialista em bombas do Exército disse: "Possível? Claro que é".

Mais tarde, o chefe de polícia Al Nelder em pessoa deu ordens ao esquadrão do Zodíaco para que mantivesse silêncio sobre os detalhes da bomba. Em colaboração com a polícia, o *Chronicle* concordou em não publicar nenhuma parte da carta que falasse da bomba.

Aumentava o temor a respeito de um atentado contra um ônibus escolar.

Terça-feira, 11 de novembro de 1969

Oficialmente, os detetives descartaram a possibilidade de o Zodíaco ser o assassino das meninas de São Jose, mortas em agosto passado. O argumento consistia em que o gigantesco ego do Zodíaco não permitiria a ele matar sem assumir o "crédito" pelos atos brutais.

"Na imprensa", disse Marty Lee, "o Zodíaco tem sido retratado como um louco... insano... Eu acho que o homem é mentalmente capaz do ponto de vista jurídico. (...) Ele tem demonstrado inteligência ao se esconder e ao fugir da polícia. Eu não o vejo como um homem que tenha um trabalho manual. Meu palpite é que ele tem um emprego de meio período e que trabalha com papel. (...) Os criptogramas são uma obra de arte. São meticulosamente bem alinhados. (...) Novamente, isso é um palpite. (...) Acho que ele ainda está na Bay Area."

Sábado, 27 de dezembro de 1969

Melvin Belli estava em Munique, Alemanha, para uma conferência de advogados que trabalham em cortes marciais, de modo que sua governanta enviava sua correspondência fechada para o escritório dele a fim de que fosse aberta pela secretária. Uma das cartas tinha um carimbo de 20 de dezembro, mas fora entregue com atraso por causa do grande volume de correspondência na época do Natal. Não havia dúvidas sobre de quem era a carta. Cuidadosamente dobrado dentro do envelope de 10 centímetros por 18 centímetros, estava mais um pedaço da camisa de Paul Stine, enegrecido de sangue. A carta, escrita com caneta hidrográfica, continha uma caligrafia ainda mais espremida do que a da última carta: ela continha erros de pontuação e de grafia, como acontecera antes.

Um dos sócios de Belli no escritório voou até Munique para dar a ele uma reprodução fotográfica da carta, do envelope e do pedaço de pano ensanguentado. Também havia sido anexado um cartão que dizia: “Feliz Natal e Próspero Ano Novo”. A mensagem, escrita com letras pretas, representava a oitava carta do Zodíaco e dizia:

> Caro Melvin, Aqui quem fala é o Zodíaco
> Desejo a você um felizz Natal. A única
> coisa que lhe peço é isto,
> por favor me ajude. Não consigo
> pedir ajuda porque
> essa coisa dentro de mim não deixa.
> Estou achando extremamente dif-
> ícil manter isso sob controle Tenho
> medo de perder o controle

de novo e de fazer minha nona
& posivelmente décima vítimo. Por favor
me ajude Estou afoganando. Por
enquanto as crianças estão a salvo
da bomba porque
ela é tão grade de enterrar & o
mecan do detonador requer muito
mais trabalho para ser ajustado do jeito certo. Mas
se eu me segurar por muito tempo
da nona perderei ~~complet~~ todo
o controole de mim mesmo & armarei a
bomba. Por favor, me ajude não consigo
ficar sob controle por muito mais
tempo.

O Zodíaco parecia estar dizendo que fizera uma oitava vítima desde suas cartas de 8 e 9 de novembro. Havia apenas duas possíveis vítimas conhecidas: Elaine Davis e Leona Larell Roberts.

Davis desaparecera em 10 de dezembro de 1969, uma segunda-feira, e nunca fora encontrada.

Leona Roberts desapareceu em 10 de dezembro de 1969, uma quarta-feira, às 18 horas. O corpo da adolescente de 16 anos foi encontrado nu em 28 de dezembro, em um barranco na margem de uma estrada perto da lagoa Bolinas. Ela fora mantida viva por dez dias depois de ter sido sequestrada do apartamento do namorado em Rodeo. Nenhuma de suas roupas foi encontrada, e ela não havia sido molestada sexualmente. Mas o mais importante é que ela fora encontrada perto da água, como todas as vítimas do Zodíaco. O assassino levara as chaves de seu Volkswagen.

O Zodíaco também usara a frase "*a happy Christmas*",[2] que era de uso mais frequente na Grã-Bretanha e no Canadá do que nos EUA. O Zodíaco advertia sobre pegar "*the kiddies*",[3] que era outra palavra mais comum da Grã-Bretanha ou Austrália. Seria o Zodíaco britânico?

Belli estava disposto a se encontrar em segredo com o serial killer a qualquer hora, em qualquer lugar. Ele disse ao assassino, por meio do *Chronicle*: "Você me pediu ajuda e eu prometo a você que farei tudo o que estiver a meu alcance para lhe dar toda ajuda de que você precisar ou que você desejar".

"Se você quiser me encontrar sozinho, eu irei sozinho. Se quiser que eu leve um padre, um psiquiatra ou um repórter com quem você possa conversar, eu levarei. Seguirei suas instruções ao pé da letra."

"Você diz que está 'perdendo o controle' e que pode matar de novo. Não piore as coisas. Deixe-me ajudá-lo agora."

Para os repórteres, Belli disse: "Acredito que ele quer parar de matar. Estudei atentamente a carta dele... e sinto que ela foi escrita quando ele estava pensando calma e racionalmente sobre o futuro. Ele sabe que vai acabar sendo preso e que, a menos que consiga um representante legal adequado, será muito provavelmente condenado à morte na câmara de gás. É por isso que ele está pedindo ajuda. (...) Por que ele me procurou? Ele quer ser salvo da câmara de gás".

Em um telefonema, um homem que alegava ser o Zodíaco havia se dado tão bem com a governanta de Belli, que o advogado esperava mesmo que quando chegasse em casa "ele

2. Um feliz Natal. (N. do T.)
3. As criancinhas. (N. do T.)

vai estar sentado na sala da frente com a governanta". "Acho que podemos fazer algo por ele... Podemos pegar esse cara e salvar algumas vidas — incluindo a dele".

O assassino nunca respondeu ao apelo de Belli. Passaram-se meses até que o Assassino Enigmático escrevesse novamente para o advogado.

8

Joseph DeLouise

Sábado, 4 de janeiro de 1970

Joseph DeLouise, um paranormal de Chicago, sentia estar recebendo transmissões mentais do Zodíaco havia um mês. Ele ficara com a impressão de que, para o assassino, o estímulo provocado pelos assassinatos chegara ao fim e de que o Zodíaco queria descobrir uma forma segura para entregar-se à polícia. E, mais extraordinário do que tudo isso, DeLouise começara a ver um retrato mental do verdadeiro rosto de Zodíaco.

DeLouise ficara conhecido no país todo dois anos antes, quando previu que a família Kennedy seria atingida por uma tragédia perto de algum local com água. Dois meses depois, o carro do senador Edward M. Kennedy caiu de uma ponte no Estado de Massachusetts, para dentro de um canal em Chappaquiddick, e uma secretária que estava com ele, Mary Jo Kopechne, morreu afogada.

O místico de pele morena, esbelto e sério, com uma aparência quase satânica e 43 anos de idade, dirigia uma empresa fornecedora de material para cabeleireiros e crescera em uma área pobre e violenta de Chicago depois de sua família ter vindo da Itália. Já na Itália, aos 4 anos de idade, ele afirmava ter o poder de prever o futuro.

No dia 25 de novembro de 1967, ele previu um grande desastre envolvendo uma ponte, e menos de um mês depois, no dia 15 de dezembro, a "ponte Silver", que atravessa o rio Ohio em Point Pleasant, no Estado de Virgínia Ocidental, ruiu. No total, 46 pessoas morreram na catástrofe.

Três meses e meio antes das prisões relacionadas com os homicídios do caso Sharon Tate, o vidente localizou um dos suspeitos no Texas e descreveu minuciosamente a aparência de outros dois que participaram do assassinato em massa, antecipando o número total dos envolvidos, segundo as investigações acabaram por confirmar.

Em setembro de 1969, ele previu um acidente aéreo em Indianápolis e forneceu a hora exata da tragédia, 3h30. Um mês depois um acidente ocorreu, às 3h31.

DeLouise, conhecido como "o profeta dos dados concretos", conversou com Bud Kressin, do *Vallejo Times-Herald*, em uma entrevista exclusiva, e contou o que vira a 3.200 quilômetros de distância.

"Continuo vendo a palavra 'Berkeley'", falou DeLouise, por telefone. "Não o vejo em Vallejo nem o vejo morando lá. Mas tenho uma forte impressão de que ele está morando em Berkeley ou de que morou lá até recentemente."

"Sinto que, no seu íntimo, ele está muito nervoso. Ele não gosta de dirigir carros. Prefere andar a pé. Não sei por que estou sentindo essas coisas, mas sinto que ele está muito confuso e que pode ser ajudado. Pressinto que ele tem uma pequena caixa, na qual guarda várias coisas. Tenho a impressão de que são pedras. Ele deveria se livrar dessas coisas. Ele tem uma caixa na qual mantém coisas que está guardando. Quando olha para elas e corre os dedos por elas, surgem ideias horríveis. Sinto que deveria livrar-se delas como parte do processo para entregar-se."

"O Zodíaco fez o que fez porque não havia ninguém para orientá-lo. Quando jovem, passou algum tempo em um tipo de reformatório. Ele não recebeu nenhuma orientação do pai. Uma grande mudança ocorreu na sua vida quando tinha 13 anos, porque foi acusado injustamente de alguma coisa. Não acredito que ele fosse culpado."

Parece que imagens mentais do rosto de Zodíaco vinham inundando a mente do paranormal havia quase um mês, desaparecendo e mudando constantemente. A imagem que continuou a mais clara para DeLouise era a de um homem com cerca de 28 anos de idade, de aproximadamente 1,70 metro de altura, pesando entre 61 e 66 quilos, com um aspecto de alguém ligeiramente subnutrido. O assassino tinha cabelos castanho-escuros, sedosos, que normalmente usava com um topete, mas que, como forma de disfarce, penteava para frente. "Não acredito que Zodíaco use óculos", disse DeLouise. "Ele é vaidoso demais para usá-los, mesmo que precise deles. Ele os usa apenas como disfarce".

O vidente de Chicago sentiu que o Zodíaco usava drogas responsáveis por afetar o cérebro dele e por alimentar nele um complexo de perseguição, drogas que o mantinham "ligado", embora no caso do assassinato em Berryessa ele estivesse tomando algum tipo de calmante. DeLouise disse que as "vibrações" recebidas davam conta de que o Zodíaco recorria a "drogas estimulantes e barbitúricos", que ele tomava antes dos assassinatos.

"Esse homem está realizando transmissões", disse o paranormal. "Só as pessoas que têm esse tipo de percepção extrassensorial reconhecem umas às outras. Espero poder mostrar, de alguma forma, que desejo ajudá-lo."

DeLouise pretendia encontrar-se com policiais de Chicago e ajudar na elaboração de um retrato falado baseado em suas visões. O vidente pressentia que o assassino deveria ser do signo de escorpião ou de aquário por causa dos números "11-2" e "2-11", que ele vinha recebendo e que podiam se referir tanto a 11 de fevereiro quanto a 2 de novembro.

Como continuava recebendo mensagens de que o assassino pretendia entregar-se, DeLouise decidiu ir à Bay Area por sua própria conta a fim de ajudar o Zodíaco a encontrar paz de espírito.

Terça-feira, 20 de janeiro de 1970

DeLouise chegou a São Francisco às 7 horas e foi recebido por seu agente na Costa Oeste, Christopher Harris, que voara de Hollywood. O paranormal chegou a Vallejo às 14 horas e dirigiu-se imediatamente para a delegacia. DeLouise foi levado ao local do assassinato Jensen-Faraday por policiais que imaginavam se os meses transcorridos desde o ataque afetariam a habilidade dele de conseguir ver as coisas. DeLouise disse-lhes que, no mundo da percepção extrassensorial, não havia tempo e que a diferença de um ano não enfraqueceria seus poderes mediúnicos.

Em seguida, DeLouise reuniu-se com os policiais de Napa, que lhe repassaram os detalhes sobre assassinato no lago Berryessa. DeLouise teve novos pressentimentos a respeito do assassino, pressentimentos envolvendo cavalos e um cachorro branco, solidão, amor pelas flores e um intenso ódio pela polícia. O vidente sugeriu que o criminoso pode ter sido reprovado ao tentar ser policial ou que teria sido paciente de ambulatório em uma instituição para tratamento psiquiátrico. As palavras *roth* e *field* e a imagem de uma pequena ponte 14,5 quilômetros ao sul da cidade surgiram na mente de DeLouise, mas ele não soube explicar que importância esses elementos teriam para solucionar o quebra--cabeça envolvendo a identidade do Zodíaco.

Ele disse à polícia: "Vou ficar por aqui até o fim de semana, mas vou ficar em São Francisco. Sinto que seria mais perigoso para mim ficar em Vallejo. Não sei explicar por quê. Mas sinto isso".

Em São Francisco, DeLouise foi impedido de tocar as provas materiais do caso Stine e não conseguiu ter nenhuma visão. "Algumas vezes, o mero fato de tocar essas coisas provoca as visões, faz surgir um nome. Isso é chamado de psicometria", explicou. Mas a polícia não cedeu.

Durante três dias, o paranormal pediu, pela televisão e pelo rádio, que o assassino se rendesse, mas ele não o atendeu.

O paranormal regressou a Chicago.

9

Kathleen Johns

Domingo, 15 de março de 1970

Em Santa Rosa, em episódios semelhantes ocorridos entre as 3 horas e as 4 horas, um homem amedrontou três mulheres diferentes que dirigiam seus carros. Às 5h10, a polícia abordou um homem cujo modelo de carro e cuja placa correspondiam à descrição fornecida pelas mulheres.

Ele foi identificado como sendo um morador de Vallejo que dirigia um "Chevrolet branco ano 1962 ou 1964". O homem, "com cerca de 23 anos", foi parado na rua Fourth após ter seguido uma mulher até o estacionamento do correio. Ele alegou estar perdido e à procura da saída da cidade.

A polícia liberou o homem e o escoltou para fora da cidade.

Terça-feira, 17 de março de 1970

Uma mulher de Vallejo dirigia-se para a Base da Força Aérea em Travis quando um Chevrolet branco começou a segui-la. O motorista olhava insistentemente para a mulher e depois começou a "piscar os faróis e a tocar a buzina", tentando fazê-la parar.

Ela acelerou e acabou conseguindo se distanciar do carro.

Domingo, 22 de março de 1970

A senhora Kathleen Johns agasalhou a filhinha de 10 meses, Jennifer, e saiu de sua casa, em São Bernardino, às 19 horas, para viajar até Petaluma, uma pequena comunidade de produtores de laticínios onde vivia a mãe dela, agora doente. Era mais fácil viajar à noite, com o bebê dormindo.

Kathleen pegou a poeirenta Interstate 5 para ingressar na Highway 99 um pouco antes de Bakersfield, passando então por Fresno, Merced e Modesto, onde virou à esquerda rumo à Highway 132, uma estrada pouco utilizada. Pelo retrovisor, percebeu um carro que, assim lhe pareceu, começara a segui-la em Modesto. “Não era um carro novo, como um modelo 68”, contou-me mais tarde. “Era um carro meio destruído.”

Por volta da meia-noite, Kathleen desacelerou para deixar o outro carro passar. De repente, o motorista atrás dela começou a piscar os faróis e a acionar a buzina. Quando Kathleen ignorou os faróis e a buzina, o estranho acelerou e emparelhou com a perua dirigida por ela, um Chevrolet 57, nas cores castanho e branca. O estranho gritou através da janela do lado do passageiro, afirmando que a roda traseira esquerda da perua parecia solta.

Kathleen, que estava grávida de sete meses, ficou muito preocupada com a possibilidade de parar, junto de um estranho, em uma estrada tão pouco movimentada.

“Era uma estrada de pista simples”, disse-me mais tarde. “O homem começou a piscar os faróis. Meu carro era tão velho que imaginei haver alguma coisa errada com ele.”

"Mas não parei porque era muito perigoso parar naquela estrada. Esperei até chegar a uma estrada mais movimentada e parei perto da Interstate 5."

Kathleen encostou o carro no acostamento da rodovia Maze perto da Interstate 5, e o carro de cor clara parou atrás do carro dela.

"Um homem sem barba e muito bem-vestido" saltou do carro com uma chave de roda tipo cruz na mão esquerda e se aproximou dela, gesticulando na direção da traseira da perua. "Ele tinha uns 30 anos", afirmou mais tarde.

"Ele parecia ser uma pessoa confiável", disse-me Kathleen. "Não tinha um aspecto assustador. Na verdade, lembro de que pensei que ele fosse militar ou coisa assim. Era um cara alinhado. E trazia uma chave de roda na mão quando desceu do carro."

"A roda esquerda do carro está balançando", falou com voz calma, inclinando-se junto à janela e olhando para dentro do carro. "Posso apertar as porcas, se você quiser."

Kathleen estendeu a mão e puxou o cobertor por sobre o bebê que dormia e depois tentou olhar pela janela, na escuridão, para onde o homem apontava.

"Não se preocupe", disse ele, andando na direção da traseira do veículo. "Será um prazer consertar isso para você." Kathleen podia ouvi-lo trabalhando na roda, mas o homem ficou fora do campo de visão dela.

Depois de um tempo, ele veio até a janela. "Tudo bem. Acho que está tudo certo", afirmou antes de acenar com a mão e retornar para o carro dele.

"Ele seguiu em frente e voltou para a estrada", contou-me Kathleen.

Ela avançara uma distância equivalente a apenas cinco ou seis vezes o comprimento do carro quando a roda esquerda traseira saiu pulando do eixo, indo parar no mato à beira da estrada.

Ela desligou o motor, deixou as chaves na ignição e saiu do carro para ver o que acontecera. Enquanto isso, o estranho deu marcha a ré até ficar bem na frente do carro de Kathleen, saiu e correu na direção dela. Então, pela primeira vez, quando ele passou na frente dos faróis, Kathleen deu uma boa olhada nele.

"Oh, não, o problema é pior do que pensei!", disse. "Te dou uma carona até o próximo posto." O desconhecido ficou entre Kathleen e o carro dela.

Kathleen olhou por sobre o ombro dele, na direção de um local iluminado que podia ver mais adiante, na estrada. A não mais do que 400 metros havia um posto de gasolina da Arco, cheio de luzes. O posto da Arco seria ótimo porque ela não tinha dinheiro, só um cartão de crédito.

"Vamos", insistiu o homem. "Te levo até uma oficina. Não se preocupe."

"Eu realmente não teria entrado no carro dele se tivesse tido uma má impressão", contou-me. "Lembro-me de ter falado aonde eu ia e acho que ele estava indo para lá também."

Kathleen pegou Jennifer e entrou no carro do homem. Quando estava voltando para a estrada, percebeu que os faróis do carro dela estavam acesos e que as chaves continuavam na ignição. O homem sorriu, voltou ao carro dela, desligou as luzes e colocou as chaves no bolso. Depois, o estranho a levou em seu carro — mas não para o posto da Arco.

"Quando ele passou pelo posto e não parou, eu realmente não me preocupei. Ele não falou nada", disse-me Kathleen. "Quando ele passou pela saída seguinte, aí percebi que havia alguma coisa errada. Como ele não falava nada, eu também não falava. Passamos por várias outras saídas, antes de ele sair da estrada em que estávamos. Eu não falei nada. Ele é quem estava dirigindo."

O homem pegou uma estrada rural deserta e cheia de pedras. Durante um longo período, ninguém falou nada. O casacão dele estava aberto, e ela conseguia ver a brancura da camisa brilhando à luz do luar. O homem fez que ia parar ao lado da estrada, mas então acelerou. E repetiu a manobra várias vezes. Kathleen pensou que ele fosse tentar fazer alguma coisa com ela.

Foi ela quem quebrou o silêncio. "Você sempre sai por aí ajudando as pessoas?", perguntou, sarcasticamente.

"Quando eu termino de fazer com elas o que eu faço, elas não precisam de nenhuma ajuda", disse o homem, mudando o tom da voz enquanto olhava para fora, na direção de uma mata escura existente ao longe.

Pela janela do veículo que continuava avançando sem destino, Kathleen observava o aspecto ameaçador das árvores e a luz de uma ou outra casa de fazenda. Cerca de 30 minutos depois, o estranho virou-se, olhou para ela e disse: "Você sabe que vai morrer. Você sabe que eu vou te matar".

"Então ele falou: 'Vou jogar o bebê para fora'", contou--me Kathleen. "Eu já estava a ponto de ficar amedrontada o suficiente para fazer xixi nas calças. Comecei a pensar: 'O que eu vou fazer?' Mas pensei isso com calma e sem afobação. Imaginei que era preciso fazer alguma coisa para dar a impressão de estar reagindo espontaneamente. Eu teria de fazer o que ele quisesse. Você sabe que, às vezes, a gente tem que gritar, ou implorar, ou qualquer outra coisa. No total, ele ficou andando naquelas estradas rurais durante umas duas ou três horas."

O homem conduziu a mulher amedrontada por um labirinto de estradas cheias de curvas, falando pouco, mas olhando ocasionalmente para ela e dizendo: "Você sabe que vou te matar" ou "Você sabe que vai morrer".

Kathleen sabia que ele falava sério. "Seus olhos", pensou então, "seus olhos não têm vida".

A cabeça dela estava rodopiando, mas, enquanto prosseguiam, Kathleen tentou se lembrar de tudo o que podia a respeito desse homem. Primeiro, percebeu que os sapatos do estranho brilhavam tanto, de tão bem engraxados, que refletiam as luzes amarelas do interior do carro. "Não eram sapatos tipo botas. Eram mais como os sapatos usados pela Marinha. Toda a sua aparência, quando penso nisso, lembrava a de alguém da Marinha."

Ele vestia um casacão de náilon azul-escuro, fechado com zíper, e calças de lã tipo boca de sino. Os óculos que usava, de aros largos e pretos, ficavam firmemente em volta da cabeça presos por meio de uma fina tira de elástico. O queixo revelava cicatrizes deixadas por espinhas.

"O nariz dele não era muito pequeno", disse-me. "O maxilar não era delicado. Ele não era um tipo de pessoa delicada. Tampouco tinha uma testa grande. O cabelo era castanho, cortado bem curto. Talvez por isso é que eu pensei que ele fosse militar. Ele não era muito grande. Pesava talvez uns 75 quilos." Kathleen tinha quase 1,75 metro de altura.

"Fiquei com a clara impressão de que ele talvez não tivesse noção do que estava fazendo. Ele bem que podia ser o vizinho do lado, mas parecia não saber disso. Era claro que estava doente."

Era noite de lua cheia e ela projetava um brilho nos cabelos louros de Kathleen e em seus olhos cinzentos. Mentalmente, ela tomava notas sobre tudo o que podia.

O carro dele era de fabricação norte-americana, de cor clara, um modelo duas portas recente com placas antigas da Califórnia, placas do tipo preto e amarelo. O interior do veículo estava uma bagunça, com papéis, livros e roupas espalhados no banco da frente, nos bancos de trás e até no painel. A maior parte das roupas era de homem, mas no meio havia pequenas camisetas, com estampas que uma criança com algo entre 8 e 12 anos usaria.

"Ele está tão bem-vestido", Kathleen observou para si mesma, "e, no entanto, o carro é uma bagunça." No painel, havia duas esponjas coloridas, de plástico. "Objetos de casa dentro do carro. Coisas que não deveriam estar ali." Perto das esponjas, ela podia ver uma lanterna preta de quatro pilhas com uma empunhadura de borracha.

Entre os dois bancos da frente, o console do câmbio automático lembrava o de um modelo esportivo, com um isqueiro embutido do lado direito e um cinzeiro na parte da frente. "Aquilo parecia ter vindo de fábrica."

O desconhecido continuava falando em um tom monocórdio, sem dar ênfase às palavras. "Nenhuma emoção", contou-me Kathleen. "Nenhuma raiva, nenhum tipo de emoção. Nada. As palavras simplesmente saíam da boca dele. Ele não falava de forma exageradamente lenta, mas de um jeito muito preciso. As palavras apenas saíam. É isso. O que ele falava não tinha nenhuma emoção."

"Eu não aguentava mais. Então decidi que da próxima vez que ele desse uma daquelas quase paradas — você sabe, sem parar realmente —, quando diminuísse a velocidade como fazia nos sinais de Pare, eu ia pular do carro."

De repente o carro parou. Sem querer, o homem subira no meio-fio de uma alça de acesso.

Kathleen agarrou a pequena Jennifer, pulou do carro, atravessou a estrada correndo e saltou para dentro de uma valeta de irrigação ladeada por uma grama alta, no meio de um campo de cultivo.

"Aquilo era um vinhedo com uma pequena vala, e eu fiquei o mais próximo possível do chão." Ela se colocou por cima de Jennifer, para evitar que o bebê chorasse.

As veias lhe saltavam nas têmporas, a respiração saía ruidosa e rápida; o carro continuava parado. Agora ela podia ver o homem. Ele tinha uma lanterna e jogava o foco de luz no vinhedo, tentando ver a mulher e o bebê. Ele gritava para que ela voltasse. Exceto pelo barulho dos grilos, tudo era silêncio. O homem avançou, movimentando a lanterna.

"Quase ao mesmo tempo", contou-me Kathleen depois, "aquele velho caminhão articulado estava vindo pela estrada, e suas luzes devem ter flagrado o homem, pois o motorista do caminhão parou o veículo, saltou da cabine e gritou: 'O que é que você está fazendo?' E o cara correu para o carro e foi embora."

O carro do desconhecido saiu acelerando pela estrada escura; um rastro de poeira cinza, em forma de espiral, formou-se atrás do carro. O motorista do caminhão andou na direção de Kathleen, e ela entrou em pânico.

"Outro homem não! Ele começou a descer a inclinação vindo em minha direção e eu comecei a gritar. Fiz com que ele esperasse até que uma senhora apareceu, e eu fui embora no carro dela. Mas então, quando cheguei a essa cidadezinha, ela me deixou em frente à delegacia, e eu entrei naquele escritório meio sujo, onde havia apenas um velho, um sargento. Contei a ele minha história, e ele ficou meio pálido. Acho que uma coisa daquelas não acontece todo dia em uma cidade pequena. Bem, ele pegou um formulário, e eu lhe dei uma descrição detalhada do homem e do carro dele."

Enquanto conversava com o policial, o olhar de Kathleen vagueou pela parede onde ficavam os pôsteres de "procurado". Seus olhos se fixaram no quadro de avisos; ela fez um movimento involuntário e deu um grito.

"Oh, meu Deus! É ele! É aquele ali!"

No quadro de avisos estava o retrato falado do assassino de Paul Stine — um retrato falado do Zodíaco.

"O sargento entrou em pânico quando disse a ele que o cara na parede era o mesmo da estrada. Ele queria me tirar de lá, pois pensava que o homem poderia voltar para tentar nos matar. Ele era o único policial de serviço e acabou me levando para um pequeno restaurante que não estava aberto. Ele fez com que o dono do restaurante o abrisse a fim de que eu pudesse ficar sentada lá em vez de ficar na delegacia. Aquilo me deixou meio indignada. Acho que ele não se sentia seguro com minha presença lá."

"Sentei-me naquele restaurante escuro e expliquei onde estava o meu carro", disse Kathleen. "Expliquei que estava perto do posto da Arco. Acho que o delegado saiu à procura do meu carro, mas pouco depois, pelo rádio, falou que o carro não estava lá. Eles continuaram procurando, e um pouco depois veio uma notícia pelo rádio de que o carro fora encontrado, em outra estrada, completamente queimado."

Para levar o veículo de Kathleen até o cruzamento da estrada Byrd com a Highway 132, o desconhecido, é óbvio, teve de recolocar a roda no carro.

"O interior do carro estava todo queimado. Fui até o ferro-velho porque as coisas de minha filha estavam no carro. Queria ver se havia algo que dava para salvar. Não havia. O interior estava todo destruído."

Nos dias que se seguiram ao ataque, Toschi enviou a Kathleen uma série de fotos de suspeitos. As idades dos suspeitos variavam de 28 a 40 anos. Perguntei-lhe sobre isso mais tarde.

“Foi, ele as mandou por meio do delegado do condado de Stanislaus. Mas a impressão que tive é de que o suspeito era mais jovem e de que não estava entre aquelas fotos. Se eu o visse outra vez, o reconheceria imediatamente.”

O fato de a tentativa de assassinato sofrida por Kathleen e seu bebê ter ocorrido perto da meia-noite, em um fim de semana, no período de lua cheia, e o fato de o homem estar vestido com roupas da Marinha e usar cabelo bem curto, me levaram a acreditar que ela escapara do Zodíaco. Além disso, havia o fato de o estranho estar com óculos de armação escura e falar com uma voz monocórdia, coisas que todos os sobreviventes mencionaram.

Se foi do Zodíaco que escapou, então Kathleen o viu de perto e sem disfarce por mais tempo do que qualquer uma das outras vítimas.

E ela sobrevivera para contar.

10

Zodíaco

Domingo, 19 de abril de 1970

O homem dentro do carro modelo recente e carroceria *hard top* estacionado na esquina da rua Bay com a Embarcadero parecia ter uma obsessão pela taxa de criminalidade em São Francisco. Ele relacionou, com grandes detalhes, todos os 35 assassinatos ocorridos na cidade naquele ano.

"Não é seguro ficar andando sozinho", disse ele a Christopher Edwards, um garçom de navio, "com todos esses assaltos, assassinatos, estupros e crimes". Edwards parara para pedir informações sobre o caminho enquanto andava na direção do Fisherman's Wharf e estava tendo uma "impressão ruim" a respeito do homem desconhecido. O homem se identificou como sendo um engenheiro britânico que morara em São Francisco durante dez anos; ele ofereceu uma carona ao garçom. Edwards não aceitou a oferta, mas ficou ouvindo o estranho fazer comentários, com grande segurança, sobre todos os assassinatos ocorridos na cidade, com exceção dos que estavam na mente de todo mundo — os assassinatos do Zodíaco.

A relutância do desconhecido em falar sobre o Zodíaco impressionou Edwards, e ele não conseguiu tirar o incidente da cabeça. Tão logo chegou ao cais, ligou para a polícia. Mais tarde, na delegacia, identificou o homem por meio de um retrato falado do Zodíaco.

Seria o Zodíaco um engenheiro britânico?

Domingo, 19 de abril de 1970

O corpo do renomado designer de abajures Robert Salem, de 40 anos, foi encontrado mutilado e quase decapitado em seu elegante apartamento-oficina na rua Stevenson número 754, atrás do Hotel São Francisco. O assassino (ou assassinos) tentou, sem sucesso, cortar a cabeça de Salem com uma faca comprida e de lâmina fina; não conseguindo atingir seu objetivo, ele cortou a orelha esquerda da vítima e a levou embora. Na parede, escritas com o sangue do designer, estavam as palavras: Satã Salva. E em letras maiores, perto de um símbolo de um homem crucificado gotejando sangue, estava a palavra ZODÍACO. Sobre o estômago de Salem aparecia o mesmo símbolo de crucificação, também desenhado com o sangue da vítima. O assassino, aparentemente, ficou coberto com o sangue de sua vítima e cometera o crime nu, deixando marcas de sangue por todo o estúdio.

Os inspetores Gus Coreris e John Fotinos não acreditaram que aquilo fosse uma obra do Zodíaco, mas de um "assassino imitador".

Enquanto os detetives continuavam trabalhando no caso Salem, o verdadeiro Zodíaco agia em outro lugar. Ele escrevia em uma folha de papel de carta de tamanho incomum, com uma caneta hidrográfica azul, mais uma de suas cartas — a nona.

O envelope dizia: “Editor, São Fran. Chronicle, São Francisco, Calif”. Dois selos de 6 centavos, com a efígie de Roosevelt, estavam colados no envelope — duas vezes mais selos do que o necessário. Era como se o escritor mal pudesse aguardar para que sua mensagem fosse recebida. Algumas vezes as cartas foram escritas em Eaton, um papel caro feito com fibras de algodão. Mas desta vez o papel era tão barato, que não tinha nenhum tipo de marca d’água que pudesse ser ligada a um determinado fabricante.

Combinando letras de forma e letras cursivas, a mensagem dizia simplesmente:

> Aqui quem fala é o Zodíaco
> A propósito vocês decifraram
> o último código que lhes mandei?
> Meu nome é —

Depois disso, havia uma linha com 13 símbolos:

Essa era a mais atormentadora pista de todas; a sequência de 13 caracteres que o Zodíaco alegava formar o seu nome.

Todo mundo tentou analisar os 13 símbolos das formas mais variadas. Os detetives de Vallejo tentaram fazer multiplicações e somas em várias direções, usando os três números “8” colocados dentro de círculos. Os números pareciam fora de lugar no meio do código. O Zodíaco não tinha usado números até então. Seriam eles algo mais do que números “8”?

Os símbolos também poderiam ser algo diferente de um código de substituição. Talvez ele pudesse ser lido, simplesmente, de forma literal: “Kaen My Name” (Kaen é o meu nome). Herb Caen era o colunista mais importante do *Chronicle*.

A E N ⊕ 8 K 8 M 8 ⅄ N A M

A E N K M Y E N A M

K A E N M Y N A M E

Ou o Zodíaco poderia estar dizendo que o nome dele era Kane. "O assassino Kane?" Estaria o corpulento assassino se divertindo ou teria finalmente revelado para nós seu verdadeiro nome? E seríamos inteligentes o suficiente para extrair a resposta do código?

A carta prosseguia:

> Estou relativamente ceroso [curioso] sobre quanto
> dinheiro você está oferecendo por minha
> cabeça agora. Espero que não
> pensem que fui eu quem apagou aquele
> insignificante policial com uma bomba no
> posto policial. Embora eu tenha falado
> em matar escolares com
> uma. Não ia dar celto mudar
> para o teritório de outra pessoa.
> Mas há mais glória em matar
> um policial do que um goto (garoto) porque
> um policial pode atirar de volta. Já matei
> dez pessoas até hoje. Teria matado mais se
> a bomba para ônibus não fosse um fracasso.
> Fui encharcado pela chuva que
> tivemos um tempo atrás.

A referência do Zodíaco ao policial morto aludia ao atentado à bomba contra o posto policial do Parque Golden Gate, ocorrido no dia 16 de fevereiro, que matou o sargento Brian McDonnell e feriu outros oito policiais.

A margem esquerda da carta e as linhas escritas eram absolutamente retas. E o tamanho das letras indicava um trabalho feito com extrema paciência. Era o tipo de caligrafia que se poderia associar a um estudante ou cientista. A letra maiúscula "*I*" era rigidamente exata e parecia com o numeral romano "*I*".

A segunda página da carta começava com as palavras:

> A nova bomba é feita
> assim

O resto da página apresentava o projeto detalhado de uma nova e melhorada bomba para ônibus escolares. Ao pé havia um PS:

> Espero que se divirtam tentando
> desccobrir quem eu matei

Desenhado cuidadosamente havia o símbolo do Zodíaco e o "placar":

> Zodíaco — 10 Polícia de São Francisco — 0

Terça-feira, 21 de abril de 1970

A nona carta do Zodíaco chegou ao *Chronicle* junto da correspondência matinal. Toschi foi chamado; ele correu até o jornal para ver se era autêntica. Embora não contivesse nenhum pedaço manchado de sangue da camisa de Stine, havia indícios suficientes para convencer o detetive de que a zombeteira mensagem era autêntica.

"É o Zodíaco", Toschi suspirou. "Vai começar tudo de novo."

"Quem seriam a nona e a décima vítimas?", perguntou para si mesmo. "Se Kathleen Johns estava sendo contada pelo Zodíaco como uma vítima, quem seria a outra?"

Na sexta-feira, dia 13 de março de 1970, Marie Antoinette Anstey foi sequestrada no estacionamento do Coronado Inn, em Vallejo. Seu corpo nu foi descoberto no lago County, no dia 21 de março, bem perto de uma estrada rural isolada. Nenhuma de suas roupas viria a ser encontrada. Ela fora obrigada a consumir mescalina, recebera uma pancada na cabeça e depois fora afogada.

O assassinato encaixava-se em muitos dos padrões verificados nos realizados pelo Zodíaco: ocorreu em um fim de semana, não houve agressão sexual e o crime aconteceu perto de um local com água. O Coronado Inn era o lugar favorito de Darlene Ferrin, a terceira vítima do Zodíaco em Vallejo, para se divertir depois do trabalho. Achei estranho o fato de as mortes, até então, terem ocorrido em lugares que apresentavam alguma alusão à água em seus nomes: estrada do *lago* Herman, Blue Rock *Springs*,[1] *lago* Berryessa, rua *Wash*ington,[2] que era bastante próxima da rua do *Lago*. E seria o *lago* County parte dessa corrente?

A polícia ficou muito interessada na declaração do Zodíaco sobre ter matado dez pessoas e sobre a possibilidade de ter

1. *Spring*, fonte. (N. do T.)
2. *To wash*, lavar. (N. do T.)

matado muitos mais se não tivesse sido *encharcado pela chuva que tivemos um tempo atrás* (grifo meu). Ele mesmo havia ficado encharcado; ele não se referia ao fato de uma chuva pesada impedir que as jovens vítimas dele se dirigissem para locais afastados a fim de namorar. Teria a chuva inundado o porão no qual ele afirmava ter construído sua bomba? Será que ele morava em uma área remota que ficou isolada devido à chuva?

Toschi e Armstrong verificaram suspeitos que moravam em áreas que haviam ficado inundadas recentemente.

Quarta-feira, 29 de abril de 1970

O *Chronicle* recebeu a décima carta do Zodíaco. Fora postada logo depois do meio-dia do dia anterior, em São Francisco. O jornal adiou por um dia a publicação da carta, a pedido de Al Nelder, o chefe de polícia, enquanto ele tomava uma difícil decisão.

Desde a primeira menção sobre a "máquina da morte" (bomba) em novembro passado (na sétima carta do Zodíaco), os jornais tinham voluntariamente deixado de citar esse aparato a fim de evitar uma onda de pânico como a surgida depois da morte de Stine, quando o Zodíaco ameaçara explodir um ônibus escolar lotado. Agora o Zodíaco exigia que sua ameaça de usar uma bomba fosse divulgada, sob pena de ele *explodir* um ônibus escolar.

Toschi e Armstrong estudaram a nova carta, outro daqueles cartões de felicitação sombrios e sem humor que o Zodíaco gostava tanto de enviar aos jornais.

O cartão (reproduzido aqui pela primeira vez) mostrava dois velhos garimpeiros. O primeiro, montando um burro, dizia para o outro: "Bem que me disseram que você estava montado em um verdadeiro dragão". O segundo garimpeiro aparecia montado em cima de um exausto dragão de língua bífida.

Sobre o dragão o Zodíaco escrevera:

> Espero que
> vocês se
> divirtam
> quando eu
> tiver a minha
> explosão.
> P.S. no
> verso

O cartão era da International Greeting Cards Co. e pertencia à linha Jolly Roger.[3] O verso do cartão dizia:

> Se não quiserem que eu
> faça a explosão vocês precisam
> fazer duas coisas. 1. Dizer a todo
> mundo sobre a bomba para ônibus com todos os
> detalhes. 2. Gostaria
> de ver alguns bonitos buttons do Zodíaco
> circulando pela cidade. Todo
> mundo tem esses buttons, como
> (símbolo da paz), black power, melvin come

3. Jolly Roger: caveira com dois ossos cruzados. (N. do T.)

> gordura de baleia[4] etc. Bem, ficaria muito
> satisfeito se visse
> várias pessoas usando meu
> buton. Mas por favor, não os nojentos
> como o do melvin.
>
> Obrigado

Parecia que o Zodíaco perdera o respeito por Melvin Belli.

No final da carta, o homem corpulento desenhara de forma vistosa seu emblema, pela segunda vez na carta. Era o desenho a ser usado nos *buttons*, o selo do Zodíaco.

O chefe Nelder pensou que o croqui da bomba na nona carta (do dia 20 de abril) era uma armação, mas, de qualquer forma, marcou uma entrevista coletiva. "Não é minha intenção amedrontar o público, mas esse sujeito agora exige que haja menção à bomba. E ameaçou explodir um ônibus escolar se a menção não for feita. Avaliei todos os ângulos da questão e concluí que essa informação deve ser pública".

Até então, os jornais vinham publicando apenas partes das cartas do Zodíaco. Agora tentavam evitar provocar qualquer tipo de alarme descrevendo o projeto da bomba como questionável. O diagrama da bomba desenhado pelo Zodíaco nunca foi reproduzido.

Nenhum *button* jamais foi feito.

---

4. *Melvin eats bluber*: referência a situações da obra *Moby Dick*, de Herman Melville; a ortografia correta é *blubber*. (N. do T.)

Sexta-feira, 8 de maio de 1970

Em Santa Rosa, uma loja de departamentos da rede K-Mart foi esvaziada depois de uma ameaça de bomba feita em um telefonema anônimo por um homem que se identificou como sendo o Zodíaco. Um homem alegando ser o Zodíaco fizera uma ameaça de bomba em Santa Rosa exatamente um ano antes.

Sexta-feira, 22 de maio de 1970

Em uma entrevista coletiva em Los Angeles, Florence E. Douglas, prefeita de Vallejo e pré-candidata do Partido Democrata para concorrer ao cargo de governador do Estado, disse: "Acredito que algumas das pistas no caso Darlene Ferrin foram ignoradas". Ela prometeu usar toda a sua influência para reabrir o caso. Ela acreditava se tratar de um assassinato premeditado.

A mãe de Darlene informara a Christopher Harris, representante de Joseph DeLouise, que na noite de sua morte Darlene lhe dissera: "Você talvez venha a ler sobre mim nos jornais amanhã". Tanto Harris quanto DeLouise tiveram a impressão de que Darlene conhecia seu assassino. Harris estava na entrevista coletiva concedida pela prefeita Douglas e foi apresentado como um escritor *freelance*.

Eu conhecia Harris. Ele se tornara suspeito de ser o Zodíaco por causa do tipo de perguntas que vinha fazendo aos moradores de Vallejo. A polícia tinha certeza de que ele não estava de nenhuma forma envolvido com os crimes do Zodíaco.

"A investigação sobre a morte de Darlene Ferrin realizada pela polícia de Vallejo foi sem dúvida nenhuma inadequada", falou Harris na entrevista coletiva. "Baseio essa afirmação nas conversas que tive com investigadores, autoridades policiais da área Vallejo-Napa, com a mãe de Darlene Ferrin e com a prefeita Florence E. Douglas. (...) Notei, quando estive em Vallejo, que a polícia ignorava as minúcias; agora acredito firmemente que nas minúcias, especialmente no caso de Darlene Ferrin, há uma enorme quantidade de pistas. A polícia deveria ter feito um levantamento completo sobre o perfil psicológico de Darlene Ferrin."

"Há muitas questões sobre a morte dela que não foram investigadas de forma adequada. O uso da lanterna prova que o assassino queria se certificar de que estava diante da pessoa certa. Não concordo com a afirmação de que a lanterna foi usada para ele ter certeza de que matara sua vítima. O fato de o caso Darlene Ferrin ser eventualmente reaberto produziria um grande efeito psicológico na mente perturbada do Zodíaco, o que poderia acabar fazendo com que ele saísse das sombras."

Em Vallejo, a investigação sobre o assassinato de Ferrin continuava; o caso permanecia em aberto. Os crimes de assassinato não prescrevem. Nesse ponto, começaram a ser feitas mudanças no Departamento de Polícia, mudanças que atingiram do chefe aos cargos menos importantes.

Segunda-feira, 29 de junho de 1970

Passaram-se dois meses até o Zodíaco enviar uma outra carta ao *Chronicle* (apenas uma pequena parte dessa carta fora reproduzida até agora). Essa carta foi postada em São Francisco, no dia 26 de junho.

A décima primeira carta dizia:

> Aqui quem fala é o Zodíaco
> Fiquei muito aborrecido com
> o pessoal da Bay Area de
> São Fran. Eles não acataram
> meu desejo de que usassem
> alguns belos ⊕ buttons.
> Prometi puni-los
> se não me obedecessem,
> destroindo um Ônibus Escolar cheio.
> Mas agora as escolas estão em
> férias de verão, então os puni
> de outra maneira.
> Atirei em um homem sentado
> num carro estacionado com um 38
> ⊕ — 12 Polícia de São Francisco — 0
>
> O Mapa anexado a
> este código vai lhes mostrar onde a
> bomba está. Vocês têm até o
> próximo outono para desenterrá-la. ⊕

Richard Radetich, policial de São Francisco, com 25 anos, fora morto com um 38 enquanto estava sentado em um carro estacionado, em uma sexta-feira de manhã, na rua Waller, no quarteirão do número 600, preenchendo uma multa de trânsito. Detetives da área de homicídios negaram com veemência que o Zodíaco pudesse ser o assassino. “Se ele está sugerindo que matou o oficial Radetich, então está mentindo.

Já expedimos um mandado de prisão relacionado ao caso", disse um detetive.

O mapa que o Zodíaco anexou, na verdade um mapa rodoviário fornecido pelos postos de gasolina Phillips 66, destacava o pico do monte Diablo (montanha do Diabo), no condado de Contra Costa, do outro lado da baía de São Francisco. Fiquei intrigado com o fato de o Zodíaco ter escolhido esse mapa rodoviário. Para começar, Phillips era o nome do primeiro marido de Darlene.

A nova carta falava em 12 vítimas do Zodíaco. Os detetives consideraram a possibilidade de o mapa indicar não o lugar de uma nova bomba, mas o lugar onde estava enterrada a vítima de número 12. Imitando seu próprio círculo atravessado por uma cruz, ele desenhara o símbolo de uma bússola irradiando-se de um pequeno quadrado no centro do mapa. O mapa Phillips não era suficientemente detalhado para indicar o que significava aquele quadrado, de modo que verifiquei um mapa maior e descobri que, exatamente no centro do mapa, ficava a Estação de Rádio da Marinha, uma grande estação retransmissora localizada no Pico Sul da montanha.

Já era antiga a ideia de que o Zodíaco tivesse ligações com a Marinha e de que estaria em alto-mar nos intervalos entre os assassinatos e as cartas. Por isso também, ele conseguiria continuar escapando. Essa era uma ideia empolgante. Seria o maníaco, quando estava em terra, um funcionário da Estação de Rádio da Marinha? Será que, à noite, ficava como um rei no alto da montanha de dois picos, tendo a Bay Area espraiando-se a seus pés e cercado por um céu cheio dos símbolos reais da astrologia? Depois da Guerra Civil, o monte Diablo era usado como referência para determinar a longitude e a latitude de pontos da Bay Area.

Abaixo o código de duas linhas incluído ao fim da carta e que era para ser usado com o mapa.

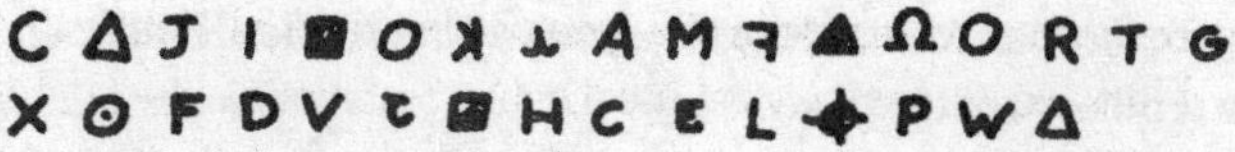

Sexta-feira, 24 de julho de 1970

O processo de composição das próximas duas cartas do Zodíaco deu-se da seguinte forma, segundo especulações minhas:

O homem corpulento começou a escrever em um frenesi. Agachado em silêncio no porão, ele calçou as luvas e pegou a caneta hidrográfica. Do lado de fora, o dia estava claro; ali dentro, ele estava envolto pela escuridão, pelas trevas que se agarravam a cada canto de sua área de trabalho, trevas estas rompidas apenas por uma estranha luz.

Sua décima segunda carta dizia:

> Aqui quem fala é o Zodíaco
> Estou muito triste porque
> vocês não querem usar alguns
> belos  buttons. Então agora
> eu tenho uma pequena lista, começando com
> a mulé & seu bebê que eu
> levei num passeio um tanto quanto interessante
> por algumas houras uma
> noite alguns meses atrás que
> terminou com eu incendiando
> o carro dela onde os encontrei.

A "mulé" só podia ser Kathleen Johns. O terrível passeio de Kathleen fora noticiado de forma discreta por apenas um único e pequeno jornal. A menção a ela feita pelo Zodíaco parecia confirmar ser ele o responsável por tê-las levado, ela e a filha, naquele carro.

O homem corpulento colocou essa carta no correio. Então ele começou a trabalhar na mais longa carta que enviaria ao *Chronicle*.

"Aqui quem fala é o Zodíaco", começou na décima terceira carta (reproduzida aqui pela primeira vez completamente), conforme costumava fazer. Ele mencionou novamente como estava com raiva das pessoas de São Francisco por não estarem usando os *buttons* do Zodíaco em suas lapelas, mesmo *buttons* "horríveis" do Zodíaco ou "qualquer tipo" de *button* do Zodíaco.

Ele fez uma pausa. Como poderia demonstrar seu desgosto, sua fúria efervescente por ser ignorado? A hidrográfica azul se movimentava pelo papel de fibras de algodão mais depressa do que seu estranho método de escrever permitia.

"Eu", ("I" no original) escreveu, e esse era um "I" grande e grosso, que só perdia em tamanho para o "Z" de Zodíaco no alto da página.

> Eu vou (acima de tudo
> o mais) torturar todos os meus
> 13 escravos que estão
> aguardando por mim no Paradiso.
> Alguns eu vou amarrar em formigueiros
> e ficar observando eles gritarem & se contorcerem
> e se sacudirem. Em outros vou
> enfiar ferpas de madeira debaixo

de suas unhas & depois queimá-los. Outros
vou colocar em jaulas & alimentar com
carne de sol até que se empanturrem e depois
vou ouvir seus apelos por água e vou rir
deles. Outros vou pendurar
pelos polegares & deixar queimar
ao sol e depois vou massageá-los
até que fiquem bem quentes.
Outros vou esfolar vivos & deixar
correr gritando. E...

Aqui ele começou a citar Gilbert e Sullivan,[5] alterando as letras das canções para se adaptarem ao que ele queria. As estrofes que ele escolheu saíram da ópera *The Mikado*, cantadas pelo próprio Mikado. Em uma adaptação de "The Punishment Fit the Crime", o Zodíaco escreveu:

todos os jogadores de bilhar eu
farei jogar num tétrico
calabuço com tacos tortos
& Sapatos Retorcidos.
sim, vou sentir a maior
alegria infligindo a mais
deliciosa dor aos
meus Escravos

O símbolo do Zodíaco agora assumia enormes proporções e enchia o pé da página, eclipsando o placar:

Departamento de Polícia de São Francisco — 0, Zodíaco — 13

---

5. William S. Gilbert e Sir Arthur S. Sullivan, autores ingleses de óperas cômicas, entre as quais *The Mikado*. (N. do T.)

O homem corpulento encurvou-se sobre sua obra e, dessa vez parafraseando Ko-Ko, em *The Mikado*, escreveu sobre uma pequena lista contendo todas as pessoas que ele gostaria de matar:

Como pode acontecer um dia
de uma vítoma precisar ser encontrada.
Tenho uma pequena lista. Tenho
uma pequena lista de transgressores da
sociedade que podem muito bem estar
escondidos que nunca
farão falta que nunca
farão falta. Existem os aborecidos pestulentos
que ecrevem pedindo autógrafos, todas as pessoas
que têm mãos flácidas e risada
irritante. Todas as crianças que
estão em encontros e imploram
a você mãos com im platt.[6] Todas as pessoas
que apertam mãos
apertam mãos assim. E todos os terceiros que
imperturbáveis levam aqeules que insistem. Eles
nenhum deles fará falta. Há o
tocador de banjo e os outros
de sua laia e o piansita de órgão e eu o
coloquei na lista. Todas as pessoas que
comem hortelã e fomitam (regurgitam)
em sua cara, elas
nunca farão falta Elas
nunca farão falta E o
idiouta que se orgulia em tom

6. *Im platt*: os erros de ortografia do Zodíaco têm merecido exame e interpretação ao longo dos anos, mas o que ele quis dizer com *im platt* ainda continua obscuro. (N. do T.)

intusiasmado de séculos
deste e todos os países
exceto o seu próprio. E a moça das
provencias que se veste como
um cara que não chora e
a singularmente anormalmente moça que nunca beijou. Não
acho
que fará falta
Tenho certesa que ela não
faria falta. E aquele bom sacerdote
que é um tanto cheio de humerists
judiciais eu o pus na lista Todos os caras engraçados,
homens cômicos e palhaços de vida
privada. Eles nenhum deles
faria falta. Eles nenhum deles
faria falta. E tipo sem compromisso
como um zé-qualquer,
seiláonome, e igualmente, bem—
nãoimporta e tut tut tut tut,
e nãoseinome, e vocês sabem quem,
mas a tarefa de preencher as
lacunas eu prefiro deixar
para vocês. Mas realmente não
importa quem você coloca
na lista, pois nenhum
deles fará falta, nenhum
deles fará falta.

Ele concluiu a ária do Grande Carrasco do Senhor com outro símbolo do Zodíaco, que tomou três quartos da última página. Debaixo disso, ele escreveu uma sugestão sobre o código e o mapa do monte Diablo de exatamente um mês antes:

P.S. O monte Diablo se refere a
Radianos & # polegadas junto dos radianos

No domingo de manhã, o homem corpulento escreveu "S.F. Chronicle" no envelope, afastou a cadeira, colou, inclinado, na parte direita do envelope, um selo de 6 centavos com a efígie de Roosevelt e saiu na manhã ensolarada para postar a carta.

Segunda-feira, 27 de julho de 1970

As cartas chegaram simultaneamente ao *Chronicle.*

Na segunda, na terça e na quarta-feira o Zodíaco aguardou para ver na mídia suas últimas ameaças. Mas nada foi divulgado — nenhuma palavra. O que saíra errado? Não era possível que as duas cartas tivessem se perdido no correio.

Transcorreram os meses de agosto e setembro, e outubro começou, aproximando-se a data em que a morte de Paul Stine completaria um ano. E ainda não havia menção às novas cartas do Zodíaco. O serial killer não tinha como saber que, no dia 27 de julho, a polícia e o *Chronicle* decidiram fazer uma experiência para ver como o Zodíaco reagiria à falta de divulgação.[7] Acreditava-se que a ânsia por publicidade se transformara no motivo que ele tinha para cometer os assassinatos.

Em virtude das mudanças em relação à letra original da canção de Gilbert, Armstrong e Toschi sabiam que o homem que procuravam fizera tudo de memória, e não

7. As cartas de julho acabaram sendo publicadas pelo *Chronicle* em 12 de outubro de 1970. (N. do A.)

copiando diretamente de um libreto. Eles deram início a uma exaustiva busca interrogando todos os que tinham atuado como Ko-Ko, sob a suposição de que o Zodíaco teria desempenhado esse papel em sua época de estudante. Os detetives começaram a busca na própria companhia de Gilbert e Sullivan, em São Francisco, os Lamplighters, e conversaram com todos os membros do elenco, em especial com os baixo-barítonos. O cotejo de caligrafias e as óbvias diferenças na compleição física dos suspeitos quando comparados com o Zodíaco eliminaram todos os antigos Grandes Carrascos do Senhor. Toschi sugeriu ser mais provável que o assassino fosse apenas um fã inveterado de Gilbert e Sullivan.

Descobri que, na noite da morte de Paul Stine, os Lamplighters estavam ensaiando no Teatro Presentation para uma encenação de *The Mikado* prevista para a semana seguinte. O teatro ficava a mais ou menos 13 quarteirões do lugar onde o taxista fora morto.

Ainda mais intrigante era o fato de que, durante toda a temporada de *The Mikado* naquele teatro, nenhuma carta do Zodíaco fora recebida. A produção fez sua última apresentação no dia 7 de novembro. Nos dois dias seguintes, o Zodíaco postou duas cartas.

O Zodíaco escreveu quatro cartas durante um período de quatro meses que se seguiu ao ataque contra Kathleen Johns, a maioria delas dedicadas a chamar a atenção. Apenas na quarta dessas cartas é que a terrível viagem foi finalmente mencionada. E por que mencionar isso agora? O *Chronicle* não publicava mais as cartas, e a polícia mostrava-se declaradamente cética sobre a possibilidade de o Zodíaco estar realmente matando gente. Talvez o assassino procurasse alguma coisa concreta a fim de provar que continuava na ativa. Ele havia mencionado:

> ... a mulé & seu bebê que eu levei
> num passeio um tanto quanto interessante por algumas houras
> uma noite alguns meses atrás
> que terminou com eu incendiando o carro dela...

O que, pensei, teria feito esse evento em particular vir à mente do Zodíaco se ele não era o verdadeiro agressor? Apenas o *Bee*, um jornal da cidade de Modesto com pequena circulação, em uma matéria publicada no dia seguinte ao ataque, mencionara o fato de que o carro de Kathleen havia sido incendiado. Se o Zodíaco estava reclamando crédito pelo ataque, então, para ter lido a notícia, teria de morar perto de Modesto.

Meu palpite era de que o Zodíaco havia evitado assumir a autoria desse ataque porque fora realmente o motorista envolvido no incidente e porque estava com medo do que Kathleen pudesse se lembrar, o que poderia acabar fazendo com que a polícia chegasse até a porta da casa dele.[8]

Kathleen Johns, por volta dessa época, estava desaparecida. Só consegui encontrá-la no dia 18 de fevereiro de 1982.

Quarta-feira, 6 de outubro de 1970

Em meio à correspondência matinal, o *Chronicle* recebeu um cartão branco de 7,5 centímetros por 12,5 centímetros no

8. O Zodíaco tinha o hábito de escrever cartas nos aniversários de seus ataques e assassinatos. Ele tinha escrito uma carta exatamente um ano depois das mortes na estrada do lago Herman. No dia 22 de março de 1971, dia do aniversário de um ano do ataque a Kathleen Johns, o Zodíaco escreveria uma outra carta. (N. do A.)

qual o autor montara uma mensagem usando letras recortadas da edição do *Chronicle* do dia anterior. Com sangue, ele havia desenhado uma cruz. A mensagem datava de segunda-feira, 5 de outubro de 1970.

Dizia:

> CARO EDITOR:
> Você vai me odiar, mas preciso dizer.
> O RITMO NÃO ESTÁ DE FORMA NENHUMA DIMINUINDO!
> DE FATO HÁ UM GRANDE treze
> 13 'Alguns Deles Resistiram
> Foi Horrível'

Debaixo do "13" havia uma cruz desenhada com sangue humano e um "PS" colado de cabeça para baixo no lado esquerdo do cartão:

> HÁ NOTÍCIAS
> de que tiras porcos da polícia da cidade
> estão fechando o cerco ao meu redor Fd-s
> Sou indecifrável, Qual
> é o preço agora?

A palavra "Zodíaco", em letras de estilo romano, estava no lado direito, junto de um grande símbolo do Zodíaco, cujos braços da cruz haviam sido formados com pedaços de fita adesiva. O autor tinha feito 13 buracos no lado do cartão para representar as vítimas.

Durante pelo menos dois dias, Armstrong e Toschi acreditaram que essa era uma autêntica carta do Zodíaco, mas depois acabaram arquivando-a por considerá-la uma tentativa de imitação.

As provas relacionadas com o Zodíaco agora enchiam um armário de aço cinza e à prova de bala, de quatro gavetas.

Quarta-feira, 28 de outubro de 1970

Paul Avery, o melhor repórter investigativo do *Chronicle*, escrevera as matérias mais importantes sobre os assassinatos do Zodíaco. De forma que não ficou surpreso quando a próxima carta do criminoso, a décima quinta, deixou de ser endereçada ao *Chronicle* para ser enviada a ele pessoalmente.

Dessa vez o Zodíaco havia mandado um espalhafatoso cartão infantil de Halloween. Na parte da frente, havia um esqueleto dançando com uma abóbora preta e laranja e um título em branco, escrito em letras grossas, que dizia:

> DO SEU
> AMIGO SECRETO

Na parte esquerda do cartão, aparecia um verso que começava assim:

> Sinto nos
> meus ossos,
> você pena
> para saber
> meu nome,
> então vou
> dar uma
> pista...

A garganta de Avery ficou seca. Com dedos desajeitados e ansiosos, ele abriu rapidamente o cartão e leu a frase de efeito.

> Mas então por que estragar nosso jogo! BUH!
> Feliz
> Halloween!

Dentro, o Zodíaco colara um esqueleto totalmente diferente, um pedaço de um outro cartão, e desenhara olhos inquiridores e exagerados. Alguns dos olhos miravam por entre fendas. Junto do "z" enorme e do já conhecido círculo cortado por uma cruz, o assassino desenhara um novo e estranho símbolo, que de início parecia ser formado por símbolos meteorológicos.

O Zodíaco escrevera no verso do cartão, em tinta branca, como os artistas e os desenhistas fazem:

Quando Toschi e Armstrong conseguiram tirar o cartão das mãos de Avery, voltaram sua atenção para o esqueleto que o Zodíaco recortara e colara dentro do cartão. Cuidadosamente, descolaram a figura para ver se havia alguma mensagem debaixo dela. Não havia nada.

Mas na parte de dentro do próprio envelope encontraram uma inscrição. O texto formava um *X*. Dizia, duas vezes: "Lamento, sem código".

"Verificamos todos os cartões de felicitação que o Zodíaco enviou para saber o quão comum eram e se eram fáceis ou difíceis de serem comprados pelo Zodíaco", disse-me Toschi depois. "Todos os cartões enviados pelo Zodíaco eram cartões comuns, que podiam ser comprados em qualquer papelaria. Isso eu chequei no meu horário de folga, aos sábados e domingos. Eu só queria ter certeza. Algumas vezes fiz isso para ter a certeza de que não estávamos dando motivos para que o Zodíaco nos colocasse em maus lençóis."

Consegui uma cópia do cartão de Halloween em seu estado original, sem nada escrito nele, e percebi que o Zodíaco acrescentara o recorte da abóbora cor de laranja para cobrir a pélvis do esqueleto que aparecia na frente. Repressão sexual?

Originalmente, o cartão vinha com apenas um olho de "mau-olhado". O Zodíaco acrescentara mais 12. E também dera olhos ao esqueleto impresso. O esqueleto recortado na parte de dentro era mostrado, de forma zombeteira, na posição de alguém crucificado. O cartão era fabricado pela Gibson Card Company.

Quanto ao novo símbolo do Zodíaco, leitores de lugares distantes como Detroit escreveram para dizer que ele representava uma viga de abas largas, uma estrutura de aço usada na construção de edifícios. Alguns acharam que o Zodíaco era uma espécie de engenheiro civil. O símbolo era assim:

Ao escrever "Peek-a-boo—you Are Doomed!" (Achou! Você está roubado!") e "4-Teen" (quatorze) no cartão enviado a Avery, o Zodíaco estava se vangloriando do fato de já ter feito a vítima número quatorze ou estava anunciando que Avery seria a próxima vítima.

O *Chronicle* publicou a história sobre o Halloween na primeira página, e ela recebeu destaque no mundo todo. A sala da editoria de cidades ficou, por algum tempo, cheia de câmeras de televisão, e o grisalho e desengonçado Avery colocou-se, para variar, do outro lado do entrevistado.

Como resultado, surgiu um grande número de informações, o que agradou à polícia. Quando questionado pelos repórteres sobre se estava preocupado com a ameaça de morte feita no Halloween, Avery respondeu que considerava tudo aquilo "conversa-fiada".

Na qualidade de calejado correspondente de Guerra do Vietnã e de detetive licenciado, Avery era capaz de cuidar de si muito bem. Mas o chefe Nelder decidiu não correr nenhum risco e deu a ele uma autorização para portar um revólver calibre 38, além de permitir que treinasse tiro ao alvo no estande de tiro da polícia.

"O jornalista Paul Avery, do *Chron*, está vivendo perigosamente", escreveu Herb Caen. "Suas reportagens investigativas sobre as atividades do assassino Zodíaco fizeram-no merecer a honra de receber uma mensagem do Zodíaco alertando-o: 'Você está roubado'. Por essa razão, diversos jornalistas do *Chron* — inclusive Paul Avery — estão usando na lapela um *button* onde se lê: 'Não sou Paul Avery'. Enquanto isso, Avery encomendou placas personalizadas para seu carro, placas nas quais consta a palavra "Zodíaco". E essa não é a decisão mais inteligente que já vi alguém tomar..."

"Parece que o Zodíaco ficou ressentido com algumas coisas que escrevi sobre ele", afirmou Avery.

Em resposta a uma informação divulgada por uma agência de notícias sobre a ameaça de morte, uma carta anônima foi enviada ao *Chronicle* vinda do sul da Califórnia. Na carta havia a sugestão de que o Zodíaco talvez tivesse começado sua carreira de assassino em Riverside, Estado da Califórnia. O escritor anônimo dizia que apresentara sua teoria à polícia de Riverside, mas fora ignorado. Ele pedia a Avery que investigasse essa possibilidade:

> Por favor, encaminhe o conteúdo desta carta ao detetive responsável pelo "Caso do assassinato cometido pelo Zodíaco".
>
> Espero que esta informação também venha a ajudá-lo, pois nós dois queremos ver esse caso solucionado.
>
> Quanto a mim, desejo continuar anônimo, e sei que você entenderá por quê!
>
> Há alguns anos, em Riverside, na Califórnia, uma jovem foi assassinada, acho que na noite de Halloween! Eu poderia escrever uma carta bem mais longa, citando as semelhanças entre o caso do Zodíaco e esse assassinato ocorrido em Riverside, mas se o Departamento de Polícia não é capaz de perceber essas semelhanças entre esses dois casos, então "vou pegar um lento navio até a China",[9] mesmo que esses crimes tenham sido cometidos por duas pessoas diferentes! Acho que,

9. *Slow boat to China* é uma expressão cunhada na época em que as viagens internacionais eram feitas em lentos navios e significa "alguma coisa muito comprida e que leva muito tempo". (N. do T.)

> após todos os fatos terem sido analisados, no que diz respeito aos dois casos, se é que a polícia ainda não investigou essas semelhanças e ainda não está a par do "caso Riverside", então, mesmo assim talvez devessem dar uma verificada. (...)
>
> Elementos como cartas aos jornais e "escritos erráticos similares" relacionam esses dois casos distintos. (...) Ligue para o capitão Cross, ele sabe que "eu não desisto".
>
> Senhor Avery, vou ligar para o senhor em um futuro próximo, por favor, investigue o caso; a polícia de Riverside tem um monte de informações, da mesma forma que a de São Francisco. Esperemos que eles não sejam orgulhosos demais para trabalharem juntos, se é que já o estão fazendo, esperemos que já tenha havido alguma troca de informações. (...)

Falando com o capitão Irv Cross, da polícia de Riverside, Avery foi capaz de descobrir o nome do missivista secreto. Seu único endereço disponível referia-se à instrução de "posta restante" feita em várias cidades diferentes. (Esse homem também escrevera ao sargento Lynch. Sua caligrafia não guardava nenhuma semelhança com a do Zodíaco.) Cross informou que, durante algum tempo, o homem havia tentado convencer a polícia de Riverside da tese de que o Zodíaco matara uma estudante universitária ali, em 1966. Cross fez um resumo do caso para o repórter e prometeu mandar-lhe, o mais rápido possível, uma boa quantidade de material de arquivo.

De início, Avery ficou em dúvida sobre a ligação entre os casos; embora houvesse semelhanças com as mortes reconhecidamente provocadas pelo Zodíaco, não havia uma ligação clara.

Essa carta foi uma das centenas que Avery recebeu vindas de pessoas que ou "sabiam" quem era o Zodíaco ou "sabiam" como agarrá-lo.

11

Cheri Jo Bates

Domingo, 9 de novembro de 1970

Avery finalmente recebeu a informação sobre o assassinato em Riverside, o único não solucionado na história da cidade. Entre os relatórios sobre a morte da garota, estava a fotografia de uma carta manuscrita recebida cinco meses depois do assassinato. A polícia considerara essa carta uma fraude vinda de algum sujeito excêntrico; na época, a assinatura ao pé da carta não chamou nenhuma atenção.

O autor assinara a carta com uma única letra: Z.

Dentro de duas horas, Avery estava a caminho de Riverside, localizada cerca de 100 quilômetros ao sul de Los Angeles. Avery encontrou-se com o sargento detetive Dave Bonine, o investigador designado para o caso, e recebeu permissão para consultar os arquivos. A vítima era Cheri Jo Bates. Desde sua morte, havia mais de quatro anos, os arquivos do caso, que recebeu o número 352.841, tinham se avolumado. Reunido com Bonine e o capitão Cross, Avery começou a reconstruir em detalhe o último dia da garota morta. Em seu íntimo, Avery acreditava que o Zodíaco escrevera a carta e que poderia ser ele o assassino.

De acordo com os relatórios da polícia, Cheri Jo era uma caloura de universidade com 18 anos de idade, uma aluna de destaque cuja principal ambição era tornar-se aeromoça. Ela fora chefe de torcida na Escola Ramona, localizada perto da Faculdade Riverside City (FRC), e agora era líder de torcida também nessa faculdade. A vítima tinha 1,60 metro de altura, pesava 49 quilos, tinha olhos azuis, cabelos louros e tez clara, embora à época de sua morte estivesse bastante bronzeada. Usava óculos, mas só para estudar. Ela morava sozinha com o pai, Joseph, na Via São Jose número 4.195, em Riverside. Joseph era operador de máquinas no Laboratório do Arsenal da Marinha em Corona. A mãe dela se separara do marido em 1965 e o irmão estava servindo na Marinha, na Flórida.

No dia do assassinato, 30 de outubro de 1966, Joseph e a filha tinham ido à missa na Igreja St. Catherine's, em Brockton. Às 9 horas, eles tomaram o café da manhã no Sandy's Restaurant, no Centro Hardman. Às 10 horas, Joseph saiu de casa para passar o dia na praia. Por volta das 15 horas, Cheri Jo ligou para Stefanie, uma amiga dela. Ninguém atendeu. Ela ligou de novo às 15h45. Dessa vez, Stefanie estava em casa. Cheri Jo perguntou se ela queria ir à biblioteca da universidade pegar alguns livros e estudar um pouco. Stefanie recusou, e Cheri Jo saiu de casa em algum momento entre 16h30 e 17 horas. Às 16h30, alguns amigos dela tinham passado em frente à casa e visto o Volkswagen verde-limão de Cheri Jo estacionado. Às 17 horas, Joseph Bates voltou para casa.

Quando Cheri Jo saiu de casa, usava calças vermelho capri desbotadas e uma blusa amarela-clara de manga comprida, com uma gravata de fita no pescoço. Ela levava uma grande bolsa de palha trançada vermelha e bege. Calçava sandálias com tiras em volta do tornozelo e entre o primeiro e segundo dedos dos pés.

"Às 17 horas, Joseph Bates encontrou este bilhete colado na geladeira", contou o capitão Cross a Avery. Ele estendeu ao repórter um bilhete envolto em plástico. O bilhete dizia: "Papai, fui à biblioteca da FRC."

"Joseph atendeu uma ligação de Stefanie para Cheri Jo e saiu novamente", disse Cross. "Aproximadamente às 17h30, Cheri Jo percebeu que esquecera em algum lugar o papel com a bibliografia de seu trabalho de pesquisa na universidade e ligou para uma colega, Donna, no Banco Riverside National. Donna não sabia onde estava a bibliografia; as duas conversaram por alguns momentos."

"Agora vou ter de fazer tudo de novo", Cherri Jo falou a Donna.

"Temos a declaração de uma testemunha", disse Bonine, "segundo a qual, às 18h10, uma das amigas de Cheri Jo a viu passar em seu Volkswagen em direção à FRC, na rua Magnolia. A amiga disse que acenou com a mão, mas que evidentemente Cheri Jo não a tinha visto, pois não acenou de volta."

"Outra informação veio de um militar da Força Aérea que morava perto da biblioteca. Ele fora ultrapassado por um Volkswagen verde-claro dirigido por uma mulher loura, em uma viela paralela à rua Magnolia, a leste do condomínio Sherri Lynn Apartments. Ele se lembrava de que o Volkswagen estava sendo seguido bem de perto por um Oldsmobile cor de bronze, ano 1965-1966."

"Acreditamos que Cheri Jo chegou ao anexo da biblioteca da FRC por volta das 18 horas e foi até a biblioteca. Ela tinha amigos estudando lá, mas nenhum deles se lembra de tê-la visto. Nós sabemos que ela realmente entrou na biblioteca por causa de três livros sobre o Colégio Eleitoral que ela retirou da biblioteca e que foram encontrados sobre o banco dianteiro de seu carro. Evidentemente, enquanto ela estava na biblioteca, o criminoso conseguiu abrir a tampa do motor do seu carro e retirou a mola do distribuidor e o condensador, além de ter desconectado um fio do distribuidor. Ele talvez até tenha entrado na biblioteca e esperado enquanto ela descarregava a bateria tentando fazer o carro pegar."

"Ele provavelmente saiu e ofereceu ajuda, ofereceu uma carona em seu carro. (...) Então conseguiu convencê-la a percorrer com ele o caminho sem iluminação que ia até o estacionamento e que ficava cerca de 70 metros a leste de onde o carro dela estava. Nesse momento, o assassino então colocou uma das mãos sobre a boca dela e, com a outra, pressionou uma faca contra a garganta da garota."

"Ele deve ter começado a sufocá-la", disse Bonine, "mas ela era uma garota atlética e lutou com tanta força, que encontramos o relógio manchado de tinta onde ela o arrancou do pulso do criminoso."

"Ela arranhou o rosto dele. Deve ter gritado. Temos um depoimento. (...) Um vizinho ouviu um 'grito horrível' entre as 22h15 e as 22h45. Depois houve uns dois minutos de silêncio e, finalmente, o barulho de um carro velho dando a partida. Um homem voltando para essa área às 22h30 nos disse que ouviu dois gritos."

O relatório médico informou que Cheri tinha sido chutada na cabeça. Uma faca pequena tinha sido enfiada duas vezes em seu peito. A face esquerda e o lábio superior dela estavam cortados, e três cortes feitos na garganta haviam seccionado a veia jugular e também a laringe. Ela quase fora decapitada. Estava de rosto virado para o chão quando o assassino enfiou a faca em sua omoplata. "O chão revirado, onde eles tinham lutado, parecia que tinha sido arado recentemente", dizia o relatório.

A polícia acreditava que o assassino passou algum tempo procurando o relógio antes de sair com o carro.

"Era meia-noite quando Joseph Bates voltou para casa e descobriu que o bilhete que ele tinha deixado para Cheri Jo não tinha sido tocado. Ele imaginou que a filha estivesse com as amigas e foi dormir. Na manhã seguinte, ela ainda não tinha voltado. Então ligou para Stefanie a fim de saber se ela estava lá. Ele comunicou o desaparecimento de sua filha exatamente às 5h43. Cerca de 45 minutos depois, manhã de Halloween, Cleophus Martin, o responsável pela limpeza de uma área próxima da FRC, foi com a máquina de varrer até Terracina. Ele viu o corpo com o rosto virado para o chão e a bolsa de palha perto dele. Ele nos chamou. E nós cercamos a área."

"A bolsa da garota ainda continha todos os seus documentos e 56 centavos. A pouco mais de 3 metros do corpo, encontramos o Timex do assassino, com uma circunferência de 17 centímetros. A pulseira preta fora arrancada de um dos lados do mostrador."

"Encontramos uma pegada de um tipo de sapato vendido apenas em lojas para militares, como é o caso da loja March A.F.B. ali perto. O número do calçado seria algo entre 42 e 44. O sapato tinha sido produzido pelos prisioneiros da penitenciária de Leavenworth."

"Encontramos fragmentos e resíduos de pele e cabelo humano debaixo das unhas dela. No banco dianteiro, encontramos impressões oleosas de uma palma da mão. E no alto de um edifício próximo", disse Bonine, "encontramos um jogo de chaves de um Volkswagen, mas elas não tinham nenhuma relação com o assassinato."

Avery estudou o relatório da autópsia, fez várias anotações, fechou o bloco e o colocou no bolso de dentro do paletó. A morte da garota não poderia ter ocorrido antes das 21 horas do domingo, horário em que fecha a biblioteca. O "grito horrível" foi ouvido por volta das 22h30, e muito provavelmente foi nessa hora que ela foi morta. Várias perguntas povoavam a mente de Avery: teria Cheri Jo ficado com seu matador por quase duas horas, na escuridão, entre as duas casas pré-fabricadas e, naquela época, desocupadas? Será que conversaram? Será que ela conhecia o assassino? O que o assassino ficou esperando?

O relatório dizia que a faca usada pelo criminoso tinha uma lâmina de quase 2,5 centímetros de largura e quase 9 centímetros de comprimento. Gotas de sangue espalhavam-se do lugar da morte até Terracina.

Contaram a Avery que 24 horas depois da morte, Cross e seus homens já tinham interrogado 75 pessoas e estavam investigando os militares de uma base aérea próxima, além de colegas de escola de Cheri Jo e professores. Aquele que parecia ser o suspeito mais provável era um rapaz da cidade que conhecia a bonita líder de torcida. Uma série de indícios circunstanciais poderia ser levantada contra o rapaz, mas nada substancial para a polícia pedir um indiciamento na Justiça. Cross e Bonine acreditavam que ele era culpado. Avery ficou imaginando se poderia provar que esse homem esteve no norte da Califórnia à época dos assassinatos do Zodíaco.

Cinco dias depois do ataque, Cheri Jo foi sepultada. Enquanto centenas de pessoas acompanhavam o funeral, os detetives do departamento de homicídios observavam os rostos dos presentes na tentativa de descobrir qualquer sinal do assassino. "Joseph Bates desmaiou ao final da cerimônia", disse Cross. "Ele gritava: 'Minha filha! Minha filha!"

"Nove dias depois do funeral", contou Bonine, "o capitão Cross pediu a todas as pessoas que estavam na biblioteca na noite do assassinato para encenarem novamente o que tinham feito naquele dia. Eram 65 pessoas."

"Pedimos que elas usassem as mesmas roupas, sentassem nos mesmos lugares, estacionassem nos mesmos locais. O carro do capitão Cross foi usado no lugar do carro de Cheri Jo. Perguntamos a eles a que horas tinham chegado, que pessoas haviam visto do lado de fora, onde tinham estacionado e quais veículos haviam visto. Pedimos que nos contassem se lembravam-se de alguém que estava lá na noite do crime e que não tinha aparecido para ser interrogado. Gravamos todas as entrevistas. O próprio capitão tirou as impressões digitais e uma amostra do cabelo de cada homem. O FBI ficou com as impressões, e mandamos as amostras de cabelo para o CI&I."

"Duas pessoas não se apresentaram. Uma mulher e um homem forte, barbado, de mais ou menos 1,80 metro de altura. Também procuramos encontrar qualquer homem com marcas de arranhão no rosto."

Bonine olhou para o relatório e balançou a cabeça.

"Nunca conseguimos encontrá-los e nem conseguimos encontrar o Studebaker modelo 1947 ou 1952, cinza, com a pintura oxidada, que foi visto naquela noite."

Em um segundo encontro, Avery ficou sabendo de uma "confissão" que os policiais tinham recebido. "Achamos que o assassino conhece bastante bem as técnicas de identificação", disse Bonine. “Ele desenvolveu um método que impediria o trabalho do melhor dos peritos. O método funcionou mais ou menos assim: primeiro, ele acionou a tecla de maiúsculas de sua máquina de escrever. Depois, montou um volume com papel de carta e papel carbono, cerca de 13 páginas de papel comum e 12 de papel carbono. Enviando uma das últimas cópias da carta, ele teve a certeza de que não haveria impressões e de que a letra estaria tão borrada, que identificar a máquina de escrever seria quase impossível.”

Ele abriu a gaveta de cima do arquivo e passou uma fotocópia para Avery. “Isto nunca foi publicado integralmente antes”. [1]

> ELA ERA JOVEM E BONITA
> MAS AGORA ELA FOI CASTIGADA
> E ESTÁ MORTA. ELA NÃO É A PRIMEIRA
> E NÃO SERÁ A ÚLTIMA.
> FICO NOITES ACORDADO PENSANDO NA MINHA
> PRÓXIMA VÍTIMA. TALVEZ SEJA A
> BONITA LOURA QUE CUIDA DE CRIANÇAS
> PERTO DA PEQUENA LOJA E CAMINHA
> PELA VIELA ESCURA TODA NOITE LÁ PELAS 7.
> OU TALVEZ SEJA A MORENA DE OLHOS AZUIS
> E CORPO BONITO QUE DISSE NÃO QUANDO
> PEDI QUE SAÍSSE COMIGO NO COLÉGIO.
> MAS TALVEZ NÃO SEJA NENHUMA DELAS. MAS
> VOU CORTAR SUAS PARTES FEMININAS E

10. Eu só consegui uma cópia completa com o auxílio de lentes de aumento e uma cópia da foto de uma escrivaninha da delegacia de polícia de Riverside sobre a qual a confissão havia sido colocada. Narlow não podia me mostrar a sua cópia, mas reviu a minha e disse que ela estava correta. (N. do A.)

DEIXÁ-LAS PARA QUE TODA A CIDADE AS VEJA.
ENTÃO NÃO FACILITEM AS COISAS PARA MIM.
MANTENHAM SUAS FILHAS, IRMÃS E MULHERES
FORA DAS RUAS E VIELAS.
A SENHORITA BATES ERA ESTÚPIDA. ELA FOI PARA
O MATADOURO COMO UM CORDEIRO. ELA NÃO
OFERECEU RESISTÊNCIA. MAS EU LUTEI.
FOI UMA FESTA.
PRIMEIRO RETIREI O FIO CENTRAL DO
DISTRIBUIDOR. DEPOIS ESPEREI
POR ELA NA BIBLIOTECA E A SEGUI
DEPOIS DE UNS DOIS MINUTOS. A BATERIA
DEVE TER DESCARREGADO POR ESTA HORA.
ENTÃO OFERECI AJUDA. ELA ESTAVA MUITO
DISPOSTA A CONVERSAR COMIGO. EU DISSE
QUE O MEU CARRO ESTAVA LOGO DEPOIS NA RUA
E QUE EU PODERIA DAR UMA CARONA
ATÉ A CASA DELA. QUANDO FICAMOS LONGE DA
ENTRADA DA BIBLIOTECA, EU DISSE QUE ESTAVA
NA HORA. ELA PERGUNTOU "NA HORA DE QUÊ?"
EU DISSE QUE ERA HORA DE VOCÊ
MORRER. EU A AGARREI PELO PESCOÇO
COM MINHA MÃO SOBRE A SUA BOCA E MINHA
OUTRA MÃO COM UMA PEQUENA FACA NA
GARGANTA DELA. ELA FICOU CALMA.
SEU SEIO ESTAVA TÉPIDO E FIRME
SOB MINHAS MÃOS, MAS SÓ HAVIA UMA COISA
EM MINHA MENTE. FAZER ELA PAGAR POR TER
ME TRATADO COM DESDÉM ANOS ANTES.
ELA MORREU COM LUTA. ELA SE CONTORCEU
E BALANÇOU QUANDO A ESTRANGULEI, E
SEUS LÁBIOS SE CRISPARAM.
ELA SOLTOU UM GRITO UMA VEZ E EU CHUTEI
SUA CABEÇA PARA CALÁ-LA. ENFIEI A FACA

NELA E ELA QUEBROU. ENTÃO TERMINEI O
SERVIÇO CORTANDO SUA GARGANTA. NÃO SOU
DOENTE.
SOU INSANO. MAS ISTO NÃO IMPEDIRÁ
A CAÇADA. ESTA CARTA DEVE SER PUBLICADA
PARA TODOS A LEREM. ELA PODERIA TER SALVO
AQUELA GAROTA NA VIELA. MAS ISTO É COM VOCÊS.
PESARÁ NA CONSCIÊNCIA DE VOCÊS. NÃO
NA MINHA. SIM, TAMBÉM FIZ AQUELA LIGAÇÃO
PARA VOCÊS. FOI SÓ UM ALERTA. TENHAM CUIDADO...
ESTOU TOCAIANDO SUAS GAROTAS AGORA.
CC. CHEFE DA POLÍCIA
ENTERPRISE

O fato de o assassino ter falado em "caçada", de ter insistido em que a carta fosse publicada e de ter ligado para a polícia era marca registrada do assassino Zodíaco.

"O assassino enviou esta carta de uma caixa do correio que fica em uma zona rural isolada e não colou nenhum selo. Nós nunca tivemos dúvida de que ela era do assassino de Cheri Jo, e isso em virtude de alguns detalhes secretos que a carta incluía, principalmente a menção sobre a retirada do fio central do distribuidor do Volkswagen", disse Bonine.

O *Riverside Press-Enterprise* publicou um artigo sobre o caso Bates exatamente seis meses depois da morte de Cheri Jo. No dia seguinte, a polícia recebeu uma nova carta do assassino. Um bilhete seco, escrito à mão, em uma folha comum de três furos para fichário. Em letras grandes e esparramadas, que se inclinavam para baixo e para a esquerda, estava escrita esta mensagem:

BATES TINHA QUE MORRER
OUTROS MORRERÃO

Ao pé da página de pautas azuis havia um pequeno número 2 e a letra Z. O envelope tinha sido selado com dois selos de 4 centavos com a efígie de Lincoln, duas vezes mais a quantidade de selos necessária. A carta fora colocada no arquivo referente a Cheri Jo, mas tinha sido considerada uma correspondência sem valor e sem nenhuma relação com a carta da confissão.

Avery foi deixado a sós para examinar o material arquivado sobre o caso Bates. Ele logo descobriu que havia duas outras cartas idênticas com a declaração de que "Bates deve morrer". Uma fora endereçada ao *Press-Enterprise*, e a outra, em um sinal de crueldade, a Joseph Bates.

Avery localizou uma foto de um tampo de escrivaninha descoberto por um guarda da biblioteca da FRC cinco meses depois do crime, em um depósito. O tampo tinha sido desfigurado com um poema horrível (reproduzido pela primeira vez), com 13 centímetros de comprimento e 9 centímetros de largura, riscado na superfície envernizada com uma caneta esferográfica azul:

Cansada de viver/não querendo morrer
cortar.
limpar.
se vermelho/
limpar.
sangue jorrando
gotejando,
derramando;
por todo o seu novo

vestido.
oh, sim
ele era vermelho
de toda forma.
a vida escorrendo em
uma morte incerta.
ela não vai
morrer.
desta vez
Alguém vai encontrá-la
só aguarde
até a próxima vez.

Essa era diferente das outras cartas nojentas que o departamento tinha recebido desde a morte de Cheri Jo; essa era assinada. No pé do verso que prometia sangue estavam duas letras, em minúscula, "r" e "h".

Em conversa com Cross, Avery observou que as letras escritas a lápis nos bilhetes "Bates deve morrer" eram similares às letras em caneta hidrográfica das mensagens recentes do Zodíaco ao *Chronicle* e que a caligrafia dos bilhetes conferia quase exatamente com as letras do tampo da escrivaninha. O repórter conseguiu convencer Cross e Bonine a reabrirem a investigação sobre o caso Bates, relacionando-o com o caso do Zodíaco.

Ficou decidido que Avery levaria as provas, pessoalmente, para Sacramento, em envelopes lacrados (para manter a integridade da cadeia de provas), e que entregaria tudo ao delegado Sherwood Morrill, perito da seção de Documentos Investigados da Agência de Investigação e Identificação Criminal. Avery telefonou para a casa de Morrill e pediu-lhe que fosse esperá-lo no aeroporto de Sacramento.

Quinta-feira, 12 de novembro de 1970

Avery embarcou no avião para Sacramento levando as cartas e os envelopes do assassino de Cheri Jo, além de uma foto do poema encontrado no tampo da escrivaninha. Morrill estava esperando ansiosamente por Avery. Ele fez um exame preliminar lá mesmo no aeroporto. As letras em carbono eram "muito fracas" e tornavam a identificação da máquina de escrever e dos caracteres da máquina quase impossível.[2]

Avery então mostrou as cartas escritas a lápis que ele encontrara nos arquivos da polícia. Depois de um momento, o perito em grafologia se manifestou.

"Isto não parece em nada com a caligrafia do Zodíaco", disse.

O perito então olhou para o envelope e para a mensagem escrita a lápis.

"Isto começa a parecer", disse Morrill.

Ele olhou fixamente para o envelope. "Sim, é isso... As cartas de Riverside foram escritas pela mesma pessoa que escreveu as cartas do Zodíaco no norte da Califórnia."

Morrill também afirmou que a inicial no pé da página era um Z. Ele disse: "Vou falar com Armstrong e Toschi sobre isso".

Mas Avery estava ansioso e saiu imediatamente para São Francisco, notificando Armstrong antes de Morrill.

Morrill, um consumado perito, teve a prudência de conseguir exemplos da caligrafia de Avery a fim de confrontá-la com as letras da carta de Riverside. Avery saiu limpo.

---

11. Morrill mais tarde descobriu que a máquina de escrever era uma Royal portátil, modelo Canterbury, com tipo Elite. (N. do A.)

Segunda-feira, 16 de novembro de 1970

Morrill confirmou a Avery que, depois de quatro dias de análises, podia dizer que a caligrafia das amostras das cartas descobertas em Riverside era "inquestionavelmente da lavra do Zodíaco. O talhe das letras riscadas na escrivaninha é o mesmo das três cartas, particularmente as letras dos envelopes, e essa caligrafia é da mesma pessoa que tem preparado as cartas do Zodíaco recebidas pelo *Chronicle*".

Avery escreveu um artigo sobre suas descobertas na viagem a Riverside. O artigou saiu publicado na edição de terça-feira do *Chronicle,* sob o título: "Ligação com o Zodíaco é definitiva".

Cross reabriu o caso Bates, mas afirmou ser possível que "o Zodíaco estivesse tentando capitalizar publicidade. Afinal de contas, as cartas tinham sido recebidas sete meses depois do assassinato".

"Um suspeito esteve preso e agora está solto sob fiança. Mas nunca houve muitos indícios para condená-lo pelo assassinato de Bates", disse Cross. "Não sou perito em grafologia, mas, no final, me parece possível que, independentemente de quem seja esse tal de Zodíaco, ele pode ter lido sobre a morte de Bates, ter sabido que o caso continuava em aberto e ter enviado essas cartas para obter crédito pela morte sem ter nada a ver com ela. Por favor, notem que a garota Bates foi morta em outubro de 1966, e essas cartas chegaram em abril de 1967. Não havia nada nas cartas indicando ser impossível que o garoto tivesse cometido o assassinato."

Quinta-feira, 19 de novembro de 1970

Avery escreveu um outro artigo para o *Chronicle* sobre um encontro restrito, realizado em Riverside, e do qual participaram detetives das áreas de homicídio de São Francisco, Sacramento e Napa. O encontro de nove horas foi resultado direto da descoberta de Avery sobre o que ele batizou de "Conexão Riverside".

Quando a reunião terminou, Cross, Toschi, Narlow e o inspetor Mel Nicolai, do CI&I, não quiseram comentar o que fora discutido. Avery conseguiu descobrir que "há consenso entre os detetives de que, em uma determinada época, o Zodíaco teve laços estreitos com Riverside". Cecelia Ann Shepard, a vítima de Berryessa, estudara em Riverside. O aspecto mais curioso do assassinato de Bates era o fato de o Zodíaco não ter se gabado a respeito dele, quando, nas outras vezes, nunca deixou de rapidamente vangloriar-se. Será que ele se recusava a assumir o crédito pela morte de Cheri Jo porque cometera algum deslize, deixara para trás alguma pista que pudesse incriminá-lo?

Por causa do poema no tampo da escrivaninha, a polícia sabia que o Zodíaco estava na biblioteca do FRC "antes ou logo após o crime". O erro mais óbvio por parte do assassino seria ter colocado as iniciais ao pé do verso sangrento. Quem era "r. h."? Ou as inicias queriam dizer "pista falsa" (*red herring* no original)? Ou se referiam ao fator sanguíneo Rh?

Terça-feira, 24 de novembro de 1970

Doze dias antes, Morrill recebera sete exemplos da caligrafia do homem que a polícia de Riverside acreditava ser o assassino de Bates. Agora ele finalizara o exame grafotécnico.

Não havia nenhuma semelhança.

Sexta-feira, 27 de novembro de 1970

A polícia anunciou que "um perito do governo do Estado comparou a caligrafia de nosso suspeito com a caligrafia do Zodíaco e chegou à conclusão de que ela não é a mesma do Zodíaco. Mas isso não significa que nosso homem não matou a moça. Significa simplesmente que o homem de Riverside não é o Zodíaco".

12

Zodíaco

Segunda-feira, 15 de março de 1971

No período que se seguiu à ameaça de morte feita pelo Zodíaco, Paul Avery tinha ido a uma televisão local e zombado do assassino, sentindo-se seguro com o peso do revólver 38 guardado em um coldre escondido sob seu paletó. No dia 3 de janeiro de 1971, depois que ele tinha sacado a arma para salvar um andarilho de um ataque à faca, começou a refletir melhor. "Ao portar uma arma, eu estava em uma posição que me obrigaria, cedo ou tarde, a usá-la", disse-me. "E assim acabei me desfazendo dela."

Quatro meses depois que Avery revelara a ligação do Zodíaco com o assassinato de Riverside, o *Los Angeles Times* recebeu sua primeira carta do Assassino Enigmático.

Pela primeira vez, o envelope tinha um carimbo de fora de São Francisco. O envelope fora postado em Pleasanton, uma cidadezinha localizada perto do condado de Alameda. Uma vez mais a quantidade de selos era duas vezes maior do que a necessária, tendo sido usados dois selos de 6 centavos com a efígie de Roosevelt colados de cabeça para baixo. E mais uma vez havia a solicitação: "Por favor, encaminhar para o Editor". A menção "Via Aérea" tomava um terço do envelope. Era a décima sexta carta. Ele escolhera o jornal de maior circulação na Califórnia.

Como sempre, ele começava a carta assim: “Aqui quem fala é o Zodíaco”.

> Como sempre disse,
> sou indecifrável. Se os
> Insignificantes Policiais
> querem me pegar, vão ter
> de tirar seus bundões da cadeira
> & fazer alguma coisa. Porque
> quanto mais ficam zanzando,[1]
> mais escravos
> vou colecionar para minha vida
> após a morte. Preciso dar crédito a eles
> por terem tropeçado em
> minhas atividades em Riverside,
> mas eles estão achando só
> as fáceis, há muito
> mais por aí.
> A razão de eu escrever
> ao Times é esta, eles não
> me enterram nas últimas páginas
> como alguns outros.
>
> Departamento de Polícia de São Francisco — 0  — 17 +

1. A expressão *fiddle* & *fart around*, usada no original, é muito antiga, e seu uso levou os investigadores a suspeitar que o Zodíaco fosse um homem muito mais velho do que pensavam. Fiquei sabendo que ela é usada em certas áreas do Texas, principalmente no condado de Lubbock. (N. do A.)

Alguns dos psiquiatras da Bay Area com quem Avery conversou acreditavam que o Zodíaco estava fazendo novas vítimas apenas nos jornais. “A gabarolice do Zodíaco sobre um número crescente de ‘escravos’”, disse um deles, “pode ser apenas isso: gabarolice”.

Gabarolice ou não, Toschi e Armstrong ainda tinham de continuar realizando o mesmo e exaustivo trabalho.

Perto da Faculdade Pacific Union, em uma área de estacionamento junto da estrada White Cottage, foi encontrado o carro de uma jovem. Dois pedaços de seu macacão dourado foram achados perto dali; o rádio portátil dela, colocado sobre o banco do carro, ainda estava ligado. Reunidos em grupos de 21, alunos da FPU, entre eles Bryan Hartnell, começaram a realizar buscas a pé. Enquanto a neve caía e a temperatura da manhã baixava, um cão farejador passou a ser usado. Em virtude de aquela ser uma área de cânion muito escarpada, só oito dias depois o corpo foi encontrado. Ele estava a apenas 68 metros do carro abandonado, perto da estrada da montanha Howell, debaixo de uma camada de mato e madeira e de um saco de pano rasgado. Além disso, uma bandeira dos EUA havia sido enrolada em torno dele. O corpo estava todo ferido e tinha uma marca de sangue deixada por um golpe desferido contra o lado esquerdo da cabeça, próximo do cabelo preto e comprido da moça. Um arame fora apertado fortemente em volta de seu pescoço. Um bracelete que ela usava como argola para chaves havia sido levado pelo assassino. Como Cecelia Shepard, ela fora morta em uma área isolada e cheia de árvores.

Embora a vítima, Lynda Kanes, de 20 anos, fosse a segunda aluna da FPU a ser assassinada nos dois últimos anos, o delegado Earl Randol assegurou aos estudantes que eles não estavam "marcados para morrer". Randol contou-lhes que não havia nada que ligasse o Zodíaco a esse recente assassinato.

Havia um suspeito em St. Helena, um mandado de busca tinha sido expedido, a casa do homem havia sido vasculhada, um certo número de objetos não identificados tinha sido removido para exame. Mas todo esse esforço resultou em nada.

Segunda-feira, 22 de março de 1971

Apenas uma semana depois, um cartão-postal comum de 4 centavos chegou ao *Chronicle*. Uma vez mais era endereçado a "Paul Averly". Estava coberto com recortes de fotos e frases de jornais.

As frases "12a vítima é procurada", "vasculhar os pinheiros", "além das áreas do Lago Tahoe", "Sierra Club" e "no meio da neve" tinham sido recortadas do jornal e coladas no cartão. O Zodíaco havia decorado os cantos com picotes em meia-lua feitos por meio de um perfurador. Colada na parte de trás do cartão estava uma representação artística do que, conforme se descobriu mais tarde, era um anúncio sobre o Forrest Pines, um condomínio então em construção perto de Incline Village, na praia do lado norte do lago Tahoe, no Estado de Nevada.

A vítima de número 12, portanto, deve ter sido Donna Lass, de 25 anos, uma bonita enfermeira de cabelos louros com mechas que estava desaparecida desde 6 de setembro de 1970, quando foi vista pela última vez saindo do trabalho no Sahara Hotel, em Stateline, Estado de Nevada. O carro da enfermeira do cassino foi encontrado estacionado perto de seu pequeno apartamento, mas não havia nenhum sinal de luta, e apenas a bolsa e as roupas que ela estava usando tinham desaparecido. Um homem não identificado ligou para o senhorio e patrão de Donna no dia em que ela desapareceu a fim de dizer que ela não voltaria para casa porque um parente seu tinha ficado doente. A polícia foi comunicada pela família de que não havia parente doente nenhum; o homem da ligação havia contado uma mentira.

Pelo telefone, detetives em São Francisco e Nevada tentavam adivinhar o significado daquele "no meio da neve". Será que Donna fora morta e enterrada perto do novo empreendimento? O anúncio sobre o condomínio fora publicado pelo *Chronicle* dois dias antes.

Morrill comunicou a Toschi que as palavras escritas à tinta no destinatário do cartão "são semelhantes e consistentes com todos os outros textos escritos [pelo Zodíaco] que examinei".

"Como não temos nenhum outro suspeito no caso", afirmou Ray Lauritzen, chefe de polícia para a parte sul do lago Tahoe, "suponho que a teoria sobre o Zodíaco é tão boa quanto qualquer outra. Com certeza estamos investigando essa possibilidade, por causa do cartão-postal enviado ao *Chronicle*. Desde o início acreditamos que a senhorita Lass foi sequestrada e está morta. Não é do estilo dela 'dar no pé' — ela era, no verdadeiro sentido da palavra, uma 'garota de bem."

Sexta-feira, 25 de março de 1971

A busca pelo corpo foi adiada por causa do grande acúmulo de neve. Começou a nevar mais uma vez. Nenhuma busca formal pelo corpo da jovem enfermeira chegou a ser efetivamente realizada. Donna Lass nunca foi encontrada.

Toschi cogitou que a frase "vasculhar os pinheiros" fosse um convite, feito pelo assassino, para que observassem os pinheiros do desenho e descobrissem onde a garota estava enterrada. De modo agourento, no primeiro plano do desenho havia um homem cavando com uma pá.

"Ninguém nunca me perguntou nada. Fiquei surpresa com o fato de a polícia nunca ter feito perguntas para mim", disse-me anos mais tarde Jo Anne, companheira de quarto de Donna Lass. Eu havia perguntado a ela se Donna tinha alguma ligação com Riverside. Ela explicou que ela e Donna saíam com dois homens de Riverside quando moravam em São Francisco. A polícia nunca tinha estabelecido nenhum elo entre Donna Lass e São Francisco.

"Donna e eu trabalhávamos no Hospital Geral Letterman, no Forte. Ela ficou lá até junho de 1970 e depois se mudou para o lago Tahoe, tendo desaparecido três meses mais tarde", contou.

Eis que, mais uma vez, surgia um elo com o Forte. Paul Stine foi morto perto do Forte, e o Zodíaco sumiu dentro dele. Se o Zodíaco tivesse continuado rumo a nordeste, teria chegado à Mallorca Way número 225, onde Donna e Jo Anne iriam morar poucos meses depois. Será que o assassino, em 1969, morava perto dali? Será que ele a encontrou por lá e, meses mais tarde, a seguiu e a matou em outro Estado?

Quarta-feira, 7 de abril de 1981

Fui assistir a um filme de baixo orçamento sobre o Zodíaco, no Cinema Golden Gate. O filme ficou em cartaz durante apenas uma semana e foi visto por menos de mil pessoas.

Na história, um caminhoneiro mal-humorado (Bob Jones) é o suspeito inicial, mas um homem jovem (Hal Reed) acaba sendo identificado como o Zodíaco. O filme termina sugerindo que o Zodíaco pode ser o homem sentado atrás de você no cinema.

Como o Zodíaco era um fã de cinema e um ególatra, e como o filme foi exibido apenas para um pequeno número de pessoas em São Francisco, a possibilidade de que ele estivesse sentado atrás de você *era* muito grande.

Duffy Jennings, repórter do *Chronicle*, me contou sobre um concurso que os produtores do filme planejaram, convidando os que viram o filme a ganhar uma motocicleta nova preenchendo um cartão completando, com 25 palavras ou menos, a seguinte frase: "Acredito que o Zodíaco matou porque... ".

"Partindo da premissa de que o verdadeiro Zodíaco seria suficientemente curioso e vaidoso para assistir ao filme, uma enorme caixa foi colocada no saguão do cinema a fim de que os cartões preenchidos fossem depositados ali", escreveu Jennings. "E, dentro da caixa, um homem agachado lia cada cartão assim que ele era enfiado pela fenda. Ele deveria alertar o gerente do cinema por meio de um intercomunicador assim que visse um cartão de alguém que alegasse ser o Zodíaco."

Embora nenhuma mensagem desse tipo tenha sido colocada na caixa, a polícia examinou cada cartão em busca de alguma semelhança com a caligrafia do Zodíaco.

O melhor filme sobre o Zodíaco foi realizado pela Warner em 1971. Chamado *Perseguidor Implacável*, contava com Clint Eastwood no papel de um detetive parecido com o inspetor Toschi e que caçava um franco-atirador mascarado, Scorpio (Andy Robinson). O filme retrata com fidelidade os fatos envolvendo os assassinatos do Zodíaco e usa uma cópia exata da caligrafia do Zodíaco nas cartas que Scorpio envia ao *Chronicle*.

Domingo, 11 de abril de 1971

Vestida com calças jeans e uma blusa branca, carregando um livro e binóculos, Kathy Bilek, de 18 anos, pegou o carro da família e foi até um parque, Villa Montalvo, nos limites da cidade de Saratoga. Ela parou o carro no estacionamento de um bosque artificial, criado para o estudo de certas árvores, e andou até um pequeno regato, uma área isolada, bem arborizada e sem movimento onde poderia ler o romance gótico e ficar observando pássaros. Aquele era o mesmo lugar em que duas jovens, Kathy Snoozy e Deborah Furlong, tinham sido esfaqueadas mais de 300 vezes no dia 3 de agosto de 1969.

Enquanto Kathy lia, uma figura surgiu atrás dela e se movimentou silenciosamente pela grama alta até ter a garota a seu alcance. Com uma faca de lâmina curta, ele a esfaqueou 17 vezes nas costas. Depois de ela cair, ele a esfaqueou mais 32 vezes no peito e no estômago, evitando atingir os seios.

Quando a moça foi declarada desaparecida, a polícia encontrou o carro dela, mas não pôde continuar as buscas naquele momento por causa da escuridão. A procura pela colegial de cabelos louros reiniciou-se ao amanhecer. O pai de Kathy, Charles, encontrou seu corpo à primeira luz da manhã enquanto 30 subdelegados vasculhavam uma área localizada a alguns metros dali. Ela fora jogada em uma valeta rasa. No dia seguinte, ao realizarem uma varredura da área em busca de pistas, os investigadores encontraram vestígios da roupa ensanguentada que pertencia à jovem.

A autópsia feita pelos legistas em Santa Clara relacionou o homicídio da Páscoa com os assassinatos de Snoozy e Furlong em 1969, descrevendo-o como um crime de cópia carbono.

Duas semanas depois, a polícia recebeu a descrição de um jovem suspeito que frequentava a área onde os assassinatos ocorreram. Essa informação levou os investigadores a Karl F. Warner, que tinha cabelos loiros curtos e usava óculos de aro de tartaruga. Warner estudara na Escola Oak Grove com Snoozy e Furlong e morava a três quarteirões das casas delas. Ele já fora acusado de agredir uma mulher com uma faca.

Munidos de um mandado de busca, os detetives surpreenderam Warner, então aluno da Faculdade São Jose City, quando ele estudava para uma prova de física. Eles apreenderam dele uma faca e depois levaram o estudante de 18 anos às cenas dos crimes. Em setembro, ele se declarou culpado dos três crimes e foi condenado à prisão perpétua.

Warner, contudo, não era o Zodíaco. Quando estudante, ele tinha sido transferido de Marlborough, no Estado de Massachusetts, mudando-se para a Califórnia no início de 1969, depois que os crimes do Zodíaco haviam começado.

Quarta-feira, 22 de março de 1972

Nessa manhã, Armstrong e Toschi tinham boas razões para olhar sua correspondência com cuidado: fazia exatamente um ano que o Zodíaco tinha escrito pela última vez.

Mas não acharam nada. Toschi, que por volta dessa época estava ficando obcecado com o caso, aventou a hipótese de o Zodíaco ter sido morto em algum acidente ou ao cometer um dos seus crimes. Talvez tivesse se mudado para fora do Estado; talvez tivesse superado sua propensão à violência e não mataria mais. Ou talvez estivesse na prisão. Ou em uma instituição para tratamento mental. Mas Toschi não podia acreditar que o supremo gabarola fosse sair de cena sem deixar uma última mensagem ameaçadora ou alguma prova incriminatória — uma arma, uma faca, um código cifrado ou pelo menos a porção restante da camisa ensanguentada e enegrecida de Stine.

Toschi sentia que o Zodíaco ainda estava vivo e à espreita.

Sexta-feira, 7 de abril de 1972

Por volta das 21 horas, Isobel Watson, 33 anos de idade, secretária de um escritório de advocacia em São Francisco, desceu de um ônibus em Tamalpais Valley e começou a andar subindo a Pine Hill. Vindo do nada, um Chevy branco fez uma manobra brusca perto dela. O carro parou e o motorista saltou. “Mil desculpas”, disse ele, “por favor, me deixe levá-la para casa”.

O motorista tinha 40 e poucos anos e mais ou menos 1,75 metro de altura. Usava óculos de aro preto grosso.

“Não, obrigada”, disse a senhora Watson.

O homem repetiu a oferta, com uma voz preocupada, mas a senhora Watson recusou com firmeza. Nesse momento, o homem ficou furioso, sacou uma faca de lâmina curta e começou a esfaqueá-la nas costas. Ela deu vários gritos; luzes se acenderam nas casas próximas.

Imóvel por um momento no clarão, o homem logo correu de volta para o carro e saiu em disparada. Os moradores da rua chamaram uma ambulância. A mulher foi levada imediatamente para o Hospital Geral Marin, onde recebeu cuidados médicos devido a seus ferimentos.

"Acho que há uma boa chance de o responsável ter sido o Zodíaco", disse Ken Narlow, na delegacia de polícia de Napa. "A chance é maior do que 50%. Venho caçando esse F.D.P. há dois anos e meio, e a descrição fornecida pela senhora Watson cai nele como uma luva. E era sexta à noite. Todos os seus ataques aconteceram em uma sexta ou em um que tenha sido ele. Se foi, temos uma outra testemunha ocular. E isso nos permite ter certeza de que ele ainda está em circulação."

Quarta-feira, 12 de julho de 1972

"O departamento de polícia ainda mantém um esquadrão do Zodíaco — os inspetores Dave Toschi e Bill Armstrong", escreveu Herb Caen no *Chronicle*. "Mas já faz 16 meses que nada acontece. Até as cartas malucas estão desaparecendo. 'Costumávamos receber em média dez por semana' afirma Toschi."

Nos 18 meses seguintes, não houve nenhum sinal do Zodíaco e tampouco qualquer mensagem do assassino. A despeito das informações vindas de todas as partes dos EUA e do Canadá, Toschi e Armstrong, após vários anos de pistas falsas e esperanças malogradas, sentiam-se frustrados. Ao longo do processo, não havia surgido nenhum verdadeiro suspeito.

Então, depois de quase três anos, o assassino escreveu ao *Chronicle*.

Quarta-feira, 30 de janeiro de 1974

O carimbo na nova carta do Zodíaco continha o número "940"; isso queria dizer que ela tinha sido postada em um condado adjacente, ao sul de São Francisco, na manhã do dia anterior.

Armstrong e Toschi correram até o *Chronicle* e leram a carta:

> Eu vi e acho que "O Exorcista"[2]
> foi a melhor com-
> édia satérica que já vi.
> Assinado, cordialmente:
> Ele se lançou nas
> ondas encapeladas
> e um eco se levantou do
> túmulo dos suicidas
> idiota idiota
> idiota
> Ps. se eu não vir esta
> nota em seu jornal, eu
> farei alguma coisa desagradável,
> o que vocês sabem sou
> capaz de fazer
> Eu — 37
> Departamento de Polícia de São Francisco — 0

2. Um filme de grande sucesso exibido, nessa época, apenas no cinema Northpoint, de São Francisco. (N. do A.)

Ao pé da página, o Zodíaco tinha desenhado um estranho símbolo, talvez uma pista sobre sua verdadeira identidade ou, talvez, um último tapa na cara da polícia:

Observando as linhas onde estava escrito "idiota", Toschi falou: "Uma outra crítica contra Gilbert e Sullivan, e outro tiro no Departamento de Polícia de São Francisco. Jesus, por que ele nos escolhe para Cristo todas as vezes? De onde vem esse rancor?". A ária parodiada era a do Grande Carrasco do Senhor, do segundo ato de *The Mikado*. Na carta, não havia nenhuma explicação para o longo silêncio do Zodíaco. Quanto ao *Exorcista*, que tinha provocado a reaparição do Zodíaco, esse filme estava chamando muita atenção.[3]

"Naturalmente", disse Toschi, "este sujeito é um verdadeiro fanático por cinema. Mas aposto que isso não terá sido mais do que uma onda passageira de comoção."

Os jornais de terça-feira de manhã traziam um grande número de notícias sobre os tiros disparados aleatoriamente contra brancos por negros que agiam por motivos religiosos em meio a uma série de ataques batizados de os assassinatos

3. O autor e produtor William Peter Blatty baseou a continuação do filme *Exorcista*, intitulada *O Espírito do Mal*, de 1983, no assassino Zodíaco, chamando-o de assassino Gemini. (N. do A.)

Zebra. Os mais recentes tinham ocorrido dentro de um período de duas horas, entre as 20 horas e as 22 horas. As mortes haviam provocado uma caçada de 24 horas envolvendo toda a equipe de homicídios da cidade. Membros de um culto fanático agrediram a facadas e a tiros 23 vítimas, em um período de 179 dias dominados pelo terror. Quinze morreram; apenas oito das vítimas sobreviveram. Cinco dos assassinos acabaram sendo presos e condenados à prisão perpétua.

Toschi havia sido tirado da cama, onde convalescia, para trabalhar nos assassinatos Zebra. E agora, além de tudo isso, o Zodíaco reaparecia. "Seu senso de oportunidade é terrível", disse Toschi. "Mas pelo menos sei que tudo o que fizemos com esse caso nos últimos três anos não foi em vão".

O trecho da carta que realmente incomodou Armstrong e Toschi foi a anotação feita pelo Zodíaco a respeito das 37 vítimas. Ele tinha dito que faria seus futuros assassinatos parecerem acidentes. E se o maníaco tivesse realmente assassinado 37 pessoas?

Toschi ainda meditaria sobre isso durante muito tempo.

Toschi e Armstrong não sabiam ainda, mas, nos últimos quatro anos, agentes e investigadores da área ao redor de Vallejo se aproximavam do primeiro grande suspeito de ser o Zodíaco. Agora, um relatório secreto era preparado sobre esse homem.

13

Andrew Todd Walker

Abril de 1970

Foi no início de 1970 que a polícia tomou conhecimento de Andy Walker (nome alterado).

Um policial rodoviário se envolvera em um jogo de gato e rato com um homem que dirigia um carro Ford novo, na cor verde. Era um dia quente. Os dois carros estavam parados em estacionamentos localizados um na frente do outro, tendo a via expressa passando por debaixo e por entre eles. O policial percebeu que o motorista do Ford do outro lado da via expressa observava-o. Ele resolveu averiguar o homem desconhecido.

Saiu de ré do estacionamento e dirigiu-se até uma passagem de nível inferior para atravessar até outro lado da via expressa. Quando chegou lá, o lugar estava deserto. O policial olhou para o outro lado, e lá se encontrava o Ford verde, estacionado onde estivera seu carro de patrulha. Enquanto o policial atravessava por debaixo da rodovia, o homem usou a passagem elevada e trocou de lugar com ele.

Dois dias depois, o homem estava novamente no mesmo lugar. Isso continuou por várias semanas. O homem não fizera nada, mas o patrulheiro estava curioso. Naqueles longos e escaldantes dias, os dois carros estacionavam de frente um para o outro, um rio de tráfego rugindo entre eles. Toda vez que o policial atravessava para o outro lado, o carro verde trocava de lugar com ele.

Um dia, o patrulheiro parou no estacionamento em Hunter Hill. De repente, o Ford verde-escuro modelo LTD, de quatro portas, entrou no estacionamento, emparelhou com ele e estacionou tão perto, que ficou impossível abrir a porta de ambos os carros. O patrulheiro calculou que uma distância de cerca de 5 centímetros separava os veículos.

O policial não acreditava que alguém tentaria começar uma briga com um oficial da lei totalmente uniformizado na direção de um carro da Patrulha Rodoviária da Califórnia. Ele sentiu que o homem o encarava, mas resolveu ignorá-lo. Mas acabou se virando a fim de olhar para a direita, na direção do outro motorista.

Os penetrantes olhos azuis do homem desconhecido, profundos e próximos um do outro, irradiavam um brilho de puro ódio. "Eu nunca havia tido uma experiência assim em minha vida", disse ele depois. "Ele parecia estar sofrendo um ataque epilético. Aquele rosto contorcido. Assustador."

E foi assim que o policial ficou conhecendo Andy Walker.

Walker era um homem de meia-idade que tinha um rosto imenso como o de uma grande coruja e lábios finos, apertados. Embora a linha de sua testa fosse alta, ele tinha em abundância cabelos que começavam a ficar grisalhos. Usava óculos de armação escura, tinha barriga pronunciada, pesava mais de 90 quilos e media cerca de 1,82 metro.

Em 1971, o sargento Les Lundblad, de Vallejo, listou-o como um dos suspeitos pelo assassinato de Darlene Ferrin.

Quarta-feira, 1º de maio de 1974

"Eu sei há muito tempo quem é o Zodíaco", disse o homem de pele escura com aparência de mexicano. "Ele não está na casa dos 20 ou dos 30 como diz a polícia. Esse sujeito tem entre 44 e 54 anos e sai de casa duas noites por semana. Ele sempre usa sapatos Wing Walker."

Três homens estavam de pé envoltos pelas sombras noturnas de um estábulo em Vallejo. Um dos homens, um funcionário público, era quem falava. Os outros dois, o funcionário de um boliche em Napa e o policial rodoviário, eram amigos.

O policial investigava Walker. Ele descobriu que Walker morava em uma área afastada. Como ele já fora considerado suspeito no caso do Zodíaco e como havia demonstrado um ódio tamanho pela polícia, o policial rodoviário se sentiu motivado e prosseguiu com a investigação.

Simultaneamente, uma professora jovem e bonita recebia, no complexo de apartamentos em Vacaville, a sudeste de Vallejo, onde morava, um quarto telefonema anônimo. Esse era igual aos outros: do outro lado da linha, apenas o som do vento a farfalhar. Apavorada, ela decidiu visitar o namorado em Dixon, perto de Sacramento, na estrada Silveyville. Ela ficou lá por três dias. Quando voltou para casa, tirou o telefone do gancho.

Na segunda-feira, ao voltar para casa, encontrou uma carta endereçada a ela.

Pelo envelope, a professora podia ver que era de alguém que não a conhecia muito bem. "Meu nome aparecia como estava escrito em minha caixa de correio e na lista telefônica", disse ela trêmula, tempos depois, à polícia. "Dela constavam apenas a inicial do meu primeiro nome e o sobrenome." A carta afirmava:

> Eu observo muito você e telefono muito para você. Eu a vi em Davis e na estrada Silveyville em
> Dixon. Estou com muita raiva porque seu telefone
> não está tocando à noite.
> Coisas ruins vão acontecer se você não deixar que ele toque.

A professora ficou estupefata. O autor da carta mencionou tê-la visto em vários lugares, exceto no lugar em que ela trabalhava, a escola fundamental em Cordelia. Ali, ela lecionava para a sétima e a oitava séries.

Já muito assustada, a professora entrou no carro e dirigiu até El Sobrante para ficar com os pais. No meio da noite, o telefone tocou. Ouvia-se apenas o mesmo som de vento do outro lado da linha.

Sábado, 11 de maio de 1974

A próxima carta anônima endereçada à professora foi enviada à casa dos pais dela. Dizia:

> É difícil observá-la e telefonar para você
> quando seu número não consta da lista telefônica.
> Não gosto disso.

O remetente havia amassado a carta e depois, cuidadosamente e com sucesso, a havia desamassado, eliminando assim as impressões digitais. A CI&I em Sacramento disse que a caligrafia nas cartas era "muito, muito elaborada" e que o remetente estava tentando parecer um aluno da oitava ou da nona série ao cometer erros de gramática e escrever com uma caligrafia ruim.

A síndica do prédio de apartamentos de Vacaville vira um "Ford verde-escuro de quatro portas parado atrás do complexo" e, ao volante do veículo, um homem malvestido. Ele estivera lá diversas tardes. Uma vez, no mês de abril, ele bateu à porta da síndica fingindo estar buscando informações. Fez algumas perguntas e depois foi embora. "Ele era muito desarrumado e tinha uma barriga pronunciada. Não tinha uma aparência de quem estivesse a trabalho", afirmou a mulher.

A polícia se interessou pelo caso porque uma professora estava recebendo cartas, o que lembrava o *modus operandi* do Zodíaco, e porque tinha sido visto, observando o complexo, um homem parecido com aquele apontado como o principal suspeito no caso do Zodíaco. A polícia decidiu descobrir se o homem que falou com a síndica do prédio era Walker. Por si só, isso não provaria nada além do eventual fato de Walker estar fingindo ser outra pessoa. Não provaria que Walker estava escrevendo cartas anônimas para a professora, nem que ele era o Zodíaco. De toda forma, conseguir provar que ele estivera no complexo serviria, ao menos, para criar uma ligação.

Eles providenciaram para que a síndica do prédio visse Walker em uma reunião semanal à qual ele comparecia. Ela o identificou em meio a um grupo de 25 pessoas. "Ele está tão arrumado esta noite", disse a mulher, "mas é definitivamente o mesmo homem que veio à minha porta".

Os detetives de Vallejo agora ficaram entusiasmados. O funcionário público acusara Walker de ser o assassino Zodíaco, e aqui estava o suspeito possivelmente envolvido em um caso de cartas anônimas ameaçadoras e semelhantes às cartas enviadas pelo Zodíaco à imprensa. Além disso, a polícia estava estudando o relatório sobre as atividades suspeitas de Walker em alguns estacionamentos. O Zodíaco esteve sempre ligado a carros e a áreas de estacionamento. A polícia percebeu que Walker poderia muito bem ser o homem que ficou fazendo perguntas sobre Darlene no Terry's. Em seu horário de folga, vários investigadores começaram a procurar por esse homem. (Esses detetives, dois policiais e um investigador federal, pediram-me que não revelasse seus nomes.)

Foi preparado um relatório confidencial de 17 páginas sobre Walker, intitulado "O quê? Mais um homem suspeito de ser o Zodíaco?" Durante o café na casa de um dos detetives, permitiram-me que lesse e copiasse o relatório. Durante anos, eu me depararia repetidamente com esse relatório em lugares tão diferentes quanto a delegacia de polícia de Berkeley e o escritório de uma famosa detetive particular.

Antes de sair, discuti em detalhe, com eles, o relatório. Os investigadores me contaram sobre as fotografias que foram mostradas em São Jose a Linda, irmã de Darlene. "Ela apontou Walker", disseram. "A maneira como ela contou foi afirmando que 'ele era muito provavelmente o mesmo homem que estava aterrorizando Darlene meses antes da morte dela".

"Ela nos disse que vira aquele homem duas vezes. Uma vez em fevereiro de 1969 (no Terry's) e outra vez em maio de 1969 (na festa da pintura)."

Os detetives ficaram empolgados com isso.[1]

Muito tempo depois, conversei com Linda sobre o assunto. Steve Baldino, um policial de Vallejo que era amigo íntimo de Darlene, fora à festa e identificou Walker como tendo estado lá. "Steve ficou muito abalado com toda essa história", afirmou Linda. "Ele conhecia a família.(...) Ele era realmente um bom policial e, quando Darlene morreu, exagerou um pouco tentando achar o assassino dela".

Os detetives haviam recebido um documento impresso em computador pela Agência Nacional de Segurança. Desse documento, constava um dos códigos do Zodíaco. Segundo alegavam os detetives, nesse criptograma havia palavras parecidas com o nome de Walker que eram repetidas várias vezes. O criptograma em questão, evidentemente, era a última linha da mensagem cifrada de 31 de julho de 1969.

"Fiquei encharcado pela chuva que tivemos pouco tempo atrás", o Zodíaco escrevera. A área onde ficava a casa de Walker sofrera uma enchente na época da carta do Zodíaco, e os detetives tiraram fotos para prová-lo. "Vasculhar os pinheiros", dizia um cartão do Zodíaco. Um dos detetives me explicou que Walker morava em um bosque de pinheiros de uma área isolada. "Não é possível ver a casa a não ser chegando perto o suficiente para espiar por entre as árvores que formam longas fileiras."

Eu olhei as fotos da casa de Walker tiradas pelos deteti-

1. Eu soube mais tarde que outros detetives não acreditavam que esse homem fosse Walker. Bobbie Ramos, amiga de Darlene, afirmou não crer que ele fosse Walker. Lynch me disse que também não acreditava que o homem fosse Walker. Finalmente, Pam, outra irmã de Darlene, manifestou dúvidas sobre essa possibilidade. (N. do A.)

ves e vi que a água cobrira a estrada, acumulando montes de lama perto do centro dela. A área inteira tinha, segundo verifiquei ao visitá-la, um ar de desolação, apesar dos pinheiros verdes.

Eles então começaram a mencionar uma longa lista de ligações entre Walker e os assassinatos e as cartas do Zodíaco. "Podemos ligá-lo ao Sierra Club." O Zodíaco mencionara o Sierra Club no mesmo cartão em que falava sobre vasculhar os pinheiros.

Os investigadores haviam trabalhado intensamente para descobrir uma conexão com o lago Berryessa. No mesmo dia em que Bryan Hartnell e Cecelia Shepard foram atacados no lago, um homem corpulento entrou no Armazém Moskowite Corners, em frente ao Posto Pearce's Chevron, perto do lago. Ele estava nervoso e perguntava freneticamente, a qualquer um que lhe desse atenção, sobre o caminho mais rápido para sair da região do lago.

Os detetives tinham localizado uma testemunha que almoçava no armazém naquele momento. Segundo essa testemunha, o homem agia de forma muito incomum. A testemunha tinha até mesmo seguido o homem até o lado de fora da loja e observou-o entrar em um automóvel branco, afastando-se então da área do lago. "Ele combinava com a descrição", disseram-me, "de um homem que estivera observando algumas moças tomando banho de sol perto de onde Hartnell e Shepard tinham sido esfaqueados. A polícia nunca encontrou o tal homem, e nem o carro que ele dirigia". Eu disse a eles me lembrar de que, segundo se acreditava, o homem visto no lago era mais jovem do que Walker.

"Trouxemos para nossa testemunha uma variedade de fotos", continuaram os detetives, "e na mosca! — essa pessoa identificou nosso homem. Era o homem que a testemunha vira no Moskowite Corners. Na terça-feira seguinte, nós levamos a testemunha a um encontro daquele grupo de forma que pudesse ver Walker pessoalmente. A testemunha não tinha certeza sobre Walker ser o mesmo homem. Essa pessoa sugeriu que Walker teria tingido o cabelo. Ela nos contou que a voz de Walker era quase igual à do homem que pedira informações no dia do assassinato em Berryessa. E isso aconteceu cerca de cinco anos depois da morte de Shepard".

"Infelizmente perdemos nossa testemunha dez dias depois de ela ter sido levada para ver Walker. Foi numa explosão. A morte da testemunha foi considerada acidental."

Todos concordávamos que Walker, com exceção da idade, encaixava-se na descrição geral do Zodíaco. Os detetives haviam visto um formulário de emprego preenchido por Walker e observaram que o suspeito, de 1942 a 1945, lecionara criptografia no serviço militar. "Ele lecionou criptografia por dois anos. Acabou virando professor na escola de criptografia em que estudou durante sete meses. Ele tinha de ser uma pessoa muito brilhante para conseguir isso."

Os detetives analisaram os registros de Walker no sistema público de saúde e descobriram que ele tinha, além da carteira em seu próprio nome, mais três outras com nomes diferentes.

Segundo me disseram, "todos os assassinatos e as cartas do Zodíaco foram realizados quando Walker não estava trabalhando. E não houve nem cartas nem assassinatos durante os períodos em que ele esteve empregado. Ele é ambidestro. Eu mesmo vi isso".

Os investigadores também enfatizaram que "Walker passava tempo considerável no Terry's Restaurant durante a época em que Darlene foi garçonete lá. Isso foi pouco antes de ela ser morta. O policial Steve Baldino confirmou isso. Sabemos, com base em informações do Departamento de Trânsito, que Walker tinha em 1968 um Biscayne branco ano 1961, com quatro portas. Como você sabe, o desenho desse carro é semelhante ao do Impala".

"Sabemos que ele é bastante hostil em relação a autoridades policiais." Eles então me contaram sobre o incidente com o policial rodoviário. "Sabemos que ele modificou sua aparência quando esteve no edifício de apartamentos de uma professora que recebia cartas com ameaças. Podemos ligá-lo a pelo menos dois dos assassinatos, ele conhecia Ferrin e pode ter comparecido a Berryessa."

"Walker é um sujeito de temperamento forte, sofre muitas dores de cabeça e sempre teve problemas para trabalhar com mulheres. Isso nos foi dito por seus ex-supervisores."

Walker finalmente admitiu ter passado "muitas horas no Terry's", o que não prova, é claro, que ele fosse o homem que incomodava Darlene. Os detetives então passaram a realizar uma série de estratagemas a fim de obter mais provas contra o suspeito, inclusive impressões da palma de suas mãos.

Os investigadores fizeram um conhecido ficar de tocaia perto do local de trabalho de Walker. Haviam engessado os dois braços do amigo dele e colocado um aquário pequeno e outro grande sobre o peitoril da frente de uma loja.

Quando Walker se aproximou da entrada do trabalho, o cúmplice dos detetives adiantou-se e disse: "Com licença, senhor. Poderia me ajudar com esses aquários? Meu carro está logo ali, descendo a rua".

Walker olhou o homem de cima a baixo. Então olhou para os aquários cheios de água. "Acho que sim", disse, pegando o aquário grande.

Walker não havia segurado o aquário mais do que alguns segundos quando o homem gritou: “Não, não. Quis dizer o pequeno”. O cúmplice dos policiais saltou para frente, colocou as extremidades do gesso em seus braços ao redor da superfície externa do aquário (de modo a não borrar as impressões) e saiu correndo, espirrando água para todos os lados e deixando, atrás de si, um Walker bastante perplexo.

Infelizmente, por causa da água, nenhuma parte de nenhuma impressão aderiu à superfície do vidro.

O próximo estratagema dos três detetives envolvia seguir Walker. Todo fim de semana à noite, eles esperavam em dois carros, em um bosque localizado perto do rancho de Walker. Uma sexta--feira, enquanto eles observavam, um dos carros de Walker, um Dodge 72, arrancou pela entrada da garagem ladeada de árvores, acendeu os faróis e disparou noite adentro, deixando para trás uma nuvem de poeira.

Imediatamente, os investigadores saíram em velocidade atrás do carro de cor bronze, sem ligar o farol dos seus veículos.

“Ele sabe que estamos aqui. Pé na tábua. Vá o mais rápido que puder.” Entretanto, Walker logo ganhou distância e deixou seus perseguidores para trás. Meia hora depois, os investigadores voltaram e viram o Dodge estacionado na entrada da garagem. Walker estava encostado no para-choque traseiro, fumando.

Na semana seguinte, a polícia fez com que o serviço público de saúde, usando algum pretexto, convocasse Walker, possibilitando, assim, que colhessem amostras da caligrafia dele. Quando voltou para casa, Walker contou à esposa sobre a visita e disse acreditar que eles estavam tentando “conseguir algum tipo de prova contra mim”. Ele então contou à esposa sobre o malfadado incidente da perseguição. Ela denunciou o caso às autoridades.

Na manhã seguinte, os detetives receberam uma ordem do juiz para "pararem de incomodar Andrew Walker" e para "encerrarem o caso contra ele".

Os dois investigadores acreditavam haver uma grande probabilidade de Walker ser o Zodíaco. Como sublinharam na conclusão de seu relatório, havia apenas duas boas razões para Walker, até esse ponto, ter sido descartado como suspeito pelas autoridades. A primeira, segundo me disseram, era que a caligrafia dele não combinava com a caligrafia das cartas do Zodíaco. Os detetives argumentavam que apenas um número insuficiente de amostras fora cotejado e que o processo deveria ser refeito. Em segundo lugar, as impressões digitais de Walker não batiam com a impressão digital em sangue encontrada do lado de fora do táxi de Paul Stine, em São Francisco.

A explicação apresentada em seguida pelos investigadores era algo artificial, mas, já que viam no Zodíaco um indivíduo altamente maluco e estranho, essa explicação faria algum sentido se forem levados em conta os métodos de planejamento do criminoso.

"Ele quis deixar impressões digitais", eles disseram. "Aquelas eram impressões digitais, mas não as dele. Não sei dizer como ele conseguiu fazer isso. Acreditamos que pode ter sido por meio do uso de impressões com imagem reversa ou com o uso de dedos cortados de alguma vítima cuja existência desconhecemos — ou coisa do tipo. Ele queria debochar da polícia. Ele tem um ódio especial pela polícia de São Francisco. Pense bem. No assassinato do taxista de São Francisco, ele elaborara um plano meticuloso. Realizou o assassinato, rasgou um pedaço da camisa de Stine para provar que era o assassino, limpou o veículo e colocou um carro de fuga a uma distância que poderia ser percorrida a pé. Não acredito que cometeria um erro, deixando digitais, a menos que tivesse planejado fazê-lo."

Havia um último toque bizarro. Os detetives descobriram nos postes e mastros encontrados ao redor da casa do suspeito e no portão dos fundos do rancho dele símbolos coloridos pintados à mão. Esses símbolos foram fotografados com uma câmera polaroide e enviados ao Departamento de Justiça:

"Anexas seguem cinco fotos de diversos símbolos fotografados em uma área rural. Favor determinar se as fotos contêm símbolos de bruxaria. Em caso afirmativo, favor determinar qual é o significado, na bruxaria, de cada símbolo."

Especialistas não conseguiram relacioná-los com nenhum símbolo conhecido de bruxaria.

Mostrei a foto de Walker aos três adolescentes que tinham testemunhado o assassinato de Stine. Eles o acharam velho demais para ser o assassino.

Eu agora acredito que Walker não é o assassino Zodíaco. Mas até o momento, quase seis anos depois dos assassinatos na estrada do lago Herman, ele continua a ser o melhor suspeito já apresentado.

14

Zodíaco

Quarta-feira, 10 de julho de 1974

Toschi fez alusão a duas novas cartas do Zodíaco:

"Ele não está enganando ninguém — não importa qual seja o seu jogo. Na minha cabeça, não há nenhuma dúvida sobre qualquer das cartas. Eu as levei para um perito, e em menos de cinco minutos, ele me garantiu que elas tinham de fato sido escritas pelo Zodíaco. Ele está tentando introduzir cartas e cartões no *Chronicle* sem ser percebido."

As novas mensagens tinham sido escritas à mão, como sempre, mas não havia erros de ortografia ou de pontuação nem afirmativas sobre a responsabilidade por novas vítimas.

A primeira era um cartão-postal que tinha sido postado no condado de Alameda no dia 8 de maio, mas que só tinha chegado ao jornal no dia 4 de junho.

> Senhores — gostaria de
> expressar minha consternação quanto
> ao seu mau gosto & falta de
> compaixão pelo público, como
> evidenciado pela divulgação
> de anúncios para o filme

"Terra de Ninguém" com a frase
"Em 1959 muita gente matava
o tempo. Kit & Holly
matavam gente." À
luz dos últimos eventos, esse
tipo de glorificação do homicídio
na melhor hipótese só pode
ser deplorável (não que a
glorificação da violência
jamais possa ser justificada).
Por que vocês não demonstram
alguma preocupação com as
suscetibilidades do público
& eliminam o anúncio?
(assinado) Um cidadão

A segunda carta fora postada no dia 8 de julho, uma segunda-feira, em uma caixa de correio de São Rafael. De todas as cartas, essa era uma das mais estranhas, uma mistura de letras impecáveis, escritas minuciosamente com hastes longas e rápidas e com linhas fluentes.

Editor —
Ponha Marco de volta
naquele buraco
de onde ele saiu — ele tem
um sério desvio psicológico —
precisa sempre parecer superior.
Sugiro que o encaminhem
para um psiquiatra.
Enquanto isso, cancelem a
coluna do conde Marco.
Como o conde pode escrever

anonimamente, eu também posso —
(assinado) o Fantasma Vermelho
(vermelho de raiva)

O colunista antifeminista conde Marco Spinelli, um ex--cabeleireiro, deixou o *Chronicle*, onde trabalhava havia 15 anos, por causa dessa ameaça e se mudou para o Havaí, para uma vida de paz e tranquilidade. Mas já retornou.

O único filme com um "Fantasma Vermelho" como personagem estava sendo então exibido em uma sala de projeção especializada em cinema mudo, uma sala com um teto em forma de domo decorado com um zodíaco gigantesco. O filme era *O Fantasma da Ópera*, de 1924, estrelado por Lon Chaney.

A polícia de São Francisco ainda não descobrira um suspeito principal para o caso.

Sábado, 24 de julho de 1976

Armstrong olhou para o corpo estendido na calçada da Van Ness e repentinamente todos os penosos anos que passou investigando homicídios ressurgiram para cobrar seu preço. Naquele momento, ele deixaria para sempre o departamento de homicídios. Armstrong foi transferido no dia seguinte para a divisão Bunco. Sherwood Morrill ficou sabendo que houvera algum tipo de atrito ou embate com Toschi, algo ainda não solucionado até hoje. Os dois se recusam a falar sobre o assunto. Mas, basicamente, parece que aquele homicídio fora a gota d'água para o sensível e inteligente Armstrong.

Em Vallejo, o sargento Lynch me disse: "Armstrong me pareceu simplesmente exausto. Ele nunca podia sentar e conversar como você e eu estamos fazendo. Você teria que acompanhá-lo indo a algum lugar ou subindo uma escada. O cara estava a ponto de explodir".

Terça-feira, 29 de julho de 1976

Herb Caen escreveu em sua coluna no *Chronicle*:

> Continuação: o inspetor da divisão de homicídios Dave (Trenchcoat) Toschi é o único policial de SF trabalhando agora no caso do Zodíaco. A última vez que ele teve notícias do assassino foi há alguns anos, quando o Zodíaco criticou O Exorcista descrevendo o filme como uma "comédia ruim" e concluindo o bilhete com o seu suposto placar de assassino: "EU 37, Departamento de Polícia de São Francisco 0". Talvez o personagem de A Profecia faça com que saia novamente de seu esconderijo.

Agora que Armstrong tinha se transferido, Toschi era o único detetive de São Francisco trabalhando em um dos mais intrincados casos da história criminal dos EUA.

"Esse é um grande desafio. Nunca passo um dia sem me lembrar do Zodíaco. Agora que sou o único trabalhando no caso", afirmou Toschi, "a coisa ficou mais pessoal. Tenho oito gavetas de aço para arquivo lotadas com material sobre o Zodíaco — incluindo os nomes de mais de 2 mil suspeitos em potencial. Não sei se vou conseguir solucionar o caso, mas garanto que vou continuar tentando. Sinto que ele está circulando por aí. Sinto que ele vai vir à tona."

A saúde de Toschi seria afetada pelo estresse de caminhar por um labirinto sem fim em busca do assassino patológico.

Ao longo do caminho, conquistaria a fama e a admiração de uma grande cidade e conquistaria um grande número de poderosos e ciumentos inimigos.

Terça-feira, 31 de maio de 1977

No dia 3 de março, o FBI requisitou cópias de todas as cartas do Zodíaco. Mesmo em 1977, o FBI continuava fuçando no caso do Zodíaco.

O mais importante especialista em psicolinguística do país, doutor Murray S. Miron, ao trabalhar com 19 das cartas do assassino, chegou a estas conclusões sobre o Zodíaco, segundo revela um relatório secreto do Instituto de Pesquisa Syracuse: o Zodíaco "envolveu-se, de alguma forma, com nosso treinamento em criptografia elementar" e "é um jovem caucasiano, solteiro e de cerca de 20 e poucos anos. Ele não passou do colegial, lê pouco, é solitário e retraído. Diferentemente da lógica de seus hábitos, é quieto e aparentemente comum". Miron chegou à conclusão de que o assassino tinha boa acuidade visual e de que era um "analfabeto em potencial", alguém que prefere "a passividade das fotos, TV e filmes" e que não tem nem mesmo uma coleção de "livros de bolso baratos". O Zodíaco, na opinião de Miron, "deveria ter passado uma boa parte de seu tempo em cinemas que exibem filmes sobre sadomasoquismo e erotismo do oculto" e seria um "psicótico limítrofe".(...) Seus comunicados revelam sinais característicos de pensamento mágico e de infantilismo narcisista típico de um esquizofrênico.

"O Zodíaco se encaixa muito bem no padrão que poderia ser chamado de esquizofrenia pseudorreativa. (...) Tais indivíduos adotam comportamentos bizarros como uma forma de encobrir sua psicose subjacente e mais oculta. Pode-se prever que eles apresentarão alterações bruscas de humor, passando de um estado de intensa euforia para um de profunda depressão."

"Ele vive a vida secreta de um homem recluso e apresenta-se ao mundo com uma máscara de contenção, amabilidade e mediania."

Miron achou que a carta de dezembro de 1969, endereçada a Belli, continha indícios da depressão que "frequentemente toma conta dele. (...) Não é totalmente improvável que em uma dessas depressões virulentas tais indivíduos cometam suicídio". Em virtude da preocupação do Zodíaco em controlar as situações, Miron acreditava que ele se afastaria dos "efeitos desinibidores do álcool" e evitaria "contatos sexuais normais com mulheres".

O "moralismo" manifestado na carta de 1974 não continha "nenhuma ameaça explícita", nenhuma "gabarolice" e "não usa nenhum dos seus simbolismos identificadores. O moralismo expressado naquele comunicado é consistente com a motivação que precede o suicídio. Há uma interpretação alternativa para essa progressiva mudança no comportamento do Zodíaco. É possível que o suicídio a que ele faz referência seja a morte simbólica do Zodíaco. (...) A personalidade sociopata acaba por 'ficar sem combustível' (...) quando envelhece".

Sexta-feira, 10 de junho de 1977

Por volta das 10 horas, um investigador do governo federal conversava com uma moça chamada Karen, na casa dela, em Vallejo. Ela tinha cuidado da filha de Darlene Ferrin em fevereiro de 1969 e fora a primeira a ver o homem no carro branco estacionado do lado de fora da casa de Darlene na rua Wallace. Amigos tinham conseguido convencê-la a ir à polícia fornecer essas informações.

O investigador e Karen conversaram enquanto tomavam café na sala. Em dado momento, o investigador agarrou seu gravador, colocou-o sobre a mesa de vidro e pegou o lápis e o bloco amarelo de anotações. Embora a conversa tenha sido gravada, o investigador anotou no bloco cada palavra dita por Karen.

Ela narrou minuciosamente os eventos do dia 26 de fevereiro de 1969.

Um carro sedã de fabricação norte-americana estava estacionado do lado de fora da casa desde as 10 horas. Um homem ficara observando a casa. Por volta da meia-noite, ele acendeu um fósforo e ela foi capaz de ver o rosto dele. Mas apenas por um instante.

"Ele era forte e tinha uma cara bem redonda", disse ao investigador. "Tinha cabelo marrom-escuro ondulado. Acredito que fosse alguém de meia-idade."

Karen afirmou que no dia seguinte comentou sobre o homem com Darlene. "Ela pareceu saber quem ele era. Darlene me disse: 'Acho que ele está me vigiando novamente. Soube que ele estava fora do Estado e que agora voltou'. Darlene me contou que tinha visto o homem matar alguém".

"Darlene citou o nome do homem, mas tudo que sei é que esse primeiro nome era bem curto, tinha três ou quatro letras, e que o segundo nome era apenas um pouco maior."

"O nome era muito comum. Tenho uma memória muito boa para nomes. É... é...."

É agora!, pensou o investigador. "Demore o tempo que for preciso, Karen", disse. "Temos todo o tempo do mundo."

O investigador esperou. Reforçou algumas das letras do que tinha escrito no bloco, mudou de posição na cadeira, olhou o relógio sobre o aparador.

Karen acabou encolhendo os ombros. "Lamento muito. Não consigo lembrar."

"Pensei em uma coisa", disse o investigador. "Me deixe usar seu telefone por um instante." O investigador entrou em contato com o tenente James Husted, da polícia de Vallejo, para saber se seria possível marcar uma sessão de hipnotismo com Karen.

A sessão a ajudaria a lembrar-se de tudo o que ocorrera naquela noite de 1969. Husted disse que acataria o pedido e que marcaria a sessão para logo.

O investigador obteve permissão de Karen para realizar a sessão e voltou dirigindo devagar para São Francisco.

Quarta-feira, 15 de junho de 1977

O tenente Husted entrou em contato com o tenente Larry Haynes, da polícia de Concord, na Califórnia, e Husted aceitou ajudar Karen. Haynes fora treinado pelo Instituto Hipnótico das Forças Policiais, de Los Angeles. Segundo o policial, o número de anos transcorridos desde o assassinato não faria diferença.

Quinta-feira, 16 de junho de 1977

Karen encontrou-se com Husted na delegacia de Vallejo, e às 13 horas eles se reuniram com Haynes para realizar a sessão de hipnotismo em Concord. A sessão foi gravada em áudio e em vídeo.

"O tenente Haynes, depois de induzir um transe hipnótico", dizia o relatório de Husted, "explorou certas áreas de interesse, especialmente a discussão que Karen havia tido com Darlene Ferrin... em relação a uma pessoa que Darlene tinha visto matar alguém. A partir dessa pergunta específica, Karen foi capaz de se lembrar de uma descrição geral do homem dentro do veículo (...)."

"Ela não se lembrou do nome do indivíduo, embora ela se lembre claramente da conversa com Darlene", continuava o relatório. "Ela acrescentou que um telefone estava tocando. Pressupõe-se que esse telefone esteja funcionando como um contrapeso em seu subconsciente. É possível que ela esteja, subconscientemente, suprimindo a informação em virtude do temor de ter de testemunhar diante de uma corte a respeito desse caso."

O investigador acalentava suas próprias opiniões a respeito disso. Husted era um bom detetive, mas um homem brusco, e o investigador ficou convencido de que Karen não conseguiu lembrar-se do nome do homem porque ficou ansiosa na presença de Husted.

"Karen também recebeu ordens para se lembrar do rosto do homem que ela viu no transe a fim de, com um desenhista da polícia, ajudar na elaboração de um retrato falado", concluiu o relatório.

Isso nunca foi feito.

Como chefe da seção de análise de documentos do CI&I em Sacramento, Sherwood Morrill participou do caso do Zodíaco desde o início e continuou a fazer isso mesmo depois de sua aposentadoria. Morrill era o mais reputado perito em grafologia da Califórnia, cuidando de até cem casos por mês; era sua tarefa confirmar a autoria ou rejeitar cada carta supostamente enviada pelo Zodíaco ao longo dos anos. O perito aguardava ansiosamente pelo dia em que encontraria uma caligrafia igual à do Zodíaco. Encontrei-me várias vezes com Morrill, um homem alto, de aspecto distinto, e um esforçado pesquisador de ciências e psicologia, no escritório dele ao sul de Sacramento. Acabamos nos tornando amigos. Depois de passar 39 anos sendo o mais competente perito em grafologia do Estado, ele se aposentou, em dezembro de 1972. Tinha testemunhado mais de 2.500 vezes nos tribunais. E participou de casos como os de Juan Corona, de Angela Davis e dos "Seis de São Quentin". Mas, na opinião dele, todos perdiam importância ao lado do Zodíaco.

"Você acha", perguntei a Morrill, "que as letras 'd' cursivas e os 'r' ticados são a verdadeira caligrafia do Zodíaco?"

"Acho que sim. São bem consistentes."

"E aquele 'k' incomum?"

"De início pensamos que fosse um traço consistente, mas ele acabou afastando-se dele. Ele o fazia em três movimentos separados, em vez de dois, conforme é mais comum", disse Morrill.

"Segundo fiquei sabendo, você disse que, se estivesse perto do Zodíaco em um banco quando ele estivesse preenchendo um formulário de depósito, você poderia reconhecê-lo."

"Eu realmente acredito nisso. Se ele escrevesse bastante no formulário de depósito, acho que o reconheceria imediatamente."

"Soube que o papel das cartas era no tamanho 19 centímetros por 25,4 centímetros", afirmei.

"Sim, 19 por 25,4", falou, pensativo. "É um tamanho incomum. Não faz sentido. O padrão é 21,5 centímetros."

Decidi investigar isso.

As cartas do Zodíaco em Riverside tinham sido escritas em papel de teletipo. Estaria o Zodíaco desenrolando os rolos, como papel-toalha, e depois recortando no tamanho pretendido? No final dos anos 1960, rolos de papel de teletipo eram usados por jornais para receberem material pré-editado vindo de agências de notícia. Esse papel não é mais produzido. Lembro-me de que eram bem estreitos. Mas, ligando para a UPI[1] e para a AP,[2] descobri que não eram estreitos o suficiente para servir como papel de carta para o Zodíaco. A menos que ele tivesse diminuído a largura do papel. O eventual uso do papel de teletipo apontaria mais uma vez para alguém ligado a algum jornal.

Fiquei imaginando a possibilidade de o Zodíaco trabalhar como impressor, utilizando sobras de papel com tamanhos incomuns. Liguei para várias papelarias e me disseram que as cartas tinham sido escritas em um tipo de papel chamado de "tamanho Monarch"; se eu quisesse algum, teria que encomendar um mínimo de 500 folhas que seriam cortadas a partir de uma resma de papel de tamanho normal.

As margens das cartas do Zodíaco eram uniformes, limpas, retas e tinham sido cortadas por uma guilhotina de uma loja ou de uma fábrica, e não à mão. Mas cada uma das folhas de papel tinha um tamanho ligeiramente diferente, variando

1. UPI – United Press International, agência norte-americana de notícias. (N. do T.)
2. AP – The Associated Press, agência norte-americana de notícias. (N. do T.)

em até 3 milímetros na largura ou no comprimento. Nenhuma fábrica produziria papéis com um corte tão irregular, de modo que as folhas deveriam ter sido feitas sob encomenda. Os tamanhos diferentes significavam que o Zodíaco fizera vários pedidos de 500 folhas cada um e que tinha usado folhas de cada um dos pedidos.

Em algum lugar, deveria haver um impressor que se lembraria do homem que comprou tantos papéis em tamanho Monarch.

Segunda-feira, 30 de janeiro de 1978

"Acho que ele está vivo", disse David Toschi ao *San Francisco Examiner*, em uma matéria de primeira página que recapitulava o caso do Zodíaco. "É quase um sentimento instintivo. Mas, se ele tivesse morrido em um acidente ou cometido suicídio, ou se tivesse sido assassinado, acho que alguém teria entrado nesta sala para falar isso. E acho que ele deixaria alguma coisa para nós descobrirmos."

"Ele tinha prazer ao falar conosco sobre seus crimes", afirmou o detetive. "Meu palpite é de que ele parou de matar. A egolatria era o que o fazia matar e escrever as cartas, sabendo que a mídia iria divulgá-las e publicá-las. Acho que ele está em um período de remissão e que alguns dos sintomas dele refluíram. Talvez, nesse período, ele não tenha tido nenhum desejo de matar."

Terça-feira, 28 de março de 1978

Durante todo o mês de março, houve uma movimentação estranha, atividades bizarras que, segundo se acreditou, seriam resultado de trotes.

Toschi olhou um Boletim de Ocorrência da delegacia de São Francisco, número 64.070. Ocorrência suspeita:

HORA DA OCORRÊNCIA: ENTRE SEG 13/03/78 07H00 E TER 14/03/78 00H30
DISTRITO DA OCORRÊNCIA: TARAVAL UNIDADE RESPONSÁVEL: 311
ÁREA RESPONSÁVEL: 442
TIPO DO LOCAL: CASA-UM MORADOR
SUSPEITO-1 DESCONHECIDO
ARTIGO-1 (OBJETO PARA IDENTIFICAÇÃO): BILHETE
NÚMERO:1: CATEGORIA:30

NARRATIVA
DECLARANTE— ELA AFIRMOU QUE, AO CHEGAR EM CASA DO TRABALHO DE BABÁ, DESCOBRIU O BILHETE ACIMA PRESO NO PORTÃO DA FRENTE COM UMA FLOR. O BILHETE DIZIA "VOCÊ É A SEGUINTE" (OS ASSASSINOS DO ZODÍACO).
POLICIAIS DECLARANTES: KAWAGUCHI/TODD/L/TL/1099

Toschi ligou para a mulher e assegurou que o bilhete não era do Zodíaco, pois a caligrafia constante não combinava com a do assassino. Ele a aconselhou a pensar na possibilidade de algum colega de trabalho ou de algum vizinho ser o responsável por essa peça cruel, a falar com o senhorio sobre o incidente e, se o incidente se repetisse, a entrar em contato com ele, Toschi, na Secretaria de Segurança Pública.

Toschi examinou outra ocorrência suspeita do distrito de Mission.

HORA DA OCORRÊNCIA: SEG 13/03/78 23H00
NARRATIVA

DECALARANTE — AFIRMOU QUE, APÓS LIGAR A ECRETÁRIA ELETRÔNICA ESTA MANHÃ, OUVIU A SEGUINTE MENSAGEM: "AQUI É O ZODÍACO. DIGA À IMPRENSA QUE ESTOU DE VOLTA A SÃO FRANCISCO". O DECLARANTE AFIRMOU QUE NÃO SABE POR QUE ELE RECEBEU O TELEFONEMA. DEPOIS DECLAROU QUE TEM RECEBIDO MUITAS VEZES TELEFONEMAS SUSPEITOS. ACREDITA QUE AS LIGAÇÕES SÃO FEITAS POR ADOLESCENTES.

Denúncias do tipo continuaram a aparecer mesmo em abril.

HORA DA OCORRÊNCIA: SEX 05/05/78 07H00
LOCAL DA OCORRÊNCIA: RUA MONTGOMERY NÚMERO 600
NARRATIVA
POLICIAIS KELLY E SIMPSON ENVIADOS AO TRANSAMERICA BUILDING POR CAUSA DE UMA AMEAÇA DE BOMBA. FOMOS INFORMADOS DE QUE O TELEFONISTA DA DELEGACIA DE SÃO MATEO TINHA RECEBIDO UMA LIGAÇÃO, APROXIMADAMENTE ÀS 17H00, DE UM HOMEM DECLARANDO SER "O ZODÍACO". QUEM TELEFONOU DISSE QUE HAVIA UMA BOMBA NO TRANSAMERICA BUILDING E QUE ELA IA EXPLODIR.

CHEFE DA SEGURANÇA INFORMOU QUE ELE JÁ FORA AVISADO DA AMEAÇA ANTERIORMENTE. O EDIFÍCIO FOI VASCULHADO E DECLARADO SEGURO ÀS 17H30. CONTÍNUA OBSERVAÇÃO DE TODAS AS ÁREAS PÚBLICAS DESDE AQUELA HORA NÃO REVELOU NENHUM OBJETO SUSPEITO.
CÓPIA ENCAMINHADA AO ESCRITÓRIO DO CHEFE E À FORÇA-TAREFA.

Toschi fez um círculo em um anúncio sobre uma apresentação da ópera *The Mikado* que aconteceria no dia 30 de maio e o enviou para mim. "Fico imaginando se este anúncio iria ser notado pelo Zodíaco, pois *The Mikado* não é apresentado em São Francisco há quase dez anos", escreveu o detetive. "Teremos que observar nossa correspondência nessa época!" A apresentação da peça de Gilbert & Sullivan seria no Teatro Curran, na rua Geary número 445 — a poucos metros de onde o Zodíaco acenou para o táxi de Paul Stine naquela noite nebulosa não muito tempo atrás.

Fui a todas as quatro apresentações de *The Mikado*, que vinha sendo encenada junto com duas outras obras de Gilbert & Sullivan. Como o elenco era britânico, e nunca tinham se apresentado em São Francisco antes, compareci ao local com o objetivo principal de observar a plateia, à procura de algum dos suspeitos. Não vi nenhum.

Fiquei imaginando se o retorno do Grande Carrasco do Senhor não provocaria algum tipo de resposta do Zodíaco.

Terça-feira, 25 de abril de 1978

"Procure o sargento Ralph Wilson", disse o capitão Vince Murphy. "Ele vai ajudá-lo." Eu estava no escritório do delegado, perto da prisão em Fairfield, Califórnia. Murphy estava marcando um encontro para eu ir ver o local exato onde Faraday e Jensen tinham sido assassinados.

O sargento Wilson levou-me para dentro de seu escritório.

Ele tinha trabalhado 13 anos no departamento de polícia e, há quatro, tinha sido transferido para a delegacia de Vallejo. Era um homem robusto, de aspecto meio rude, que me fazia lembrar bastante do ator Ben Johnson. Wilson irradiava um tipo de autoridade amigável. Ele me acompanhou até sua radiopatrulha.

Descemos a apertada estrada do lago Herman, de pista simples, e passamos por moirões negros da cerca de arame farpado. Em cada curva da estrada, havia gado pastando e árvores e arbustos projetando sombras arredondadas no cascalho. À noite, a área ficaria totalmente às escuras. Paramos em uma clareira coberta de pedriscos diante de uma cerca de metal entrelaçado e que nos separava da colina ondulante na qual se viam duas torres de alta-tensão com três níveis e uma estrutura de observação que, a distância, não parecia muito grande.

O sargento Wilson reconstituiu para mim, com exatidão, o que ocorrera quase dez anos atrás quando David e Betty Lou estacionaram nessa área escura e isolada, bem no local onde o sargento Wilson tinha parado seu carro agora. Ao lado do veículo da polícia, percebia-se um amplo espaço onde o Zodíaco, perto da perua de Jensen, tinha estacionado o seu carro. Wilson me mostrou o ponto exato onde o corpo de David Faraday caíra, saindo da porta dianteira direita do Rambler.

Com minha câmera, tirei dez fotos da cena do crime. O Sol parecia estar forte e soprava uma leve brisa. Às 14 horas, a área não parecia, de forma nenhuma, ameaçadora. Mais tarde, quando revelei as fotos, a cena surgiu penumbrosa, com nuvens escuras formando-se a distância e longas sombras negras no chão.

Wilson me levou até o estacionamento do Blue Rock Springs e me mostrou onde Ferrin e Mageau tinham sido atacados, no dia 4 de julho de 1969. Depois me levou de volta até seu escritório. Agradeci ao sargento e retornei a São Francisco.

Horas depois, naquela noite, quando me preparava para jantar e fazia algumas anotações, fiquei surpreso ao ouvir um entusiasmado apresentador do Canal 2 falar sobre o Zodíaco.

"Boa noite! Após quatro anos de silêncio autoimposto, o sorrateiro assassino jactancioso conhecido como Zodíaco escreveu hoje uma carta ao *São Franciso Chronicle*."

Entrei em meu carro e percorri o trajeto de dez minutos até o *Chronicle*. A foto da carta estava sendo tratada na editoria de arte a fim de ser usada para ilustrar uma matéria.

A manchete dizia: "Zodíaco quebra silêncio — 'Estou de volta".

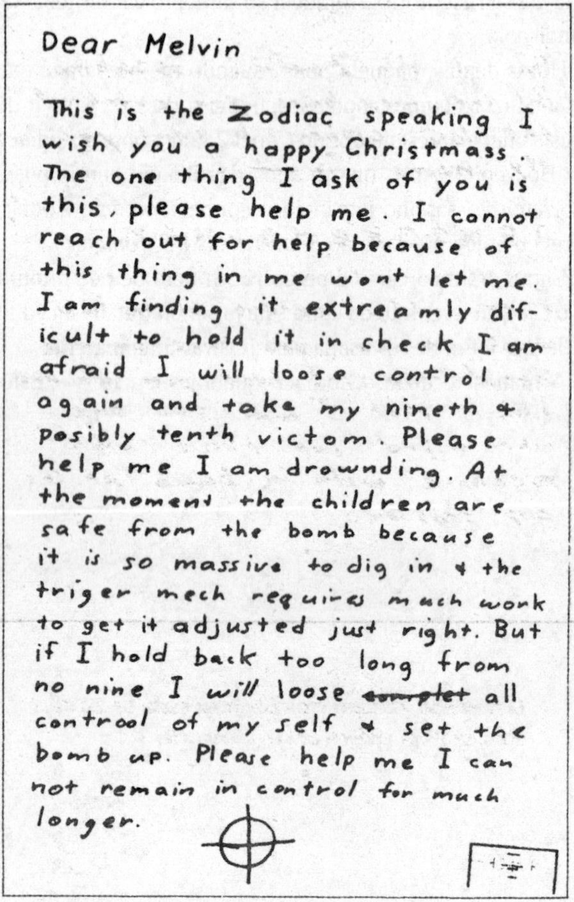

Dear Melvin

This is the Zodiac speaking I wish you a happy Christmass. The one thing I ask of you is this, please help me. I cannot reach out for help because of this thing in me wont let me. I am finding it extreamly dificult to hold it in check I am afraid I will loose control again and take my nineth & posibly tenth victom. Please help me I am drownding. At the moment the children are safe from the bomb because it is so massive to dig in & the triger mech requires much work to get it adjusted just right. But if I hold back too long from no nine I will loose ~~complet~~ all controol of my self & set the bomb up. Please help me I can not remain in control for much longer.

Carta de 20 de dezembro de 1969, endereçada pelo assassino ao advogado Melvin Belli. Esta carta continha outro pedaço da camisa de Stine.

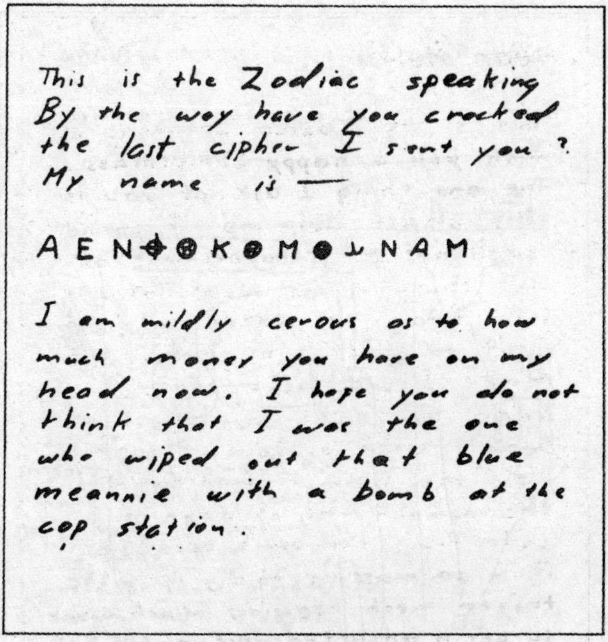

This is the Zodiac speaking
By the way have you cracked
the last cipher I sent you ?
My name is —

AEN⊕⊗K●M●⊥NAM

I am mildly cerous as to how
much money you have on my
head now. I hope you do not
think that I was the one
who wiped out that blue
meannie with a bomb at the
cop station.

O nome do Zodíaco em código na carta de 20 de abril de 1970, endereçada ao *Chronicle*.

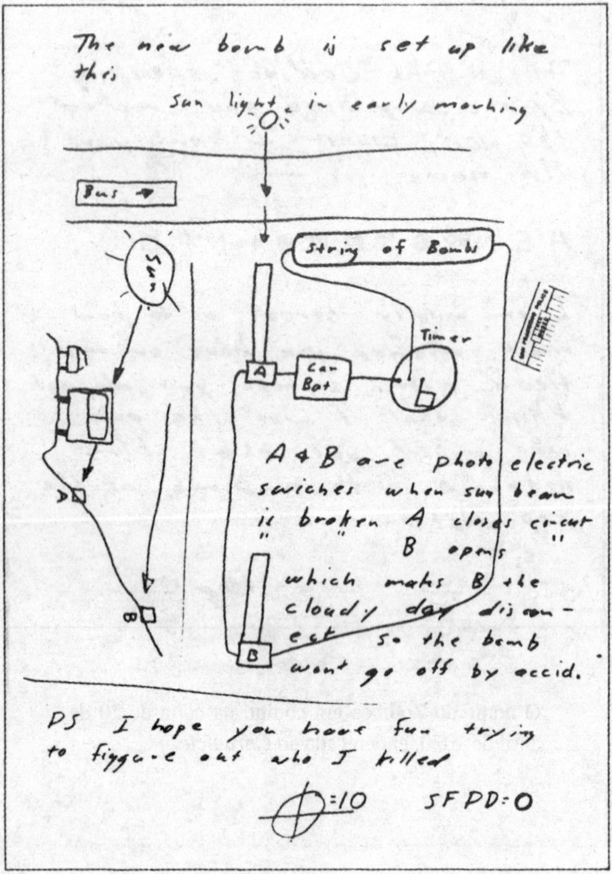

Outro esquema de uma bomba anexado à carta de 20 de abril. Este esquema nunca tinha sido reproduzido anteriormente.

Cartão de felicitações de 28 de abril de 1970, com o "dragão", endereçado ao *Chronicle*.

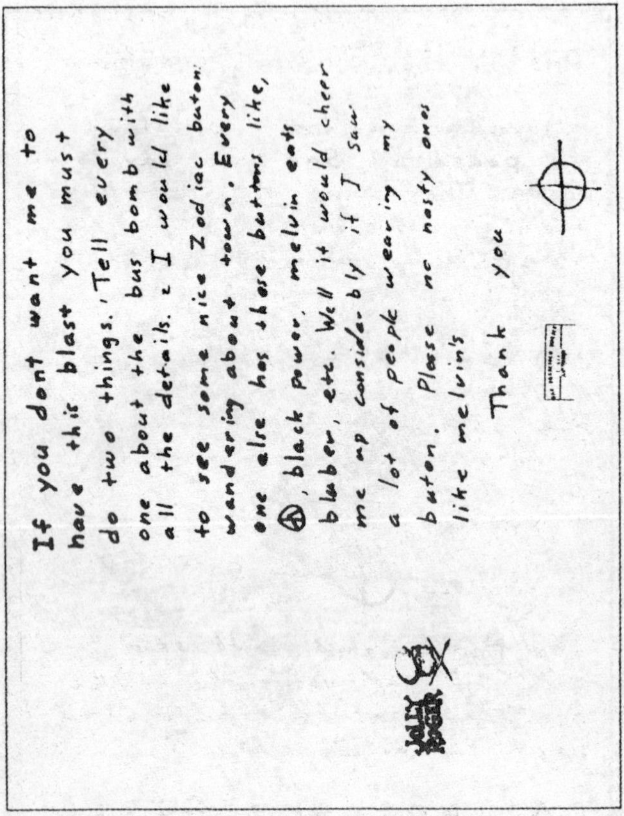

If you dont want me to have this blast you must do two things. ' Tell every one about the bus bomb with all the details. 2 I would like to see some nice Zodiac buton: wandering about town. Every one else has these buttons like, ☮, black power, melvin eats bluber, etc. Well it would cheer me up considerably if I saw a lot of people wearing my buton. Please no nasty ones like melvin's

Thank you

Carta no verso do cartão de felicitações.

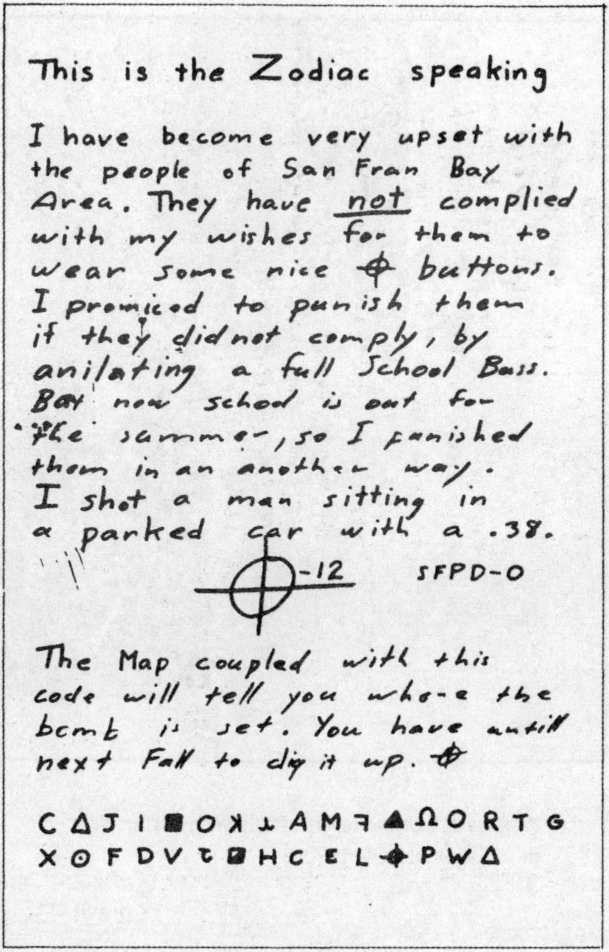

This is the Zodiac speaking

I have become very upset with the people of San Fran Bay Area. They have not complied with my wishes for them to wear some nice ⊕ buttons. I promiced to punish them if they didnot comply, by anilating a full School Buss. Bat now school is out for the summer, so I punished them in an another way. I shot a man sitting in a parked car with a .38.

⊕-12 SFPD-0

The Map coupled with this code will tell you where the bomb is set. You have untill next Fall to dig it up. ⊕

C Δ J I ■ O K ⊥ A M ⌐ ▲ Ω O R T G
X ⊙ F D V ȶ ■ H C E L ◆ P W Δ

Carta do Zodíaco de 26 de junho de 1970, endereçada ao *Chronicle*. Incluía o mapa do monte Diablo.

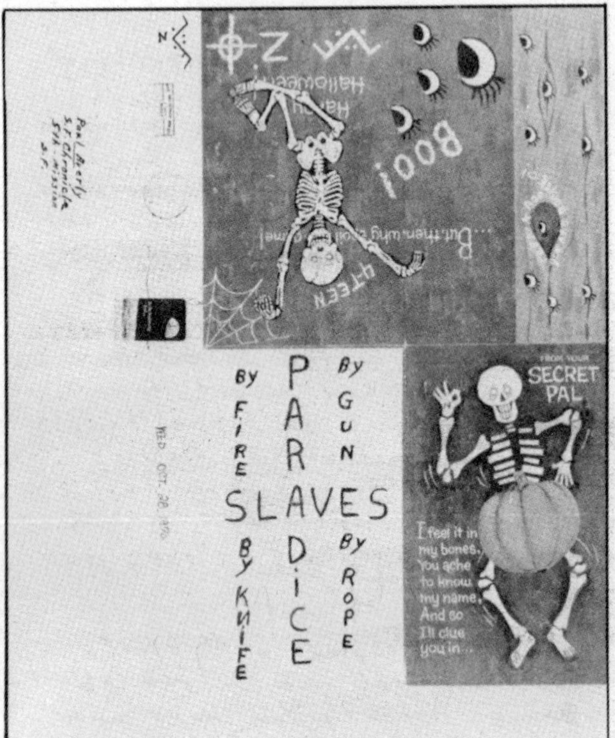

Ameaça de morte ao repórter Paul Avery, do *Chronicle*, de 27 de outubro de 1970.

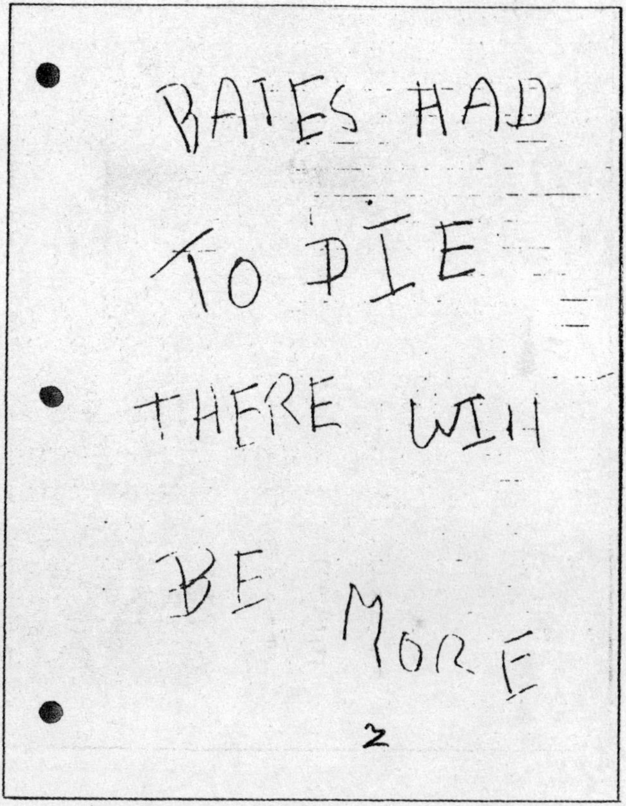
BATES HAD

TO DIE

THERE WILL

BE MORE

2

Bilhete de 30 de abril de 1967, a lápis, para Joseph Bates, pai da vítima Cheri Jo Bates, em Riverside, Califórnia. Este bilhete nunca tinha sido reproduzido anteriormente.

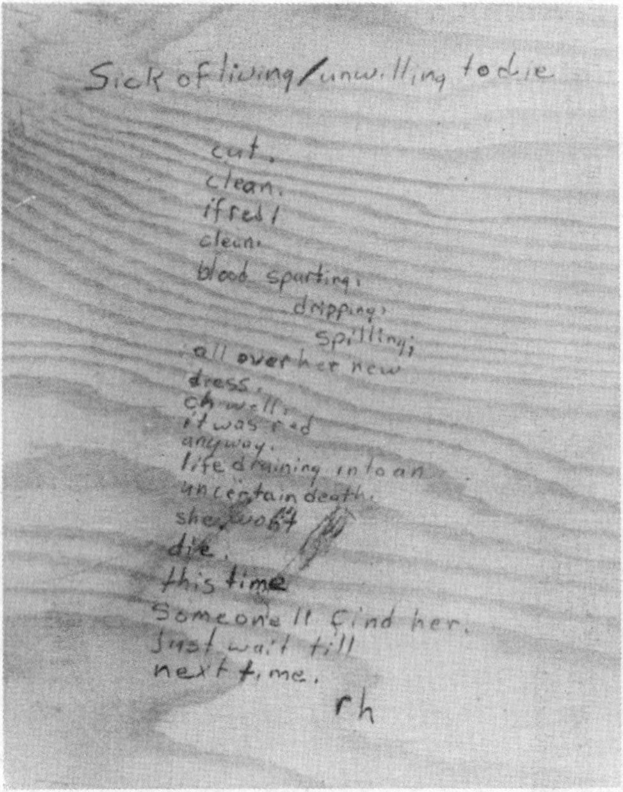

Poema escrito com caneta esferográfica no tampo de uma escrivaninha da biblioteca da Faculdade Riverside City e descoberto pouco depois que Joseph Bates recebeu o bilhete do Zodíaco.

Envelopes enviados no dia 30 de abril de 1967 a Joseph Bates e à delegacia de polícia de Riverside. Observar o excesso de selos.

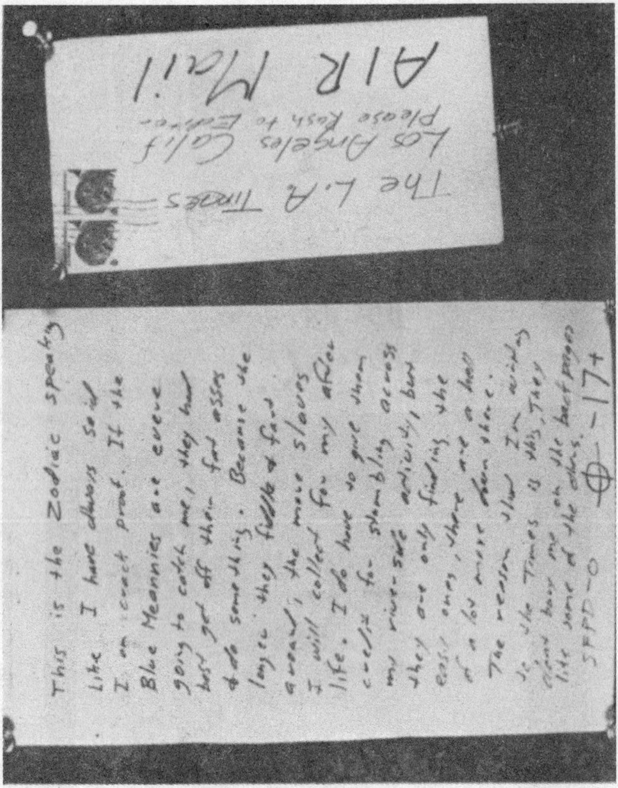

Carta do Zodíaco endereçada ao *Los Angeles Times*, de Pleasanton, Estado da Califórnia, no dia 13 de março de 1971.

O cartão-postal de 22 de março de 1971, endereçado a Paul Avery, que ligou o Zodíaco ao desaparecimento da enfermeira Donna Lass, no lago Tahoe.

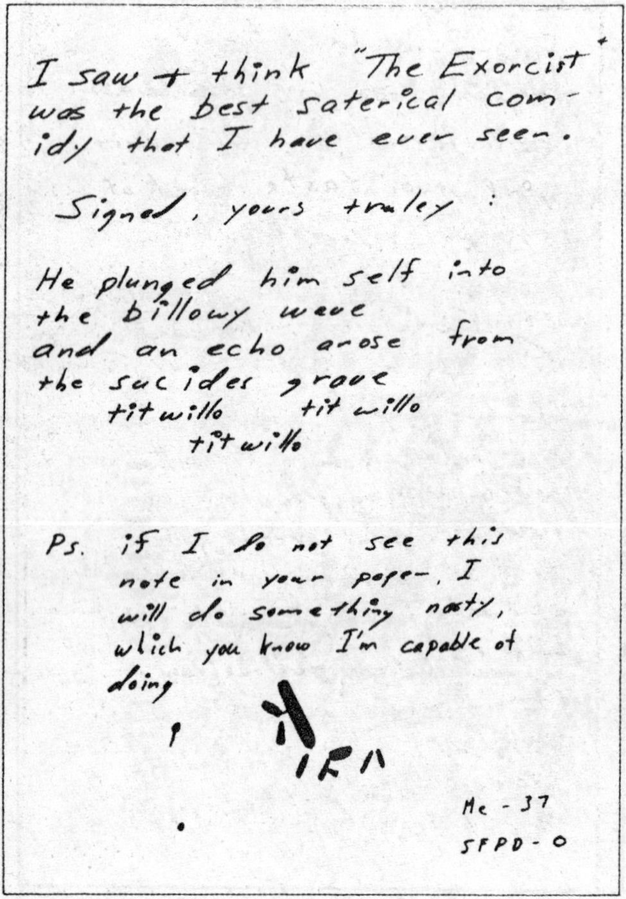

I saw + think "The Exorcist" was the best saterical comidy that I have ever seen.

Signed, yours truley :

He plunged him self into
the billowy wave
and an echo arose from
the sucides grave
tit willo tit willo
tit willo

Ps. if I do not see this note in your paper, I will do something nasty, which you know I'm capable of doing

Me - 37
SFPD - 0

A carta de 29 de janeiro de 1974 ao *Chronicle*, falando do *Exorcista*.

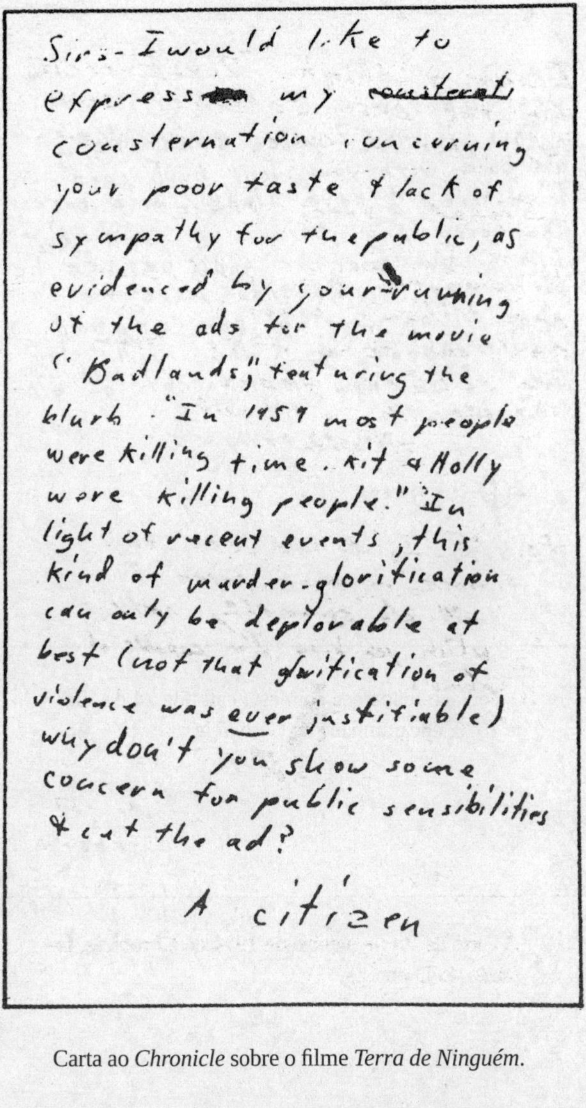

Sirs- I would like to expressmy ~~consternat~~ consternation concerning your poor taste & lack of sympathy for the public, as evidenced by your running of the ads for the movie "Badlands," featuring the blurb: "In 1957 most people were killing time. Kit & Holly were killing people." In light of recent events, this kind of murder-glorification can only be deplorable at best (not that glorification of violence was <u>ever</u> justifiable) why don't you show some concern for public sensibilities & cut the ad?

A citizen

Carta ao *Chronicle* sobre o filme *Terra de Ninguém*.

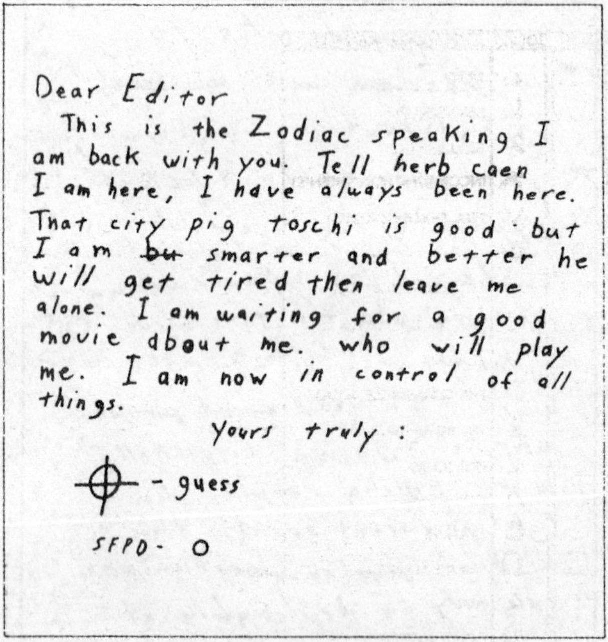

Dear Editor

This is the Zodiac speaking I am back with you. Tell herb caen I am here, I have always been here. That city pig toschi is good · but I am ~~bu~~ smarter and better he will get tired then leave me alone. I am waiting for a good movie about me. who will play me. I am now in control of all things.

Yours truly :

– guess

SFPD – 0

O Zodíaco reaparece com esta carta de 24 de abril de 1978, encaminhada ao *Chronicle*.

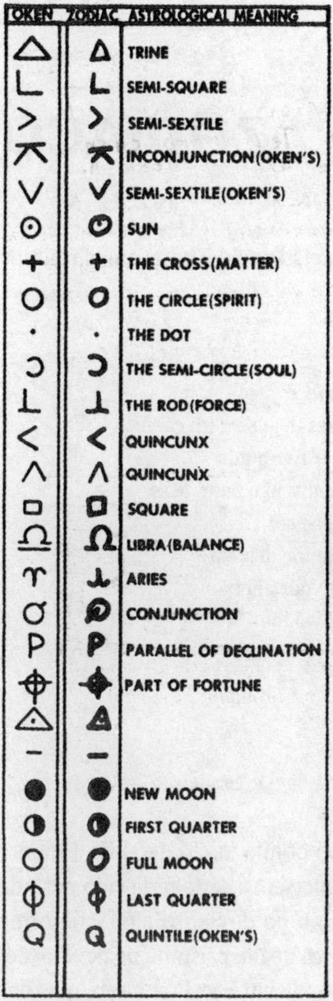

Comparação entre o livro de horóscopo (de Alan Oken) e os símbolos em código do Zodíaco. [*Gráfico de R. Graysmith.*]

15

ZODÍACO

Observei a primeira carta enviada pelo Zodíaco nos últimos quatro anos.

> Caro Editor
> Aqui quem fala é o Zodíaco
> Estou de volta com vocês. Diga a herb caen
> que estou aqui, sempre estive aqui.
> Aquele porco da cidade toschi é bom. Mas
> sou mais esperto e melhor ele
> vai ficar cansado e então me deixará
> em paz. estou esperando por um bom
> filme sobre mim. quem vai me
> representar. agora estou no controle
> de todas as coisas.
> cordialmente:
>  — adivinhe
> Departamento de Polícia de São Francisco — 0

A nova carta fora postada no domingo, 24 de abril. Embora com um carimbo de São Francisco, a carta teria sido postada no condado de Santa Clara ou no de San Mateo, conforme indicavam os dados constantes de um carimbo de devolução. Ela teria sido apenas processada em São Francisco, mas enviada de outro lugar.

Essa era a 21a carta mandada pelo assassino desde 1969. Levando-se em conta o tampo da escrivaninha, a porta do carro e as cartas de Riverside, o criminoso enviara à polícia 27 comunicados por escrito.

Como de costume, havia selos demais na carta, o que indicava uma tentativa subconsciente do assassino para apressar o recebimento da mensagem. Ela chegou ao *Chronicle* por volta das 14h15, na mesma hora em que eu estava na estrada do lago Herman com o sargento Wilson.

Brant Parker, um copidesque que acabara de voltar a trabalhar no jornal, reconheceu a caligrafia. Ele entregou a carta a Mike Duncan, seu chefe, e lhe disse que se tratava de uma nova carta do Zodíaco, a primeira em 51 meses. Duncan abriu a carta e gritou o nome de Duffy Jennings, que ficava a umas poucas mesas de distância. Jennings assumira o caso após Avery sair do *Chronicle*.

Sem perder tempo, Jennings providenciou para que a carta e o envelope fossem fotografados. Ele adquirira o hábito de guardar todas as possíveis cartas do Zodíaco que fossem chegando ao jornal para depois fazer um pacote com elas e encaminhar tudo para Toschi, na seção de homicídios. Mas Jennings tinha certeza de que essa carta era autêntica. Então, depois de tentar sem sucesso falar com Toschi ao telefone, pegou um ônibus para percorrer a pequena distância que o separava da Secretaria de Segurança Pública.

Toschi, ao lado de seu parceiro, Frank Falzon, tentava entregar mandados de intimação para três ciclistas que haviam testemunhado um homicídio duplo ocorrido na frente do restaurante Jack in The Box localizado na esquina das ruas Seventh e Market. Nesse momento, ouviu seu código no rádio e a mensagem pedindo que ligasse para o seu escritório.

Havia uma cabine telefônica da polícia na esquina da rua Valencia com a rua Twenty-Second, e Toschi falou com a secretária do escritório; Jennings estava lá aguardando para falar com ele.

"Esta é verdadeira, Dave!", falou Jennings. "Você vai ficar doido quando a vir."

"Ver o quê, Duffy?", perguntou Toschi.

"Você vai ter de vir até aqui. Tenho que voltar para o jornal. Vou escrever uma matéria a respeito. É muito importante."

Bastou a voz agitada do repórter para Toschi formar uma boa ideia sobre o que o esperava. O detetive regressou rapidamente para seu escritório.

"O subdelegado DeAmicis está esperando na sala dele", afirmou a secretária de Toschi. O relógio marcava 15 horas.

Sobre a escrivaninha do subdelegado, o detetive viu o conhecido envelope plástico usado para guardar provas e a carta escrita em azul lá dentro.

"Quero que você veja isto", disse DeAmicis. "O que você acha?"

Toschi estava tão agitado, que conseguia apenas distinguir uma ou outra palavra. O detetive vinha encontrando dificuldades para olhar a mensagem como um todo.

"Isto parece muito bom", disse Toschi.

DeAmicis não estava na seção de homicídios no final dos anos de 1960, quando o Zodíaco espalhou o terror pela cidade. Essa agitação toda devido a uma única carta era algo novo para ele.

Toschi pegou o telefone e ligou para John Shimoda, chefe, em São Bruno, do laboratório de criminalística do Serviço Postal.

"John, tenho uma carta que pode ser do Zodíaco. Quanto tempo mais você vai ficar por aí?"

"Só até umas 16h30."

"Me dê 20 minutos. Estou chegando."

Com a carta ainda dentro do envelope plástico, Toschi fez seis cópias, três para ele próprio e três para DeAmicis. Havia sempre a possibilidade de Shimoda querer ficar com a carta noite adentro.

Quando Toschi passou por uma escrivaninha, pegou um cigarro de um pacote de Pall Mall e o acendeu. A meio caminho do elevador, tirou-o da boca com um movimento rápido. "Mas que diabos! Eu não fumo mais!"

Ele se encontrou com Shimoda às 16h10.

Usando pinças para carregar a carta, o perito em caligrafia foi até o centro da sala, onde havia uma caixa com fotos, no tamanho de 20 centímetros por 25 centímetros, de cartas do Zodíaco escritas até 1973. Após 30 minutos, levantou os olhos.

"Acho que ele voltou."

"Tem certeza?"

"Este é o nosso homem", disse Shimoda. "Ele está de volta."

"Vou precisar de uma declaração sua confirmando isso. O *Chronicle* vai publicar a história de uma forma ou de outra."

"É a caligrafia dele, sem dúvida."

Da sala privativa de Shimoda, Toschi ligou para DeAmicis e disse-lhe que a carta havia sido considerada autêntica. Quando voltou, ligou para Duffy Jennings, diretamente da garagem da polícia, e afirmou-lhe: "Sim".

"Foram longos quatro anos", disse Toschi. "Dava para sentir a empolgação tomando conta do meu corpo."

Embora o *Chronicle* tivesse fotos da carta e do envelope, o jornal, a fim de colaborar com a polícia, deixou de publicar a imagem real da mensagem. A delegacia de polícia não desejava ver divulgado o pouco da carta que manteria em segredo — a última frase dela.

Toschi encaminhou-se para o escritório de DeAmicis. "O que vocês vão fazer com o original agora?", perguntou DeAmicis.

"Vou levar para o laboratório fotográfico."

A carta foi fotografada na presença de Toschi. "Eu não sairia do lado dela de jeito nenhum", contou-me depois.

Também foram feitas dez fotocópias para outras agências policiais. Toschi então levou pessoalmente a carta ao laboratório de criminalística e a entregou para o perito Ken Moses, dizendo que se tratava de uma carta autêntica do Zodíaco e pedindo que tentasse obter algumas impressões digitais a partir dela. Moses borrifou a carta com *Ninhydrin*, mas nada de utilizável apareceu. "Vou ter de esperar até amanhã e usar uma solução de nitrato de prata para ver se consigo descobrir alguma coisa que o *Ninhydrin* deixou escapar", afirmou. Todos os testes deram negativo. No dia seguinte, a carta foi arquivada no departamento de provas.

Às 9h30, DeAmicis concedia entrevista coletiva para canais de TV e lia o conteúdo da nova carta, escrita também em um quadro-negro colocado atrás dele. "Em seu contexto, essa carta não parece ser ameaçadora. (...) O tom é muito diferente do tom das cartas recebidas antes", afirmou DeAmicis.

Os repórteres cercaram Toschi no minuto em que a entrevista coletiva oficial terminou. Ele lhes disse que a polícia encaminharia cópias do novo comunicado do Zodíaco a todos os condados envolvidos e que testes feitos até então não tinham revelado nenhuma impressão digital ou outras pistas nem na carta nem no envelope.

Sábado, 29 de abril de 1978

Análises da carta do assassino e especulações sobre o paradeiro dele nesses quatro últimos anos dominaram as manchetes durante dias, e Toschi percebia que estava sendo mantido em rédea curta. Um capitão fora designado para acompanhar as entrevistas dele aos meios de comunicação. Toschi ficou desconcertado com isso. Eu tinha minhas próprias teorias a respeito dessa questão. Toschi havia sido instado pela comunidade de origem italiana da cidade a candidatar-se a prefeito, e uma autoridade municipal que planejava candidatar-se ao mesmo cargo negou seu apoio para fazer de Toschi o chefe de polícia. Depois de ter sido citado nominalmente pela nova carta, Toschi, um profissional inteligente e bem-sucedido, viu-se atirado no olho do furacão.

DeAmicis, reagindo à mais recente carta do Zodíaco, tirou o inspetor Tedesco da área de investigações especiais e o inspetor James Deasy da força-tarefa que atuava contra as gangues a fim de incluí-los no caso. "Tedesco vai coordenar a operação", afirmou DeAmicis. "Toschi continuará sendo o principal investigador de campo, enquanto Deasy analisará os dados que a polícia já reuniu." Tirando dele o controle da investigação, o chefe de polícia de São Francisco, Charles Gain, por intermédio de DeAmicis, conseguiria controlar o acesso de Toschi aos meios de comunicação.

Toschi estava ciente de que alguém vinha remexendo seus arquivos. Seria esse um esforço para conseguir algo contra Toschi caso ele se tornasse uma ameaça política?

Quando os repórteres perguntaram por que Toschi não tinha sido colocado à frente da investigação, DeAmicis respondeu: "É impossível para um detetive administrar um caso e investigá-lo ao mesmo tempo".

Toschi sentia-se pouco à vontade. O detetive, um homem sensível e observador, percebeu que alguma coisa estava errada.

Sexta-feira, 5 de maio de 1978

"Aquele porco da cidade é bom, mas sou mais esperto e melhor; ele vai ficar cansado e me deixar em paz", escrevera o Zodíaco na sua nova carta. Por que, entre todos os policiais de tantos condados envolvidos, o assassino havia citado o nome de Toschi? Será que ele teria visto o detetive na TV ou lido alguma coisa sobre Toschi que chamou sua atenção ou o amedrontou? Será que o investigador chegara perto de descobrir o maníaco? Será que o verdadeiro nome do Zodíaco estava em um dos envelopes pardos reunidos nas gavetas do arquivo de Toschi, talvez o nome de um homem já interrogado e já inocentado?

"Você acha que devo me preocupar pelo fato de ele ter me citado?", perguntou-me Toschi.

"Tenha cuidado", aconselhei.

Quarta-feira, 14 de junho de 1978

Duffy Jennings veio até a minha escrivaninha quando eu desenhava o cartum da página de opinião a ser publicada no dia seguinte e me contou que havia sido marcada uma reunião secreta com Ron Pimentel, da agência de detetives Roper, de

Oakland, e um policial de Oakland especializado em identificação caligráfica. Os dois dispunham do que acreditavam ser um documento manuscrito e relacionado com a caligrafia do Zodíaco. Eles queriam ouvir nossa opinião sobre o material, além de dar uma olhadela nas cartas encaminhadas ao *Chronicle*.

Para que a reunião se realizasse, uma precondição havia sido feita: "Não avisar Toschi". O policial de Oakland não desejava que seu chefe tomasse conhecimento da teoria dele.

Quinta-feira, 15 de junho de 1978

Pelo telefone, o pessoal de Oakland estava disposto a nos informar o primeiro nome do suspeito. Prometeram dar o sobrenome só depois da nossa opinião sobre as sete páginas de material caligráfico que traziam. A reunião já havia sido adiada três vezes, e Duffy estava ficando desgostoso.

O detetive da Roper começou a seguir um homem que assistira três vezes ao filme do Zodíaco e que foi flagrado pelo gerente do cinema masturbando-se logo após as cenas mais violentas. Os homens de Oakland conseguiram identificá-lo depois de o homem ter colocado seu nome e endereço dentro da caixa do Cinema Golden Gate onde, a fim de concorrer a uma motocicleta, os interessados deveriam depositar um papel explicando, em 25 palavras, por que o Zodíaco mata. Tom Hansen, o produtor do filme, prometera 100 mil dólares à agência Roper se os funcionários dela conseguissem apanhar o Zodíaco. A recompensa do produtor viria na forma dos lucros a serem auferidos com o filme do Zodíaco após a notícia da captura. O principal motivo para o envolvimento no caso dos policiais de Oakland, contudo, não era o dinheiro, mas o crédito que receberiam com a prisão do Zodíaco.

A teoria do inspetor Toschi sempre havia consistido na hipótese de que o Zodíaco atingia o prazer sexual se masturbando enquanto escrevia suas cartas.

Após a reunião ter sido adiada mais uma vez, decidi descobrir, com base nas informações já fornecidas pelos integrantes da Roper, quem era o suspeito deles. Por meio das conversas, fiquei sabendo que ele morava em Santa Rosa, que tinha um guarda-volumes em São Francisco, que era veterano da Guerra do Vietnã, que trabalhava como mecânico e que era de St. Louis.

Eu o encontrei em meu arquivo de suspeitos.

Ele fora investigado e inocentado por Toschi e Armstrong.

No dia seguinte, finalmente vi as amostras da caligrafia. Não se pareciam com a caligrafia do Zodíaco.

Segunda-feira, 10 de julho de 1978

Um dia antes do aniversário de 47 anos de Dave Toschi, e após ter trabalhado 25 anos na delegacia, 18 deles como uma estrela maior da elite da área de homicídios, e nove deles à caça do fugidio Zodíaco, todo o mundo dele veio abaixo.

"Reviravolta no caso Zodíaco em São Francisco", dizia a manchete do *Oakland Tribune*.

Às 16h55, o chefe Gain distribuiu não apenas um comunicado à imprensa anunciando a transferência de Toschi da seção de homicídios para o destacamento de penhores, mas também um segundo comunicado no qual levantava dúvidas sobre a autenticidade da nova carta do Zodíaco e informava que outros peritos a examinariam agora.

Uma queixa, datada de 6 de junho de 1978, tinha sido feita por Armistead Maupin, um colunista do *Chronicle*, e seu agente de relações públicas, Kenneth Maley, contra Toschi. Maupin e Maley acreditavam que a última carta do Zodíaco era semelhante, no "tom", a algumas cartas anônimas elogiando Toschi que Maupin havia recebido. Na opinião dos dois, Toschi escrevera essas cartas. Em sua conhecida série de artigos escrita por Maupin e intitulada "Contos da Cidade", Toschi era apresentado como um consultor para o personagem fictício conhecido como "Inspetor Tandy". Na série, Toschi acaba prendendo um notório serial killer parecido com o Zodíaco e chamado "Sininho".

À noite, os programas jornalísticos de TV divulgaram informações sobre "uma grande batalha política envolvendo um policial veterano". O governador Jerry Brown ofereceu "ao ex-inspetor de homicídios Toschi toda a ajuda" de que ele precisasse nesse caso.

Duffy Jennings procurou Toschi em casa. O detetive confessou espontaneamente ter escrito, em 1976, três cartas a Maupin nas quais elogiava a si mesmo.

"Aquilo foi um erro infantil", disse Toschi. "Ele me fez o herói da história, e tudo aquilo foi divertido para mim e para a minha família. Então mandei alguns bilhetes, três ou quatro, dizendo ser muito apropriado o fato de ele ter colocado um inspetor real da área de homicídios na coluna. Era como se eu estivesse mandando uma carta de um fã para mim mesmo. Tudo foi feito de uma maneira inofensiva. Nunca pensei que alguém fosse sair ferido. Qualquer sugestão de que eu tenha falsificado uma carta do Zodíaco é absolutamente absurda."

"Quando o chefe Gain me disse no fim de semana que peritos em documentos do governo do Estado tinham comparado a minha caligrafia com a do Zodíaco, fiquei chocado. Não escrevi nenhuma carta do Zodíaco. O fato de o Zodíaco ter mencionado meu nome pela primeira vez provocou intranquilidade em mim e na minha família. Fiquei muito aborrecido com aquilo."

Sherwood Morrill, que anteriormente ocupava o cargo de perito em grafologia no CI&I, ficou indignado devido à forma como Toschi vinha sendo tratado. "A última carta foi escrita pelo verdadeiro Zodíaco. Não tenho nenhuma dúvida disso. Ouvi dizer que estão acusando Toschi de tê-las escrito. Se Toschi escreveu a última carta, então ele é o Zodíaco. E escreveu todas as outras."

John Shimoda, David DeGarmo, um perito em grafologia de Pleasant Hill, e Morrill tinham chegado à conclusão de que a última carta do Zodíaco era autêntica.

"De agora em diante, não vou mais trabalhar para a polícia de São Francisco em nenhum assunto referente ao Zodíaco", disse Morrill. "Armstrong e Toschi entraram em contato comigo pela primeira vez, e eu estava realizando esse trabalho em consideração a eles. Acho que Toschi ficou muito famoso, e algumas pessoas não gostaram disso."

Um véu de silêncio desceu sobre a Secretaria de Segurança Pública depois que o chefe Gail proibiu policiais e colegas de Toschi na seção de homicídios, extremamente tensos, de dar declarações sobre a polêmica em torno do Zodíaco.

Terça-feira, 11 de julho de 1978

Carol Toschi abriu para mim a porta da sala de estar. Vi Dave, em um roupão castanho-avermelhado, levantando-se da cadeira. Sua aparência era de alguém cujos ossos do corpo, sem exceção de nenhum deles, doessem. Ele se mostrava completamente exausto, quase em transe, com olheiras escuras e a sombra de uma barba dando a seu rosto um aspecto cansado e triste. Em 1977, ele havia ficado doente, enfrentando, simultaneamente, problemas no coração e uma pneumonia. Era patente que Carol temia pela saúde dele.

"Veja, Dave", falou Carol, "ele trouxe para você alguns livros. Este aqui é sobre as Big Bands."

Do outro lado da sala, consegui perceber o aparelho de TV mostrando o noticiário das 22 horas do Canal 2 e percebi que Toschi assistira à entrevista coletiva de Maupin. Balançando a cabeça na direção da TV, Toschi, com os braços abertos, falou: "Não sei o que eu fiz para este homem". Ele colocou o braço sobre meu ombro. "Espero que você não tenha perdido o respeito por mim".

"Claro que não", respondi.

"Agora estão dizendo que falsifiquei a última carta do Zodíaco", disse ele.

Toschi me contou que, na sexta-feira passada, às 11 horas, ele fora chamado por DeAmicis para responder à queixa e aconselhado a refletir sobre ela. Às 13 horas, o detetive foi interrogado a respeito do assunto.

No sábado, às 15h10, DeAmicis dirigiu-se à casa de Toschi e explicou que Gain decidira tratar o assunto administrativamente, em vez de apresentar uma queixa formal à ouvidoria. Toschi deveria ser transferido na segunda-feira; um comunicado seria redigido à imprensa informando que Dave havia escrito três cartas a Maupin dois anos atrás e que havia assinado essas cartas com nomes falsos. "Qual é a necessidade de se divulgar um comunicado à imprensa devido ao simples fato de eu estar sendo transferido?", perguntou Toschi.

Warren Hinckle, um colunista do *Chronicle* que usava um tapa-olho e que era conhecido por dar notícias sobre escândalos e supostos casos de corrupção, escreveu que "um escritor agressivo e seu parceiro de relações públicas fizeram com que policiais e a imprensa aplaudissem uma jogada publicitária. (...) Maupin tornou-se famoso nesta semana à custa de Dave Toschi, um policial decente com um pendor excessivo por ver seu nome nos jornais. (...) Tudo foi encenado para arruinar, com meras insinuações, a reputação de um homem. O chefe de polícia Charles Gain não conseguiu se conter e emitiu um comunicado à imprensa condenando Toschi, efetivamente, a ser julgado pela mídia antes que os peritos em grafologia pudessem ter um esboço de ideia a respeito da verdade".

Toschi disse ao *Examiner* que, "ao relacionar esses bilhetes com as acusações de falsificação, fizeram com que eu parecesse, diante do público, culpado de falsificar as cartas do Zodíaco. É natural que os dois fatos acabem se misturando. (...) Uma teoria me foi sugerida — a de que Maupin e Maley, as únicas pessoas que tinham algo a ganhar com a minha destruição, convenceram a delegacia de polícia a montar um circo jornalístico capaz de chamar atenção para o artigo constante do livro de Maupin".

"E imaginar que basta um escritor *freelance* e seu relações-públicas falarem alguma coisa sobre semelhança de tom para 25 anos de trabalho árduo escoar pelo ralo! Um homem pode ser destruído devido a uma vaga acusação sobre tom? Aposto que pode!"

Olhei minhas anotações sobre a carreira de Toschi: como ele mergulhou na arrebentação perto de Cliff House e salvou uma mulher, como ele salvou três pessoas de gases venenosos em 1953, como fez um atendimento de primeiros-socorros que ajudou a salvar um *bartender* esfaqueado em 1956, como desarmou um empregado enfurecido e como descobriu um assassino em Reno em menos de três horas. Eu vi quando Toschi quase foi morto por tiros de calibre 12 disparados através de uma janela em Mission e depois subiu correndo dois lances de escada, chutou uma porta e prendeu dois adolescentes.

Ao limpar sua escrivaninha na homicídios, Toschi percebeu que sua agenda de telefones fora confiscada a fim de que analisassem a caligrafia dele. Dianne Feinstein, uma autoridade municipal, afirmou, depois de visitar Toschi na casa dele, onde estava sob tratamento médico: "É horrível. Esse homem está sendo injustamente crucificado pelo departamento sem motivos reais, de uma forma que nunca vi em nenhum outro caso".

Uma semana depois da transferência de Toschi, Gain declarou que o detetive não escrevera a carta do Zodíaco e que, segundo acreditava, o Zodíaco tampouco havia sido o responsável por aquele texto. O chefe de polícia continuava acreditando ser autêntica a carta sobre o *Exorcista*, de 1974.

Na opinião de Morrill e DeGarmo, Gain minara qualquer eventual e futuro processo jurídico contra o Zodíaco.

No dia 2 de agosto, Gain tornou público, pela primeira vez, os relatórios dos três peritos em grafologia. Shimoda, proibido por seu superior de dar declarações sobre o caso do Zodíaco, voltou atrás em sua avaliação positiva feita anteriormente alegando que tinha trabalhado então "só com cópias fotográficas". Terry Pascoe, antigo aluno de Morrill, declarou que a carta era uma falsificação. O chefe de Pascoe, Robert Prouty, fora o responsável por levantar as primeiras dúvidas sobre a autenticidade daquela carta. Keith L. Woodward, do Departamento de Polícia de Los Angeles, também havia chegado à conclusão de que se tratava de uma falsificação.

"Mas", disse Gain, "a caligrafia foi produzida por alguém que conhece o *modus operandi* do Zodíaco. Essa pessoa tinha ciência de todos os detalhes a respeito de como ele escrevia."

Se o Zodíaco não escreveu a nova carta, quem foi então?

Sábado, 5 de agosto de 1978

Durante as férias, examinei demoradamente a carta enviada em abril pelo Zodíaco. O autor tinha usado corretamente a postagem dupla, invertido os selos e escrito "Favor encaminhar urgente para o editor" inclinando as frases para baixo; tinha colocado os estranhos dois pontos depois de "cordialmente", deixado a saudação inicial sem pontuação e escrito todos os outros nomes, com exceção do seu, em caixa-baixa. A carta apresentava a forma estranha com que o Zodíaco separava as letras e as palavras e continha o tipo de "d" e o "k" feito de três traços usados em 1969.

Se a nova carta era uma falsificação e foi escrita fora do Departamento de Polícia de São Francisco, que tipo de informação um falsificador conseguiria reunir sem ter acesso às cartas originais?

Cuidadosamente, grampeei cada carta e envelope publicados nos jornais para ver quanta informação tinha sido passada ao público a respeito da caligrafia constante das cartas.

Muitas cartas nunca tinham sido publicadas; as que foram, foram cortadas ou reduzidas em tamanho. O autor das cartas era alguém que vira todas as cartas, pois o tipo de composição das letras ausente havia nove anos estava na mensagem.

Uma coisa me incomodou: a expressão "aquele porco da cidade" não fora usada antes. O Zodíaco normalmente chamava a polícia de "os insignificantes azuis" ou "porcos azuis". Da segunda vez que examinei as cartas, encontrei, escrita em letras miúdas e de cabeça para baixo, no cartão de 5 de outubro de 1970, a expressão: "tiras porcos da polícia da cidade". Era improvável que essa frase fosse usada por um falsificador resolvido a elaborar uma imitação. Mas essa frase ficaria gravada na memória do assassino.

Se a carta era realmente falsificada, ninguém que não estivesse envolvido com a investigação policial poderia produzir uma cópia tão perfeita, incorporando informações nunca divulgadas. Para um integrante da polícia que tivesse inveja de Toschi, a razão para fazer algo do tipo seria abalar a imagem do detetive. Mas o falsificador não teria como ter certeza de que a carta seria identificada como sendo uma imitação.

Fazia calor naquela tarde, e um raio de luz do sol penetrava pela janela panorâmica. Eu havia espalhado reproduções de todas as correspondências do Zodíaco sobre o tapete e, valendo-me da boa iluminação, sobrepus a carta de abril sobre cópias de comunicados anteriores do Zodíaco para averiguar se havia alguma contradição interessante. Não havia nenhuma.

Peguei a fotocópia da carta de abril, cortei-a exatamente na metade e comecei a comparar a caligrafia da parte de cima dela com a caligrafia da parte de baixo. As duas combinavam perfeitamente. Um pouco perfeitamente demais. Era como se o autor tivesse usado um conjunto de carimbos para imprimir o texto no papel. Ninguém escreve dessa maneira.

Teria a carta de abril sido feita com uma técnica de superposição de letras? Continuava o Zodíaco, ao contrário do que eu pensava, desaparecido? Eu sabia ser uma atitude comum do Zodíaco parar no meio de um comunicado minuciosamente escrito e riscar uma palavra, como ele fizera na nova carta. Por que simplesmente não refazer a carta? Era quase como se ele não estivesse escrevendo palavras, mas imprimindo laboriosamente uma letra após a outra.

Rasguei uma das primeiras cartas do Zodíaco no meio e coloquei uma metade sobre a outra e contra a luz forte do sol. De repente, percebi como as letras do Zodíaco tinham sido feitas.

O procedimento usado foi provavelmente este:

O Zodíaco fotografou em uma tira de filme de 35 mm letras do alfabeto retiradas de uma série de fontes, tais como textos escritos por amigos e pessoas com as quais trabalhou. A tira de filme foi colocada em um ampliador para fotografia, e cada letra era individualmente projetada de cima para baixo, uma de cada vez, sobre o papel, a fim de ser riscada com caneta hidrográfica azul. Uma mesa de luz, uma mesa com um tampo de vidro iluminado de baixo para cima e usada na realização de traçados, poderia ser usada em conjunto com o projetor colocado sobre ela. O tamanho e a inclinação de cada letra individualmente poderiam ser alterados com um simples toque no ampliador ou com um movimento do papel.

Usando um projetor colocado sobre o papel, o Zodíaco poderia produzir uma caligrafia que não era a sua própria, mas uma caligrafia formada pela reunião de caligrafias de outras pessoas.

O processo seria dolorosamente lento. Isso explicaria por que, ao escrever sua primeira carta em mais de três anos, o assassino tinha riscado algumas palavras dessa carta feita com esmero, em vez de começar tudo de novo. O assassino teria que ter acesso a uma câmara escura reservada, em vista dos grandes períodos de tempo necessários para redigir uma carta.

Ao usar esse engenhoso processo, o assassino alterou totalmente sua caligrafia. A polícia poderia analisar sua forma natural de escrever e não encontraria nenhuma conexão com as cartas do Zodíaco.

O Zodíaco deixara, em todas as cartas, pistas a respeito dessa técnica criada para frustrar os esforços de rastreamento. Inquestionável é o fato de que ninguém, nem mesmo um artista profissional, seria capaz de dispor tão caprichosamente, de forma blocada, 340 símbolos codificados, sendo cada caractere idêntico em tamanho e inclinação, sem usar algum tipo de grade milimetrada a ser projetada sobre o papel.

Em algum lugar, ficaria guardado um alfabeto-guia, de modo que as futuras cartas pudessem ser redigidas.

Tive certeza de que a técnica utilizada na nova carta fornecia o único elemento que todos os comunicados tinham em comum. A carta de abril *era* do Zodíaco. Ele estava de volta!

Sherwood Morrill confirmou minha teoria.

16

Donald Jeff Andrews

Quarta-feira, 9 de agosto de 1978

"Eu posso lhe dizer quem é o Zodíaco", disse a voz anônima ao meu telefone, na noite de 9 de agosto de 1978. "Ele gosta tanto de filmes que mantém um registro de todas as suas atividades em película" Jack Rosenbaum havia mencionado no *São Francisco Progress* que eu estava investigando o caso Zodíaco. O homem ao telefone havia conseguido meu nome no jornal.

Ele se recusou a dizer seu nome, mas concordou em me deixar gravar nossa conversa. E prosseguiu com sua história.

"Tenho um amigo, Greg, que é radioamador e que conversava com esse sujeito à noite. É um cara chamado Don Andrews.[1] Em 1969, ele chegava ao final de um período de profunda depressão."

"Bom, se há alguém que possa ser o Zodíaco, então é esse sujeito, o Andrews. Inicialmente, quando meu amigo Greg me falou sobre ele, disse-lhe que não havia nada contra esse cara. Mas, à medida que os anos passam, continuamos descobrindo coisas sobre Andrews que se encaixam e não descobrimos nada que não se encaixe."

---

1. Os nomes foram mudados. (N. do A.)

O homem então me disse que Andrews era o homem em que Narlow, de Napa, estava interessado.

"Não sei por que Narlow recuou. Estou convencido de que ele não sabe o que fazer. Um dia, Narlow passou seis horas com Andrews. Don simplesmente falou pelos cotovelos. Narlow me disse: 'Ele me deixou tão confuso, que eu nem mesmo consegui redigir um relatório quando tudo acabou. Esse cara toma conta da situação quando a gente está perto dele, e como ele fala.'"

"Ele não está mal de saúde. Eu o conheço desde 1972. Mas a vista está ruim. Eu não teria medo dele. Tenho 1,90 de altura. Ele seria mais aterrorizante do que fisicamente ameaçador. A mente dele assusta mais do que sua força física."

"Ele foi demitido de um antigo emprego porque não conseguia se relacionar com as pessoas. Lá, tinha acesso ao teletipo com informações meteorológicas. Não sei por que ele se interessava pelo clima."

"O Narlow mantém a pasta com relatórios sobre Don trancada em sua mesa de trabalho. Os de todos os outros suspeitos podem ser consultados e ficam em outros lugares."

"Ele se identifica muito com Lon Chaney. Tem uma espécie de curvatura nas costas, como os corcundas."

"Uma pessoa, Marvin Bernell,[2] passou muito tempo com Don. Ele está guardando algumas latas de filmes antigos para Andrews, e é aí que pensamos estarem as provas sobre os assassinatos do Zodíaco."

"Bernell sabe disso?", perguntei.

"Não. Ele acha que está guardando apenas um monte de latas de filmes velhos de 35 mm. Don falou para ele: 'Não

2. Nome fictício. (N. do A.)

chegue perto dessas aqui. Elas contêm nitrato de prata. Podem explodir' — o que é verdade. Havíamos visto essas latas no cinema que Bernell gerencia. Quando fomos lá novamente, Greg e eu descobrimos que elas haviam sumido e depois soubemos que haviam sido levadas para um cofre atrás de cortinas vermelhas na casa de Bernell."

"Você entende? Acreditamos que há provas nelas sobre cada um dos assassinatos e que uma das latas tem uma armadilha com um explosivo para o caso de alguém tentar abri--las."

"Procure Bernell e seja simpático com ele para descobrir. Tenho algumas dúvidas sobre ele. Ele é ex-policial. Provavelmente não suspeita de nada. Converse com ele. Veja se ele lhe pede que fique longe de parte de seu acervo de filmes. Ele leva e traz os filmes para Don. Andrews morava na rua Scott, em São Francisco, no final dos anos 1960."

Fiquei sabendo que Paul Avery esteve seguindo Don Andrews e que, a certa altura, mandou a namorada dele pegar amostras da sua caligrafia. Andrews soube que Avery andou perguntando por ele e acabou de fato indo até o *Chronicle* para dizer a ele que parasse com aquilo. Das amostras que Avery tinha, "apenas três ou quatro palavras", a caligrafia não se parecia com a letra do Zodíaco, mas, tendo em vista minha nova descoberta, isso não eliminava Don como suspeito.

"Toschi sabe sobre ele", o homem ao telefone me disse.

"Toschi não viu nele um suspeito porque, quando foi à casa de Don, havia um cartaz horroroso escrito à mão na janela e a caligrafia do cartaz não combinava com a caligrafia de Zodíaco. Toschi achou que tudo não passava de uma grande piada."

O homem ao telefone me contou que Don fora criado pela madrasta, que o pai dele era muito religioso e que havia problemas familiares.

O homem conversou comigo, naquela ligação interurbana, durante mais de uma hora. Leu anotações para mim; eu conseguia ouvir o barulho das páginas quando ele as virava. A coisa mais promissora que ouvi foi que ele tinha um cartaz de 76 centímetros por 101 centímetros, desenhado com caneta hidrográfica, que Don fizera para seu amigo Bernell.

Depois que ele desligou, pensei por um instante. Ele sabia um pouco demais sobre o caso.

E havia me ligado em um número que não constava da lista.

Sábado, 26 de agosto de 1978

Fui visitar Sherwood Morrill, no calor escaldante de Sacramento. Homem forte, vestido com camiseta esporte, Morrill se recostou em uma poltrona enquanto eu ligava meu gravador e fazia algumas perguntas. Depois de um tempo, pediu-me que desligasse o aparelho. Ele queria me contar algo que ocorrera no mês passado, e era alguma coisa que não queria ver gravada por enquanto.

"Um cara grandalhão e sua esposa chegaram em um Volkswagen", disse, "e perguntaram à minha esposa, Rose, se podiam me ver. 'Estou muito interessado no caso do Zodíaco. Tenho algumas novidades para o senhor Morrill', afirmou o homem, 'novidades que vão fazer com que ele e eu durmamos melhor. Sou apenas um cidadão. Gastei um bocado de tempo vindo de Yountville. É sobre aquela carta. Sei que é do Zodíaco e não de Toschi."

"Bom, eu estava almoçando com Dave DeGarmo, um outro especialista em grafologia, que trabalha atualmente no Gabinete da Defensoria Pública. O casal parecia imensamente agitado, e Rose disse a eles que eu só estaria de volta do almoço depois das 14h30, e eles disseram que esperariam."

"Quando voltei", continuou Morrill, "ele e a esposa entraram. Ele disse que seu nome era Wallace Penny". (Esse nome foi mudado a pedido dele.) "Suas mãos estavam tremendo. Estava nervoso como o diabo. Tentava me parar toda vez que eu mencionava algo sobre o Zodíaco. Dizia: 'Espere até ouvir isto!' E ele tinha uma teoria bem grandiosa. 'Só vou tomar cinco minutos de seu tempo', afirmou. Tomou uma hora e meia. Ele me disse que 'o senhor Toschi iria dormir melhor esta noite' e então me revelou o nome do homem que, segundo acreditava, era o verdadeiro Zodíaco."

Nesse momento, interrompi Morrill e perguntei se me diria o nome do suspeito. Ele começou a dizer o nome e eu terminei para ele.

"Meu Deus", eu disse, "esse é o nome de meu suspeito! Don Andrews".

Era também o nome do suspeito misterioso de Ken Narlow.

As amostras de caligrafia que o casal trouxe para Morrill combinavam muito com a caligrafia de Zodíaco, com exceção da letra "k".

O casal conhecia vários detalhes que apenas o assassino saberia. Morrill disse à sua esposa, depois que eles saíram: "Se Don Andrews não é o Zodíaco, então eles poderiam ser".

Rose Morrill tinha ficado arrepiada, olhado para o marido e sussurrado: "Você talvez tenha acabado de apertar as mãos do Zodíaco!".

"E sabe, Robert?", afirmou Morrill, "tive a impressão de que o homem queria confessar alguma coisa."

Terça-feira, 29 de agosto de 1978

Fui de carro até Vallejo para falar com o tenente Jim Husted, chefe do departamento de inteligência da delegacia de polícia de Vallejo. Ele estava empolgado com o possível retorno do Zodíaco e prometeu me mostrar dois de seus suspeitos.

Husted tirou uma pasta do arquivo de metal existente atrás de sua escrivaninha. Ele começou a me contar coisas sobre seu primeiro suspeito — seu interesse por filmes, sua formação em criptografia, os objetos incomuns guardados na casa dele.

"Esse homem recebeu uma multa por dirigir em alta velocidade com seu Chevy branco, em Tahoe, na época em que Donna Lass desapareceu", contou-me.

Reconheci o homem como sendo Andy Todd Walker, o primeiro grande suspeito de ser o Zodíaco.

Sexta-feira, 25 de agosto de 1978

Por telefone conversei com Wallace Penny, o homem de Yountville que deixara Morrill tão perturbado. Reconheci sua voz instantaneamente. Ele era o mesmo homem que, anonimamente, tinha me dado pistas sobre o suspeito de Ken Narlow, Don Andrews.

O que soube de Penny foi que Andrews era "nervoso, desvairado e temperamental, e que frequentemente demonstrava hostilidade quanto a questões sexuais. Entretanto, ele parece ter tido uma namorada".

"Ele é fã de Gilbert e Sullivan e já recitou letras de suas músicas na frente dos amigos", disse Penny.

Andrews não apenas estudara criptografia, mas tinha uma máquina de costura em casa. Seria essa a resposta para a pergunta sobre onde o Zodíaco conseguira um capuz preto personalizado?

Penny me contou que Andrews havia lhe mostrado os diagramas do Zodíaco para a bomba do ônibus escolar de 1969, diagramas esses baseados em um livro que ele tinha. Os diagramas da bomba do Zodíaco nunca tinham sido publicados em lugar nenhum.

"Don Andrews coleciona filmes clássicos", disse Penny.

O símbolo do Zodíaco, o círculo cortado por uma cruz, pode ter sido inspirado no símbolo do projecionista nos fotogramas de abertura dos filmes.

"Don é ardiloso. Ele costuma dizer aos amigos: 'Eu posso parecer legal por fora, mas por dentro...' . Essa afirmação se compara à do Zodíaco: 'Sou louco, mas o jogo deve continuar'", afirmou Penny.

Ambos, o Zodíaco e Andrews, usam óculos presos por um elástico.

Segundo Penny, sabe-se que Andrews confidencia aos amigos que "o que eu tenho é melhor que sexo".

"Não apenas isso", continuou Penny. "Andrews usa tantos nomes, que o serviço de saúde pública pediu que ele adotasse apenas um. Andrews foi para o Estado de Montana em 1961 com um adolescente chamado Jim, para tirar uma nova certidão de nascimento. Quando chegou a Montana, registrou seu nome na certidão como Jim Andrews."

Andrews era o único suspeito que tinha um tipo de sofisticada câmara escura para fotografia. E ele mantinha um teletipo em casa. Na primeira carta do Zodíaco, tinha sido usado papel de teletipo. Eu me lembro o que Ken Narlow, detetive de Napa, havia me contado: "Tenho um bom palpite sobre Don. Embaixo, em seu porão, ele tem um teletipo, um Teleprinter Modelo 15 da AP. Vou lhe dizer, Robert, não tenho dúvida nenhuma de que quem quer que tenha feito aquela coisa da bomba (o diagrama da bomba do Zodíaco no ônibus escolar em novembro de 1969) tinha de ter um bom conhecimento sobre aquela impressora de teletipo". Narlow havia me mostrado a comparação entre, de um lado, uma foto do sistema de avanço do rolo e as escovas de contato e, de outro, o desenho esquemático feito pelo assassino sobre o mecanismo explosivo.

A roupa do Zodíaco combinava elementos navais como calças boca de sino, sapatos militares e casacão de náilon com os punhos e a cintura apertados. Andrews era da Marinha.

Um mês antes de chegar a primeira carta do Zodíaco escrita à mão, Andrews começou a fazer amizade com um homem chamado Marvin Bernell. Depois que Andrews e Bernell se encontraram, as mensagens do Zodíaco foram escritas em um estilo caligráfico muito similar ao que Bernell usava para fazer cartazes de filmes com caneta hidrográfica preta em sua sala de cinema. Talvez Andrews tivesse copiado o estilo de Bernell.

Mais uma vez, Penny mencionou que ele e seu amigo Greg achavam que a prova dos assassinatos do Zodíaco estava em uma lata de filme colocada no cofre de filmes de Bernell. "A camisa de Stine, molhos de chave de carro e um filme dos assassinatos da estrada do lago Herman talvez estejam naquela lata de filme. Na lateral, está escrito claramente:

'Não abra. Película de Nitrato de Prata. Perigo!' Penny disse que vira a lata quando ele esteve em São Francisco. Talvez a polícia não tenha verificado isso porque Bernell a tinha levado para o sul da Califórnia, onde ele possuía um cinema".

Sábado, 26 de agosto de 1978

Fui de carro até a casa de Andrews.

Mal tinha chegado perto da caixa de correio de Don quando um sujeito grandalhão aproximou-se correndo e gritando: "O que você quer?"

"Eu estou procurando por Don", eu disse, embora fosse óbvio que ninguém estava morando ali, naquele momento.

"Ele não está aqui, está em São Francisco."

"Droga", eu disse, procurando uma caneta. "Qual é o endereço novo dele?"

"Se você é amigo dele, descubra o endereço!"

O cara ficou ali em pé, com as mãos no quadril, até que eu fosse embora.

Tive a impressão de que eu estava sendo esperado.

Mesmo que Narlow não tivesse conseguido comprovar que Don Andrews tinha habilidade no manejo de armas, ele me dissera que "Don ainda é meu melhor palpite".

Perguntei a ele sobre as impressões digitais.

"Mandamos verificar as digitais dele. Nunca o trouxemos aqui, na verdade, nunca pedimos que fornecesse suas digitais. Nunca tivemos motivo suficiente para fazê-lo e não sei se ele teria consentido. Pode ser que sim. Quanto mais pressão fazíamos, mais ele, naturalmente, ficava na defensiva. As primeiras duas vezes que conversamos com ele, ele foi bem amigável. Depois chegou ao ponto de dizer: 'Ou vocês fazem alguma coisa ou me deixam em paz'. A primeira vez que fomos a sua casa, lá perto da água, ficamos lá por várias horas. Ele é uma pessoa muito inteligente, muito interessante. Parecia não se importar em falar sobre seu passado."

Segunda-feira, 28 de agosto de 1978

Penny havia me contado que Don Andrews "tinha um monte de filmes" e que uma vez trabalhara em um pequeno cinema no sul da Califórnia, com seu amigo Marvin Bernell. Bernell fora organista de cinema mudo. A amizade deles, iniciada em 1967, dura até hoje. Penny nunca reuniu coragem o bastante para se aproximar de Bernell e descobrir se ele sabia de alguma informação sobre o Zodíaco ou de alguma ligação com o cinema especializado em filmes antigos.

Era noite quando cheguei a Los Angeles. Peguei um carro alugado no aeroporto para ir até o cinema, na avenida North Highlands, a fim de ver se Bernell estava em algum lugar das redondezas. Não havia filmes mudos naquela noite, mas Bernell encontrava-se no cinema para ver parte do filme em 3-D que estava sendo exibido.

Mesmo na escuridão que cercava os assentos no balcão inferior, pude identificar Bernell na primeira fila. Por causa do macacão de couro preto que usava, ele parecia não ter corpo. Lembrou-me a cabeça gigantesca de Oz flutuando em pleno ar.

Aproximei-me dele durante o intervalo e iniciei uma conversa. Ele começou a falar pelos cotovelos, com vistosos gestos grandiloquentes. Dono de um perfil quase igual ao de Barrymore, Andrew parecia saído dos filmes antigos que acompanhara com seu gigantesco órgão Wurlitzer.

Era um homem encorpado com um rosto que, na casa dos 60 anos, estava começando a engordar. Tinha um problema nos olhos e, para escrever o endereço de sua casa, teve de colocar os óculos de armação escura.

“Não enxergo sem óculos”, disse. “Vou entrar de férias e cuidar de umas coisas, mas estarei de volta em setembro.”

Sexta-feira, 1º de setembro de 1978

Fiz a viagem de carro até Sacramento para falar com Morrill sobre as semelhanças entre Don Andrews e o Zodíaco.

“Bom”, disse Morrill, “falei sobre Don Andrews com o cara que é o principal agente especial da CI&I e mencionei algumas das coisas que você me contou. Toschi disse: ‘Armstrong investigou esses dois caras, Andrews e Wallace Penny. Não sei como ele os investigou’. Dave disse: ‘Faça o que quiser com isso’”, contou Morrill.

“A propósito, ele tem você em alto conceito. O pobre sujeito, antes de eu terminar de falar com ele, começou a chorar. E eu me senti realmente mal por ter sequer tocado no assunto.”

“Penny jogou tudo em cima do Andrews. Como eu lhe disse, pensei por um instante, depois que ele foi embora naquela noite, que talvez ele fosse Don Andrews. Dave me diz que eles investigaram tudo e que eles são duas pessoas diferentes. Então Penny ficou falando sobre essa terceira pessoa que está envolvida.”

“Esse seria Bernell, o amigo de Andrews”, afirmei.

"Contudo, ele nunca mencionou o nome dele para mim. Eu nunca tinha visto nenhum traço da caligrafia dele, e nunca vi a de Penny. Escrevi a ele na esperança de que fosse responder. Tentei agradá-lo", disse Morrill. "Agora, Dave DeGarmo, meu colega de trabalho, tem alguns contatos nos condados de Marin e de Sonoma e está tentando descobrir alguma coisa sobre Don Andrews. Mas, até agora, nada."

"Penny, no entanto, me repassou de fato algumas linhas escritas por Andrews em um cartaz. Vou pegar em um minuto. Sabe, Robert, se o Zodíaco é ambidestro, isso explicaria a diferença na inclinação das letras ou as diferenças no caso do uso de transparências para copiar palavra por palavra a escrita de outra pessoa. Quando ele faz aquela coisa reta de cima a baixo, concordo que são ou cópias ou transparências", disse Morrill.

"Penny tem suspeitado de Don Andrews há cinco, seis anos", afirmei, "e não fez nada a esse respeito. Então vou visitar o organista no sul da Califórnia e veremos o que ele faz. Parece que São Francisco não tem mais nada a nos oferecer."

"Bom, Tedesco (substituto de Toschi) telefonou uma noite dessas para saber se eu examinaria todas as cartas. 'Estou fora do caso. Pode dizer ao senhor Gain que não vou examinar mais nada para a polícia de São Francisco', disse-lhe. Tedesco riu meio nervosamente e respondeu: 'Acho que entendo sua posição'."

Morrill mostrou a foto que Penny trouxera como amostra da caligrafia de Don Andrews. Era um cartaz de filme desenhado à mão com caneta hidrográfica preta.

"Mas que maravilha!", afirmei.

"Algumas das coisas não combinam direito neste exemplar, mas há o suficiente para fazer a gente ficar imaginando um monte de coisas."

Perguntei a Morrill se ele tinha alguma teoria própria.

“Sim. Você acha, Robert, que pode haver mais de um cara envolvido? Agora estou pensando em Wallace Penny e Don Andrews. Penny com certeza é forte o suficiente, com 1,93 de altura e 108 quilos. Suponha que um deles esteja escrevendo e o outro, matando.”

“Fora as cartas”, continuou, “que provas mais a polícia tem? Eles estão entrando em desespero. O dia em que Wallace Penny apareceu na minha casa para me contar sobre Don Andrews, eu me sentei com minha esposa, Rose, e conversei com ela sobre o caso Zodíaco. Só depois que Penny foi embora é que percebi que ele sabia demais sobre coisas que a polícia nunca revelou. Talvez o Zodíaco tenha estado sentado bem aqui na sala, comigo, sem que eu soubesse, sem que eu percebesse.”

“Umas duas vezes, pensei em ir vê-lo em sua oficina de carpintaria”, afirmei, “mas sempre adiei. Eu simplesmente tinha um pressentimento estranho sobre dirigir até lá.”

“Robert, é melhor você tomar cuidado”, advertiu Morrill. “Não estou preocupado com a possibilidade de ele fazer alguma coisa comigo, mas me preocupo de verdade com os motivos do envolvimento dele no caso do Zodíaco. Você pode ficar em perigo. Eu não ficaria sozinho com o cara.”

“Penny tem a teoria mais desvairada do mundo”, afirmei. “Ele acha que Andrews fez um filme de um de seus assassinatos e o colocou em uma lata de filme armada para explodir e destruir a prova ao ser aberta.”

“Nossa! Essa eu não tinha ouvido. O que você tem de conseguir para mim, Robert, são mais amostras de caligrafia. De Don Andrews, de Penny e do amigo de Andrews, Bernell...”

"Vamos verificar todas elas."

"Especialmente a de Don Andrews."

"Eu certamente gostaria de saber o que Armstrong fez para inocentar Andrews."

"Não sei. Talvez a impressão digital não tivesse batido", cogitou Morrill. "Sempre achei que Armstrong era mesmo inteligente. Ele e Toschi formavam uma dupla dos diabos."

"Disseram-me que Ken Narlow foi atrás da última carta do Zodíaco e conversou com Andrews. Andrews imediatamente mandou desligar sua linha telefônica. É uma reação estranha", observei. "Narlow conversou com ele por seis horas e saiu com a cabeça em parafuso."

Quando voltei a São Francisco, havia uma carta de Marvin Bernell em meio à minha correspondência, concordando em me encontrar na casa dele, no dia 13.

Quando vi a caligrafia de Bernell, percebi que fora *ele* quem desenhara o cartaz de filme que Penny dera a Morrill como amostra da caligrafia de Don.

Quarta-feira, 13 de setembro de 1978

Encontrei-me com Bernell à noite, em sua casa, perto de Riverside. Ele me levou a uma ampla sala de estar de ares antiquados. De algum modo, Bernell sabia que eu estava ali para falar com ele sobre algo mais que seu acervo de filmes mudos. Talvez seu velho amigo, o fugidio Don Andrews, tivesse visto vários artigos em jornais que mencionavam o livro sobre o Zodíaco que eu estava escrevendo. Se Don tivesse avisado seu amigo para não me falar muita coisa, acreditaria

Bernell na hipótese de haver algum tipo de ligação entre ele próprio e a busca pelo Zodíaco?

Bernell sentou-se em um sofá à minha direita. Fiz algumas perguntas sobre a estranha ligação entre o Zodíaco, ele próprio e o cinema.

"Para ser franco", afirmei, "quando recebi sua carta de Los Angeles e vi a caligrafia no final, fiquei realmente surpreso. Ela é impressionantemente semelhante à letra das cartas do Zodíaco". Olhei fixamente para ele, tentando avaliar sua reação, mas ele continuou impassível. Mudei de assunto.

"O Zodíaco fez várias alusões a filmes nas cartas que enviou aos jornais. Por exemplo, o Zodíaco menciona *Zaroff, o Caçador de Vidas*. Esse filme já foi exibido no seu cinema?"

"Ah! Sim!", Bernell disse, vibrando as palavras. "Não sei quantas vezes."

"Você o exibiu por volta de 1968-69?"

"Abri o cinema por volta de 69", afirmou, "e *Zaroff* deve ter sido mostrado. Mas foi exibido mais de duas vezes porque é um clássico do gênero."

"Marvin, o Zodíaco mencionou *Zaroff, o Caçador de Vidas* em sua mensagem em código dividida em três partes e, em seguida, atacou duas pessoas no lago Berryessa usando uma roupa com capuz e carregando uma faca que era uma duplicata da que o conde Zaroff usou no filme. Sinto que o Zodíaco pode ter, até certo ponto, feito sua faca e sua roupa com base naquele filme. De outro lado, em uma das cartas do Zodíaco, há uma menção a *Red Phantom* (fantasma vermelho). Eu soube recentemente que havia um filme mudo chamado *El Spectre Rojo* (um dos primeiros filmes da Pathe Frères Film)."

"Tenho uma cópia dele", disse Bernell com cautela, inclinando-se para frente. "O Zodíaco mencionou isso?"

"Ele usou o personagem do filme como pseudônimo."

Bernell riu nervosamente, cobrindo os dentes com a mão branca. "Isso é muito engraçado porque temos um zodíaco no teto de nosso velho cinema em Los Angeles", afirmou. "Um monte de gente nem sequer presta atenção nele. Seus olhos estão mais concentrados embaixo, na frente, na tela." Fez uma pausa. "Agora, vejamos. *El Spectre Rojo* é um filme mudo, mas não sei como ele poderia ter conhecimento dele. Era considerado um filme perdido, até que alguém da Thunderbird Films encontrou o original com retoques à mão. Seu primeiro anúncio de venda foi..." Ele pensou por um instante. "Eu poderia fazer uma pequena pesquisa."

"A carta do Zodíaco mencionava o fantasma em 1974", eu disse.

"Bom, está quase correto. Eu vi esse filme pela primeira vez nessa época e decidi comprar uma cópia em 16 mm quando a película foi exibida na convenção anual de colecionadores de filmes, no Canadá."

Contei a ele que, em uma de suas cartas, o assassino mencionou o "pianista que toca órgão". Bernell fora organista de cinema mudo. "E depois há o símbolo dele", continuei, "o círculo cruzado. Não é o mesmo símbolo usado nos fotogramas iniciais de um filme, quando fazem a contagem regressiva?"

"É, você vai encontrar esse símbolo nos fotogramas de abertura dos filmes."

"Naturalmente", afirmei, "a polícia sempre achou que se tratava da mira de um rifle".

"Não, quando o vi no papel, eu o reconheci como um símbolo de abertura (padrão) da academia. Para ajudar a manter a casa, tenho exibido filmes comerciais, filmes recentes, em vez dos clássicos. Não é um negócio muito bom, mas nos dá um retorno modesto. Faço de tudo. Faço os cartazes também, mas não coloco meus cartazes mais elaborados no cinema; as chances de que fossem estragados são muito grandes. Por outro lado, essas coisinhas minúsculas...", Bernell fez um gesto com uma das mãos estendidas na direção da ampliação do cartaz que Wallace Penny oferecera como amostra da caligrafia de Don Andrews. "Como naquela cópia ali. Não há nenhuma razão em particular para preservar esses. São simplesmente embolados e jogados fora depois da exibição do filme."

"Então, foi você quem fez este cartaz? Tínhamos a impressão de que um homem chamado Don Andrews..." Fiz uma pausa. "Ele costumava trabalhar para você, acho."

"Trabalhou", disse Bernell, desconfortável.

"A polícia, ao investigá-lo como suspeito de ser o Zodíaco, achou que os cartazes eram feitos por ele. Usaram esta cópia de cartaz de cinema como amostra de sua caligrafia."

Mostrei a Bernell ampliações fotográficas das cartas, apontando certas áreas que pareciam com o cartaz. "Você tem uma amostra da verdadeira caligrafia de Don?"

"Não tenho nenhuma carta dele", disse ele com uma voz suave. "Nunca tive ocasião de trocar correspondências com ele."

"Meu palpite é de que o Zodíaco foi influenciado pela caligrafia de um de seus cartazes de cinema", disse-lhe. "Acho que ele viu os cartazes que você fez com caneta hidrográfica e depois recortou e fotografou as letras para compor seus próprios comunicados à imprensa."

Bernell ficara muito nervoso. Mas depois que trouxe seus arquivos de filmes junto com café e bolo de chocolate, verificamos as datas de projeção de *Zaroff, o Caçador de Vidas*, e descobri que sua última exibição fora em maio de 1969.

Bernell era um homem encantador e simpático, e de forma nenhuma ameaçador, mas eu sentia haver muita coisa que ele não estava me contando. Sozinho com ele na velha casa, eu tinha a impressão de que, a qualquer momento, um homem corpulento de capuz preto iria entrar na sala, empunhando uma pistola. Afinal de contas, ninguém sabia onde estava Don Andrews.

Ao final, desci até o porão com Bernell para ver seu impressionante acervo de filmes. Ele ocupava uma parede e parte de uma outra. Olhei para as latas, imaginando se o que Wallace Penny tinha me contado era verdade: que o Zodíaco escondera provas de um dos assassinatos e um filme dos homicídios no lago Herman em uma lata de filmes de 35 mm com os dizeres "Não Abra. Película de Nitrato de Prata. Perigo!" e que a tinha entregado para Bernell guardar para ele, como forma de precaução, já que havia a possibilidade de o quarto dele ser revistado pela polícia.

Bernell me afastou dos filmes depois de perceber a maneira atenta com que eu olhava as latas. Ele me levou para onde escrevia os cartazes de cinema. A caligrafia feita com caneta hidrográfica parecia ampliações da caligrafia do Zodíaco.

Pensando na hipótese de haver uma lata de filme armada para explodir, tentei imaginar o que uma explosão faria com uma casa velha de três andares como aquela. Película de nitrato em decomposição era, afinal de contas, TNT.

Mais uma vez, Bernell me garantiu que estávamos completamente sós. Mas eu podia ouvir, fraco, mas inequivocamente, o som lento, metódico e brando de passos no andar de cima.

Fingi não notar. Eu não estava muito preocupado: meus amigos sabiam onde eu estava e todas as informações que obtive sobre Andrews eu repassara ao tenente Husted, em Vallejo.

Encontrei-me uma segunda vez com Bernell para discutir a possível ligação de seu amigo com o Zodíaco. "Soube que o Zodíaco pode ter ocultado evidências de seus assassinatos em uma lata de filme mudo, preparada para explodir caso fosse aberta", afirmei, "e que a deixou com um amigo que não sabe de nada".

O sorriso largo do organista desapareceu. Ele enrubesceu, pareceu constrangido e, quando seu sorriso voltou, foi de um modo tal que seus lábios se repuxaram por sobre as gengivas, expondo completamente os dentes.

Pensei comigo mesmo que no passado talvez o amigo tivesse pedido a Bernell que guardasse tal lata e que agora ele suspeitava ter sido usado. Descrevi o rótulo.

"Don me deu uma lata assim, rotulada como você disse", contou.

Wallace Penny estava certo. Existia a tal lata de filme. Tentei aparentar calma, embora minha pulsação estivesse acelerando a cada segundo. "Você sabe onde ela está agora?", perguntei.

"Ele a pegou de volta. Em 1972, acho."

"Droga!" Se Don Andrews era o Zodíaco, ninguém nunca mais veria aquela lata.

Bernell olhava fixamente para o chão. Ele estava terrivelmente preocupado com a relação entre sua caligrafia e as cartas do Zodíaco.

"Você é ambidestro?", perguntei.

"Não", respondeu. "Sou destro."

"Então você não tem nada com o que se preocupar; o Zodíaco é ambidestro."

Bernell ficou como se eu o tivesse atingido entre os olhos com um martelo.

"Don usa a mão esquerda quando corta os filmes", disse Bernell, "e escreve com a direita. Acho que ele é ambidestro".

Esse era um fato a respeito de Don que eu conhecia antes de vir a Riverside. O olhar no rosto de Bernell me convenceu de que ele não sabia nada sobre a possível ligação de seu amigo com os assassinatos.

Bernell me disse que Don Andrews saíra de São Francisco em 1975 e que esteve fora do Estado até o início de 1978. Isso talvez explique a longa demora nas cartas e a frase: "Estou de volta com vocês..."

Perguntei a Bernell se Andrews tinha voltado para São Francisco. Bernell pensou um pouco, andou pela sala e parou de costas para mim, em frente à lareira. Disse que não tinha certeza.

Terça-feira, 19 de setembro de 1978

Há algum tempo, tenho recebido no trabalho telefonemas de uma voz que fica sussurrando. As chamadas quase sempre acontecem às 10h30.

Hoje de manhã telefonei para Bernell em sua casa em Riverside para fazer-lhe mais algumas perguntas sobre seu amigo.

"Marvin, eu nunca vi Don", disse. "Se eu ler uma descrição para você, me diria o que está errado?", perguntei.

"Bom..."

"Vou tentar, tudo bem?", sugeri. "Ele é um homem adulto branco, de compleição robusta, com cerca de 1,76 metro de altura. Tem as costas ligeiramente arredondadas, barriga proeminente e, em 1969, usava cabelo muito curto, ligeiramente ondulado, com uma espécie de tom avermelhado. Teria cerca de 35 anos. Usa óculos de armação preta e grossa e os mantêm presos com um elástico fino. Tem peito largo, um homem meio gordo, mas robusto."

"Bem, ele é robusto, é corpulento", disse Bernell. "Acho que usava os óculos presos com um elástico. O cabelo é meio encaracolado, acho."

"Dizem que ele tem um rosto muito redondo. O rosto dele é...?"

"Combina com o corpo. É gorducho", falou Bernell.

Bernell tinha planos de se unir a Don e trabalhar com ele. Por enquanto, Andrews estava voltando a trabalhar na região da Bay Area. Era difícil entender como Bernell, seu potencial parceiro de negócios, não soubesse o novo endereço do amigo.

Bernell me contou que Andrews estava desenvolvendo uma artrite desde 1969. Seria essa a razão de o Zodíaco ter parado de matar? A progressão da doença poderia ser detectada por especialistas nas últimas cartas do Zodíaco?

"Don tem uma aparência que impressiona", disse Bernell, "e a maioria das pessoas não simpatiza com ele. Ele parece presunçoso. É o tipo de homem que conseguiria fazer qualquer coisa em quaisquer circunstâncias. Ele gasta cada centavo que ganha na aquisição de equipamentos fotográficos."

Quando perguntei a Bernell sobre a caligrafia de Don, ele disse: "Ele tem um jeito meticuloso de produzir qualquer tipo de escrita. Usa canetas hidrográficas para quase tudo".

Don Andrews era um suspeito intrigante. Mas eu não podia ir mais longe enquanto não conseguisse encontrá-lo e enquanto não conseguisse falar com Narlow sobre ele.

Andrews tinha se desentendido com uma mulher do setor de recursos humanos da estação de rádio para a qual estava trabalhando, e ela conseguiu para mim as amostras da caligrafia dele. Mas essas amostras não foram suficientes para Morrill decidir sobre se Andrews deveria ou não ser considerado um suspeito.

Descobri a identidade dos adolescentes que testemunharam o assassinato de Stine e mostrei-lhes um retrato de Don Andrews. Na opinião deles, ele era "velho demais e gordo demais".

Mais tarde, eu mesmo comecei a duvidar de que Andrews fosse nosso homem.

Quinta-feira, 3 de maio de 1979

Às 23h05, de forma inesperada, o sargento Ralph Wilson, de Vallejo, ligou para mim.

"Estive pensando em uma coisa muito estranha", disse. "E estive pensando sobre o assassino Zodíaco e bem na hora em que estava verificando os arquivos sobre um policial que tinha namorado Darlene Ferrin, recebi o telefonema de um informante não identificado que diz estar com medo de ser morto."

Comecei a ter calafrios na espinha. Eu sabia que o sargento Wilson não me telefonaria, a menos que estivesse realmente acontecendo algo.

"Esse informante acusou um ex-colega de quarto de querer matá-lo porque ele sabia que o colega é o Zodíaco", continuou Wilson. "Esse cara está morrendo de medo. O suspeito morava em um rancho. É temperamental, um especialista em armas e possui fotos e provas do assassinato de Ferrin. Tem todas as fotos das vítimas. Achamos agora que ele era o homem não identificado que teve uma discussão com Darlene Ferrin no restaurante. Ele mexe com ocultismo. Mexe com criptografia e se parece com o retrato falado. Foi demitido da delegacia de polícia", disse Wilson. "Vou chamá-lo apenas de 'Jack' para evitar quaisquer problemas."

No que me tocava, Don Andrews era o melhor suspeito no caso. Mas eu queria ouvir todas as outras possibilidades.

Segundo Wilson, o acesso às estradas onde os crimes foram cometidos foi um problema durante o curto período de 1969 no qual Jack foi apontado como um dos principais suspeitos do assassinato de Darlene Ferrin. Não parecia haver nenhum jeito de ele ter conseguido chegar à cena dos crimes e ter voltado para casa na hora indicada. Agora, graças ao informante desconhecido, o sargento Wilson soube de uma pequena estrada que desembocava na estrada do lago Herman. A estrada estava fechada por uma porteira com três cadeados com segredo. Jack supostamente conhecia o segredo dos cadeados e usava a estrada de seu rancho para cometer os assassinatos e voltar para casa. Isso explicaria por que a senhora Borges não viu o carro do Zodíaco quando foi diretamente para Benicia pela estreita estrada do lago Herman, antes de fazer sinal para um carro da polícia.

O sargento Wilson prometeu me ligar novamente logo que acontecesse alguma coisa. Ele tinha de esperar até que o informante telefonasse de novo e lhe contasse quem ele era. "Eu conheci esse Jack", disse Wilson. "Ele é capaz de qualquer coisa".

Domingo, 24 de junho de 1979

Cuidando de um tornozelo latejante, Toschi se arrastava após passar dez horas trabalhando. Mas teve de dar um sorriso satisfeito quando viu um artigo sobre ele na edição de domingo do *Progress*. O artigo contava como, depois de menos de um ano, Toschi recebera de volta sua antiga patente. Ao se lembrar do caso, deu um sorriso de alívio; agora ele trabalhara em todas as quatro unidades de crimes contra a pessoa: crimes sexuais, homicídio, agressão qualificada e, neste momento, roubos. Ele estava de volta ao topo.

Senti-me bem. Em nossas reuniões editoriais realizadas de manhã, eu tinha tido a oportunidade de falar com dois prefeitos, Moscone e Feinstein, sobre a promoção dele. Fico satisfeito em pensar que posso ter ajudado.

Terça-feira, 26 de junho de 1979

Soube que "Jack" vendera seu rancho e usara o dinheiro para comprar um bar no Estado de Nevada. Para ver se ele se parecia fisicamente com o Zodíaco, fiz uma viagem de carro.

Quando cheguei ali, ao anoitecer, ele estava jogando na segunda de duas mesas de sinuca forradas de *plush*. Era alto, magro e careca feito um ovo.

Suas digitais haviam sido comparadas com as impressões digitais em sangue encontradas no táxi de Stine, e o resultado fora negativo. Sobre a foto que ele tinha do corpo de Darlene na cena do crime, "Jack" admitiu tê-la pegado como *souvenir* quando saiu da delegacia de polícia. Aquelas eram fotos oficiais da autópsia e da cena do crime.

Fiquei convencido de que ele não era o Zodíaco.

17

Zodíaco

Sexta-feira, 27 de julho de 1979

Desde março, estive trabalhando para solucionar a grande mensagem codificada contendo 340 símbolos e que desafiara os mais sofisticados decifradores de código e os mais sofisticados computadores da CIA, da NSA e do FBI (a sexta carta do Zodíaco, de 8 de novembro de 1969; veja página ao lado).

A maioria das pessoas acreditava que essa mensagem codificada era uma brincadeira da parte do assassino e que não tinha nenhum significado. Mas na sexta linha da mensagem, o Zodíaco fizera uma correção. Já que ele trabalhara tão minuciosamente para criar um bloco quase perfeito de símbolos, era improvável que ele o macularia riscando um deles e escrevendo outro se o símbolo não significasse nada.

Se o Zodíaco mencionara Herb Caen, famoso colunista do *Chronicle*, em 1978, então era possível que tivesse mencionado Caen também em 1969. As três primeiras letras da grande mensagem em código eram "H E R". Perguntei-me se algum dos símbolos da mensagem de 340 caracteres tinha o mesmo significado daqueles decifrados pelos Hardens na primeira carta do Zodíaco. Descobri que sim. Os cinco símbolos restantes eram as letras "C E A N B". Combinadas com "H E R", resultavam em uma versão ligeiramente transposta de "HERB CAEN".

Não era absurdo deduzir que o Zodíaco havia transposto também alguns dos criptogramas restantes. Havia muitos erros de grafia e de codificação na solução de Harden, e eu também levei isso em conta.

O nome de Caen era a palavra-chave no código. Usando esses oito símbolos como uma Pedra de Roseta, alguns dos criptogramas começaram a fazer sentido.

Na terceira linha da mensagem, de baixo para cima, estavam as letras "Posht/". Eu sabia que "h" era "h" mesmo e que a palavra poderia ser um anagrama de "Toschi".

Novamente, tentei imaginar como seria o Zodíaco em 1969, que pensamentos ele tinha e quem ele consideraria seu inimigo. Herb Caen poderia ser um inimigo. E descobri o que poderia ser o nome do sargento Les Lundblad na nona linha.

Acho que um dos motivos pelos quais a mensagem codificada de 340 símbolos ficou sem solução durante tantos anos é o fato de o Zodíaco ter mencionado muitos dos nomes próprios de seus antagonistas e dos lugares onde seus assassinatos ocorreram. Para os especialistas em criptografia do Leste, esses nomes seriam apenas um monte de bobagens.

Aos poucos, a mensagem codificada começou a produzir palavras e partes de palavras. Apareceram a palavra "SEE" e a palavra incompleta "RN_AOD". Esta última era a palavra "PARDON" transposta; isso me deu um símbolo para "p". Na 15a linha, "Ecbu___ " era provavelmente "BECAUSE"; isso me forneceu mais significados para os criptogramas.

A carta que o Zodíaco enviou com a mensagem codificada foi de grande ajuda. Ela me lembrou da maneira formal de falar que ele adotou, seu jeito ao mesmo tempo educado e depravado, e sua raiva em relação às "mentiras" que a polícia estava contando sobre ele. Ele escreveu sobre ter matado sete vítimas, então procurei por grupos de letra que pudessem significar "oitava" (*eighth*), uma referência à sua próxima vítima. Em uma carta escrita no dia seguinte (9 de novembro de 1969), ele mencionou que a polícia contava mentiras sobre ele, então eu procurei a palavra que seria recorrente, "mentiras" (*lies*). Ele frequentemente terminava suas sentenças com "etc.", então procurei isso também.

O Zodíaco começara criando uma mensagem codificada por substituição — símbolos substituindo caracteres alfabéticos — e em seguida tinha transposto esses símbolos, criando uma mensagem codificada por substituição-transposição. Cada caractere alfabético poderia ser representado por múltiplos símbolos. Mensagens codificadas por transposição podem ser mais difíceis de decifrar do que mensagens codificadas por substituição.

O assassino utilizara 65 símbolos diferentes na mensagem codificada, com 43 deles ocorrendo cinco vezes ou menos. Apenas dois ("+" e "b") ocorreram mais de dez vezes. O Zodíaco utilizava algo muito diferente do código solucionado pelos Harden.

Se pelo menos a mensagem tivesse algumas poucas linhas a mais! Especialistas afirmaram que um número maior de símbolos teria fornecido material suficiente ao computador para verificar todas as combinações possíveis e fornecer, assim, a solução.

Domingo, 29 de julho de 1979

Senti que estava chegando perto de uma resposta. Trabalhei no código todas as noites. Algumas vezes, quando parava para olhar as paredes brancas de minha sala, via as linhas de símbolo na minha frente.

Às 23h00, pensei ter finalmente conseguido a resposta a um dos maiores criptogramas "indecifráveis" da última década.

Os Harden tinham decifrado a mensagem em três partes buscando combinações de "l" duplo, as mais comuns. Encontrei combinações triplas, erros ortográficos propositais para enganar os especialistas em criptografia: "PILLL", "ALLL", "ALLLSO" e "WILLL".

Em minha solução, descobri que o Zodíaco usara dez caracteres diferentes para a letra "e", nove para "s" e sete para "a". Um símbolo recorrente, o "c" invertido, acabou não sendo nada.

De manhã, enviei minha solução para a convenção dos criptologistas que, na época, reunia-se na Universidade Estadual Kent. Se minha resposta fosse válida, eles saberiam. E poderiam corrigir quaisquer erros que eu tivesse cometido.

Segunda-feira, 6 de agosto de 1979

Quando eu trabalhava em minhas ideias para meu cartum da página de opinião da terça-feira, meu telefone tocou. Era Greg Mellen, da Associação Americana de Criptografia. "Parabéns", disse ele, "você quebrou o código do Zodíaco".

Naquele momento, São Francisco era atingida pelo maior terremoto que já havia experimentado nos últimos 68 anos. Arranha-céus na região do centro da cidade começaram a balançar, e as pessoas em meu escritório se levantaram, algumas para sair da sala.

"O que está acontecendo?", perguntou o especialista em criptografia.

"Estamos tendo um terremoto aqui. As pessoas estão fugindo."

"Você quer me ligar depois?", perguntou Mellen.

"Não", afirmei, "isso é mais importante. Continue".

Naquele mesmo instante, a cidade era atingida por um abalo sísmico subsequente, menos forte.

Mellen resolveu me enviar por escrito os detalhes em vez de continuar conversando ao telefone.

Quarta-feira, 8 de agosto de 1979

"Caro senhor Graysmith", escreveu Greg Mellen. "Como eu estava dizendo antes do terremoto... Parabéns por ter quebrado a segunda mensagem codificada do Zodíaco. Ambas as mensagens codificadas do Zodíaco são homofônicas (mensagens cifradas que usam múltiplos substitutos para uma única letra), e a segunda ficou mais complicada pelo acréscimo de uma transposição aparentemente aleatória das letras de cada palavra. Mensagens codificadas homofônicas datam no mínimo do século XV [1412] e não são raras. (...)"

"Os erros de grafia e de codificação são esperados e se encontram dentro de uma faixa aceitável. Lamento não poder lhe dar 'pistas' adicionais para decifrar a segunda mensagem; o senhor extraiu todas as informações existentes ali."

Eugene Waltz, da mesma Associação Americana de Criptografia, também me escreveu. "Tive oportunidade de falar com Greg Mellen na convenção da AAC e concordamos que sua solução é boa e válida. Também esperamos que ela ajude na prisão do Zodíaco. A solução bem-sucedida de uma mensagem codificada, como é o caso dessa, requer intuição, sorte e, acima de tudo, *perseverança tenaz* para passar hora após hora em esforços muitas vezes infrutíferos a fim de acrescentar valores ou determinar a validade de valores já atribuídos. O senhor precisa ser parabenizado, não apenas por quebrar o código, mas também por sua disposição em despender tempo e esforço ao fazê-lo."

Anteriormente, eu enviara a chave criptográfica e a solução à delegacia de polícia de Vallejo. Eis o que a mensagem codificada dizia.

O Zodíaco utilizara uma série de símbolos nulos, incluindo um "c" invertido e múltiplos "l", além da palavra "it" (*isso*), posicionados aleatoriamente. A letra "k" valia tanto para o "k" quanto para o "s". Eu deixara esses símbolos de fora e acrescentara a pontuação e o espaçamento, de modo que a mensagem fosse lida como uma carta a Herb Caen, algo que eu acreditava ser o propósito original da mensagem cifrada.

> HERB CAEN:
> EU TAMBÉM LHES CRIO PROBLEMAS.
> DANEM-SE ESSAS MENTIRAS. INVESTIGADOR
> DVEERIA [DEVERIA] VER UM NOME
> EMBAIXO DO FILME DE ASSASSIINOS, NEGÓCIO DE
> COMPRIMIDOS. DESCULPE. AGCEITAR
> DESTRUIR NE [ME]. BESTEIRA.
> ESSES TOLOS IRÃO ENCONTRAR
> ASSASSINO. POR FAVR PERGUNTE LUNBLAD.

Aqui, o Zodíaco menciona o detetive sargento Les Lundblad, o homem que o havia caçado em Vallejo. A menção a drogas confirma as teorias da polícia de que o Zodíaco escrevia as cartas sob efeito delas.

> AMLA [ALMA] EM H LSD UL
> LAGO CLEAR. ENTÃO OLHE EU
> TOMO COMPRIMIDO, BABACA. EU
> PLANEJ TELEFONE SR. A. H. LAGO B.

("Lake B" é provavelmente uma referência ao lago Berryessa, que fica perto do lago Clear. "Sr. A. H." deve se referir ao colunista do *Chronicle* Art Hoppe.)

> TODOS EESCRAVOS PORQUE LSD
> VAI ROUBADO CADA ESCRAVO
> DEVO INFERNO AÇOITAR TOSCHI?
> O PORCO IMPEDE NEGÓCIOS CM [COM]
> OITAVA AMLA [ALMA] ASSASSINADA.

A mensagem realmente causou alvoroço. Depois de minha aparição no noticiário noturno e em vista da segunda menção de Toschi em uma carta do Zodíaco, o Departamento de Polícia de São Francisco solicitou uma verba federal de assistência a forças policiais no valor de 92 mil dólares a ser usada na futura investigação do caso. Em 29 de agosto, a quantia requisitada fora reduzida para 70 mil dólares.

Por que o Zodíaco matava nos dias em que matava?

Houve casos em que um serial killer matava apenas nos dias de feriado (os assassinatos de 4 de Julho em Michigan, 1967-69). É isso o que Zodíaco estava fazendo?

Cheri Jo Bates foi morta perto da meia-noite, em 30 de outubro de 1966. O assassino teria conversado com ela durante horas à espera da meia-noite e do início do Halloween (Dia das Bruxas, a antiga celebração dos mortos)?

O Zodíaco atacou no Blue Rock Springs cinco minutos depois da meia-noite, em 4 de Julho. Kathleen Johns foi levada em seu passeio de terror em 1970 no Domingo de Ramos.

Paul Stine foi morto quando São Francisco já estava comemorando o Dia de Colombo (12 de outubro).

O dia 27 de setembro de 1969, do assassinato de Cecelia Shepard, era o primeiro dia da Festa dos Tabernáculos, um feriado judaico.

Mas o assassinato em 20 de dezembro de David Faraday e Betty Lou Jensen aconteceu antes do Natal. Isso me incomodava.

A primeira carta do Zodíaco foi postada em 29 de novembro de 1966, apenas dois dias antes do Dia de Ação de Graças. Suas cartas de abril de 1970 estavam com datas carimbadas com o primeiro e o último dia do Pessach, um feriado judaico.

Essa era uma teoria pouco consistente e inaceitável, mas havia uma certa justificativa, um ritmo nos ataques do Zodíaco e nos comunicados que transcendiam os feriados comemorativos.

O Zodíaco e a astrologia. E se de fato as estrelas controlavam as ações dele? Poderia o maníaco desconhecido que aterrorizava a Califórnia estar acompanhando as fases da Lua?

Verifiquei o mês de outubro de 1969 para saber se alguma das fases da Lua coincidia com algum ataque ou alguma carta. O primeiro dia de Lua nova caiu em 11 de outubro, o dia em que Paul Stine fora morto. Continuei analisando as fases da Lua em novembro de 1969. O primeiro dia de Lua nova caiu em 9 de novembro, dia em que a mensagem codificada com 340 símbolos foi enviada ao *Chronicle.*

O assassinato do dia 27 de setembro de 1969 ocorreu na noite de um eclipse lunar e apenas dois dias depois do início da Lua cheia.

O assassinato do dia 3 de julho aconteceu cinco dias depois da Lua cheia de 29 de junho. No dia do assassinato, a Terra alcançou o afélio, ponto em que o Sol, a Terra e a Lua estão exatamente alinhados e exercem sua maior força gravitacional. Próximo ao solstício de verão, esse é um dos eventos astrológicos mais importantes do ano.

O assassinato de Jensen e Faraday, em 20 de dezembro de 1968, aconteceu um dia depois da Lua cheia e a alguns minutos do solstício de inverno. Cheri Jo Bates foi morta na Lua cheia mais um dia, em um dia conhecido como o da Lua da Colheita. Kathleen Johns foi sequestrada um dia depois do equinócio da primavera, durante a Lua cheia.

As três cartas do Zodíaco contendo o criptograma desvendado pelos Harden foram postadas em 28 de julho de 1969, primeira noite de Lua cheia.

Em todos os assassinatos, Saturno estava visível como estrela da tarde. No assassinato de Shepard, a Lua passou acima de Saturno, que nasceu cedo e ficou no céu a maior parte da noite, em Áries. Saturno estava em Áries no assassinato de 5 de julho, bem como no de 11 de outubro. Mesmo no assassinato de Bates em 1966, no Halloween (que inicia a antiga celebração dos mortos), Saturno era uma estrela da tarde.

Faraday e Jensen foram mortos na época das Saturnais, um antigo festival romano (de 17 a 23 de dezembro), quando crianças eram sacrificadas aos deuses. O substantivo "sábado" em inglês (*Saturday*) deriva de "dia de Saturno". Todas as vítimas foram mortas no sábado (exceto Faraday e Jensen, que foram mortos minutos antes do sábado). Quando Saturno estava em ascensão, talvez o Zodíaco achasse que estava em poder do antigo deus de mesmo nome.

O Zodíaco escrevia suas cartas e cometia os assassinatos nas épocas de fases lunares consecutivas. Em nenhuma outra ocasião isso era mais evidente do que em sua escolha das datas nas quais escrevia para o *Chronicle* em 1970: as cartas de 28 de abril, 26 de junho e 23 de julho foram postadas no primeiro dia da quarta fase da lua.

Em 1974, quando ocorreram seis ocultações de Saturno, e o planeta era a estrela da tarde, o Zodíaco quebrou um longo silêncio. Ele escreveu quando Saturno estava em movimento retrógrado e a menos de 1 grau ao sul da Lua (29 de janeiro); escreveu a dois dias do início da Lua cheia (8 de maio); e, mais uma vez, escreveu quando a Terra estava no afélio (8 de julho), a quatro dias do início da Lua cheia.

Em 1978, um dia depois da Lua cheia, entre o instante em que o Sol entrou em Áries e Saturno ficou estacionário, o Zodíaco escreveu que estava "no controle de tudo" (24 de abril).

Muitos acreditavam que, muito provavelmente, o Zodíaco era do signo de Áries, realizando suas missões clandestinas em época de Lua cheia ou de Lua nova, quando Saturno está em ascensão.

No entanto, o astrólogo Alex Hoyer revelou ao *Chronicle* que "é possível que o assassino tenha nascido sob o signo de Touro, cujos representantes são geralmente pessoas amorosas, boas e gentis. (...) Tais pessoas (...) embora muito afetuosas por natureza, têm períodos de violência e impetuosidade quando frustradas em seu intento e podem perder o controle".

Na qualidade de artista, conheço símbolos visuais. Isso me levou a perceber o que o estranho símbolo no cartão ameaçador do Halloween queria realmente dizer. Ele era formado pelo símbolo hebraico e pelo símbolo grego para Touro.

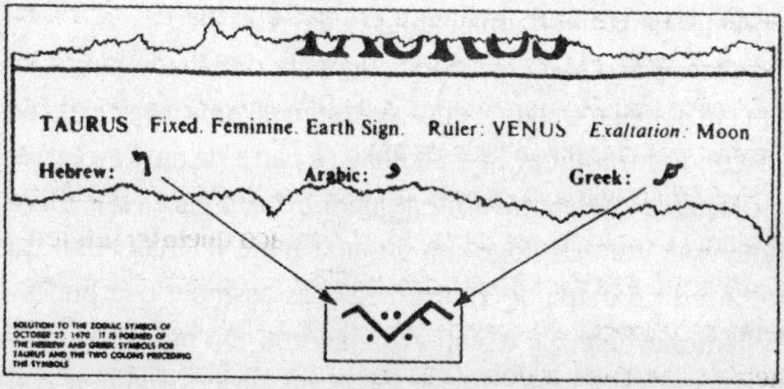

E agora eu percebia o que havia me incomodado nos três "8" colocados no meio de círculos e constantes do criptograma "meu nome é", de 20 de abril de 1970. A parte de cima dos "8" não estava fechada. Tratava-se, na verdade, de símbolos para o signo Touro.

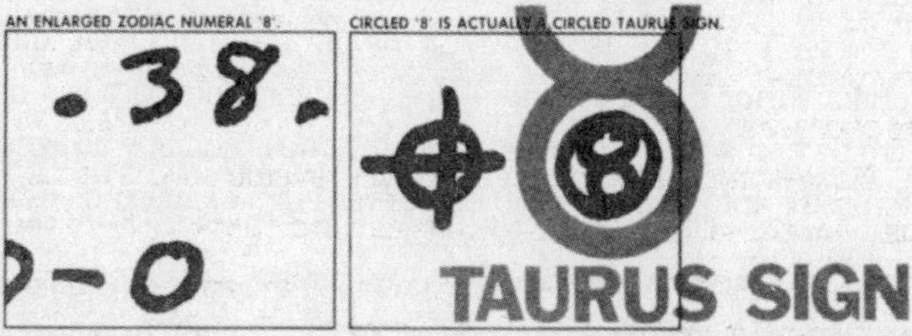

Inteligentemente, o Zodíaco ocultara os símbolos de Touro em suas cartas. Seria seu signo de nascimento, ou ele apenas achava que era de Touro?

Se o Zodíaco era adepto da astrologia ou apenas influenciável pelas fases da Lua, talvez suas futuras ações pudessem ser previstas. Afinal de contas, ele rompera um silêncio de três anos em janeiro de 1974, mês no qual uma grande coincidência de ciclos cósmicos ocorrera. Essa maré biológica pode ter deflagrado uma explosão emocional.

O Zodíaco seria inconscientemente dominado pela Lua? Ou ele planejava seus crimes por meio de uma espécie de horóscopo astrológico? Se trabalhava a partir de um horóscopo, ele mesmo o elaborava ou alguém o fazia para ele? Talvez houvesse um astrólogo em alguma parte da Bay Area que teria feito o mapa de Touro para o assassino e que pudesse se lembrar dele. Se o Zodíaco elaborou um horóscopo para si mesmo, então seu nome era mais do que um disfarce, e ele tinha um interesse real por astrologia.

Em diversos livros sobre línguas e conhecimentos antigos, encontrei alguns dos símbolos que o assassino usou em suas mensagens codificadas, mas não o bastante para me convencer de que o Zodíaco havia utilizado algum texto em especial a fim de criar seus símbolos. Finalmente, em um determinado livro, descobri todos eles.

Esse livro era *As Above, So Below*[1] de Alan Oken, que criara vários daqueles símbolos especificamente para seu livro de horóscopo. Todos os símbolos que o Zodíaco utilizou em seu criptograma de 340 caracteres eram os mesmos usa-

1. Traduzido em português com o título *Astrologia: O Cosmo e Você*. (N. do T.)

dos nas previsões de horóscopo. (Veja a última ilustração na segunda seção de fotos.)

E, finalmente, a resposta para o significado do próprio símbolo do Zodíaco, o círculo atravessado por uma cruz. Ele matara no dia anterior ao solstício de inverno, no afélio e na Lua cheia mais próxima ao equinócio de outono, e atacara no dia seguinte ao equinócio de primavera. O solstício de inverno, o solstício de verão, o solstício de outono, o equinócio de outono e o equinócio de primavera formam uma cruz por sobre um círculo. Foi nesses quatro pontos sobre o círculo que o Zodíaco matou (veja a página 306).

O Zodíaco usara dois dos cinco principais símbolos da astrologia, o Círculo (espírito) sobreposto pela Cruz (matéria), para significar não apenas a si mesmo, mas os dias dos assassinatos.

"Sua informação sobre o livro de Oken é espantosa", escreveu-me Toschi. "Pensar que o Zodíaco provavelmente usava o mesmo texto que você leu é fascinante. Suas ideias de que o Zodíaco é um 'seguidor' da astrologia se encaixam no que estive pensando durante muitos anos. (...) Acredito que você está, realmente, no caminho certo, em especial com relação à cruz e ao círculo, que, quando mostrados visualmente por você, provam que você achou algo grande."

Os elementos comuns aos assassinatos do Zodíaco haviam permanecido ocultos durante uma década, mas, agora que eu sabia a cronologia usada pelo assassino, talvez pudesse encontrar ligações com outros homicídios não solucionados e ocorridos no norte da Califórnia.

"Então, mudarei a maneira de coletar escravos", escreveu o Zodíaco em 1969. "Não mais anunciarei a ninguém quando cometer meus assassinatos; eles parecerão roubos de rotina, homicídios passionais & uns poucos falsos acidentes etc." Quais eram as vítimas desconhecidas?

Conforme ressaltei, todas as vítimas do Zodíaco eram jovens estudantes mortos em seus carros ou perto deles, próximo a água e nos fins de semana, quando havia Lua nova ou Lua cheia. O abuso sexual ou o roubo não constavam entre os motivos para as agressões. O assassino usou uma arma diferente a cada vez. Em alguns dos ataques, o assassino carregava uma grande lanterna.

Meus pensamentos se concentraram no lado direito do carro, o lado do passageiro. O único vidro abaixado na estrada do lago Herman ficava do lado direito, onde Betty Lou estava sentada; o vidro do lado de Mageau, no Blue Rock Springs, estava abaixado e o quebra-vento de Stine estava aberto do lado do passageiro. O Zodíaco teve alguma dificuldade em puxar Stine para o lado do passageiro, no táxi. Na estrada do lago Herman, o assassino disparou um tiro no vidro da porta traseira e, circulando o veículo, disparou outra bala na parte da carroceria que cobre o pneu esquerdo traseiro, conseguindo forçar o casal a saltar pelo lado do passageiro. O Zodíaco associava o assento do passageiro com pessoas que pegavam carona? Eram essas suas outras vítimas?

Se o Zodíaco estava posicionando os corpos de maneira ritualística, a postura mais comum era uma das vítimas caída total ou parcialmente para fora do lado direito do carro, lado do passageiro, de costas, palmas das mãos para cima, a cabeça apontando na direção oposta ao carro. Até mesmo Mageau, depois de ter caído do carro de Darlene, adotou acidentalmente essa posição. David Faraday e Paul Stine, ambos atingidos por tiros perto do ouvido, estavam caídos de costas. A cabeça de David apontava para o leste e a de Paul, para o norte.

A única coisa que nunca deixou de me intrigar era: como o Zodíaco sabia, na estrada do lago Herman, escura como breu, que "a moça estava caída sobre o lado direito com os

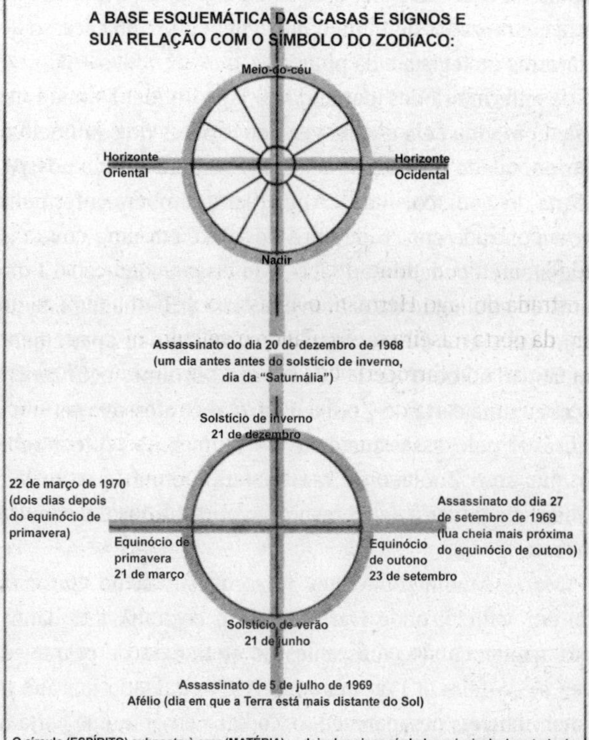

O círculo (ESPÍRITO) subposto à cruz (MATÉRIA) — dois dos cinco símbolos principais da astrologia.

pés para o oeste"; que, no estacionamento no Blue Rock Springs, Darlene "estava usando calça comprida estampada"; e que ele baleara Mageau no joelho enquanto o rapaz esperneava? Se o Zodíaco conhecia tais detalhes, esses detalhes poderiam ter sido notados durante assassinatos feitos às pressas, nos quais tinha apenas alguns instantes para fugir? Ele deve ter seguido as vítimas antes. Era uma boa possibilidade, porque ele atacava suas vítimas quase imediatamente depois de elas estacionarem. Se conhecia tão bem as áreas, seria ele morador de Vallejo ou alguém que tinha acesso aos relatórios do legista e da polícia?

A enfermeira desaparecida do lago Tahoe, Donna Lass, vista com vida pela última vez pouco antes do equinócio de outono, nunca foi encontrada e é considerada uma possível vítima do Zodíaco. Judith Ann Hikari, também enfermeira, foi encontrada em 26 de abril de 1970, em uma cova rasa no distante condado de Placer. Mas isso aconteceu 13 dias antes do equinócio da primavera. Nancy Bennallack, taquígrafa judiciária, foi encontrada morta em seu apartamento em 26 de outubro de 1970. No dia seguinte, o *Chronicle* recebeu uma carta do Zodíaco na qual confessava ser o responsável pelo assassinato de 14 vítimas. A polícia achava que, se o Zodíaco de fato matara Donna Lass no lago Tahoe, ele poderia ser o responsável pela morte das outras duas mulheres.

Marie Antoinette Anstey foi sequestrada no Coronado Inn em Vallejo, onde Darlene Ferrin costumava ir dançar. Isso aconteceu sete dias antes do equinócio de primavera, uma sexta-feira, 13 de março de 1970. Passado um ano do dia em que ela desapareceu, o Zodíaco enviou uma carta ao *Chronicle*. Um ano depois que seu corpo foi descoberto, no dia 21 de março de 1971, o Zodíaco enviou um cartão-postal ao *Chronicle*.

A sexta-feira 13 seguinte de 1970 aconteceu em novembro. Foi nessa noite que um carro saiu do acostamento da avenida Ascot e se deslocou por cerca de 9 metros, dentro de uma área de relva na divisa norte de Sacramento, arrastando um corpo através do mato e jogando-o de barriga para cima próximo a uma cerca de arame. A garganta da vítima foi então cortada. A mulher foi tão espancada, que acabou sendo preciso consultar seus registros dentários a fim de estabelecer sua identidade. Tratava-se de outra enfermeira, uma moradora de Santa Rosa chamada Carol Beth Hilburn, que antes estudara para ser técnica em radiologia do Hospital Geral Sutter, em Sacramento. Hilburn, uma mulher de cabelos ruivo-claros, estava separada do marido havia três meses e morava com a irmã em Santa Rosa. Uma moça misteriosa conhecida apenas como "Dee" acompanhou Carol até Sacramento, na quinta-feira, 12 de novembro, para visitar alguns amigos que eram membros de gangues locais de motociclistas — "motoqueiros" e "pessoas erradas", como o marido dela os chamava. Dee deixou Carol em uma boate que funcionava de madrugada na avenida West Capital e que era frequentada por gangues de motociclistas. Carol estava usando uma jaqueta preta que ia até os quadris, com os dizeres "Santa Rosa" na frente, em letras amarelas. Ela havia ido ao bar para se encontrar com um namorado e ficou ali até as 4 horas. Depois disso, não foi mais vista. Quando seu corpo foi encontrado no dia seguinte, ela estava usando apenas uma de suas botas de camurça e no outro pé apenas a meia. Sua calcinha estava abaixada até a altura de um dos joelhos. O assassino ficou com as roupas e a bolsa dela?

O nome da boate era *Zodíaco*.

A terceira vítima da sexta-feira 13 (13 de julho de 1973) foi Nancy Patricia Gidley, sequestrada em seu motel em São Francisco e desovada no estacionamento da Escola Washington. Todas as suas roupas haviam sido arrancadas. Stine, o taxista, foi morto na rua Washington.

Cosette Ellison foi morta 17 dias antes do equinócio de primavera, e Patricia King, 15 dias antes. Eva Blau foi morta no equinócio de primavera. Todas morreram em 1970; todas foram achadas jogadas em ravinas. Em 1969, dez dias antes do solstício de inverno, Leona Roberts foi assassinada. A polícia acreditava que um único homem matara todas essas mulheres.

Em 6 de julho de 1979, um cadáver com as mãos e tornozelos amarrados e ligados ao pescoço, com uma corda de varal, foi encontrado em uma cova rasa perto da rodovia Calistoga, em Santa Rosa. Essa descoberta reacendeu os boatos sobre sete homicídios não solucionados e ocorridos desde 1972.

Os sete assassinatos foram os seguintes:

Maureen L. Sterling, de 12 anos, e Yvonne L. Weber, também de 12 anos, que desapareceram a caminho de casa ao voltarem do Rinque de Patinação no Gelo Redwood, em Santa Rosa, às 16 horas da sexta-feira, 4 de fevereiro de 1972. Seus esqueletos foram encontrados na encosta de 18 metros de altura de uma estrada rural na região de Franz Valley, parte leste do condado de Sonoma. Elas haviam sido mortas em outro local e deixadas no lugar em que foram achadas, em 28 de dezembro de 1972. O assassino ficou com as roupas delas e levou também um brinco de ouro de cada moça.

Kim Wendy Allen, de 19 anos, estudante da Escola Técnica Santa Rosa, desapareceu quando pedia carona para sua casa em Santa Rosa, em 4 de março de 1972. Ela voltara do trabalho na loja Larkspur, de comida natural, e foi vista pedindo carona para o norte na rodovia 101 por volta de 17 horas. Era um sábado, 16 dias antes do equinócio de primavera. Seu corpo nu foi achado no leito de um riacho a 6 metros da rodovia Enterprise. Ela fora estrangulada com uma corda de varal branca. Seus pulsos e tornozelos mostravam sinais de terem sido amarrados, como se a tivessem atado com as pernas e os braços abertos. Ela tinha cortes superficiais no peito. Um de seus brincos de ouro havia sido levado, assim como suas roupas e seus pertences.

Obtive uma lista com os itens que Kim Allen fora vista carregando quando saiu do trabalho. Um desses itens era uma sacola de palha, com cerca de 61 centímetros de comprimento, com alças também de palha, cheia de comida natural. O segundo objeto era um barril de madeira, com cerca de 76 centímetros de altura, vazio, com a palavra "soja" escrita em preto em um dos lados. O barril de molho de soja também tinha alguns caracteres chineses escritos nele. O assassino ficou com o barril.

E agora eu acreditava saber de onde o assassino tirara o símbolo desenhado no final da carta do *Exorcista*. Consegui um barril daquele tipo e descobri que esse símbolo em particular do Zodíaco era muito parecido com alguns dos caracteres chineses.

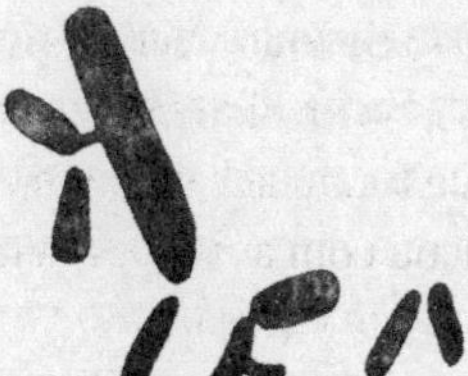

Símbolo do Zodíaco

Símbolo do barril

Lori Lee Kursa, de 13 anos, foi vista com vida pela última vez no U-Save Market de Santa Rosa, em 21 de novembro de 1972. Seu corpo nu foi encontrado em 12 de dezembro de 1972, com o pescoço quebrado. A primeira e a segunda vértebras cervicais estavam deslocadas. Ela tinha duas argolas nas orelhas furadas, sem brincos pendurados.

Carolyn Nadine Davis, de 15 anos, que havia fugido de Anderson, no condado de Shasta, foi vista pela última vez saindo da casa da avó em Garberville, em 15 de julho, pedindo carona para o sul na rodovia 101. Seu corpo nu foi encontrado 3,5 quilômetros ao norte da rodovia Porter Creek, na rodovia Franz Valley, no mesmo local em que foram localizadas Sterling e Weber. Ela foi achada em 31 de julho de 1973. A polícia descobriu que Carolyn havia comprado uma passagem aérea de ida de Redding para São Francisco. Ela morreu envenenada por estricnina.

Therese Diane Walsh, de 23 anos, desapareceu exatamente no solstício de inverno de 1973, pegando carona na rodovia 101, da praia de Malibu, em direção à sua casa, em Garberville. Seu corpo foi encontrado perto do local em que Kim Wendy Allen fora achada. Estava com as pernas e os braços amarrados juntos por meio de uma corda de náilon com 6 milímetros de espessura. Ela foi estrangulada e jogada em um riacho. Ela tinha sido agredida sexualmente.

Jeannette Kamahele, 20, foi a vítima encontrada em 6 de julho de 1979. Aluna da Escola Técnica Santa Rosa, foi vista pela última vez pedindo carona perto da rampa de acesso a Cotati, na rodovia 101, viajando para o norte, para Santa Rosa, em 25 de abril de 1972. Seu corpo foi descoberto em uma ravina no condado de Sonoma, em uma cova rasa perto da rodovia Calistoga. A estudante tinha sido amarrada com as mãos e os tornozelos atados ao pescoço; uma corda de varal branca estava enrolada em seu pescoço, com quatro voltas. Ela foi encontrada a pouco mais de 90 metros de onde tinha sido achado o corpo de Lori Lee Kursa.

Minhas investigações revelaram outras possíveis vítimas do Zodíaco. Betty Cloer, de 21 anos, foi morta dois dias antes do solstício de verão em 1971. Em 1972, Linda Ohlig, de 19 anos, foi assassinada seis dias depois do equinócio de primavera, e Alexandra Clery, de 24, foi morta 18 dias antes do equinócio de outono. Susan McLaughlin, de 19, foi assassinada 18 dias antes do equinócio de primavera, e Yvonne Quilan-tang, de 15 anos, 11 dias antes do solstício de verão em 1973. Dezenove dias antes do solstício de inverno, Cathy Fechtel, de 27, e Michael Shane, de 30, foram ambos mortos e desovados na rodovia Livermore. Seis dias depois do equinócio de outono em 1974, Donna Marie Braun, de 14 anos, foi assassinada. Em uma quinta-feira, 16 de outubro de 1975, Susan Dye foi estrangulada quando estava pedindo carona para casa; seu corpo foi achado no viaduto de uma via expressa perto de Santa Rosa.

Quase todas as vítimas costumavam pedir carona, algumas com envolvimento sem gravidade com drogas. Todos os que pedem carona ocupam o assento do passageiro, foco costumeiro de ataque do Zodíaco. O assassino tinha conhecimento sobre nós de corda consistente com os de um marinheiro. As vítimas foram encontradas perto de áreas com água, como a maioria das vítimas do Zodíaco: Walsh em um riacho; Roberts na lagoa Bolinas; Anstey, morta por afogamento; Dudley à margem do lago Merced; e Braun flutuando no rio Salinas.

Poucas haviam sido molestadas sexualmente; nenhuma das peças de roupa das vítimas despidas foi encontrada. O assassino atacava nos fins de semana, ao entardecer ou à noite, e amarrou as vítimas em Santa Rosa com uma corda de varal branca do tipo usado nas vítimas do lago Berryessa. Três das moças estavam com cordas em torno do pescoço.

Todas as vítimas foram mortas longe de onde acabaram sendo encontradas. Quando desovava os corpos, o assassino parava o carro na estrada e não no acostamento, de modo a não deixar rastros. As vítimas foram carregadas e lançadas por sobre valas de drenagem e cercas e arremessadas colina abaixo, indicando que ele era um homem extremamente forte. O assassino conhecia a região.

As estudantes foram torturadas, esfaqueadas, envenenadas, estranguladas, afogadas ou sufocadas. Algumas sofreram fraturas. Já que os corpos vinham sendo deixados nos mesmos locais, com intervalos de alguns meses entre uma desova e outra, a polícia ficou convencida de que a mesma pessoa estava cometendo todos esses ou a maioria desses assassinatos. Para mim, a parte realmente horripilante disso tudo era que alguém vinha experimentando formas diferentes de matar pessoas.

A CI&I, até julho de 1974, havia identificado 103 casos de homicídio que tinham as características acima, incluindo casos nos Estados de Washington e Oregon. Aquela agência estava certa de que pelo menos 14 deles envolviam o mesmo homem.[2]

---

2. Minha fonte é um relatório especial – “Homicídios de Mulheres não Solucionados. Uma Análise de uma Série de Assassinatos Relacionados Ocorridos na Califórnia e no Oeste dos EUA” – classificado como confidencial e impresso em fevereiro de 1975 pelo Departamento de Justiça da Califórnia. (N. do A.)

O gabinete do secretário de Justiça da Califórnia emitiu um relatório secreto afirmando que "nos últimos cinco anos (1969-74), 14 jovens foram assassinadas no norte da Califórnia. E todos esses assassinatos parecem ter sido cometidos pela mesma pessoa. Outras oito mulheres desapareceram misteriosamente nos Estados do Oregon e de Washington durante o último ano". O relatório, elaborado pelo Departamento de Justiça da Califórnia com o auxílio de muitos órgãos policiais locais, afirmava que, segundo acreditavam, o assassino estava "familiarizado com bruxaria ou ocultismo, por causa de um símbolo de bruxaria encontrado durante o caso Caroline Davis e a possível ligação com o ocultismo nos casos das mulheres desaparecidas nos Estados do Oregon e de Washington". O relatório concluía: "Os assassinatos provavelmente irão continuar enquanto o autor não for identificado e preso".

Eram essas as vítimas desaparecidas do Zodíaco?

Santa Rosa continuava aparecendo em cena. As vítimas eram ou estudantes da Escola Técnica Santa Rosa ou moradoras de Santa Rosa mortas em outros locais. Haveria um suspeito de ser o Zodíaco ligado a Santa Rosa?

Quando perguntei a Toschi se havia algum suspeito importante de ser o Zodíaco ligado a Santa Rosa, ele respondeu: "Sim. Mas é só o que posso dizer enquanto o caso não for encerrado".

Então, havia um suspeito que eu ainda tinha de descobrir. Outros investigadores foram também evasivos. O que eles estavam escondendo?

Enquanto isso, continuei procurando por Don Andrews.

Sexta-feira, 29 de fevereiro de 1980

Eu acreditava que, para as pessoas à volta dele, o assassino Zodíaco poderia muito bem parecer ser um homem controlado, calmo, razoável, um solitário com pouco contato com terceiros. No entanto, vivia envolvido em um mundo de cinema, fantasia e melodrama; essa era a parte de sua personalidade que apontava para seu lado obscuro.

Em uma análise secreta sobre o assassino de Cheri Jo Bates, redigida em julho de 1967 para o gabinete do promotor de Riverside pelo psicólogo-chefe do Hospital Estadual Patton, o assassino da moça é descrito como: “tão hipersensível (...) que quase qualquer ato mal interpretado poderia se tornar totalmente desproporcional em relação aos fatos reais. Ele está obcecado e patólogicamente absorvido por um intenso ódio contra figuras femininas — ainda mais se ele considerar a jovem atraente. Em regra, por causa dos próprios sentimentos inconscientes de inadequação, ele provavelmente não consegue realizar sexualmente seus sentimentos, exceto em fantasia. A fantasia pode assumir aspectos agressivos, como no caso do assassinato da jovem Bates”.

No final do relatório, há esta advertência: “Gostaria de enfatizar que existe uma possibilidade real de que ele possa se tornar homicida novamente”.

Sexta-feira, 29 de fevereiro de 1980

Eu estava sentado na frente de um dos maiores especialistas do país em assassinatos em série, o doutor Donald T. Lunde, professor de psiquiatria clínica e professor da Faculdade de

Direito da Universidade Stanford. O médico, de aparência jovem e cabelos claros, estava na época examinando o caso Kenneth Bianchi, em conexão com o julgamento do Estrangulador de Hillside. Eu o vira várias vezes na TV. Nós nos encontramos no escritório elegante e forrado de livros de Lunde, no segundo andar da Faculdade de Direito da Universidade Stanford.

"Doutor Lunde, o senhor diz que há dois tipos distintos de serial killers: os sádicos sexuais e, o tipo mais comum, os esquizofrênicos paranoicos.[3] Tendo visto cópias de todas as cartas do Zodíaco, o senhor está inclinado a acreditar que o Zodíaco é um sádico sexual?", perguntei.

"É mais provável que, se eu tivesse de fazer uma escolha, seria essa", disse Lunde. "Diferente do esquizofrênico paranoico, o assassino sociopata sádico não sofre de alucinações, mas seleciona suas vítimas com o propósito de satisfazer certas necessidades sexuais e sádicas profundamente enraizadas, como a necessidade de mutilar partes do corpo das vítimas para obter satisfação sexual."

"Eu tenho a impressão de que há mais dessas pessoas por aí do que há 10 ou 20 anos. Quando vi Kemper (Edmund Emil Kemper, que matou oito mulheres em Santa Cruz,

3. Um esquizofrênico paranoico é controlado por forças externas, tais como vozes dizendo a ele o que fazer, e muitas vezes mata mulheres em virtude de sua confusa identidade sexual. Ele apresenta pensamento desordenado, alucinações, síndrome persecutória e ilusões de grandeza. Fatores contribuintes são o meio ambiente e a hereditariedade ou o consumo de drogas como o LSD ou PCP (fenciclidina, pó de anjo). Se o esquizofrênico paranoico chega aos 30 anos de idade, o ódio pode se esgotar ou entrar em remissão. (N. do A.)

assassinando a própria mãe por último), voltei aos textos acadêmicos e encontrei muito poucos casos, um a cada década. Então achei que era apenas um fato raro e eu provavelmente nunca mais veria outra pessoa como aquela."

"Porém, no ano passado apenas, vi vários desses casos, e é surpreendente como eles apresentam características comuns. Parecia haver muito poucos sádicos sexuais identificados no século XX. Mas nos anos 1970! Um mundo deles."

"Agora que eu consegui estudar pessoalmente vários desses indivíduos, existe uma quantidade espantosa de similaridades. As respostas de Bianchi[4] aos testes psicológicos revelam quase as mesmas palavras das respostas de Kemper. Essa coisa toda de ver animais despedaçados, sangue e corações de animais."

O perfil psicológico de um sádico sexual — e mais provavelmente do Zodíaco — seria feito nos seguintes termos:

Ele é sempre do sexo masculino, geralmente tem menos de 35 anos, é esperto, discreto, forte e inteligente. Tem um pai passivo, cruel ou ausente, e uma mãe sedutora, dominadora, que oferece afeto e rejeição de maneira errática. O sádico sexual busca vingança contra a mãe, fantasia sua morte, mas é perversamente apaixonado por ela. O intercurso sexual com outras mulheres é algo impossível. Na maioria dos casos, ele tem poucas ligações sociais ou sexuais e nunca teve uma experiência de relação sexual normal. O assassinato é a única relação bem-sucedida que ele consegue ter com uma mulher. Todas as suas vítimas são apenas substitutas de seu verdadeiro alvo, a própria mãe, que é frequentemente a última vítima.

4. Kenneth A. Bianchi confessou cinco assassinatos no caso das mortes do Estrangulador de Hillside. (N. do A.)

Ele tem um histórico de tortura de animais no início da adolescência. Richard Trenton Chase (o Assassino Vampiro de Sacramento), por exemplo, bebia sangue humano e guardava em seu congelador rins e fígados de animais. Ele estrangula e envenena seus bichos de estimação como substitutos de vítimas humanas.

Por razões desconhecidas, os impulsos sexuais e agressivos desses tipos sádicos se entrelaçam cedo na infância e acabam se manifestando em ataques sexuais violentos e assassinatos sádicos.

Ele mata para obter prazer sexual. O assassinato produz potente excitação sexual e prazer e é um sucedâneo para o sexo. Ele talvez se masturbe enquanto revive os crimes.

O sádico sexual frequentemente provoca a polícia em cartas e comete erros ortográficos deliberados. Sob tensão, pode usar uma caligrafia irreconhecível em comparação com sua escrita verdadeira. O prazer de provocar a polícia pode de fato se tornar o motivo para os crimes e, embora ele se esforce muito em parecer normal e evitar a captura, frequentemente cria suspeitas sobre si mesmo.

O sádico sexual tem um forte impulso de automutilação. Quando criança, talvez brincasse encenando sua própria execução, acabando por se tornar suicida.

Ele alimentará uma fascinação pelas ferramentas de trabalho dos policiais e por policiais, podendo fingir ser um deles. Coleciona armas e instrumentos de tortura e tem grande habilidade em usá-los.

O sádico busca a desumanização de suas vítimas, transformando-as em objetos que não podem rejeitá-lo e sobre os quais tem poder. É incurável, não sente nenhum remorso pela crueldade que inflige a outros e muito provavelmente repetirá seus crimes.

Escolhe vítimas com características específicas, como estudantes ou pessoas que pedem carona. O sádico sexual consegue descrever seus ataques com muitos detalhes. Se apanhado por um assassinato, delicia-se em confessar todos os outros em um esforço para alarmar a polícia. O sádico sexual pode ser esperto o bastante para não ter histórico de doença mental identificável.

"Por que existem tantos por aí hoje em dia?", perguntei.

"Uma explicação possível é que essas pessoas eram vistas pelos pais como esquisitas, porque faziam coisas como cortar animais em pedaços e colocar as partes na geladeira, ou coisas assim", disse Lunde, "e segundo as leis antigas, isso era o bastante para se internar alguém. Mas hoje não é mais."

"Desconfio de que havia um bando de pessoas que ficou internada a vida toda, pessoas essas que eram potenciais assassinos do tipo do Zodíaco. Mas agora que não se pode internar as pessoas por mais de 90 dias,[5] gente assim está ficando à solta. Até 1969, por exemplo, as pessoas podiam ser internadas por toda a vida em um hospital psiquiátrico por motivos bem inconsistentes. Houve uma mudança drástica que tornou muito difícil internar alguém. Agora, é preciso haver provas concretas de atos suicidas ou de atos de violência contra terceiros."

"Quantas vezes", perguntei, "o senhor pessoalmente viu um sádico sexual? Com quantos o senhor conversou?"

---

5. A Lei Lanterman-Petris-Short foi aprovada em 1967 e determina que uma pessoa pode ser detida apenas se é um perigo para si própria ou para terceiros. O fato de a Califórnia ter reduzido o número de suas vagas para pacientes psiquiátricos, de 50 mil em 1950 para os atuais 5 mil jogou vários pacientes dentro de comunidades despreparadas para lidar com eles. (N. do A.)

"Uma dúzia", respondeu Lunde, "o que é muito mais do que um. Mas, por outro lado, não se compara aos milhares de esquizofrênicos paranoicos. Há algo assustador nas incríveis similaridades entre os sádicos sexuais".

"Faz sentido", perguntei, "que um sádico sexual seja também molestador de crianças?"

"Faz. O que acontece com todas essas pessoas, e a única coisa que têm em comum, é que mantêm um relacionamento anormal com mulheres. Eles são limitados ou incapazes de forjar relacionamentos sexuais adultos normais. E quais são as alternativas? Uma delas é fazer sexo com cadáveres ou matar para ter satisfação sexual. Outra é sexo com crianças."

"Existe um fio comum entre inadequados relacionamentos sexuais adultos normais e a necessidade de ter poder sobre o objeto sexual, algo que se pode conseguir seja por meio da violência — estrangulamento, amarração, ou o que quer que seja — ou com crianças. O que há de comum é a relação de poder e a necessidade de ser onipotente com relação ao objeto sexual."

Eu me lembro do que Kemper, um sádico sexual típico, disse durante seu julgamento a respeito dos assassinatos que praticou: "Aquilo era uma espécie de coisa triunfal, como seria para um caçador tirar a cabeça de um cervo ou de um alce. Eu era o caçador e elas eram minhas vítimas".

Domingo, 2 de março de 1980

Por causa do ego gigantesco do Zodíaco, eu sempre sentira que, em algum momento, ele teria de escrever a Toschi usando seu verdadeiro nome. Perguntei ao inspetor se ele recebera uma carta de algum dos suspeitos de serem o Zodíaco.

"Bom, há somente uma", disse. "Um estudante de Vallejo chamado Starr (nome alterado). Se bem me lembro, ela dizia: 'Se eu puder ser de alguma ajuda para o senhor, avise-me. Lamento não ser o homem que o senhor procura'."

"Depois que a carta do Zodíaco de abril de 1978 veio à tona, um cara chamado Jim Silver, do Departamento de Justiça da Califórnia, disse-me: 'O senhor sabe, Starr está fora da prisão. Ele saiu há cerca de seis meses. Agora o senhor recebe esta nova carta e ela foi dada como autêntica'."

"Eu disse a ele: 'É, eu sei. Recebi uma carta de Starr cerca de seis meses atrás. Ele me escreveu para que eu soubesse que ele saíra e, na época, achei aquilo estranho'."

"'Jesus Cristo', afirmou Silver, 'ele é esquisito. Um filho da mãe esquisito. Ele é um suspeito tão bom, que temos de vigiá-lo o tempo todo'."

Perguntei a Toschi como a carta fora endereçada.

"Bom, estava endereçada apenas a mim, não a Armstrong. Estava endereçada a mim, com meu nome completo: Inspetor David Toschi."

"Eu aposto que ele a datilografou."

"Realmente, Robert. Ela era datilografada", disse Toschi.

Segunda-feira, 3 de março de 1980

Tirei o dia de folga para falar com o tenente Husted, da delegacia de Vallejo. Segundo meu palpite, Starr era o elo com Santa Rosa. Fui ver se Husted poderia averiguar isso.

Husted chegou atrasado, vestido com roupas no estilo caipira, usando um coldre aparente. Como de costume, estava bronzeado e bem-arrumado. Ele tinha outro emprego, como diretor do Instituto de Controle de Estresse pela Hipnose, na rua Marin. Era especialista em hipnose e trabalhou para o Estado em alguns julgamentos. Depois de, dentro de uma sala à prova de som, colocar as testemunhas em transe, ele gravava os depoimentos em um sistema de circuito fechado de TV embutido. Foi ideia de Husted chamar Kathleen Johns, a mulher que escapara do Zodíaco junto com a filha, e colocá-la sob hipnose profunda para fazer com que descrevesse o homem que ela acreditava ser o Zodíaco. Mas a polícia não conseguiu encontrá-la.

Husted ficou contente por eu ter lhe trazido informações sobre Don Andrews, o suspeito favorito de Narlow. "Se não fosse assim, Robert, moralmente falando, não poderíamos procurar pelo suspeito de Napa sem pisar no calo de Narlow. Estou satisfeito por você ter conseguido as informações por conta própria. Estou interessado em descobrir o paradeiro dele. Você sabe onde Andrews está agora?"

"Ele está em alguma parte de São Francisco", respondi, "mas, para ser franco, começo a ter minhas dúvidas sobre ele. As testemunhas do assassinato de Stine dizem que ele é velho demais e gordo demais."

Então, perguntei a Husted sobre Starr, o suspeito que escrevera a Toschi.

"Esse Starr me chamou a atenção", disse-lhe. "Fiquei impressionado com a carta que ele escreveu para Toschi."

"Sei o que você quer dizer", afirmou Husted. "Ele sempre foi o meu favorito."

Pelo resto do dia, conversamos sobre Starr, que não era mais estudante, mas se mudara em 1971 para Santa Rosa, onde trabalhava como vendedor. A mãe dele comprou uma casa lá, em agosto de 1975.

Naquela noite, comecei a elaborar um relatório sobre o melhor suspeito de ser o Zodíaco que eu já havia encontrado.

18

Robert “Bob” Hall Starr

Na época dos assassinatos sabidamente praticados pelo Zodíaco (1968-70), Robert “Bob” Hall Starr (nome alterado) era “estudante profissional” e morava com a mãe na casa dela, em Vallejo. Ele era muito inteligente, com um QI em torno de 135. Em 1971, tinha um *trailer* em Santa Rosa. Em 1969, parecia-se com o retrato falado do Zodíaco. Era sempre reservado, colecionava rifles (possuía dois calibre 22) e gostava de caçar animais. Para sua cunhada e seu irmão, descreveu os seres humanos como “uma verdadeira caça”. Starr frequentemente se referia aos seres humanos como “a caça mais perigosa”.

Em novembro de 1969, Sheila,[1] sua cunhada de 26 anos de idade, percebeu um papel na mão de Starr e perguntou a ele o que era. Ele o mantinha guardado em uma caixa de metal no quarto do irmão em North Bay. Escondendo as linhas com símbolos estranhos, Starr disse: “Isso é a obra de um louco. Eu lhe mostro mais tarde”. Ele nunca mostrou. A família estava ficando cada vez mais preocupada. Quando a cunhada lhe perguntou sobre uma faca ensanguentada encontrada no banco da frente do carro dele, no dia do ataque em Berryessa, ele respondeu: “É sangue de galinha. Eu a usei para matar galinhas”.

1. Nome fictício. (N. do A.)

O sargento Mulanax já suspeitava da participação de Starr em um outro caso terrível, um caso de abuso sexual envolvendo uma criança de uma escola na qual ele tinha trabalhado. Isso se encaixava com o fato de o Zodíaco ter informações sobre as rotas de ônibus escolares e referir-se à época de férias dos "garotos".

Homens do tipo de Starr, embora alimentem um ódio profundo e secreto pelas mulheres, conseguem mostrar-se bastante charmosos. Starr apresentava uma tendência de manifestar escárnio ao falar e sofria de fortes e frequentes dores de cabeça.

Husted tinha uma teoria sobre o carro que o Zodíaco usara no assassinato do Blue Rock Springs. Starr fora demitido de um posto de gasolina uma semana antes da morte de Darlene. Um amigo de Starr tinha estacionado nesse posto seu Ford sedã, deixando-o ali de um dia para o outro a fim de que fosse consertado. Starr pode ter usado o carro para cometer o crime, devolveu-o e deu o telefonema para a delegacia de polícia de Vallejo. Starr e o dono do Ford 58 conversavam frequentemente sobre mortes e assassinatos. Em agosto, o amigo de Starr também morreu, de causas naturais.

Foi no início de 1971 que a família de Starr — mãe, irmão e cunhada — começou a suspeitar, devido ao comportamento errático dele, de que ele poderia realmente ser o assassino Zodíaco. Depois de consultar o tio de Starr, a família, agora muito mais angustiada, ligou para Toschi e compartilhou com o detetive seus temores. Munidos das informações fornecidas pelos parentes de Starr, Armstrong e Toschi começaram a reunir os elementos para um mandado de busca.

Fred Wisman, funcionário do gabinete da promotoria em São Francisco, telefonou para o promotor do condado de

Sonoma. Esse promotor, por sua vez, colocou Toschi e Armstrong no comando do caso, juntamente de dois detetives de Sonoma.

"Jesus", pensou Toschi, "Starr mora parte do tempo com a mãe em Vallejo, acampa com o irmão e a cunhada em São Rafael e tem seu próprio *trailer* perto do campus. Em qual lugar devemos realizar as buscas?" Já que Starr estivera no *trailer* na terça-feira, os investigadores decidiram-se por esse veículo.

Starr trabalhava em uma empresa de produtos químicos em Petaluma e tinha um armário lá. Toschi torcia para que nenhuma das provas procuradas pelos policiais estivesse escondida lá.

Sexta-feira, 4 de junho de 1971

A delegacia de polícia de São Francisco acreditou que esse era um suspeito bastante promissor. Até mesmo a secretária de Toschi, Kate, parou de datilografar a solicitação do mandado e as informações referentes ao caso para, levantando os olhos, afirmar: "Boa sorte! Acho que vocês o pegaram".

"Kate", disse Toschi, "vamos ver se dá certo".

O pedido foi levado até um juiz do tribunal superior de Sonoma. Ele leu o documento e assinou-o. "Acredito que os senhores têm informações suficientes para executar o mandado de busca e apreensão", afirmou. "Cavalheiros, desejo-lhes sorte."

O mandado especificava os seguintes objetos: "Pedaços de camisa ensanguentada, cordas, canetas, óculos, calças pregueadas, casaco do tipo parca escuro ou na cor azul ao estilo da Marinha, faca em uma bainha e capuz preto". Foram mencionadas até mesmo as lentes escuras removíveis como as que Bryan Hartnell viu.

A família de Starr havia informado aos dois detetives de São Francisco a localização do *trailer* e do carro. A família do suspeito nunca fora visitá-lo naquele local, mas sabia que o *trailer* estava sem rodas. Toschi pediu ao gerente do estacionamento de *trailers* que lhe mostrasse exatamente a vaga que o estudante usava. Segundo o gerente do estacionamento, Starr saíra de carro pouco antes de eles chegarem ao local. Os detetives encontraram a porta do *trailer* aberta e decidiram realizar uma busca rápida enquanto esperavam pelo regresso do suspeito. Bob Dagitz, o perito em impressões digitais que trabalhara no assassinato de Stine, acompanhava Armstrong e Toschi, junto de dois subdelegados.

Os homens entraram no *trailer* amarelo. Havia papéis e lixo por toda parte. Um cheiro acre enchia o lugar. Toschi afastou a cama de Starr da parede e encontrou o maior pote de vaselina que já havia visto. Vários pênis de borracha grandes e sujos rolaram pelo chão a seus pés. Cuidadosamente, os pênis de borracha foram recolocados em seu lugar e a cama, arrastada de volta. Então, dirigiram-se à pequena e desarrumada cozinha.

"Meu Deus", disse Toschi. "Bill, dê uma olhada nisto." O detetive tinha aberto a geladeira para deparar-se com corações e fígados de pequenos animais e corpos de roedores mutilados. "Não é todo mundo que guarda esquilos mortos em suas geladeiras", pensou Dagitz.[2]

2. Mais tarde, fiquei sabendo que Starr estava tentando obter um diploma em biologia e recebera permissão do governo do Estado para colecionar pequenos animais e para fazer experiências com eles. (N. do A.)

Eles esperaram durante 45 minutos pela volta de Starr. Quando ouviram o carro do suspeito chegando, correram para a porta do *trailer*. O carro estava sujo. Havia roupas no banco traseiro, papéis, livros e provas de escola com datas bastante antigas.

O estudante desceu e caminhou vagarosamente até a porta.

"O que significa tudo isso?", perguntou com calma, sem mostrar qualquer sinal de pânico. Ele já conhecia aqueles detetives de uma visita que lhe haviam feito em maio passado, em um dos locais no qual trabalhou. Naquele episódio, após um interrogatório de duas horas, os detetives acabaram levando Starr de volta a seu local de trabalho. Mais tarde, Starr foi demitido do emprego; na opinião dele, a demissão havia sido resultado da investigação policial.

"Queremos falar com o senhor. Temos um mandado de busca e apreensão para seu veículo, seu *trailer* e sua pessoa. Temos informações que fazem do senhor um suspeito importante no caso dos assassinatos do Zodíaco", disse Armstrong.

"Achei que esse cara tinha sido preso", afirmou Starr. "Eu moro em Vallejo."

"Nós sabemos disso."

"Bom, fiquem à vontade", retrucou o homem corpulento.

Toschi observou enquanto o estudante apontava para o *trailer*. Starr usava um relógio Zodiac (um cronógrafo da marca Clebar para mergulho, à prova d'água, fabricado pela empresa de relógios Zodiac). Ele usava também um anel com um "Z". Quando Toschi apontou para o anel, Starr lhe disse que a irmã o enviara para ele em 1967.

Os detetives iniciaram uma busca mais completa, afastando móveis e arrastando a cama. Toschi puxou os lençóis e novamente puxou a cama para bem longe da parede. Os pênis de borracha rolaram a seus pés.

"São seus?", Toschi perguntou.

"Eu gosto de brincar um pouco", disse o estudante corpulento.

Na opinião dos detetives, Starr pareceu não ter ficado nem um pouco constrangido. Mas, enquanto davam prosseguimento à busca, que "virou o lugar de cabeça para baixo" e que demorou mais de uma hora, Starr começou a ficar inquieto e ansioso. Os dois detetives sabiam o quanto Starr poderia ser forte fisicamente naquele ambiente pequeno.

"Temos de colher suas digitais", disse Toschi ao estudante. "Precisamos das pontas de seus dedos. Esse é um procedimento de praxe."

Starr dava sinais claros de estar irritado e tentou resistir a ter suas impressões digitais colhidas.

O datiloscopista, Dagitz, finalmente conseguiu boas amostras do material e começou, calmamente, a fazer análises à luz de um abajur, no canto do *trailer*. Dagitz ficara muito entusiasmado quanto à possibilidade de Starr ser o culpado, especialmente após saber que o suspeito conhecia bem a região, era ambidestro e tinha habilidade no manejo de armas.

Enquanto isso, Toschi e Armstrong recolhiam amostras da caligrafia de Starr. Toschi carregava duas folhas de papel fornecidas por Morrill, da CI&I, e da qual constavam frases datilografadas. Ele instruiu o suspeito a reescrever as frases na página. "Queremos que o senhor escreva com a mão direita e com a esquerda e em maiúscula e em minúscula", disse Toschi. "Queremos que o senhor transcreva esta relação de frases."

Toschi lhe entregou uma caneta hidrográfica preta. Mostrou-lhe a frase "Até agora eu matei cinco" e afirmou: "Queremos que o senhor escreva do jeito que escreve normalmente".

"Não consigo escrever com a mão esquerda", disse Starr.

"Eu sei que o senhor possui um certo grau de habilidade na mão esquerda."

"Quem lhe disse isso?"

"Fizemos uma pesquisa bastante aprofundada", afirmou Toschi. "Sabemos o que o senhor consegue fazer e o que não consegue fazer." Starr nasceu canhoto, foi forçado a escrever com a mão direita na escola fundamental e acabou voltando a ser canhoto. Sua família e amigos disseram que ele conseguia escrever e atirar com ambas as mãos. Morrill acreditava que as cartas do Zodíaco eram escritas com a mão direita.

O homem corpulento escreveu com a mão esquerda e pareceu ter um pouco de dificuldade. "Não consigo", disse.

"Faça o melhor que puder. Escreva letras maiúsculas e letras minúsculas. Escreva o que estamos mandando", afirmou Toschi.

O estudante não gostou daquilo, mas Toschi decidira que eles "fariam tudo o que podiam com Starr, menos virá-lo de ponta-cabeça".

Os detetives fizeram-no ir de "a" a "z" e de 1 a 100. Ficou claro para Toschi que o estudante estava alterando sua caligrafia, mas essa caligrafia apresentava o mesmo tipo de espaçamento daquele verificado nas cartas do Zodíaco.

"Por que não posso escrever o que eu quiser?", perguntou Starr.

"Porque isto aqui é o que queremos que você escreva", disse Toschi, cuja voz começava a dar sinais de impaciência.

Os detetives fizeram-no escrever "cordialmente". E então pediram a Starr que escrevesse "Aqui quem fala é o Zodíaco".

"O que vocês estão me fazendo dizer? Que eu sou o Zodíaco?"

"Não, mas temos de realizar as análises necessárias. Se o senhor não for nosso homem, nós o deixaremos em paz. Nesse caso, vamos simplesmente nos afastar, vamos descartá-lo totalmente. Mas temos de ter certeza", afirmou Toschi.

O estudante continuou renitente, mas acabou por escrever a frase.

Toschi mostrou uma segunda página de frases. Os detetives fizeram Starr escrever: "Em resposta à sua solicitação por mais detalhes sobre os bons momentos que passei em Vallejo, terei muito prazer em fornecer mais material". Starr copiou a frase, mas repetiu a palavra "mais". Eles então fizeram Starr escrever: "Todas as pessoas que estão cumprimentando com apertos de mão cumprimentam com apertos de mão assim". Toschi observou que as últimas frases se inclinavam na direção do lado direito inferior da página, como acontecia com frequência nas cartas do Zodíaco.

Os detetives acabaram por, finalmente, sair do *trailer* abafado, mergulhando no ar frio da noite. Foram até uma cafeteria localizada a cerca de seis quarteirões dali a fim de comer um lanche e discutir os resultados da busca.

Dagitz estava desanimado. "Se as digitais no táxi de Paul Stine eram as do Zodíaco, então elas não combinam com as de Starr. As amostras, definitivamente, não batem", afirmou.

De volta a São Francisco, Armstrong e Toschi enviaram as amostras de caligrafia de Starr para Morrill, em Sacramento, e foram para casa esperar pela resposta. Dentro de um dia, Morrill ligou de volta.

"Sinto muito, Dave, elas simplesmente não correspondem umas com as outras."

A essa altura, ninguém tinha ideia de que o Zodíaco usava algum tipo de técnica de traçamento em suas cartas. Toschi não sabia, conforme descobri em investigações posteriores, que o estresse produz mudanças na caligrafia de um sádico sexual. Consegui amostras da verdadeira caligrafia de Starr por meio de formulários preenchidos por candidatos a postos de trabalho; ela era miúda e muito diferente das frases que escreveu a pedido de Armstrong e Toschi.

"Tudo parecia tão perfeito", disse-me Toschi mais tarde, "mas não conseguimos encontrar uma maneira de provar que ele era o assassino Zodíaco."

Minha impressão era a de que a polícia cometeu um erro ao não vasculhar a residência da mãe de Starr, em Vallejo, onde Starr costumava ficar. Essa casa localizava-se em outro condado. O Zodíaco tinha, desde o princípio, usado a técnica dos dois condados. Ele matava em locais próximos de áreas que não pertenciam à jurisdição de nenhuma cidade ou em locais cuja jurisdição era objeto de disputa entre departamentos de polícia e delegacias. Se Starr era o Zodíaco, então, depois da busca em Santa Rosa, seria simples para ele regressar a Vallejo e destruir quaisquer provas materiais que pudessem existir no porão da casa de sua mãe.

Descobri por meio do Departamento de Trânsito que Starr possuía dois *trailers* em 1979. E se, em 1971, Starr tivesse possuído outros *trailers* não registrados? Ele poderia ter um *trailer* em cada condado onde os assassinatos foram praticados, e os detetives deram o azar de vasculhar o veículo errado.

O pai de Starr morreu pouco antes do assassinato de Riverside (1966). Ele legou ao filho a paixão por velejar. A roupa usada pelo Zodíaco em seus crimes consistia de antigas peças de vestimenta da Marinha, calças pregueadas. Será que Starr, por ódio ou mesmo por amor ao pai, vestia-se com as roupas dele para cometer os assassinatos? Teriam as roupas ficado penduradas no guarda-roupa de cedro do pai em Vallejo até 1975, quando a casa foi vendida?

O Zodíaco falou de sua "máquina da morte" colocada no porão. O quarto de Starr na casa da mãe em Vallejo era um porão. Um porão que fervilhava de pequenos animais com os quais Starr gostava de fazer experiências.

Starr estudara química; a bomba do Zodíaco para ônibus era uma bomba química.

Starr passou cerca de três anos em um manicômio judiciário em virtude de uma acusação de abuso sexual infantil em 1975. Quando foi solto, voltou a morar com a mãe, dessa vez em Santa Rosa. Ela o mimou, comprando-lhe um avião e dois barcos.

Mas o aspecto realmente interessante a respeito de Starr era sua cronologia:

> 22 de março de 1971: Cartão-postal do Zodíaco para o Chronicle.
> 4 de junho de 1971: O trailer de Starr é revistado.
> De junho de 1971 até 28 de janeiro de 1974: De forma inexplicável, as cartas do Zodíaco pararam de chegar. Os crimes diretamente relacionados a Santa Rosa começaram por volta dessa época, em fevereiro de 1972.
> 29 de janeiro de 1974: A primeira carta do Zodíaco em três anos.
> 8 de maio de 1974: Carta do Zodíaco ao Chronicle.

8 de julho de 1974: Carta do Zodíaco ao Chronicle.

Dezembro de 1975: Starr é internado em hospital psiquiátrico sob a acusação de molestar crianças. Param de acontecer os assassinatos ocorridos em Santa Rosa, cujas vítimas eram pessoas acostumadas a pegar carona.

30 de dezembro de 1977: Starr é solto. Ele imediatamente envia para Toschi um bilhete datilografado.

24 de abril de 1978: O Zodíaco escreve pela primeira vez em quatro anos.

24 de fevereiro de 1979 (um sábado): Acontece o primeiro assassinato relacionado ao Zodíaco desde 16 de outubro de 1975, quando Susan Dye foi estrangulada em Santa Rosa; Teresa Matthews é estrangulada e deixada perto de um curso d'água (Rio Russian).

Se Starr era o Zodíaco, então a busca realizada no *trailer* dele em Santa Rosa o teria feito parar de escrever até que as coisas esfriassem. Quando Starr saiu da prisão, o Zodíaco voltou a escrever.

Eu perguntara ao encarregado da condicional de Starr sobre se ele recebera alguma carta de Starr, e ele me disse que sim. Era datilografada e tinha o dobro dos selos necessários. As linhas do endereço eram descendentes; os selos estavam invertidos.

Eu disse a Toschi: "Não só isso, inspetor, mas até recentemente o encarregado da condicional não tinha ideia de que seu homem era suspeito de ser o Zodíaco. De fato, no dia em que descobriu isso, o encarregado foi para casa examinar cópias de cartas do Zodíaco. Durante o começo da noite, ele recebeu telefonemas de alguém que ficava apenas respirando do outro lado da linha. O encarregado afirmou a sua namorada: 'Acho que ele sabe que eu sei e acho que ele sabe que eu sei que ele sabe'".

"O encarregado reencenou para mim a forma como Starr se comportou quando esse encarregado tentou sondar o suspeito para ver como reagia a certas provocações. Isso se deu no encontro mensal deles."

"'Você diz que não gosta de vir a estes encontros, Bob. Mas, se não comparecer, vai ter de voltar para a cadeia', afirmou o encarregado da condicional."

"Nesse momento, Starr segurou com força as laterais de sua cadeira, abaixou a cabeça, levantou os olhos para o oficial e disse: 'Eu não gostaria nem um pouco de ver isso acontecendo'."

"Ele ficava repetindo essa frase sem parar e adotou um ar bastante ameaçador. Deu-se uma mudança total de personalidade."

"Isso soa exatamente como Starr", disse Toschi. "Ele cooperou conosco, mas apenas sob muita pressão."

"Descobri algo que aposto que você não sabia, Dave. Starr possui um ampliador para fotos. Não é interessante? Agora você tem duas pessoas com ampliadores: Andrews e Starr."

"Convenceram Starr a consultar um psiquiatra, e a delegacia de Vallejo descobriu que ele tinha feito uma pesquisa na biblioteca sobre como deveriam ser as respostas adequadas a testes psiquiátricos", afirmei. "Starr queria fazer o teste da seguinte maneira: ele estudaria o painel de especialistas e depois reagiria com destreza, concluindo o teste rapidamente. Tratava-se de testes com objetos, com tabuleiros e pinos. Dave, eu vi um relatório do psiquiatra que dizia: 'Ele (Starr) mostrou ser um verdadeiro caso de economia de movimentos e ria quando outros tentavam reproduzir a facilidade com que ele resolvia os problemas'."

Obviamente, Starr fez todos os testes do mesmo jeito. Ele não sorria nem demonstrava emoção e falava devagar, em tom monocórdio.

"Em 1978, o analista de testes deu a Starr um teste com manchas de tinta", contei a Toschi, "e foi aconselhado a procurar por respostas que contivessem a letra Z".

"'As chances de haver mais de uma resposta começando com Z são muito pequenas', disse o analista à delegacia de Vallejo. 'Não espero encontrar nenhuma'."

"Bem, a primeira mancha de tinta que mostraram a Starr lembrou-lhe 'um arco zigomático' (*zygomatic arch*, em inglês). O analista ficou chocado com isso e, no final do teste, constatou que Starr tinha dado cinco respostas que começavam com Z. Como você deve se lembrar, Stine foi baleado no arco zigomático."

Quando Toschi foi transferido para a divisão de investigação sobre lojas de penhor, Starr revelou para o encarregado da condicional o que sentia. Ele acreditava que a visita de Armstrong e Toschi a seu local de trabalho, em 1971, havia lhe custado o emprego. "Agora, o senhor Toschi vai saber como é isso!", disse Starr, por entre os dentes.

"Starr trabalha em uma loja como vendedor, mas detesta trabalhar para sustentar-se", disse-me o encarregado da condicional. "Ele ainda mora no porão da casa da mãe, mas agora está no porão da nova casa dela aqui em Santa Rosa. E ele ainda mantém esquilos correndo pela casa."

"Mas eu lhe digo uma coisa", falou o encarregado, "ele soube como dar seu showzinho."

Quarta-feira, 5 de março de 1980

Apaguei os faróis do carro e dirigi com o motor do carro desligado até parar sob um olmo, a quase 8 metros de distância da janela da frente de Starr. Eram 20h30 e havia uma ponta de frio no ar da noite. À esquerda da casa de Starr, encontravam-se uma entrada para carros e uma garagem. Havia apenas um Volkswagen à vista. Fiquei imaginando onde ele guardava seus *trailers*, seus barcos e os outros carros. Fiquei ali durante horas, vigiando a janela que dava para a varanda de Starr e a porta da frente. Eu podia ver a silhueta de um objeto volumoso que supus ser uma espécie de armário ou eletrodoméstico. Às 23 horas, o objeto se mexeu.

Eu estivera observando a sombra de Starr.

Sábado, 8 de março de 1980

Starr trabalhava em uma loja. A loja era tão grande, que decidi ser seguro observá-lo mais de perto.

A manhã estava clara e ensolarada. Parei o carro a alguns quarteirões dali, de modo que ele não pudesse ver que tipo de carro eu dirigia nem a placa do veículo. Trouxe junto comigo meus filhos pequenos e um amigo. Starr nunca havia me visto; por meio de fotos, eu, é claro, sabia exatamente como ele era.

Encontrei-o atrás da loja, trabalhando em uma caixa registradora. Eu pretendia comprar alguma coisa com a ajuda dele a fim de uma amostra de sua caligrafia, mas havia uma tal sensação de ameaça e força animalesca emanando dele, que saí rapidamente dali. Eu esperava encontrar um homem gentil, acima do peso, que seria, como no caso do Filho de Sam, a última pessoa no mundo da qual alguém suspeitaria de ser um serial killer. Mas esse homem dava a impressão de ser forte e perigoso. Seus olhos ficavam à sombra de sobrancelhas espessas; ele ainda usava os cabelos louros cortados rente. Era pesado, com certeza, mas a corpulência advinha de músculos sólidos, músculos concentrados principalmente no pescoço, nos ombros e nos braços.

Peguei meus filhos na frente da loja, onde estavam me esperando, e os levei para tomar um refrigerante em um 7-Eleven ali perto. Meu filho ganhou um prêmio que veio no fundo de uma garrafa de Slurpee.

Era um anel com um dos signos do zodíaco.

Domingo, 9 de março de 1980

Mais uma vez, falei com o encarregado da condicional de Starr, em Santa Rosa. Ele estava a par de toda a movimentação do homem desde sua saída da prisão.

"Ele ainda está morando com a mãe?", perguntei.

"Ah, sim, a mãe dele ainda está lá e ela, ah... é uma situação esquisita. Conversei com ele sobre a mãe. Essa é uma das principais questões da terapia dele e um dos fatores determinantes para a forma como ele vê a vida."

"O senhor acha que Starr odeia a própria mãe?", perguntei.

"Ah, sim. Ele a odeia mesmo.(...) Ela dizia sobre o pai dele: 'Aquele miserável filho da puta! Ele fica na rua o tempo todo. Nunca toma conta da família, nem satisfaz minhas necessidades. Ele nunca assume suas responsabilidades familiares. Os homens são todos uns babacas. Todos fazem as mesmas coisas. Sempre a mesma coisa. São todos uns filhos da puta miseráveis'. Então, ela dizia ao filho: 'Você é igualzinho a todos os outros homens. Você é isso, você é aquilo..."

"Anos e anos passados demoliram completamente sua capacidade de ter relações heterossexuais normais com uma mulher adulta. Quando a mãe pergunta: 'Por que você é desse jeito?', ele costuma responder: 'Eu sou todo fodido. A razão de eu ser todo fodido é por sua causa. Você me fez do jeito que eu sou'. E ela se sente realmente culpada, e toda a culpa vem à tona e ela se recusa a tomar uma atitude para impedir qualquer coisa em que ele esteja envolvido."

"Eu disse a ele um dia: 'Bob, você é suspeito de ser o assassino Zodíaco'."

"'Eu sei', respondeu."

"O que você acha disso?", perguntei-lhe.

"'Acho que é muito errado fazerem isso comigo. Acho que isso foi algo injusto'."

"Foi?"

"'Sim, foi'."

"Você tem lido as notícias?"

"'Sim, sei sobre o que estão falando. É tudo mentira', disse Starr."

"Está certo... Quem seria louco de admitir que é o Zodíaco?"

"Robert, a melhor frase que já ouvi ao lidar com molestadores de crianças e criminosos sexuais mentalmente perturbados foi esta: 'O que quer que o faça gozar é o que o faz gozar'. E não faz nenhuma diferença se você vai para Atascadero (manicômio judiciário) por quatro anos, e eles o trazem de volta e dizem que você é são, que você está curado e que você não é mais um criminoso mentalmente perturbado. O que acontece basicamente é que o que quer que faça com que você goze é aquilo que o faz gozar. Essa pessoa pode ser capaz de reprimir o que a faz gozar, mas isso continua sendo aquilo que a faz gozar."

Terça-feira, 11 de março de 1980

De volta a Vallejo, fiquei sabendo ainda mais sobre Starr.

Em 1965, antes de qualquer um dos assassinatos, antes de qualquer uma das cartas, antes de aparecer uma criatura como o Zodíaco, Starr e dois amigos, Kenn e Bill (nomes alterados), de Torrance, partiram para caçar. A seguinte conversa ocorreu, conforme depoimento à polícia registrado em julho de 1971.

"Eu preferia caçar pessoas a animais silvestres", disse Starr aos amigos. "Eu penso no homem como a verdadeira caça. O homem, afinal de contas, é a caça mais perigosa."

"Isso é o que eu faria", afirmou Starr, entusiasmando-se com o assunto. "Eu os caçaria à noite com uma arma com mira elétrica, uma lanterna acoplada ao cano de minha arma."

"Cristo! Mas por quê?", perguntou Kenn.

"Porque", respondeu Starr, virando-se e fixando o olhar arregalado em seu colega de caçada, "eu quero. E não apenas isso: eu escreveria cartas provocadoras à polícia e aos jornais. E eu me identificaria como o Zodíaco".

Minhas fontes contaram-me várias outras histórias sobre Starr e sua vida em Vallejo. Em 1973, o relatório de um médico a respeito dele dizia que ele era "potencialmente violento".

"Ele é perigoso" e "é capaz de matar". O médico suspeitava de que Starr tinha "cinco personalidades diferentes". Quando os encarregados da condicional de Starr visitaram pela primeira vez sua casa em Santa Rosa, ele tinha colocado crianças da vizinhança andando de bicicleta e balançando bandeirinhas vermelhas para direcionar as autoridades rumo à entrada da garagem. "Mais um exemplo do senso de humor negro de Starr", disse o principal encarregado da condicional.

A força física de Starr pôde ser confirmada por um amigo dele, que hoje é um policial rodoviário aposentado. Quando Starr era adolescente, o amigo passou por ele descendo uma rua de São Francisco e, no retrovisor de seu carro, viu cinco fuzileiros cercando-o. "Agora vai começar uma grande confusão", pensou o amigo. Mas antes que pudesse acudi-lo, havia corpos voando em todas as direções. Starr foi o único que ficou de pé. "Dei ré no carro e perguntei se estava tudo bem e se ele precisava de uma carona para casa", contou-me o amigo. "Ele disse que ia dar uma caminhada e respondeu: 'Não, obrigado'."

Em uma loja em que trabalhou, Starr era provocado pelos homens que a frequentavam. Ele desafiou um deles a tentar bater nele. Starr levantou o homem do chão e jogou-o do outro lado da sala, em uma pilha de caixas de papelão.

Seria forte o bastante para carregar cadáveres de estudantes em Santa Rosa e lançá-los por sobre muros de proteção, para longe, no meio do mato?

Na Marinha, Starr havia recebido treinamento em criptografia, foi operador de telégrafo e fabricou velas de barco. Apesar dos problemas de excesso de peso e da pressão alta, Starr também mergulhava.

Quando Starr foi preso como molestador de crianças e quando foi solto sob fiança, disse a todos os amigos que tinha sido detido por ser "o Zodíaco".

Durante o julgamento, começou a intimidar o subdelegado que testemunhava contra ele, ficando do lado de fora da casa do homem à noite. Em uma dessas noites, o policial acabou saindo à rua para afugentá-lo.

Quando Starr foi condenado, a polícia dirigiu-se até sua casa, e a mãe dele a deixou entrar. Eles o encontraram no meio de seu quarto, no porão, uivando e guinchando, enquanto esquilos vivos andavam sobre ele. "Cocô de esquilo escorria de seus ombros".

Durante o período passado na prisão, Starr escreveu aos amigos afirmando esperar "que o Zodíaco matasse alguém ou que escrevesse uma nova carta aos jornais. Isso vai me inocentar".

Depois de ser solto, em 1978, Starr foi convencido a fazer uma série de exames psiquiátricos com um psicólogo de Santa Rosa, doutor Thomas Rykoff (nome alterado a pedido dele). Segundo minha fonte, o psiquiatra de Santa Rosa chegou à conclusão de que Starr é "extremamente perigoso e é um sociopata (não sente nenhuma culpa)", acrescentando que ele é "altamente inteligente e incapaz de se relacionar com mulheres de maneira normal". O rótulo de sociopata confirmou-se na penúltima sessão. Quando Starr falava do Zodíaco, costumava chorar. O doutor Rykoff acreditava que Starr "reprimia um ódio muito profundo".

O psicólogo estava no meio de seu estudo sobre Starr quando, como parte de um programa de treinamento para um grupo de reabilitação social que ele organizava em Santa

Rosa, hipnotizou uma jovem. À medida que a mulher contava a Rykoff cada vez mais coisas sobre suas impressões e suspeitas com relação ao cunhado dela e sobre o lado negro deste, o médico começou a perceber que a pessoa retratada era assustadoramente familiar. "O que é isso?", pensou Rykoff. "Essa pessoa parece ser exatamente igual a Starr. O potencial de perigo é exatamente o mesmo."

Rykoff não disse nada à mulher que ele deduzira corretamente ser a cunhada de Starr. O médico se perguntava se estava caindo em uma armadilha. Primeiro, havia atendido Starr como um favor para o tenente Husted e o encarregado da condicional de Starr. E agora a cunhada do paciente aparecia para revelar mais suspeitas sobre ele. Era coincidência demais. Rykoff tinha de saber quem era esse homem e por que havia tanta gente interessada nele. O psicólogo estava ficando com um medo cada vez maior de seu paciente.

Em 1o de novembro de 1978, o médico pediu a seu irmão, um policial de São Francisco, que verificasse o passado de Starr e descobrisse do que ele era realmente suspeito. No dia seguinte, o policial entrou novamente em contato com o psicólogo.

"Descobri que ele foi um dos principais suspeitos no caso do Zodíaco", contou o irmão policial.

"Que merda", afirmou o médico. "Descubra o que puder sobre ele e sobre como devo lidar com ele."

A resposta do policial não seria nada tranquilizadora.

"Acreditamos à época, como acreditamos agora, que Starr é nosso melhor suspeito", Toschi disse ao irmão do médico. "Nós o soltamos porque não conseguimos encontrar nenhuma prova material. Acredite, fizemos tudo o que podíamos com o cara. Pessoalmente, meu instinto me diz que ele é nosso homem. Diga ao doutor Rykoff que, ao conversar com ele, o faça em um lugar do qual possa sair depressa. Que se mantenha em um ângulo oblíquo em relação a ele. Que não fique muito à vontade. E, acima de tudo, que não o deixe bravo."

Em 15 de novembro, Rykoff fez com que a cunhada de Starr, Sheila, voltasse e, junto com Husted, colocou-a sob hipnose profunda. Quando se lembrou de um papel com estranhas linhas de símbolos que vira na mão de Starr em 1969, Husted decidiu verificar se ela conseguiria redesenhar aquelas figuras. Escrevendo de forma automática, ela lentamente desenhou quatro linhas de símbolos. A escrita automática é normalmente desordenada, mas a dela era correta, como se feita em uma grade milimetrada, exatamente igual à do Zodíaco. Os símbolos se pareciam muito com os da terceira linha do criptograma de 340 caracteres enviado pelo Zodíaco. À medida que a sessão hipnótica progredia e que a mulher falava cada vez mais sobre Starr, ela começou a tremer e a sacudir; os nós dos dedos dela ficaram brancos. Em um dado momento, Rykoff viu-se obrigado a interromper a sessão de hipnose.

Rykoff e a cunhada de Starr não eram os únicos com medo de Starr. Era provável que a própria mãe dele o temesse. Embora morasse na mesma casa com Starr, ela vivia constantemente viajando pelos EUA e pela Europa. Seria para ficar longe dele? Tanto o encarregado da condicional quanto a cunhada acreditavam nessa possibilidade. O dinheiro da pensão do falecido pai de Starr seria provavelmente o capital usado para financiar as viagens.

O encarregado da condicional de Starr era observador o bastante para notar que Starr usava antiquadas calças com pregas. Na época em que o encarregado descobriu o fato de Starr ser um dos principais suspeitos do caso do Zodíaco, olhou, um dia, pela janela do apartamento que dividia em Bodega e viu o estudante em pé, dois andares abaixo, ao lado da piscina do condomínio. Ele sorria, enquanto olhava para cima, para o encarregado, parecendo uma baleia branca encalhada. Ele segurava a mão de uma garotinha de 9 anos. Não havia razão para Starr ter ido até ali; ele parecia totalmente fora de lugar entre todos aqueles jovens. Obviamente, ele havia segurado a mão da menina para passar despercebido entre as várias famílias presentes no local.

Uma vez, policiais a caminho de uma área de Santa Rosa usada anteriormente por um assassino como local de desova para corpos de estudantes da cidade pararam na estrada de Sully. Descendo a estrada em direção a eles e saindo da área dos crimes, lá vinha Starr. Ele percorria a estrada para ir praticar mergulho de apneia, segundo contou aos estarrecidos policiais.

Quarta-feira, 12 de março de 1980

Nessa noite, mais uma vez, observei Starr trabalhando na loja. A certa altura, aproximei-me até pouco mais de meio metro de distância, escutando sua voz suave, tranquila, enquanto ele se desculpava com alguns clientes. Suas sobrancelhas eram ainda mais grossas do que eu me lembrava e o corpo, robusto e forte. Mas a barriga protuberante estava ali, no meio da cintura, como havia sido descrito o Zodíaco.

Starr usava um sobretudo vermelho-vivo com o nome "Bob" em um escudo costurado acima do bolso esquerdo do peito. Anteriormente, ele trabalhara nos fundos da loja, cuidando do estoque. Mas agora trabalhava quase o tempo todo perto da janela da frente. Na parede, havia um cartaz; as letras escritas com caneta hidrográfica lembravam a caligrafia do Zodíaco. Eu tinha de conseguir uma cópia daquele cartaz.

Mais tarde, do outro lado da rua, tirei algumas fotos de Starr quando ele estava com a cabeça parcialmente virada em relação à janela. Tive medo de que ele me visse. Às 17h15, fui embora e tirei algumas fotos da casa de Starr com tempo grande de exposição. Então voltei de carro à loja.

Eu planejava conseguir uma foto da silhueta de Starr quando ele saísse do trabalho e passasse por debaixo das fortes lâmpadas fluorescentes de uma farmácia. Às 18h30, eu o vi sair da loja e começar a atravessar a rua, vindo na minha direção. Posicionei-me nas sombras e esperei que ele passasse entre mim e as lâmpadas. Mas ele não passou.

Percebi que ele não estava indo para casa naquela noite. Provavelmente, Starr teria ido trabalhar de carro. Corri para o meu Volkswagen. Em poucos segundos, posicionava-me atrás do volante. Não vi Starr em parte nenhuma. Dei partida no motor, acendi meus faróis e estava pronto para dirigir-me rumo à rua escura quando o Volkswagen cupê estacionado atrás de mim deu a partida e saiu, com os faróis apagados. O carro estava escondido sob a sombra de uma grande árvore; eu não percebera que havia alguém dentro dele. O motorista espiou para dentro do meu carro enquanto passava devagar por mim. Era Starr.

Ele dobrou a esquina e encaminhou-se para leste. Esperei um pouco, apaguei meus faróis e, em seguida, fui atrás dele. Starr se afastava da casa dele. Três quarteirões adiante, ele parou. Eu estacionei a um quarteirão de distância e comecei a andar na direção dele. Quando cheguei perto o bastante para distingui-lo em meio ao lusco-fusco, pude perceber que ele olhava a sua volta para verificar se alguém o observava.

De repente, caminhou alguns passos e abriu a porta de um veículo estacionado na mesma rua. Entrou e arrancou em alta velocidade rumo à escuridão. Quando cheguei correndo ao meu carro, ele já havia sumido.

Eu tentara descobrir onde ele guardava seus *trailers* ou, pelo menos, descobrir onde ele costumava ficar. Por que Starr tinha trocado de carro? Será que receava estar sendo seguido? Da próxima vez que fosse atrás dele, eu teria de usar um carro diferente.

Mesmo que Starr não fosse o Zodíaco, ele estava tramando alguma coisa muito estranha.

Sexta-feira, 14 de março de 1980

O tenente Husted estava comprando um pônei para a filha. Eu o observava do portão de arame, a uns 30 metros de distância. Era um dia chuvoso, e o céu estava carregado de nuvens pretas. No campo, o mato balançava ao vento. A picape de Husted estava com um vazamento, despejando um constante gotejar de água ferruginosa à margem da estrada. Do outro lado da cerca de arame farpado, um cão de guarda latiu para mim.

Husted acreditava que o Zodíaco era o responsável pelos vários assassinatos de estudantes ocorridos em Santa Rosa. Naquela tarde, ele me mostrara uma lista de vítimas que se espalhava por duas páginas.

"Há muita coisa que não lhe contei e que não posso contar", disse o tenente enquanto abria a picape. "Imaginei que, se conseguisse incorporá-lo oficialmente ao caso, então poderia lhe contar muito mais. Precisamos de coisas novas... algo que nos renda um mandado. Eu quero hipnotizar algumas das testemunhas novamente e, se você estivesse lá como desenhista da polícia, poderíamos fazer juntos alguns bons retratos falados e também descobrir algumas coisas que poderiam ajudar em seu livro."

"Isso seria ótimo para mim", afirmei.

"Starr tem um amigo sobre o qual não falei com você antes", disse Husted, "e Starr parece ter confidenciado a ele que é o assassino Zodíaco, revelando detalhes sobre alguns dos assassinatos.[3] Eu gostaria de colocar o amigo sob hipnose e a cunhada também. E, é claro, Kathleen Johns, se conseguirmos encontrá-la. Teve sorte com ela?"

"Ela estava morando em Riverside até dezembro. Tenho o endereço. Mas ela se mudou e minha carta voltou com a mensagem de 'destinatário não encontrado'."

Eu já havia mencionado a Husted minha busca anterior pelos *trailers* de Starr.

"Acho que sabemos onde um deles está agora, mas não acho que haja nada lá", disse Husted. "Acho que quaisquer provas estão no porão dele, e não espalhadas por aí, onde poderíamos encontrá-las. O cara é carpinteiro... Ele é habilidoso. Eu entraria no porão com um equipamento de sonar e procuraria por um cômodo secreto. Acho, Robert, que é aí que encontraremos as roupas ensanguentadas, as chaves e talvez até mesmo algumas fotos."

---

3. Naturalmente, uma "confissão" dessas não significava que Starr tivesse cometido os crimes. Confissões falsas são comuns em casos notórios de assassinato. (N. do A.)

"Acho que Starr construiu para si um lugar onde possa reviver seus crimes."

Domingo, 20 de abril de 1980

Dirigindo pela rodovia 101, chegando a Santa Rosa, tentei imaginar como o assassino das estudantes conseguira pegá--las na via expressa. A maioria dos estudantes da Escola Técnica Santa Rosa pegava carona na avenida Mendocino, em frente à escola, ou em um posto de gasolina na rampa de acesso à avenida College. Segundo imaginei, para apanhar uma estudante que pede carona, o assassino teria de estar inicialmente em Santa Rosa.

As vítimas foram encontradas desovadas na estrada Franz Valley, a uma distância de 11 a 13 quilômetros de Santa Rosa. Perguntava-me como, naquela curta distância, o assassino conseguia estrangulá-las e, em alguns casos, amarrá-las de maneira trabalhosa para depois jogá-las em uma estrada tão estreita e tão sinuosa na qual um carro estacionado seria prontamente percebido. Em três casos, as moças foram envenenadas com estricnina. Mesmo sendo um alcaloide de ação rápida, como o assassino conseguia que as mulheres o ingerissem antes de ele chegar à estrada Franz Valley? O assassino devia ter uma casa para onde levava as mulheres, pelo menos por um curto período de tempo; era certo que o assassino devia ser uma espécie de morador de Santa Rosa ou, pelo menos, se hospedar ali.

Starr, eu me recordo, tinha um *trailer* em Santa Rosa.

Em meio a uma chuva torrencial, segui pela estrada Mark West Springs até chegar a uma bifurcação. À minha esquerda estava a estrada Franz Valley; à minha direita, a estrada Porter Creek. Corpos foram encontrados em ambas as rodovias; isso me lembrou dos assassinatos do Zodíaco na estrada do lago Herman e no Blue Rock Springs. Em ambos os casos, o assassino tinha encontrado uma bifurcação na estrada. Em busca de vítimas, ele foi uma vez para a direita e outra vez para a esquerda.

Na estrada Franz Valley, dirigi até chegar à área onde sete corpos haviam sido achados e parei meu pequeno carro no acostamento. Desci pela encosta, passando por árvores grandes e pela vegetação rasteira, até atingir o fundo da ravina, cerca de 18 metros abaixo. O assassino devia ser incrivelmente forte para conseguir lançar os corpos no fundo do barranco, por sobre a cerca de proteção e para além das moitas fechadas e das folhagens.

Ensopado, dirigi meu carro até o fim da estrada Franz Valley. Ali percebi que, mesmo tendo o assassino pegado a estrada Porter Creek na bifurcação, ele teria chegado novamente à estrada Franz Valley em Calistoga. E, pela primeira vez, percebi como estava perto da Faculdade Pacific Union em Angwin. Shepard e Hartnell haviam estudado lá.

Sexta-feira, 25 de abril de 1980

Enquanto dirigia rumo a Santa Rosa, pensei em Dean Ferrin. Ele começara a receber telefonemas estranhos sobre o fato de a mulher dele ter sido supostamente morta pelo Zodíaco.

Starr não estava na loja quando passei por ali à procura dele. Voltei então para o carro e passei em frente à casa dele. Todos os seus carros estavam lá. Havia um Skylark cinza, um Corvair azul e branco e um Volkswagen Karmann Ghia 1967, uma cópia quase exata do carro de Bryan Hartnell, vítima do ataque no lago Berryessa. Ele também possuía dois barcos a vela e, em outros lugares, três *trailers* de acampamento "série especial".

Imaginei que Starr havia almoçado tarde, e demoradamente. Às 15 horas, voltei à loja; não havia sinal dele ainda. Resolvi dar outra olhada no cartaz nos fundos com a caligrafia que se parecia com a do Zodíaco. Como temia, o cartaz tinha sumido. Mas quando me virei, vi algo que me deixou paralisado.

Penduradas ligeiramente acima do nível dos olhos estavam seis pranchetas com anotações e algumas frases. Uma delas continha blocos com textos escritos à mão por meio de uma caneta hidrográfica. A caligrafia era a mais semelhante à do Zodíaco que eu já tinha visto. O texto estava assinado. Estava assinado por Starr.

A delegacia de Vallejo me dissera que não tinha nenhuma amostra da caligrafia de Starr (embora eu tenha visto, nos arquivos da polícia, cartas escritas à mão e enviadas por Starr do manicômio). Segundo a delegacia, ele agora datilografava tudo.

A loja estava cheia e escura. Eu sabia que seria quase impossível bater fotos sem chamar a atenção dos funcionários. E Starr podia voltar a qualquer momento em busca de sua prancheta; eu não queria confusão com ele. Voltei pouco tempo depois com um amigo e compramos alguns produtos. Depois fomos para os fundos da loja. Fingi tirar uma foto de meu amigo brincando com uma colher de pau. O que eu estava realmente fotografando, com a lente da câmera bem aberta, era o texto, a pouco mais de 1 metro de distância. Fizemos isso de maneira chamativa, barulhenta, óbvia, e tudo correu perfeitamente bem.

Agora eu tinha de mandar revelar e ampliar a foto da prancheta. Não conseguia acreditar que algo novo pudesse surgir em tais circunstâncias, mas resolvi procurar o melhor fotógrafo que conhecia para realçar a escrita o máximo possível a fim de que Morrill a examinasse.

Meu plano de emergência, um plano maluco para o caso de não ser possível realizar a análise com a foto, consistia em fazer uma cópia do texto com caneta hidrográfica e prendê-la em uma prancheta marrom exatamente igual à da loja de Starr. Eu então voltaria à loja e trocaria a prancheta de Starr pela minha cópia. Eu sabia ser um artista bom o suficiente para que, se colocasse as duas lado a lado, nem mesmo o próprio Starr conseguiria diferenciar uma da outra.

Segunda-feira, 28 de abril de 1980

Gary Fong revelou o filme para mim.

"Vai ficar meio granulado", ele disse.

"Tudo bem", afirmei. "Ficarei satisfeito com o simples fato de ter algo para enviar a Sacramento."

Só depois do meio da tarde é que Gary ampliara a foto o bastante para sentir-se satisfeito. Consegui dele uma cópia de cerca de 20 centímetros por 25 centímetros, nítida, clara, em preto e branco. Às 16h30, enviei-a para Morrill em Sacramento, por remessa urgente. Os funcionários da agência do correio me garantiram que ele a receberia de manhã cedo.

Terça-feira, 29 de abril de 1980

Às 10h17, Morrill telefonou e disse que recebera minha foto e que, com outro especialista em grafologia, Dave DeGarmo, de Pleasant Hill, analisara o material.

"Com base no exemplar que você me enviou, Robert, não posso descartar a possibilidade de esse homem ser o assassino Zodíaco", disse Morrill. "As letras parecem boas. DeGarmo está aqui comigo. Seria possível obter mais amostras da caligrafia dele para nós?"

Prometi que sim; resolvi usar o método direto.

Quinta-feira, 1º de maio de 1980

Liguei para o patrão de Starr, na casa dele, às 20h30. Expliquei que precisava de ajuda com relação a um assunto urgente, sério e confidencial, e que necessitava de amostras de caligrafia de alguém que trabalhava na loja dele. Enfatizei que não estava interessado no conteúdo do texto, mas apenas na forma e no espaçamento de cada uma das letras. Não revelei o nome de Starr porque não queria colocar em risco o emprego de um homem inocente. E então mencionei que envolvia um caso de homicídio.

"Espere aí! O senhor está insinuando que existe a possibilidade de algum empregado meu ser um criminoso?", perguntou o patrão. "Meu senhor, eu não contrato criminosos!"

"Não, não. Isso tem a ver com cartas ameaçadoras recebidas durante um período de dez anos", afirmei.

"Tenho de pensar a respeito disso", respondeu o patrão. "Acho que não gostaria de ver alguém fazendo isso comigo."

Nas semanas seguintes, ele mudou de ideia várias vezes. Ao final, porém, negou-me acesso às notas de frete e às notas de requisição redigidas por Starr.

Por causa do mandado de busca e apreensão emitido contra Starr em 1971, a delegacia de Vallejo estava hesitante em solicitar outro mandado, especialmente agora que Starr se mudara para outro condado. Husted, abarrotado de casos para cuidar, preferia, segundo imaginei, que um civil colhesse as amostras de caligrafia. Como um favor a mim, Morrill as analisaria.

Quinta-feira, 7 de agosto de 1980

E assim, durante algum tempo, em meio aos esforços para obter amostras da caligrafia de Starr, pedi a amigos meus que fizessem compras com ele.

"Você sabia que eu já fui professor?", perguntou Starr a uma amiga minha. "Lecionei para uma turma de alunos da oitava série, mas eu gostava mesmo era de dar aula para crianças do ensino fundamental. Minhas crianças se saíam bem — uma garotinha da terceira série sabia matemática do segundo grau do ensino médio quando terminou o ano letivo. Todos os alunos da minha classe já sabiam ler na sétima série. Eu adorava trabalhar com crianças do ensino fundamental."

"É uma idade ótima", concordou minha amiga.

"Eu achei que esse seria um campo promissor. Mas agora não consigo arrumar emprego em escola nenhuma. Então, acabei vindo trabalhar aqui, seis dias por semana, por 5,32 dólares a hora. O único dia em que tenho folga é na sexta-feira."

"Você trabalha sempre seis dias por semana? Deve ser duro."

"Sim, exceto uma vez, quando tirei uns dias de licença não remunerada. Mas aquilo foi como arrancar os dentes para conseguir uns dias de folga", disse Starr.

"Bem, você sabe como é difícil conseguir emprego de professor na Califórnia."

"É verdade. Mas, amanhã à noite, vou me candidatar a um emprego de professor de uma escola para adultos — 20 horas por semana a 10 dólares. Com certeza esse emprego seria muito melhor do que isto aqui."

"Mas este emprego é bom. Eu gosto de estar em contato com pessoas", completou, olhando diretamente para ela.

19

Zodíaco

Terça-feira, 12 de agosto de 1980

Fui de carro até Napa para perguntar a Ken Narlow se ele achava que o Zodíaco estava envolvido nos assassinatos de Santa Rosa.

O homem da lei com rosto largo e compleição robusta não levou um segundo para responder: "Realmente não. Chegamos a pensar em alguns dos assassinatos, mas as características não eram compatíveis".

"Todos nós tínhamos nossas apostas", falou. "Toschi e Armstrong apostavam todas as fichas em Starr. Eu apostava em Andrews. Todos estávamos só supondo."

Narlow e eu começamos a examinar o arquivo sobre Don Andrews, comparando-o com as informações que tínhamos sobre Starr.

"Oficina Mecânica Don Andrews", disse Narlow, "poderia ser uma fachada, ou ele poderia mesmo ter consertado motores. O pai dele era Oscar Andrews (nome alterado), a mãe era Betty Moran (nome alterado). Aqui ele foi registrado como um morador transitório pelo Departamento de Polícia de Los Angeles. A identificação foi registrada como Walt

Hansen (nome trocado), nascido a 11 de janeiro de 1945. Ocupação informada: cantor de palco."

"Bem", disse Narlow, batendo na mesa para dar ênfase, "vou te falar: se Andrews não é o Zodíaco, aceito qualquer um como ele."

Uma foto dele de 1969 parecia-se bastante com um retrato falado do Zodíaco quando Narlow colocou um ao lado do outro, sobre a mesa.

"Veja, aqui ele indica sua ocupação como técnico em motores", disse o detetive, ainda examinando a pasta de arquivo. "Walt Hansen é a mesma pessoa que Don Andrews. Aqui está uma cópia oficial de registro de 1967. Ele descreve sua ocupação como sendo técnico em motores. Aqui sua ficha criminal. Definitivamente há um Don Andrews, também conhecido por Oliver Walter Hansen."

"Kathleen Johns disse que o Zodíaco usava óculos presos por uma tira. O Howard também."

"Em 1969, Napa teve três homicídios em dez dias, o que estraçalhou com um pequeno departamento como o nosso, quando se pensa em nosso corpo de funcionários. Não éramos muito afinados na divisão de investigação, de modo que requisitei que um investigador do Departamento de Justiça fosse designado para nos ajudar naquele caso no momento em que descobrimos que ele tinha ligação com os assassinatos em Vallejo e no condado de Sonoma. O designado foi Mel Nicolai, um grande amigo meu."

"Planilhas com informações sobre a cronologia de eventos (Gráficos PERT[1]) foram feitas para todos os crimes do

1. Sigla em inglês para Programa de Técnica de Avaliação e Análise – Program Evaluation and Review Technique. (N. do T.)

Zodíaco, com a ajuda do Departamento de Justiça, de modo que os policiais envolvidos pudessem ter sob suas miras todas as sequências de provas e sequências cronológicas. Fazemos isso em grandes casos de homicídios, e certamente em alguma coisa complexa como aquela, envolvendo tantos departamentos policiais diferentes. Todas as impressões de palmas de mão que Napa tem foram confrontadas com as dos suspeitos. Agora São Francisco conseguiu uma impressão. Uma em sangue."

Perguntei a Narlow sobre a história de Bob Hall Starr e os dois caçadores, quando ele previu, em 1966, que mataria casais e adotaria o nome de Zodíaco.

"Essa história é tão bizarra, que você não sabe se acredita nela ou não. Algumas vezes as pessoas misturam coisas como essa, por uma razão ou outra. Talvez acreditem piamente nisso. Eu não sei, mas aquela história sobre ele falando dessas coisas é tão desprovida de base que, se ele de fato falou isso, então ele deve ser o Zodíaco."[2]

"Neste momento, seria uma dificuldade se um homem aparecesse aqui e confessasse ser o responsável pelos assassinatos do Zodíaco. Teríamos que gastar um tempo considerável para verificar as coisas que ele dissesse, para determinar se elas vieram de recortes de jornais ou de entrevistas com pessoas. Naturalmente, há pequenas coisas que mantivemos em segredo", afirmou Narlow.

2. Descobri mais tarde que havia algum tipo de desentendimento entre Starr e um dos caçadores, o que poderia gerar suspeitas sobre a veracidade do relato. (N. do A.)

Sábado, 25 de outubro de 1980

Ficara claro para mim durante esses anos todos que os departamentos de polícia não estavam trocando uns com os outros as suas melhores informações. Lembro-me de Toschi me dizendo: "Narlow nunca conseguiria colocar Don (Andrews) na área de Riverside, mas nós conseguiríamos. No entanto, ainda não sabemos por quanto tempo ele ficou lá em Riverside".

Depois de uma visita a Husted, em Vallejo, liguei para Toschi.

"Esse cara, Andy Todd Walker, sobre quem havia muitas suspeitas, supostamente era o homem que ficou sentado no restaurante incomodando Darlene o tempo todo. Mas Bobbie Ramos me disse: 'Não! Não era aquele. Já disse que não era ele!"

"*Havia* um cara fazendo essas coisas, intrometendo-se na vida de Darlene Ferrin. Só que não acho que Walker fosse o homem. Todos dizem que viram um homem dentro de um sedã branco com placas antigas da Califórnia. Bobbie viu esse cara, um cara corpulento, com cabelo claro ondeado. Essas coisas de que você já sabe. Muita gente viu esse homem", afirmei para ele.

"Obviamente", disse Toschi, "a gente acumula tanta informação, que eu gostaria de ver tudo se encaixar. Acho que seria esplêndido. Acho realmente que foi alguém de Vallejo, ou das relações de Darlene. Neste momento, é assim que a coisa me parece. Quanto mais informação a gente obtém, mais elas apontam para essa área."

Sábado, 8 de novembro de 1980

Em resposta a uma carta que escrevi, Linda, irmã de Darlene Ferrin, me ligou. Desde a morte de Darlene, a vida dela se tornara um caos, e ela estava telefonando de Stockton.

Na época, eu tinha só uma pergunta: "Linda, Darlene ia ao lago Berryessa?".

"Sim", respondeu, "ela gostava de ir lá. E foi por isso que... segundo acredito, Darlene conhecia Cecelia Shepard".

Sábado, 20 de dezembro de 1980

Meus esforços para seguir Starr continuavam sem dar resultado. Eu tinha certeza de que ele tinha percebido alguma coisa. Contudo, consegui pegar alguns formulários de emprego que ele tinha preenchido recentemente e algumas notas fiscais de 1980. Fui a Sacramento e cheguei à casa de Sherwood Morrill pouco antes das 20 horas. Morrill estava ansioso para analisar mais escritos de Starr.

Ele estudou as amostras durante cinco minutos e então me olhou. "Bem, de imediato, Starr não tem nenhum dos três movimentos do 'k' que associamos ao Zodíaco. E veja o 'n' do Zodíaco. É igual a uma marca de ticar ou a uma protuberância. Mas o 'n' de Starr é arredondado. O 'y' de Starr é completamente diferente. Mas, fora isso, as amostras são bastante próximas, e por isso quero ver mais."

Na opinião de Sherwood, as letras que Starr vinha fazendo desde que saiu da prisão eram artificiais, não eram feitas conforme as faria naturalmente.

Segunda-feira, 12 de janeiro de 1981

Liguei para marcar um encontro com Jack Mulanax, o policial que substituíra Lynch e Rust na investigação do caso

Ferrin-Mageau. Ele agora era um detetive particular, mas não aceitava um caso se sentisse que o cliente era culpado.

"Parece que você tinha um suspeito que era o seu preferido", afirmei. "O nome desse suspeito era Starr?"

"Sim. Starr era o único suspeito a que cheguei e a respeito de quem eu tinha um forte pressentimento", respondeu Mulanax.

"Tenho um documento sobre Starr que acho que você gostaria de ver", disse-lhe. "Tenho o histórico escolar dele."

"Starr estava no sul da Califórnia na época do primeiro assassinato do Zodíaco", notou Mulanax. "Lá em Riverside. Ele estudava na universidade."

"Bob Starr? Isso é estarrecedor. Starr parece convicto agora de que é o Zodíaco. Evidentemente ele disse isso a algumas pessoas", afirmei. "Ele agora está trabalhando numa loja em Santa Rosa."

"Acho que agora não há nenhuma prova. Mas na época eu sempre o considerei o principal suspeito. Acho que Bill e Dave Toschi também."

"Você tinha outro suspeito além de Starr?"

"O único que sempre me convenceu foi Starr. Eu não sabia que ele ainda estava por aqui (na Bay Area)."

"Eu sempre vou até a loja e compro coisas dele. Mas não consigo fazer com que escreva nada. Sei que Morrill viu umas amostras da caligrafia de Starr. Sua letra mudou bastante com o passar dos anos."

"Eu não tinha conhecimento de que Starr ainda estava nas redondezas. Vamos ter de ser bastante prudentes", disse Mulanax. Ele parecia preocupado.

"Partindo-se do pressuposto de que Starr é inocente, você acha que o Zodíaco ainda está vivo?"

"Existe um consenso de que o cara está ou morto ou internado em uma instituição psiquiátrica ou em uma instituição penal."

"Mas é onde Starr esteve, de 1975 a 1978."

"Eu não sabia disso."

"E o que achei interessante é, que depois que Toschi e Armstrong falaram com Starr no trailer dele, nós paramos de receber cartas do Zodíaco", acrescentei. "A propósito, como você chegou até ele?"

"Por meio de algumas pessoas que o conheciam."

"Ah, os caçadores, os dois sujeitos que estiveram no bosque com ele."

"Isso."

Quarta-feira, 14 de janeiro de 1981

Enquanto tomávamos café, Toschi e eu falamos sobre Starr. "Dave, descobri uma coisa que não sei se você sabe", afirmei. "Starr esteve na Faculdade Riverside em 1966."

Houve uma longa pausa enquanto Toschi processava o que eu dissera.

"A família dele nos contou alguma coisa sobre a presença de Starr na região de Riverside no meio ou no final dos anos 1960", disse Toschi. "Mas isso nunca foi confirmado."

"Eu fiquei surpreso, para dizer o mínimo. Eu só conseguira confirmar que Starr esteve lá no início dos anos 1970."

"Se Starr esteve realmente na Faculdade Riverside, talvez alguém o tenha visto com arranhões depois do assassinato de Bates. Ele é o primeiro suspeito que conheço que também esteve na Faculdade Riverside City."

"Sabíamos que ele esteve na área, mas não que esteve na FRC."

"Foi o que eu pensei."

"Quando a família veio até nós", disse Toschi, "comentamos com a polícia de Vallejo a respeito de Starr. Eles já o tinham investigado, mas muito rapidamente. Os olhos de Mulanax quase saíram das órbitas. Ele realmente pensou que nós o tínhamos pegado."

"Vocês poderiam tê-lo feito. Starr tem um amigo que Husted conhece. Esse amigo tem medo de Starr, e a mulher dele pediu que ele não falasse com a polícia. Parece que em uma determinada noite, quando eles estavam bebendo em algum lugar, Starr insinuou a esse amigo que era o Zodíaco. Esse é o homem a quem Starr escreveu quando estava preso. Há uma remota possibilidade de que ele também tenha sido paciente em Atascadero quando Starr esteve lá."

"Eu gostaria de poder te dar um suspeito melhor que Starr", falou Toschi. "Nós investigamos a fundo todas as possibilidades. Apenas não sabíamos que rumo tomar depois que revistamos o trailer dele."

"Já que você está fora do caso, se eu conseguisse alguma prova contra Starr, a quem deveria entregá-la?", perguntei. "Você teria algum problema em apresentá-la ao seu departamento?"

"É melhor que você se entenda com alguém da delegacia de Vallejo. Starr está fora da nossa jurisdição."

"Tudo bem. De qualquer forma, já estou passando tudo para Husted. Só estava preocupado."

"Sei que está", afirmou Toschi, recostando-se na cadeira.

"Um sujeito que possui apenas a ilusão de ser o Zodíaco", falei, "não poderia realmente estar em Riverside em 1966, pois o assassinato de Riverside só foi descoberto depois que Starr passou a figurar entre os suspeitos. O Zodíaco até tentou esconder sua conexão com o crime, só assumindo o crédito por ele mais tarde, como se tivesse cometido algum erro. E há um monte de indícios contra o cara."

"Nós tentamos pegá-lo de todas as formas", suspirou Toschi, "e tudo o que tínhamos passamos para Vallejo. Mas agora, depois de falar com você, estou ciente de que muita coisa que a delegacia de Vallejo tinha não foi comunicada para nós, e lamento muito por isso. Foi como uma rua de mão única."

"Starr tem uma arma calibre 22."

"Nós sabíamos disso. Bem, ele era um homem que gostava do mato, coisas desse tipo. Rifle, pistola. Mas nada disso foi suficiente para conseguirmos um mandado de busca e apreensão."

"E por que ele troca de carro a toda hora, se não está tramando nada?"

Segunda-feira, 19 de janeiro de 1981

Depois que cheguei à casa de Jack Mulanax, em Vallejo, ele decidiu me levar novamente para os locais dos crimes. A chuva forte cessara e agora havia uma névoa no ar. Mulanax levou duas armas dentro de seus coldres para a picape. Quando se ajeitou atrás do volante, colocou as armas debaixo do banco dianteiro. Havia um suporte para rifles na picape. Além de ser detetive particular, Mulanax era um caçador de veados fanático.

Depois de olharmos o local no lago Herman, ele me levou até o Blue Rock Springs e me falou sobre uma armadilha que a polícia fizera, um chamariz, dois bonecos dentro de um carro parado na parte oeste do estacionamento. O carro foi estacionado parcialmente dentro da mata, e alguns homens ficaram de campana. Não houve nenhum resultado.

Mulanax me disse: "Fiquei realmente surpreso quando você me falou que Starr estava trabalhando na Bay Area. A mãe dele ainda está viva?"

"Ela passa o tempo todo viajando."

"Evidentemente a família dele tem dinheiro."

"Ele possui um Karmann Ghia novo e outros carros."

Mulanax remexeu nas anotações que fizera. "Não sei se isso foi incluído em nossos relatórios. Só li esta parte agora de manhã."

Nesse ponto, fiquei sabendo de uma informação surpreendente.

"Há uma gravação do Zodíaco falando com Nancy Slover (a operadora de telefone da delegacia de Vallejo) na noite do crime."

Corri até um telefone público em Vallejo e liguei para Toschi em São Francisco.

"Dave, você sabe que há uma gravação do Zodíaco falando com Nancy Slover? Mulanax me disse que Linda, irmã de Darlene, também ouviu a gravação."

"Verdade? Nunca soube disso", respondeu Toschi pensativo. "É interessante. Ela diz que ouviu a fita. Gostaria de saber mais. Tente verificar."

"Isso parece ser terrivelmente importante."

"Bem, claro que é."

"Gostaria que você soubesse disso. Vou verificar", prometi. Contei a Toschi sobre o retrato falado feito por Linda, para a delegacia de Vallejo, sobre o homem visto por ela na festa da pintura na casa de Darlene. E comentei também sobre como o retrato falado era muito parecido com o retrato falado do Zodíaco que consta dos cartazes de "procurado".

"O nosso? Meu Deus!"

"Ainda, de acordo com Linda e alguns de seus amigos, havia um homem que trazia presentes do México para Darlene. Tudo que eles sabiam é que o homem se chamava Bob. Ela o descreveu como sendo um homem com cabelo bem curto, meio barrigudo, musculoso. Uma descrição que lembra muito Starr. Evidentemente ela ficou sabendo da conexão porque a polícia estava procurando por pessoas chamadas Bob."

Contei a Toschi que Bobbie Ramos, quando questionada pela polícia sobre quem eram os amigos mais chegados de Darlene, respondeu: "Sue Gilmore, Robbie e esse homem chamado Bob que lhe trazia presentes do México". Os presentes dados por ele tinham sido um porta-níqueis e um cinto.

Terça-feira, 5 de março de 1981

Debaixo de um violento aguaceiro, percorri 58 quilômetros até Vallejo para verificar um palpite que eu tinha sobre o assassinato do Blue Rock Springs. No caminho, passei pelas refinarias de petróleo à minha esquerda, suas milhares de luzes piscando por entre a fumaça azul e branca que saía das torres.

Tentando reconstituir o crime, deixei a casa de Darlene às 23h40 (embora as babás tivessem dito que foi perto da meia-noite que ela realmente saiu) e segui pela rua Georgia até a casa de Mike, em Beechwood. Cheguei lá às 23h45. Esperei apenas um minuto, e então fui para o Blue Rock Springs, em cujo estacionamento parei às 23h51. Fiquei ali tempo suficiente para que tivessem ocorrido os disparos, por volta da meia-noite, e depois desci a estrada do Springs até a cabine telefônica usada pelo Zodíaco a fim de ligar para a delegacia de Vallejo. Mesmo com a chuva, e a visibilidade reduzida, mesmo obedecendo aos limites de velocidade e parando em todos os sinais de trânsito, cheguei à cabine à 0h09. A chamada do Zodíaco à polícia havia sido feita à 0h40.

Isso significava que 30 minutos estavam sobrando.

A cabine ficava a menos de um quarteirão da casa de Darlene, e defronte ao estacionamento da delegacia. O estacionamento é amplo e aberto, e dele pode-se facilmente ver a casa de Darlene. Tive que me fazer a seguinte pergunta: será que o Zodíaco estacionaria defronte à delegacia, em um carro que poderia ter sido visto saindo da cena do crime? E por mais de meia hora? Não seria mais provável que ele morasse perto da delegacia e que tivesse ido para casa esperar ouvir as sirenes dos carros de polícia partindo para o Blue Rock Springs? Quando isso não ocorreu, não teria ele ido até a cabine telefônica e informado a respeito dos tiros, a fim de que pudesse ter seu momento de prazer como aconteceria novamente em Napa? Por volta da 0h47, a polícia já sabia exatamente de onde a ligação tinha partido, e qualquer um na delegacia poderia olhar através do estacionamento e ver uma pessoa na cabine iluminada.

Depois que o Zodíaco terminou a chamada, uma chamada que, segundo sabia, estava sendo rastreada, ele foi visto por um homem negro não identificado. Será que ele ousaria utilizar uma outra cabine da área a fim de dar os telefonemas para a casa de Darlene e os parentes de Dean? Ainda mais que a área estava na sua maior parte às escuras? Na minha opinião, ele deu pelo menos esses telefonemas da sua própria casa. Ele saiu da cabine à 0h45 e fez a ligação 15 minutos mais tarde, à 1 hora.

Se o Zodíaco tivesse chegado em casa à 0h09, teria colocado o carro na garagem, escondido a arma e esperado pelo som das sirenes. Lynch "não foi para lá" depois do comunicado sobre os tiros, e então, cansado de esperar, o Zodíaco sai à 0h25. Ele anda até a cabine, o que daria uns 15 minutos de caminhada, e faz a ligação para a polícia. Depois realiza uma nova caminhada de 15 minutos, regressando para casa, devagar de modo a não chamar a atenção e talvez passando pela casa de Darlene, para dar uma olhada através das janelas escuras. Será que a casa do Zodíaco ficava na mesma direção da de Darlene para quem viesse da cabine telefônica?

A casa do Zodíaco ficaria a uma distância de 15 minutos de caminhada da cabine telefônica?

Poucas casas no bairro de Darlene tinham garagem, e, segundo eu acreditava, o Zodíaco precisaria de uma garagem para esconder seu Chevrolet. Starr tinha uma. Com base nas cartas do Zodíaco, ele também teria um porão, outra raridade naquela vizinhança. Starr tinha um. Sua casa na ocasião ficava a cerca de 14 ou 15 minutos de caminhada da cabine telefônica.

Além de tudo isso, eu acreditava piamente que o Zodíaco conhecia Darlene e que ela sabia quem ele realmente era. O Zodíaco conhecia o apelido de Darlene. Sem que o rádio ou a televisão tivessem falado nada sobre o ocorrido, ele conhecia o número do telefone dela, que ainda não fora incluído na lista telefônica porque ela morava em uma casa nova, comprada dois meses antes. Ele a conhecia porque, entre as tantas cabines telefônicas de Vallejo, ele ligou de uma da qual conseguia ver a casa dela.

Darlene estava sendo importunada por um homem que tinha um Chevrolet sedã branco, um homem que ficava parado na frente de sua casa, que a amedrontou na festa da pintura e que perguntou por ela no Terry's.

Durante todo o começo da noite e uns 15 minutos depois dos assassinatos na estrada do lago Herman, um sedã branco da marca Chevrolet foi visto estacionado exatamente onde o carro do assassino estava estacionado. Se o assassino de Faraday e Jensen dirigia um Chevrolet branco e o homem perguntando por Darlene dirigia um Chevrolet branco, havia uma grande possibilidade de que o veículo pertencesse à mesma pessoa, o Zodíaco.

O Zodíaco foi capaz de descrever as roupas de Darlene em detalhes, mesmo que a tenha visto rapidamente, ele a conhecia o suficiente para segui-la a partir da casa do namorado e depois ligar para a delegacia de polícia de Vallejo do lado oposto ao de sua casa na rua Virginia. Se ele a conhecia, então ele deve ter sido o homem que ligou para ela durante o dia inteiro naquele 4 de julho. Darlene sabia que "alguma coisa grande estava para acontecer". Além disso, ela era amiga de outras vítimas. Mais de uma pessoa tinha me contado que ela conhecia Cecelia Ann Shepard.

Sábado, 7 de março de 1981

Cheguei à casa do detetive-sargento John Lynch, em Vallejo. Era um homem mais velho, baixo, vigoroso, com olhos penetrantes. Sentamo-nos na sala de jantar.

"E Mike Mageau?", perguntei.

"Aquele era um sujeito difícil de entender. (...) Nunca consegui saber o que havia de errado com ele. Para falar a verdade, nunca conversei com alguém que eu acreditasse, mesmo remotamente, que pudesse ser considerado um suspeito."

"Você descartou Dean como suspeito?"

"Aquela noite. Sabe que, quando aquilo aconteceu, essa foi a primeira coisa em que pensamos."

"Darlene saía com muita gente?"

"Todo tipo de cara. Ela era muito volúvel."

"E Bob?", perguntei.

"Bob? Oh, Bob Starr. Conversei bastante com ele várias vezes. Ele estava na praia, em Bodega Bay. Ele gosta de mergulhar. Naquele 4 de julho, ele disse que estava com três ou quatros sujeitos."

"Quando foi que você falou com ele? Em 1971?"

"Muito antes disso. Um ou dois meses depois do assassinato. Não sei como consegui o nome dele. Ele é um cara fortão. Você o viu?"

"Está mais forte agora", retruquei. "Husted acha que ele é o principal suspeito."

"Eu acho que não. Tinha certeza de que não tinha sido Starr. No momento em que o vi, disse para mim mesmo que ele não era o Zodíaco. No relatório, escrevi só umas cinco ou seis linhas sobre Starr. Apenas para ter o nome dele. Falei com ele durante mais ou menos uma hora. Verifiquei seu carro, e ele tinha aquele equipamento de mergulho no porta-malas. Era um carro bem velho, sujo, que nem remotamente se parecia com..."

"Mas ele tinha vários carros", interpus. "Agora, ele tem quatro."

"Ah! Não sabia disso."

Pensei comigo mesmo que Lynch tinha descartado Starr porque ele não se encaixava na imagem mental criada por Lynch a respeito do assassino.

Nos anos seguintes, os substitutos de Lynch não retomaram os fatos a fim de verificarem os primeiros suspeitos descartados por ele.

Domingo, 29 de março de 1981

O delegado Al Howenstein vinha enfrentando uma tormenta. Em dois anos, tinha chegado a quase 2 mil suspeitos de serem o "Assassino da Beira da Trilha". Esse criminoso havia tocaiado furtivamente as íngremes trilhas de caminhada do condado de Marin, atirando e esfaqueando sete jovens, sempre realizando ameaças de estupro acompanhadas de um ritual pré-sexual secreto e, em alguns casos, de agressões sexuais efetivas. Estranhamente, muitas das mortes ocorreram perto de feriados.

As vítimas do Assassino da Beira da Trilha foram:

> Edda Kane, 44, morta com dois tiros de uma arma calibre 44 na nuca.
> Barbara Schwartz, 23, esfaqueada com uma faca de açougueiro; a arma foi encontrada perto dali, junto com os óculos bifocais de armação de plástico do assassino, manchados de sangue.
> Anne Evelyn Alderson, 26, morta com um tiro de grosso calibre na cabeça.
> Diane O'Connell, 22, e Shauna May, 23, mortas com tiros na cabeça que lembraram execuções.

> Na busca por O'Connell e May, foram encontrados os corpos em adiantado estado de putrefação, e totalmente vestidos, de Cynthia Moreland, 18, e Richard Stowers, 19, também mortos com tiros na cabeça, mas um mês antes. A polícia percebeu que May e O'Connell tinham sido mortas a fim de chamar a atenção para essas mortes anteriores.

Hoje surgiram mais duas vítimas, a 160 quilômetros do local do último assassinato ocorrido à beira de uma trilha: Ellen Marie Hansen, de 20 anos, que fora morta instantaneamente, e Steven Russell Haertle, de 20 anos, que só ficou ferido. Eles estavam nas montanhas localizadas acima de Santa Cruz.

Depois de ser submetido a uma cirurgia, Haertle descreveu com grandes detalhes o homem responsável pelos crimes, e um conjunto de retratos falados foi produzido. O assassino tinha entre 45 e 55 anos, cerca de 1,75, pesando cerca de 80 quilos. O cabelo era grisalho, cortado rente, tinha olhos castanhos e usava óculos de armação escura desbotada nas hastes. Ele falava de "uma maneira controlada e vagarosa" e tinha mãos bastante limpas. Usava calças Levi's boca de sino, sapatos brancos de corrida, um boné de beisebol e um casacão de náilon na cor dourada e com a inscrição "Olympic Drinking Team, Montana"[3] nas costas. Ele tinha dentes amarelados e tortos. Testemunhas viram o assassino fugir a pé, tirar os óculos e sair correndo da área de acampamento em um "carro estrangeiro" na cor vermelha.

Stowers, Moreland, O'Connell, May, Alderson e Hansen foram mortos com a mesma arma calibre 38 e com projéteis

3. Equipe Olímpica de Bebida, Montana. (N. do T.)

de ponta arredondada. Os investigadores de Marin e de Santa Cruz anunciaram "acreditar fortemente" na possibilidade de as mortes de Santa Cruz terem sido obra do Assassino da Beira da Trilha.

Obviamente, esse Assassino da Beira da Trilha me lembrava o Zodíaco.

O número digital do arquivo de Starr fora enviado para Santa Cruz no dia 2 de abril, por Husted. No dia seguinte, a Ktvu-tv anunciou que, com base em semelhanças identificadas em retratos falados, o Assassino da Beira da Trilha poderia ser o Zodíaco.

A polícia acabou prendendo e condenando David J. Carpenter como o Assassino da Beira da Trilha. Em 1970, com base em comparações de caligrafia e de impressões digitais, ele tinha sido descartado por Toschi como suspeito de ser o Zodíaco. O mesmo seria feito por Husted em 1979. Além disso, eu soube que ele estava preso na época em que três dos assassinatos do Zodíaco ocorreram.

Sexta-feira, 15 de maio de 1981

Toschi, furioso e abatido, veio conversar comigo. "Mandamos todos os nossos arquivos sobre o Zodíaco para Sacramento. Parece que as agências envolvidas decidiram deixar o Departamento de Justiça do Estado coordenar a 'investigação sobre as mortes do Zodíaco'. Eu tinha esperança de que o tenente Jack Jordan, da seção de homicídios, tomasse conta de alguns aspectos do caso. Eles nunca quiseram se preocupar com o Zodíaco, principalmente porque significava assumir uma grande carga de trabalho. O próprio Deasy levou tudo para Sacramento. Ele nunca procurou entender o caso", Toschi falou com amargura, "e agora eles também encaminharam para o Departamento de Justiça cópias das impressões latentes que colhemos no táxi".

"Um funcionário do governo do Estado vai coordenar tudo. Mas ninguém sabe o que ele fará", explodiu Toschi. "Estou muito triste com isso. Que vergonha. Não guardamos nada do que havia nos nossos arquivos". Ele balançou a cabeça."Todos os relatórios sobre as impressões da palma da mão feitos por Morrill, das impressões digitais, tudo foi para Sacramento. Acho que a polícia de São Francisco errou ao abrir mão de tudo."

Uma expressão de aborrecimento atravessou o rosto de Toschi. "Quando penso nas horas de trabalho, nos meses e anos compilando as fichas alfabéticas sobre os suspeitos, e que não podem ser substituídas... E quando alguém me perguntava: 'Toschi, que diabos você vem fazendo nesse maldito caso do Zodíaco?', eu podia sempre apontar para as gavetas de arquivo, me sentar e olhar o rosto surpreso dessa pessoa. Agora, se alguém me perguntar, tudo o que temos é uma pasta de cartolina, em uma gaveta dos casos não solucionados de 1969", disse, emocionado. "Claro que isso não demonstra muita coisa. E, agora, algum pobre-diabo que não tenha a menor ideia sobre quem o Zodíaco é de verdade terá de investigar o caso."

Toschi levantou-se e foi até a janela. "Como podemos esperar que esse pobre-diabo saiba o que está fazendo? Isso é triste. Muito triste", concluiu. "Eles nunca vão pegá-lo".

Depois que o caso do Zodíaco foi transferido para o Departamento de Justiça do Estado, comecei a trabalhar com uma fonte de lá.

Terça-feira, 18 de junho de 1981

"Algumas pistas novas e promissoras", disse minha fonte no Departamento de Justiça, "gente nova e alguns nomes antigos. No entanto, todo mundo acha que o Zodíaco é esse sujeito que morava em Vallejo."

"Sim, Starr. Ele é um cara intrigante", concordei.

"Soube que você andou escrevendo sobre ele. Todo mundo parece estar se inclinando na direção dele. (...) Não sei se estamos batendo na tecla errada, porque não há nenhuma prova indicando que Starr seja algo diferente de um simples maluco. Tenho todos os arquivos da polícia de São Francisco em fichas tamanho 7,5 centímetros por 13 centímetros. Tudo o que eles parecem ter investigado, tudo em que se concentraram, foi a impressão digital do táxi de Stine", admitiu.

"Você acredita que a impressão é do Zodíaco?", perguntei.

"Não sei. Você sabe que, segundo as testemunhas, ele limpou o táxi para remover qualquer impressão. No momento estou trabalhando na impressão da mão. Houve um palpite que veio de uma cidade da Bay Area. Estou investigando o cara."

"Não seria 8ta Rosa, seria?"

"Como você soube?"

"Starr está morando lá agora."

"Como eu digo, Robert, tenho recebido muitos telefonemas sobre esse maldito Starr e estou usando meu tempo para fazer um levantamento. Não quero ser responsável por alguma coisa que outros começaram. Apenas a última pessoa no caso."

Ele me falou sobre um novo suspeito de Montana que tinha morado no condado de Marin. Esse suspeito não tinha ficha policial na Califórnia. "Um dos peritos em grafologia, Prouty, indicou que há algumas características ligando a caligrafia desse homem à das cartas do Zodíaco", disse minha fonte. "Mas não são suficientes para garantir a identificação em um grau de probabilidade de autoria. Apenas indicam para o perito que mais amostras da caligrafia e comparações são necessárias".

De repente percebi que esse "novo" suspeito era Don Andrews. Minha fonte iria refazer um monte de trabalho que já fora realizado. Era bom ouvir que Prouty concordava com Morrill sobre o fato de a caligrafia de Andrew no pôster de filme ser a mais próxima da caligrafia do Zodíaco já encontrada.

"Veja, Starr pode ser o cara", continuou, "não estou dizendo que não seja. Starr vai a bibliotecas e faz um monte de pesquisa sobre crimes contra mulheres. Ele usa isso para amedrontar seus amigos, fazendo-os acreditar que ele pode ser o Zodíaco. Todo investigador com quem conversei acha que ele é o culpado."

"Vou te dar um negócio para ler", falei. "Vou mandar meu capítulo sobre Starr amanhã de manhã."

"Isso é ótimo. Uma mão lava a outra. Se houver alguma coisa lá que possa ser um começo, direi para você."

Enquanto estava em Sacramento, dei um pulo até a casa de Sherwood Morrill, mais atarefado do que nunca enquanto cuidava de sua aposentadoria. Eu tinha algumas cartas de Penny no porta-malas de meu carro, e Morrill e eu fizemos uma comparação com a caligrafia do Zodíaco. Não havia nenhuma semelhança.

"Eu recebo de tudo, Robert. Um grupo de pessoas de São Francisco vem ligando para mim há anos dizendo que um rico banqueiro da região onde Stine foi morto é o Zodíaco. Eles entraram no seu quintal, surrupiaram todas as latas de lixo, vieram até aqui, derramaram tudo no meu gramado e começaram a remexer naquilo para me mostrar sua caligrafia em letras e contas”, disse Morrill, com um suspiro. “Eu apenas levantei as mãos, indignado, e entrei em casa.”

Quarta-feira, 6 de janeiro de 1982

Os anos de frustração acabaram por cobrar seu preço de Toschi. Essa noite, em sua cozinha decorada com motivos florais, Toschi levantou-se para pegar um copo de leite na geladeira. Quando se inclinou para frente, dobrou-se em dor repentinamente e despencou no chão. Carol chamou uma ambulância, e Toschi foi levado às pressas para o Hospital Children’s, apresentando uma grave hemorragia interna.

Ainda assim, quando finalmente voltou para casa, não conseguia parar de trabalhar mentalmente no caso.

Quarta-feira, 3 de agosto de 1983

Depois de meses tentando encontrar Don Andrews, achei-o sem nenhum esforço e em uma questão de segundos. De repente, soube exatamente onde ele estava. Ao atravessar a sala, não corri; meu palpite era muito bom. Minha mente relembrou minha conversa com Narlow quando estávamos tentando determinar se Don tinha usado o codinome Hansen. “Veja”, falou Narlow então, “aqui ele indica sua ocupação como sendo técnico em motores. Walt Hansen é a mesma pessoa que Don Andrews”.

Nas Páginas Amarelas de São Francisco, no título "Técnicos em Motores", encontrei o seguinte item: Andrew Donaldson (nome alterado).

Pedi a uma amiga que ligasse para o telefone indicado e depois ela entrou em contato comigo novamente.

"Tive uma *longa* conversa com ele sob o pretexto de que tinha um trabalho para oferecer-lhe. Ele me disse que não passou mais pelo sul da Califórnia, só por São Diego. Afirmou que nunca esteve em Riverside. Eu disse a ele que estudara lá. Ele me disse que consertar motores não é a única ocupação dele."

"Donaldson afirmou que está incluído tanto nas Páginas Amarelas quanto nas de assinantes. Afirmou que desejava ser diferente, mas não especificou como. E você vai adorar isto. Ele disse, a respeito do fato de constar da lista apenas seu número de telefone, mas não seu endereço: 'Todos os que me conhecem vão saber que sou eu'."

"Fiquei de ligar outra vez amanhã para pegar o endereço dele e marcar uma hora. Ele é o homem que você está procurando?"

"As datas conferem. Quando você pegar o endereço, faremos uma visita."

Quinta-feira, 4 de agosto de 1983

O homem que atendeu era Don Andrews, sem dúvida. Os óculos de armação escura estavam presos com uma tira de elástico que dava a volta na cabeça dele, exatamente como me tinham dito.

Como Narlow havia dito, Andrews era um homem interessante e inteligente que falava sem parar. Fiquei impressionado com múltiplas camadas de personalidade que eu sabia estarem por debaixo da identidade assumida por ele para desempenhar seu mais recente personagem. Mais cedo, naquela noite, eu tinha ido à casa de Don em Haight. Don tinha morado lá em 1969, na mesma época em que Darlene e o primeiro marido dela, e Darlene tinha vivido a apenas um quarteirão de distância dali.

Minha amiga descreveu o carro dela, um Renault Caravelle na cor branca com transmissão modificada. Esse era o tipo de carro que Don possuía à época do assassinato no lago Berryessa. A menção gerou uma reação da parte dele — um rápido soerguer de cabeça. Dava para notar que o homem ficara, prontamente, em guarda. Enquanto observava minha amiga e Don conversando sobre a possibilidade de trazer seu carro na manhã seguinte (uma visita que, eu sabia, ela não tinha nenhuma intenção de fazer), olhei em volta do espaçoso apartamento cheio de pôsteres de filmes e de fotos de cenas de filmes. Ele parecia se identificar bastante com Oliver Hardy. Por todo lado havia fotos de Hardy sem Stan Laurel.

Pude perceber, quando saímos, que minha amiga ficara muito impressionada e que o considerava agora mais suspeito do que nunca. “Meu Deus, ele parece ser muito esperto”, murmurou ela enquanto descíamos com cuidado e no escuro as escadas. “Ele parece tão inteligente. Acho que ele poderia mesmo ser o Zodíaco”.

Eu não disse nada, mas bem no íntimo minha suspeita quanto a Don diminuíra. Ele era um suspeito fascinante, mas não acreditava mais que fosse o Zodíaco. Era Starr que parecia ser o principal nome do caso, e isso pensando desde o assassinato de Cheri Jo Bates, em Riverside.

20

Zodíaco

Terça-feira, 20 de dezembro de 1983

Noite. O vento balançava as árvores nas colinas da estrada do lago Herman, árvores que desapareciam e reapareciam nas curvas do trajeto e em meio ao incomum nevoeiro branco. Exatamente 15 anos depois de o Zodíaco ter assassinado Betty Lou e David, fui de carro até onde tudo começou, perto da velha estação de bombeamento junto à entrada de cascalho. Os poucos carros que me ultrapassavam apareciam de repente e sumiam rapidamente.

Encostei junto ao portão de metal da estação de bombeamento e desliguei o motor. Não havia luz em nenhuma parte. Ao olhar para a área ao lado do meu carro onde o Chevrolet branco do assassino estacionara tanto tempo atrás, fiquei imaginando: com a quantidade de informação que tínhamos sobre o Zodíaco, onde tínhamos errado? Qual foi o erro de avaliação responsável por evitar que percebêssemos quem ele realmente era? Narlow dissera: “Há tanta coisa aqui, que deveríamos ser capazes de solucionar esse caso. Ou isso ou ele simplesmente está nos fazendo andar em círculos”.

Repassei todas as teorias que me surgiram ao longo dos anos. Era o Zodíaco um doente mental que tinha alta ou fugia de tempos em tempos e, durante esses intervalos de liberdade, atuava como assassino? Era ele tão doente, que sua dupla identidade era desconhecida até por ele mesmo? Não. Eu sabia que isso poderia ser verdadeiro no caso de um esquizofrênico paranoico, mas não de um sádico sexual (esse o caso do Zodíaco). Ele saberia o que estava fazendo e se lembraria do que tinha feito.

Haveria dois Zodíacos, um cometendo os assassinatos e outro escrevendo as cartas? Haveria múltiplos Zodíacos como o sargento Lundblad uma vez sugeriu? Eu duvidava de que um segredo de tal magnitude pudesse ser mantido por mais de uma pessoa.

Não haveria nenhum Zodíaco? Será que todo o caso foi um engano monstruoso, o trabalho de alguém que levou o crédito por crimes sem nenhuma relação entre si? Se fosse assim, ele seria pelo menos o assassino de Paul Stine, ou um cúmplice dele, em virtude do pedaço ensanguentado da camisa enviado com uma das cartas. As palavras escritas na porta do carro no lago Berryessa também ligavam o Zodíaco àquele crime.

O Zodíaco poderia ser um representante de vendas constantemente em viagens que vendia a morte condado a condado, Estado a Estado. Poderia ter sido, como ele sugeriu, um caçador (a pontaria certeira e o fato de o assassino conhecer as áreas onde agiu apontavam para isso), um caçador que ficara entediado com a caçada a animais.

Talvez um militar, um marinheiro estacionado por uns tempos na Bay Area e depois transferido? Os intervalos entre cada uma das ações criminosas eram compatíveis com isso. Os sapatos Wing Walker, o treinamento em códigos, o cabelo cortado rente, as roupas em estilo naval e seus sapatos extremamente bem polidos, tudo isso se encaixa nesse perfil. Contudo, era improvável que o Zodíaco conseguisse reiteradamente voltar para o mesmo posto militar na Bay Area.

Seria ele, e esta era a teoria mais empolgante de todas, um homem de dentro, um policial transformado em assassino? As técnicas de direção usadas pela polícia rodoviária, a habilidade com armas, o conhecimento de técnicas policiais de identificação e a lanterna estendida para frente levavam a essa conclusão. Teria ele na verdade ajudado na busca por ele próprio? Seria ele um repórter em um dos jornais contatados pelo Zodíaco? Os conhecimentos dele sobre pontuação e gramática estavam acima da média. Esses dois lugares teriam permitido ao Zodíaco ter informações sobre o desenrolar das investigações. Ou seria ele um mero fã da polícia dando aos detetives ideias sobre como pegar o verdadeiro assassino?

Quanto ao paradeiro do Zodíaco, ele pode ter sido preso por outro crime, pode ter se suicidado, pode ter morrido em um acidente ou ainda ter sido assassinado por uma das pessoas que pretendia matar. Mas, em todos esses casos, teriam sido descobertas provas sobre sua outra identidade, sua identidade como serial killer.

Ele pode ter se cansado e ter parado de matar, ou pessoas que tinham certeza de sua culpa podem "ter dado cabo dele", especialmente se o assassino fosse um policial. Ou, a mais horripilante de todas as possibilidades: ele continuaria matando depois de todos esses anos?

De todos os 2.500 suspeitos de serem o Zodíaco, apenas um continua chamando a atenção dos investigadores e despertando meu interesse.

Bob Hall Starr, a "escolha intuitiva" da maior parte dos detetives. Ninguém sabe quem o Zodíaco é, mas, com base nas evidências de que tenho conhecimento, Starr é o melhor suspeito encontrado até agora.

Starr ainda carrega consigo uma misteriosa caixa de metal cinza cujo conteúdo ninguém tem autorização para ver. O doutor Rykoff, o psicólogo indicado pela polícia, diz que Starr tem cinco personalidades distintas. Além disso, doutores do Instituto Psiquiátrico Langley Porter e da Universidade da Califórnia em Berkeley examinaram o prontuário dele.

Ele, mais do que todos os suspeitos, pode ser colocado na cena de todos os assassinatos do Zodíaco.

Bryan Hartnell foi levado pelo sargento "Butch" Carlstadt para ouvir a voz de Starr na loja em que ele trabalha. Mais tarde ele me disse: "Não havia nada no que ouvi ou vi que o inocentaria".

Starr confidenciou a amigos que ele é o Zodíaco. Pode ser que ele apenas pense ser o Zodíaco.

Desci do carro, puxei o zíper da minha jaqueta e olhei a estrada do lago Herman, às escuras naquela hora. Moradores da região de Vallejo viram um homem em um carro branco colando seu veículo na traseira de carros de mulheres em noites de luar. Até têm um nome para ele: o "Fantasma de Cordelia". Eu podia imaginar o Chevy fantasma, horripilantemente branco, descendo barulhento as poeirentas estradas vicinais da Califórnia, o homem corpulento encurvado atrás do volante, seu rosto redondo como a Lua iluminado pela luz do satélite terrestre. O sussurro dos pneus e a obsessão.

Nesta noite, há uma névoa branca tomando conta da estrada do lago Herman, e o assassinato já completou 15 anos.

Mas não para Pam, uma das irmãs de Darlene. Ela está sendo seguida novamente, ao longo de todo o caminho até Lakeport. E alguém está deixando recados para ela. E há as chamadas telefônicas — uma para a casa de seu namorado em Antioch e outra para a sua nova casa, na East Bay.

É sempre o mesmo homem, dizendo a mesma frase: "Aqui quem fala é o Zodíaco. (...)".

Domingo, 22 de julho de 1984

Atualmente Starr está trabalhando em Santa Rosa.

Fiquei curioso de saber se Starr continuava se recusando a escrever qualquer coisa, e minha amiga concordou em me ajudar a descobrir isso.

Estacionamos atrás da velha âncora enferrujada existente no estacionamento e andamos até a frente da loja.

Pedi que minha amiga me contasse o que achara de nossa visita a Starr. Eis o que ela mais tarde escreveu:

> "Starr me orientou nas compras, ajudando a escolher os produtos certos. Quando meus braços estavam carregados, ele me ofereceu uma cesta e acabou por devolver minha lista de compras colocando-a sobre a pilha de produtos."
>
> "Preciso de apenas mais uma coisa", disse. "Uma nota relacionando todas as compras."
>
> "Uma daquelas pessoas no caixa vai ajudá-la", respondeu. "Eu não estou mais autorizado a fazer notas."
>
> "Tudo bem. Obrigada pela ajuda e por seu tempo."

Do outro lado da loja, observei Starr virar-se para ela, colocar a mão enorme em cada braço dela e dar um largo sorriso. No instante seguinte, ela a soltou. Conseguia ver os lábios dele se movimentando, mas estava muito longe para ouvir o que ele estava dizendo.

Ela deu meia-volta e saiu. Starr estendeu a mão e bateu gentilmente no ombro dela.

No *showroom* iluminado por uma luz tão clara que chegava a cegar, a figura de Starr refletia-se na bússola de cobre, duplicava-se nas laterais envernizadas e lustrosas da lancha Chris Craft, refletia-se no chão polido, espelhava-se nos artigos de cobre espalhados ao redor dele, multiplicava-se nas centenas de hastes brilhantes das prateleiras. Ele aparecia reproduzido de corpo inteiro, desde o piso até as janelas do teto.

Starr aparecia em todos os cantos para os quais eu olhava. 20

Epílogo

Muitas das pessoas envolvidas no caso do Zodíaco já se foram. O sargento Les Lundblad e o médico-legista Dan Horan morreram, bem como Stella Borges, que descobriu as vítimas da estrada do lago Herman, e a mãe de Darlene Ferrin.

Charles Gain, ex-chefe de polícia de São Francisco, hoje é dono de um lucrativo estacionamento para trailers em Lemoore, no condado de Kings, e diz que está "delirantemente feliz".

Clement D. DeAmicis, ex-subdelegado administrativo de Gain, foi demitido quando o novo chefe, Cornelius P. Murphy II, substituiu todos os subdelegados de Gain em janeiro de 1980. DeAmicis requereu aposentadoria e hoje trabalha para a instituição financeira Fidelity Savings and Loan, na área de segurança.

Em julho de 1979, John Shimoda encerrou seu relacionamento de cinco anos com o Departamento de Polícia de São Francisco, recusando-se a fazer outros trabalhos para o órgão. Desconfio de que foi por causa da pressão a que foi submetido durante a análise da carta do Zodíaco de abril de 1978. Um policial me disse: "Há muitos policiais com raiva por aqui, porque agora temos de ir ao CI&I em Sacramento e, em um caso de emergência, é uma viagem muito longa. O departamento agora será forçado a treinar um de seus próprios homens".

O informante de Maupin se aposentou no final de 1978 e foi para a East Bay. Eric Zelms, policial que estava na radiopatrulha responsável por parar o Zodíaco no Forte Heights, depois do assassinato de Stine, foi morto em serviço em uma véspera de Ano Novo, pouco tempo depois. Seu parceiro conseguiu ser promovido e ainda está no Departamento de Polícia de São Francisco.

O inspetor Bill Armstrong soube de uma vaga na divisão Bunco, no final do inverno de 1976. "Esse foi meu último homicídio", disse ele a Toschi. Armstrong se aposentou aos 50 anos, em outubro de 1978.

Um problema nas costas forçou Edward Rust a largar a delegacia de polícia de Vallejo. Ele e o sargento Lynch se aposentaram, em Vallejo.

O tenente Jim Husted, obstinado e obcecado investigador de Vallejo, perdeu sua divisão de inteligência e se machucou em uma série de acidentes de trabalho. Divorciou-se e hoje passa a maior parte do tempo em seu rancho ou trabalhando em sua empresa privada.

Paul Avery, repórter do *Chronicle* que noticiou a Conexão de Riverside, é hoje um repórter premiado do *Bee* de Sacramento.

Quanto às vítimas sobreviventes do Zodíaco: Mike Mageau está morando no sul da Califórnia, usando um outro nome.

Bryan Hartnell, completamente recuperado, é um advogado bem-sucedido no sul da Califórnia. Ele visita com frequência a família de Cecelia Shepard.

O Terry's Restaurant foi fechado. O Blue Rock Springs não é mais um lugar isolado; novas estradas e empreendimentos imobiliários surgiram por lá, como o parque temático Marine World/Africa USA.

Janet, babá de Darlene em 4 de julho de 1969, relembra: “Há apenas uma semana saiu novamente uma notícia sobre o Zodíaco, e eu comecei a pensar: ‘Não deixem que ele apareça de novo’”. “Eu trabalhei como babá para a mulher que foi morta pelo Zodíaco e isso se torna parte da gente. Toda vez que a gente ouve o nome dele, pensa: Oh, não!”

Quanto a Dean Ferrin, Carmela Leigh comenta: “Ele era um bom marido. Casou-se de novo, e ele e a esposa têm um casal de filhos. Mas aquilo vai permanecer sempre com ele”.

Depois de cinco anos bem-sucedidos na Divisão de Roubos, Dave Toschi transferiu-se, em maio de 1984, para a Divisão de Crimes Sexuais. Então, em 3 de julho de 1985, depois de 32 anos na força policial, aposentou-se e tornou-se chefe de segurança do complexo de apartamentos Watergate, em Emeryville. “O Zodíaco foi o mais frustrante de todos os meus casos. Eu realmente acredito que ele me deu úlceras hemorrágicas”, afirmou.

Embora várias pessoas aleguem tê-la ouvido, a gravação do Zodíaco falando com a delegacia de polícia de Vallejo nunca foi encontrada.

Apêndices

Vítimas dos Ataques do Zodíaco e Possíveis Vítimas

1. Bates, Cheri Jo*
30/out/1966 Dom Esfaqueada Riverside
Vestida

---

2. Jensen, Betty Lou*
20/dez/1968 Sex Tiro Vallejo
Vestida

---

3. Faraday, David*
20/dez/1968 Sex Tiro Vallejo
Vestido

---

4. Mageau, Michael**
5/jul/1969 Sáb Tiro Vallejo
Vestido

---

5. Ferrin, Darlene*
5/jul/1969 Sáb Tiro Vallejo
Vestida

---

6. Hartnell, Bryan**
27/set/1969 Sáb Esfaqueado Lago Berryessa
Vestido

---

7. SHEPHERD, CECELIA*
27/set/1969 Sáb Esfaqueada Lago Berryessa
Vestida

---

8. STINE, PAUL*
11/out/1969 Sáb Tiro São Francisco
Vestido

---

9. DAVIS, ELAINE
1/dez/1969 Seg

---

10. ROBERTS, LEONA
10/dez/1969 Qua Exposição ao frio

---

11. ELLISON, COSETTE
3/mar/1970 Ter Desconhecida
Nua

---

12. KING, PATRICIA
5/mar/1970 Qui Estrangulamento Faculdade
Nua

---

13. HAKARI, JUDITH
7/mar/1970 Sáb Espancamento
Nua

---

14. ANSTEY, ANTOINETTE
13/mar/1970 Sáb Golpe Vallejo
Nua

---

15. Blau, Eva
mar/1970 Golpe/Drogas Vallejo
Vestida

---

16. Johns, Kathleen**
22/mar/1970 Dom Tentativa de homicídio
Escapou

---

17. Lass, Donna
26/set/1970 Sáb Nevada

---

18. Bennallack, Mary
25/out/1970 Dom Garganta cortada Sacramento

---

19. Hilburn, Carol
13/nov/1970 Sex Espancamento Sacramento
Quase nua

---

20. Kanes, Lynda
26/fev/1971 Sex Estrangulamento Angwin
Quase nua

---

21. Cloer, Betty
19/jun/1971 Sáb Tiro/Espancamento
Quase nua

---

22. Lynch, Susan
19/jun/1971 Sáb São Francisco

---

23. Dudley, Linda
20/ago/1971 Sex Esfaqueada São Francisco
Nua

---

24. Weber, Yvonne
4/fev/1972 Sex Santa Rosa
Nua

25. Sterling, Maureen
4/fev/1972 Sex Santa Rosa
Nua

26. Allen, Kim
4/mar/1972 Sáb Estrangulada Santa Rosa
Nua

27. Ohlig, Linda
28/mar/1972 Ter Espancamento Half Moon Bay

28. Kamahele, Jeanette
25/abr/1972 Ter

29. Derrick, Lynn
26/jul/1972 Qua Estrangulada São Francisco
Quase nua

30. Clery, Alexandra
4/set/1972 Seg Espancamento Oakland
Nua

31. Kursa, Lori
11/nov/1972 Sáb Pescoço quebrado Santa Rosa
Nua

32. McLaughlin, Susan
2/mar/1973 Sex Esfaqueada
Quase nua

33. Vasquez, Rosa
29/mai/1973 Ter Estrangulada São Francisco
Nua

---

34. Quilantang, Yvone
9/jun/1973 Sáb Estrangulamento São Francisco
Nua

---

35. Thomas, Angela
2/jul/1973 Sáb Sufocamento São Francisco
Nua

---

36. Gidley, Nancy
13/jul/1973 Sex Estrangulamento São Francisco
Nua

---

37. Davis, Caroline
15/jul/1973 Dom Envenenamento Santa Rosa
Nua

---

38. Feusi, Nancy
22/jul/1973 Dom
Quase nua

---

39. O'dell, Laura
4/nov/1973 Dom Estrangulamento São Francisco
Nua

---

40. Lane, Valarie
11/nov/1973 Dom Tiro Yuba
Vestida

---

41. DERRYBERRY, DORIS
11/nov/1973 Dom Tiro Yuba
Vestida

---

42. FECHTEL, CATHY
2/dez/1973 Dom Tiro Livermore
Vestida

---

43. SHANE, MICHAEL
2/dez/1973 Dom Tiro Livermore
Vestido

---

44. WALSH, THERESA
22/dez/1973 Sáb Estrangulamento Santa Rosa
Nua

---

45. MERCHANT, BRENDA
1/fev/1974 Sex Esfaqueada Marysville
Semivestida

---

46. BRAUN, DONNA
29/set/1974 Dom Estrangulamento Monterey
Nua

---

47. DYE, SUSAN
16/out/1975 Qui Estrangulamento Santa Rosa
Vestida

---

48. MATTHEWS, TERESA
24/fev/1979 Sáb Estrangulamento Sacramento
Nua

---

49. Rivera, Carmen
20/mai/1981
Hayward

---

* Comprovadas como vítimas do Zodíaco.
** Sobreviveram ao ataque.

As Cartas do Zodíaco

1. 31 de julho de 1969 (quinta-feira), 1A ao *São Francisco Chronicle*, contém um terço de uma mensagem em código. "Aqui é o assassino (...) a marca foi Western".
2. 31 de julho de 1969 (quinta-feira), 1A ao *São Francisco Examiner*, contém um terço de uma mensagem em código.
3. 31 de julho de 1969 (quinta-feira), 1A ao *Vallejo Times--Herald*, contém um terço de uma mensagem em código. "Eu sou o matador (...) publique esse código".
4. 7 de agosto de 1969 (terça-feira), ao *Vallejo Times-Herald*, três páginas. Primeira aparição do nome Zodíaco. "Em resposta a sua solicitação de mais detalhes".
5. 13 de outubro de 1969 (segunda-feira), após o meio-dia. 1B ao *São Francisco Chronicle* sobre o assassinato de Stine. Pedaço ensanguentado de camisa.
6. 8 de novembro de 1969 (sábado), 4A após o meio-dia. Mensagem em código com 340 símbolos e cartão de felicitações com caneta pingando.
7. 9 de novembro de 1969 (domingo), após o meio-dia, sem carimbo de postagem. Carta de sete páginas: "Mudarei a maneira de coletar (...)".
8. 20 de dezembro de 1969 (sábado), sem carimbo de postagem, após o meio-dia, "ca" centralizado no fim da página. "Caro Melvin (...) Feliz Natal (...)".
9. 20 de abril de 1970 (segunda-feira), 4A antes do meio-dia. "Meu nome é (...)" e esquema da bomba.
10. 28 de abril de 1970 (terça-feira), H após o meio-dia. Cartão de felicitações com homem em cima de um dragão. "Espero que se divirtam com a explosão (...)".
11. 26 de junho de 1970 (sexta-feira), 1A antes do meio-dia. Mapa do monte Diablo e mapa rodoviário dos postos Phillips 66.

12. 24 de julho de 1970 (sexta-feira), 6B após o meio-dia. Referência a Johns e ao bebê.
13. 26 de julho de 1970 (domingo), sem carimbo de postagem, após o meio-dia. “Tenho uma pequena lista (...)”.
14. 5 de outubro de 1970 (segunda-feira), 1A após o meio-dia, cartão 7,5 cm x 12,5 cm para o *Chronicle*. “O ritmo não está de forma nenhuma diminuindo (...)”.
15. 27 de outubro de 1970 (terça-feira), 6B após meio-dia. “Do seu amigo secreto (...)”.
16. 13 de março de 1971 (sábado), Pleasanton 94566. *Los Angeles Times*. “Policiais insignificantes (...)”.
17. 22 de março de 1971 (segunda-feira). Cartão-postal de 4 centavos. “Vasculhar os pinheiros (...)”.
18. 29 de janeiro de 1974 (terça-feira), 9h40. Carta do *Exorcista*.
19. 8 de maio de 1974 (quarta-feira), condado de Alameda. Carta sobre o filme *Terra de Ninguém*.
20. 8 de julho de 1974 (segunda-feira), São Rafael 1B após o meio-dia. “Fantasma Vermelho (...)”.
21. 24 de abril de 1978 (segunda-feira), 8B após o meio-dia. “Estou de volta com vocês (...)”.

Escritos de Riverside

1. Riverside, novembro de 1966. Sem selos, sem carimbo de postagem.
2. Riverside, 30 de abril de 1967 (domingo). Sem carimbo de postagem. Para o *Press-Enterprise* de Riverside: “Bates tinha que morrer (...)”. A lápis. Quantidade de selos maior do que a necessária.
3. Riverside, 30 de abril de 1967 (domingo). Sem carimbo de postagem. Para a delegacia de polícia de Riverside: “Bates tinha que morrer (...)”. A lápis. Quantidade de selos maior do que a necessária.

4. Riverside, 30 de abril de 1967 (domingo). Sem carimbo de postagem. Para Joseph Bates: "Bates tinha que morrer (...)". A lápis. Quantidade de selos maior do que a necessária.
5. Poema no tampo de escrivaninha encontrado por volta da mesma hora que as Cartas 1, 2 e 3. Caneta esferográfica: "Cansada de viver (...)".

Porta do carro de Bryan Hartnell no lago Berryessa, em 27 de setembro de 1969 (sábado).

Caligrafia do Zodíaco

Miúda, apertada; caneta hidrográfica azul, quantidade de selos maior do que a necessária; escrita inclinando-se para baixo, à direita. Os selos são colados em ângulos estranhos; do lado de fora do envelope, o autor pede pressa e urgência. Sempre abrevia a palavra "Califórnia".

Usa poucas formas contraídas e tem bom conhecimento de pontuação.

Numera páginas ao estilo militar.

Usa as formas abreviadas "São Fran Chron" ou "Chronicle".

Escreve "Editor" na parte de trás.

Sua ortografia é boa, porque ele escreve as palavras corretamente depois de escrevê-las incorretamente antes na mesma carta.

A margem esquerda e as linhas escritas são alinhadas como se usasse régua. O tamanho das letras demonstra paciência, concentração e interesse em detalhes e em não deixar nada incompleto.

A variação em espaçamento e em tamanho da letra significa que ele é maníaco-depressivo.

A inclinação para baixo no final da carta significa depressão.

Cartas em papel Eaton, 19 cm x 25 cm, com envelope do mesmo papel.

Ao assinar "cordialmente": usa pontuação estranha.

Sempre começa com a frase "Aqui quem fala é o Zodíaco"; sem pontuação depois da frase de abertura, o texto segue diretamente para a primeira frase com ponto final no fim de *that*. (Isso variou apenas duas vezes, na primeira carta ao *Vallejo Times-Herald* e ao *Chronicle*.)

Todos os nomes próprios são escritos em letra minúscula, mas as palavras "Zodíaco" e "Eu" são sempre escritas em maiúsculas.

O "d" é cursivo, algumas vezes o "k" é feito em três movimentos.

O pingo do "i" é um círculo. A letra "n" é muito pequena, não muito redonda.

O mais importante: o "r" em forma do símbolo de "ticar".

O "w" é o que mais se altera — arredondado e em seguida pontudo.

Até mesmo no meio de uma carta escrita com cuidado, o Zodíaco costumava riscar uma palavra em vez de começar de novo.

Padrões de Fala do Zodíaco

22 de outubro de 1969: a voz que falou com a delegacia de polícia de Oakland era firme e não era de uma pessoa jovem.

4 de julho de 1969: telefonema à 0h40 para a delegacia de polícia de Vallejo (Nancy Slover), sem vestígio de entonação. O homem ou estava lendo um texto ou havia ensaiado

a fala. A voz era uniforme e consistente, baixa, porém imperiosa. Quando Slover tentava interromper, o homem simplesmente falava mais alto. No final do comunicado curto, a voz do homem ficou mais grossa e provocadora. O responsável pela ligação parecia ser um homem adulto.

27 de setembro de 1969: voz extraordinariamente calma, de alguém com algo entre 20 e 30 anos de idade, nem muito grave nem muito aguda. A voz mais monótona que Bryan Hartnell já havia escutado (falava através do capuz). "Aquela voz... era como... a de um... um estudante. Meio arrastada, mas não como no caso dos sulistas." Palavras uniformes; ditas de forma suave. "Ele tinha uma maneira particular de dizer as coisas. Não revelava nada." Hartnell tinha de "tirar as coisas dele".

Telefonema para a delegacia de polícia de Napa: voz calma de uma pessoa com cerca de 20 anos de idade; não usava formas contraídas.

22 de março de 1970: Kathleen Johns: voz monocórdia sem vestígio de entonação, nenhuma emoção. "Nenhuma raiva, nenhum tipo de emoção. Nada. As palavras simplesmente saíam da boca dele." Ele falava tudo com muita precisão.

Estilo e Escolha de Palavras

Escrevia "clues" ("pistas") como "clews" (inglês britânico); "boughten" como o passado de "bought" ("comprado"); construções desajeitadas como "my collecting of slaves" em vez de "collecting slaves" ("meu coletar de escravos", em vez de "minha coleta de escravos"). Uso de ressalvas, como "as one might say" ("como alguém diria") em vez de "so to speak" ("por assim dizer"). Eufemismos: "Eu os levei para um passeio um tanto quanto interessante".

Linguajar militar: "Waiting for me to come out of cover" ("Aguardar para que eu saísse do esconderijo"). Usa numeração militar nas páginas. "Will pick off all stray people" ("Vou pegar todas as pessoas desgarradas"); "I shall wipe out a school bus" ("Acho que vou acabar com um ônibus escolar"). "Just shoot out the front tire and pick off the kiddies as they come bouncing out" ("Basta atirar no pneu dianteiro e acertar os garotos quando eles saírem pulando"). "Kill rampage" ("matar indiscriminadamente"). "All I had to do was spray them" ("Tudo o que tive de fazer foi borrifá-los"). "Move in someone else's territory" ("Invadir o território de um outro"). Adjetivo "unflappable" significando calmo e racional, expressão da Força Aérea.

"Happy Christmas" ("Feliz Natal") e "boughten" ("comprado"): termos britânicos. "Boughten" era o passado de "bought" ("comprado") nos EUA nos anos de 1850.

"The good times" ("Os bons tempos"), "very happy" ("muito feliz"), "Happy Christmas" ("Feliz Natal"), "*having a good time*" ("os bons momentos que passei") e "cheer up" ("se animar"), expressões que indicam a depressão do assassino. "Have some fun" ("se divertindo"), "it would cheer me up considerably" ("isso me animaria muito") , "I am rather unhappy" ("Estou muito triste").

Construções estranhas: "some bussy work" ("muito trabalho"); "mask the sound" ("disfarçar o som"), "doesn't it rile you?" ("não te aborrece?"), "noze rubbed in your booboos" ("ter o nariz esfregado com suas pisadas na bola"), "will positively ventalate anything" ("irá possivelmente explodir tudo que").

Estilo britânico: "It could be rather messy if you try to bluff me" ("Poderia ficar muito complicado se vocês tentarem blefar comigo"); "clews" ("pistas").

Tom imperioso: "They have not complied with my wishes" ("Eles não acataram meus desejos"); "I have grown rather angry" ("Fiquei com bastante raiva"); "I shall no longer announce to anyone when I committ my murders" ("Não mais anunciarei a ninguém quando cometer meus assassinatos"). Uso correto de "shall" e "will".

Uso de ressalvas: "as one might say" ("como diria alguém") em vez de "so to speak" ("por assim dizer").

Usa expressões comuns entre os jovens em 1969: policiais são "pigs" ("porcos") ou "Blue Meannies" ("Insignificantes Policiais") (do filme dos Beatles *Submarino Amarelo),* "do my own thing" ("fazer as minhas coisas"); "set the shit off"("então detone a merda").

Polícia: "As one might say, I gave the cops some buzy work" ("Como diria alguém, eu dei aos tiras muito trabalho")."Two cops pulled a goof" ("Dois tiras fizeram papel de bobo"). "By the way it could be rather messy if you try to bluff me" ("Por falar nisto, poderia ficar muito complicado se vocês tentarem blefar comigo"); "I was leaving fake clews"("Eu estava deixando pistas falsas").

Os negros são chamados de "negroes" ("pretos").

Usa "kiddies" para crianças (inglês australiano ou britânico).

"Fiddle & fart around" é uma expressão usada por pessoas mais velhas na região do Texas, mais comum no condado de Lubbock.

Cita de cor letras de Gilbert e Sullivan.

Ameaça: "I will do something nasty, which you know I am capable of" ("Eu farei alguma coisa desagradável, o que vocês sabem sou capaz de fazer"); "Peek-a-boo — you are doomed" ("Achou, você está roubado!"); "I will loose all control of myself" ("Perderei todo o controle sobre mim mesmo"); "I am finding it extremely difficult to hold it in check" ("Estou achando extremamente difícil controlar isso"); "They did not openly state this" ("Eles não falaram isso abertamente"); "This kind of murder-glorification can only be deplorable at best" ("Esse tipo de glorificação do homicídio só pode ser na melhor das hipóteses deplorável").

O símbolo do signo de Touro ocorre cinco vezes oculto no símbolo de 27 de outubro de 1970 e na mensagem em código "meu nome é (...)". Ou o Zodíaco nasceu entre 20 de abril e 19 de maio ou ele acha que é do signo de Touro.

As Descrições do Zodíaco

30 de outubro de 1966: Riverside, jovem corpulento; 1,80 metro, com barba.

22 de novembro de 1966: homem de 35 anos, 1,75 metro, com barriga pronunciada.

18 de dezembro de 1970: Contra Costa, assaltante com jaqueta de esquiador de náilon escura, calça escura, capuz de tricô azul-marinho, óculos de soldador. Cerca de 30 anos, 1,75 metro. O homem havia colocado fita adesiva nas pontas dos dedos e lenço cobrindo a parte inferior do rosto.

De fevereiro a 3 de julho de 1969: homem seguindo Darlene Ferrin — corpulento, com rosto muito redondo e cabelos castanho-escuros anelados; meia-idade? Homem (o mesmo) na festa da pintura de Darlene, em maio de 1969: óculos de armação escura, cabelo encaracolado, anelado; homem mais velho. Homem no Terry's: 35 a 38 anos, 79 quilos, 1,80 metro.

4 de julho de 1969: o homem parecia ter rosto grande, não usava óculos. Parecia ter entre 26 e 30 anos; cabelo cortado curto, encaracolado e castanho-claro. Para Mike Mageau, "o homem tinha compleição forte, corpulento sem ser gordo. Tinha uma discreta barriga, cabelo penteado para cima, em uma espécie de topete".

8 de julho de 1969: segunda descrição de Mageau: 26 a 30 anos; baixo, cabelo curto, encaracolado, castanho-claro com corte curto ao estilo militar; calças com pregas, usava uma jaqueta de punhos e cintura apertada, em estilo da Marinha. 1,72 metro; 88-90 quilos.

10 de julho de 1969: terceira descrição de Mageau: camisa ou suéter azul; 72 quilos. Homem visto discutindo com Darlene Ferrin: 30 anos, cerca de 1,83 metro, 80-85 quilos; cabelos cor de champanhe, penteado puxado para trás.

27 de setembro de 1969: homem sozinho visto ao lado de três moças: 25 a 35 anos, mais de 1,83 metro; 90-100 quilos; sem óculos, cabelos lisos e repartidos. Blusa de moleton com mangas pretas, calça azul-escura, calça esportiva ou social, camiseta para fora nas costas, boa aparência e elegante. Fumante compulsivo.

Homem, muito provavelmente o Zodíaco, visto a 400 metros do local do ataque a Hartnell e Shepard: adulto, branco; 1,78 metro; corpulento; calça escura e camisa escura de manga comprida com enfeites avermelhados. Casacão azul.

Descrição de Shepard e Hartnell: capuz preto com quatro pontas (como um saco de papel) descendo pelos ombros do homem e indo quase até a cintura. Pontos nas beiradas, sem mangas, com abas no peito e nas costas. Estampada em branco na frente, uma cruz de uns 7,5 por 7,5 centímetros sobre um círculo. Cortes para os olhos e boca; um par de óculos de

Sol preso ao capuz. As mangas escuras estavam presas apertadas em torno dos pulsos, a calça enfiada em botas de meio-cano (provavelmente presas com tiras de borracha como os militares). No lado esquerdo havia uma faca tipo baioneta. À direita, coldre com semiautomática calibre 45, de aço azul. Compleição sólida, sem flacidez; a barriga do homem projetava-se por cima da calça ou ele usava uma jaqueta inflada. Vários pedaços de corda de varal em plástico branco, do tipo comum, oca, pendiam do lado esquerdo do homem (ou do bolso de trás). Um outro par de óculos possivelmente, sob o capuz. Cabelos castanhos-escuros molhados de suor podiam ser vistos através do capuz. "Podia ser uma peruca", segundo Hartnell. O homem usava uma jaqueta leve azul e preta, fechada, sobre uma camisa de lã preta com enfeites vermelhos. O símbolo do círculo atravessado por uma cruz estava costurado de forma bastante profissional. O homem encapuzado tinha entre 1,78 e 1,88 metro de altura e entre 100 e 110 quilos. Tamanho da pegada correspondente a sapato 41; o teste de compactação mostrou 99 quilos de peso; a bota era especial para terreno lamacento do tipo Wing Walker. A parte superior da bota era fabricada pela Weinbrenner Shoe Co., Merill, Wisconsin. As solas são fabricadas pela Avon-Avon, Massachusetts. No total, 1 milhão dessas botas foram fabricadas em 1966, sob contrato com o governo; 103.700 pares enviados para Ogden, Utah, diretamente para instalações da Força Aérea e da Marinha na Costa Oeste. Hartnell: "Ele tinha de ser razoavelmente peso-leve (sem a jaqueta inflada). Todos os caras que a polícia me fez olhar eram caras bem fortes. Esse cara, eu acho, tinha uns 30 anos e era bastante comum".

11 de outubro de 1969: corpulento; 1,72 metro, jaqueta

azul-naval ou preta ou tipo parca, calça escura, cabelo cortado curto avermelhado ou louro, 32 a 40 anos, usando óculos.

O peso dele hoje estaria na casa dos 90 quilos ou mais; compleição forte; tem peito largo e usa uma jaqueta azul-naval ou preta, com zíper, na altura dos quadris. Descrição de policiais muda o retrato falado: mais velho e mais gordo, 1,80 metro, 35 a 45 anos, cabelo curto castanho com reflexos vermelhos, óculos.

22 de março de 1970: descrição de Kathleen Johns: um homem sem barba e muito bem-vestido. "Eu me lembro de ter pensado que ele talvez fosse um militar (...) um tipo bem alinhado". Sapatos brilhando, vestido com uma jaqueta de náilon azul-escuro, fechada com um zíper, e calças pretas boca de sino de lã. Óculos com armação grossa escura (presos por um elástico como os usados pelos operadores de máquinas); o queixo tinha marcas de acne, o nariz não era especialmente pequeno; sua mandíbula era forte, não era uma pessoa frágil; testa mediana, cabelos castanhos curtos. Dez anos depois: "O homem em meu carro pesava cerca de 72 quilos". Camisa branca, olhos sem expressão, sapatos da Marinha, aparência geral de militar.

19 de abril de 1970: (Christopher Edwards/garçom do navio de cruzeiro *Oronsay*, da P&O) homem vestido com calça e suéter azuis que alegava ser um engenheiro britânico, e parecia com o retrato falado. Carro último tipo, *hard top*, na esquina da rua Bay com a Embarcadero.

7 de abril de 1972: carro de cor clara deu uma guinada perto de Isobel Watson em Tamalpais Valley; 1,75 metro; óculos de aros pretos grossos, cabelos castanhos bem penteados.

As roupas do assassino Zodíaco indicam um militar, mais provavelmente da Marinha ou Força Aérea. O capuz preto do Zodíaco, feito com destreza, tinha o desenho de um círculo atravessado por uma cruz costurado na frente. (Na Marinha, exige-se habilidade em costura.) A calça com pregas talvez indique um homem mais velho (assim como as gírias usadas por ele e que já estavam fora de moda havia um quarto de século).

Carros do Zodíaco

30 de outubro de 1966: carro visto; Studebaker modelo 1947 ou 1952, cinza, com a pintura oxidada.

4-5 de julho de 1969: Chevrolet Impala sedã branco, 1961 ou 1963.

Carro semelhante ao Corvair 1963, "mais velho e com placas maiores e mais antigas". "Pode ter sido um Falcon 1960, placa da Califórnia". De cor mais clara que o Corvair bronze dirigido pela vítima (Chevrolet Corvair 1963, bronze, cupê, duas portas).

Descrição do carro do homem que seguia Darlene Ferrin: sedã de fabricação americana, branco, com um grande para-brisas.

27 de setembro de 1969: homem só, visto em um Chevrolet 1966, cinza ou azulado, duas portas, sedã, com placa da Califórnia.

Moldes em gesso tirados de dois pneus de tamanhos diferentes (da frente) e muito gastos; a largura entre as rodas era de 145 centímetros (57 polegadas).

22 de março de 1970: (Johns) carro último tipo, fabricação americana, cor clara, duas portas, com placa da Califórnia (preta e amarela). O interior do carro era muito desarrumado,

com papéis e roupas espalhados nos bancos da frente e de trás, e até mesmo no painel. Em sua maioria, roupas de homem, mas misturadas com pequenas camisetas com desenhos, como as que uma criança de 8 a 12 anos usaria. No painel, lanterna de quatro pilhas, preta, com cabo emborrachado junto de duas buchas coloridas de plástico. "Entre os dois bancos da frente, o console do câmbio automático lembrava o de um modelo esportivo, com um isqueiro embutido, do lado direito, e um cinzeiro na parte da frente."

11 de novembro de 1970: homem que seguia mulher em Santa Rosa. Chevrolet branco, jovem, com 23 ou 24 anos, de Vallejo; recebeu multa, mas o registro dela perdeu-se.

Armas do Zodíaco

Armas de fogo

Usadas na estrada do lago Herman:

Semiautomática calibre 22, J.C. Higgins modelo 80 ou High Standard modelo 101 (munição: calibre 22, Super X, revestimento de cobre, *long rifle*).

Usada no Blue Rock Springs:

Browning 1935 High Power (FN GP35) 9-mm. Fabricada no Canadá. Treze tiros (munição: 9-mm, Winchester Western).

Usada no lago Berryessa:

Pode ter mostrado uma arma Colt (1911A1) para vítima sobrevivente. Semiautomática de aço azul.

Usada em Washington e Cherry, São Francisco:

Segunda Browning High Power usada em São Francisco (munição: 9-mm, Winchester Western).

Facas

Usada na Faculdade Riverside City:

Pequena faca com lâmina de 9 centímetros de comprimento e 2,5 centímetros de largura. Ponta quebrada, pedaço deixado em vítima de Riverside.

Usada no lago Berryessa:

Faca de 30 centímetros de comprimento, 2,5 cm de largura, cabo de madeira com dois rebites de latão e fita adesiva de 2,5 centímetros de largura em torno do cabo. Bainha de madeira. Com fio dos dois lados, rebites substituíram a empunhadura.

Materiais do Zodíaco

Ampliador, mesa de luz ou projetor suspenso.

Rotor de encriptação.

Máquina de escrever portátil Royal, tipo elite, modelo Canterbury.

Lanterna tipo luz de emergência, com alça. Usada em barcos.

Canetas hidrográficas azuis.

Papel apergaminhado com corte Monarch; esse papel é cortado de maneira imperfeita e pode ser remanescente de uma grande venda para os militares.

Arquivo completo de notícias sobre o caso Zodíaco.

Uma caixa de metal cinza (segundo paranormal).

Uma oficina no porão.

Papel de teletipo. Usado no teletipo modelo 15 da UP. Esquemas de bombas com base no circuito desse teletipo.

Possuía luz de emergência do tipo encontrado em barcos, com cabo; talvez tenha barco.

Possivelmente uma lanterna de quatro pilhas, preta, com cabo emborrachado.

Luvas, usadas quando escrevia as cartas.

Relógio de pulso marca Zodiac.

Relógio Timex, arrancado em Riverside, com 17,8 centímetros de circunferência, pulseira preta.

Botas Wing Walker somente vendidas em lojas de artigos militares.

Pedaços ensanguentados da camisa de listas cinza-escuras e brancas de Paul Stine e as chaves do carro de Stine.

Livros sobre criptografia e horóscopo.

Câmera polaroide.

Furador.

Treinamento do Zodíaco

Artefatos explosivos.

Criptografia.

Meteorologia.

Mapas e terminologia relacionada a bússolas.

Conhecimento de *The Mikado,* de Gilbert e Sullivan, ópera cômica.

Conhecimento de pontuação extremamente bom; fingia erros de ortografia.

Sabe datilografar.

Conhece motores de carros (sabotagem do distribuidor).

Química (esquemas de bombas).

Talvez tenha acesso a computador.

Sabe como fazer o próprio horóscopo e conhece astrologia.

Conhecimento de cultos antigos.

Fanático por cinema. *Terra de Ninguém, O Exorcista, Zaroff, o Caçador de Vidas.*

Conhecimento de disfarces. Isso pode ter relação com sua formação em ópera ligeira.

Conhecia o método de usar cola nas pontas dos dedos para não deixar impressões digitais; talvez tenha estado na cadeia, onde aprendeu isso.

Sabe desenhar.

Treinamento com armas. Cinco tiros próximos uns dos outros nas costas da vítima a 3 metros de distância, enquanto corria.

Treinamento policial? Usou técnica de patrulhamento rodoviário no Blue Rock Springs, jogou luz nos olhos das vítimas. Elas pegararam seus documentos de identidade porque acharam que ele era um policial.

Costura bem.

Ambidestro.

Provavelmente tem formação na Marinha.

Métodos de Operação do Zodíaco

Mata nos fins de semana, em áreas próximas a reservatórios de água, na Lua cheia ou na Lua nova.

Ataca casais. Usa armas diferentes a cada vez. Há carros envolvidos geralmente.

Sempre estudantes jovens, ao entardecer ou à noite; a motivação não era roubar.

Ausência de agressão sexual. O assassino tem compulsão em se vangloriar depois dos assassinatos, por telefone ou carta. Mata em locais afastados usados por casais de namorados.

Arma diferente a cada vez. Frequentemente é usada uma lanterna. Mortes em terreno com cascalho duas vezes, sobre asfalto duas vezes, na terra uma vez. Três vítimas mortas perto de estacionamentos.

Perfil Psicológico do Zodíaco

Delírios paranoicos de grandeza.

Psicótico.

Sádico sexual: deve-se descobrir que o Zodíaco provavelmente torturava pequenos animais quando criança, tinha mãe dominadora, pai fraco ou ausente, vida muito fantasiosa, confusão entre violência e amor. É o tipo de pessoa que seria fã da polícia, carrega equipamento policial em seu carro, coleciona armas e equipamentos de tortura.

Calmo em uma crise.

Planeja cuidadosamente. Deve ensaiar os crimes. Procura ataques semelhantes nas áreas com semanas de antecedência.

Gosta de provocar a polícia.

Reservado e discreto na forma de lidar com o mundo.

Muito irritado com o fato de a polícia dizer mentiras sobre ele. O Zodíaco é razoavelmente verdadeiro nos textos que escreve. A polícia realmente o parou e conversou com ele, mas negou esse fato.

Telefonemas estranhos. "Favor encaminhar urgente para o Editor." O Zodíaco mal pode esperar para fazer contato com a polícia e contar o que fez. O bilhete para Joseph Bates demonstrou que ele gosta de atormentar os parentes de suas vítimas. Os telefonemas para a família Ferrin também se enquadram nisso; talvez ele até mesmo os conhecesse.

O Zodíaco é uma pessoa de iniciativa, mas não criativa. Tudo o que fez ele viu ou encontrou escrito em algum lugar.

Certifica-se de que a mulher sempre morra.

Faz ligações telefônicas de perto da delegacia de polícia para ter certeza de ouvir as sirenes dos carros correndo para a cena do crime.

Planeja com antecedência; cortou as cordas de varal (em Berryessa) antecipadamente.

O Zodíaco acha que é perseguido.

Masturba-se depois de cada ataque e enquanto escreve as cartas.

O Zodíaco mata à queima-roupa porque quer que suas vítimas o vejam.

Uma pessoa assim acaba cometendo suicídio (ou acaba internada em um manicômio).

Afetado pela Lua e pelas marés.

Esse tipo de pessoa, geralmente, é *voyeur* e gosta de espreitar.

Modo provocador de falar e dores de cabeça intensas.

Um teste com manchas de tinta realizado com esse homem revelaria formas semelhantes a "z" e provocaria respostas com essa letra.

Repete seus crimes. O prazer de zombar da polícia pode acabar sendo a motivação para os crimes.

Na maioria das vezes é altamente inteligente e forte. É incurável. Não sente nenhum remorso.

Frequentemente, escolhe vítimas com ocupações específicas (todas as vítimas, até mesmo Stine, eram estudantes).

Guarda lembranças. Fotos polaroide foram tiradas por Edmund Emil Kemper, o serial killer de Santa Cruz.

Esfaqueia as vítimas até atingir o orgasmo.

Lembra-se com muito detalhe de minúcias dos assassinatos.

Tem fascinação pelo mundo policial. Pode ter se candidatado a trabalho policial.

Se for parecido com Bundy,[1] Bianchi,[2] etc., talvez seja anormalmente forte.

Esses tipos possuem limitações para forjar relacionamentos adultos normais ou são incapazes de fazê-lo. As alternativas são: manter relações sexuais com cadáveres ou matar para obter satisfação sexual. Outra alternativa é manter relações sexuais com crianças. Têm necessidade de exercer poder.

Homossexualidade não é traço inconsistente.

Frequentemente, encenam a execução de si mesmos quando crianças. Mutilam bonecos.

Mentirosos hábeis e encantadores. Podem até mesmo se mudar para um Estado que tenha pena de morte, que é o que desejam inconscientemente.

Fantasia de matar a mãe.

Esse tipo de assassino observa certos tipos, chegando ao ponto de usar um questionário preparado para selecioná-los (Edmund Emil Kemper fazia isso).

Eles pensam na vítima como um objeto.

Ao escrever cartas, o Zodíaco estava ou fumando ou bebendo ou usando algum tipo de narcótico.

O sádico sexual mata para obter prazer sexual. Talvez nunca tenha relações sexuais. Busca desumanizar suas ví-

---

1. Theodore Robert Bundy confessou 30 assassinatos cometidos entre 1974 e 1978. (N. do T.)
2. Kenneth Bianchi assassinou três adolescentes, em outubro/novembro de 1977, ao lado do primo Angelo Buono, no que ficou conhecido como o caso dos Estranguladores de Hillside. (N. do T.)

timas, transformando-as em objetos sobre os quais possa ter controle, poder. Esforça-se muito para parecer normal e para evitar sua captura.

Fontes

Anotações e relatórios dos policiais que investigaram o caso, incluindo esboços de desenhos.

Boletins de ocorrência e arquivos do Departamento de Polícia de São Francisco, Delegacia de Polícia de Vallejo, Delegacia de Polícia de Napa, Delegacia de Polícia de Benicia, Delegacia de Polícia de Santa Rosa e Delegacia de Polícia de Riverside. Nesses relatórios estão incluídos laudos sobre testes de balística e exames laboratoriais, relatórios de autópsia, comparações de impressões digitais e arquivos sobre suspeitos.

Informações também foram obtidas de dois relatórios confidenciais do CI&I e do procurador-geral do Estado da Califórnia ("Zodíaco" e "Assassinatos Relacionados").

Além dos relatórios do FBI e da NSA (Agência Nacional de Segurança) sobre os códigos do Zodíaco (obtidos através de cópias de análise criptográfica computadorizada), utilizei um estudo secreto de psicolinguística sobre a personalidade do Zodíaco, como manifestada em suas cartas, preparado pelo Syracuse Research Institute. Também tive acesso a um relatório confidencial sobre a composição psicológica do assassino de Riverside.

Cerca de 100 horas de entrevistas gravadas foram feitas com as vítimas sobreviventes do assassino Zodíaco, com parentes e amigos das vítimas e com os principais suspeitos levantados pela investigação. Também falei com os investigadores de cada assassinato do Zodíaco. Também me foi permitido ler e copiar cartas, anotações, diários e agendas de endereços de algumas vítimas. Examinei registros de empregados, registros telefônicos de alguns suspeitos, bem como fichas datiloscópicas do estado de Washington e do Mare Island Naval Shipyard.

Registros acadêmicos dos livros do ano da Faculdade Riverside City e da Escola Hogan.

Entrevistas feitas em transe hipnótico, com testemunhas.

Cartas de suspeitos do Atascadero State Hospital, instituição para pessoas com perturbações mentais e não criminalmente imputáveis.

Departamento de Veículos Automotores da Califórnia e alguns registros de seguro de carros.

Notícias de jornais e televisão sobre o caso do Zodíaco, incluindo anotações de repórteres, esboços de desenhos, arquivos de computador e matérias não divulgadas.

Retratos falados e diagramas dos locais dos crimes feitos pela polícia.

Relatórios sobre caligrafia feitos pelo CI&I.

Arquivos descartados sobre o caso. Arquivos sobre o Zodíaco levados por colecionadores.

Informações de cidadãos anônimos.

As cartas do Zodíaco.

Referências

Dickensheet, Dean W., (Ed.). *Great Crimes of São Francisco.* New York: Ballantine, 1974.

Jaen's Small Arms of the World. Great Britain.

Kahn, David. *The Codebreakers*. New York: Macmillan, 1967.

Laffin, John. *Codes and Ciphers*. New York: Abelard--Schuman, 1964.

Lunde, Donald T., M.D. *Murder and Madness*. New York: W.W. Norton & Co., 1979.

Oken, Alan. *As Above, So Below*. New York.

Pratt, Fletcher. *Secret and Urgent*. New York.

Sest, Mann, Flangan, Cowen. *The Phenomenon Book of Calendars*, New York: Simon & Schuster, 1978.

Snyder, LeMoyne. *Homicide Investigation*. Springfield, Illinois: Charles C. Thomas Co., 1977.

Informações Suplementares para o leitor sobre o Zodíaco de David Fincher

"Estou interessado em provocar um impacto", diz David Fincher para mim. "Estou interessado em ver o cabelo de sua nuca arrepiar-se. Estou interessado em coisas que não podem ser expressas por palavras." Nesta manhã fresca de janeiro de 2004, David Fincher, o elogiado diretor de *Se7en — Os Sete Pecados Capitais* e *O Clube da Luta*, veste uma calça Levi's e um cardigã cinza por sobre uma camiseta branca de decote em "V". A barba é curta, ligeiramente grisalha. Cabelos cor de areia aparecem por debaixo de um boné preto de beisebol. Nascido em Denver, 41 anos, ele é alto, com cerca de 1,85 metro de altura e pesa em torno de 82 quilos. É um ouvinte voraz, veemente e observador. "Faço isso para viver. Meu trabalho, a única coisa que faço, é assistir à TV e observar as pessoas como elas se comportam. Tomada 7, você diz: 'Era isso!' (Fincher bate as mãos em palmas explosivas). Você filma a tomada 8. Não está certo. Tomada 9, e agora você está simplesmente acrescentando penduricalhos, e isso não é bom. Tomada 7, é essa aí. Você a coloca no filme e as pessoas choram. Não sei por quê. É essa coisa que você capta. Então, confio nisso implicitamente e é essa a diferença, é a coisa que precisamos fazer agora. Precisamos construir o *Zodíaco* a partir de sua verdade emocional, em oposição à sua verdade factual."

A suíte ampla, de parede forrada com painéis de madeira, é um cômodo de contrastes — móveis brancos sobre carpete escuro. Do outro lado, sombras envolvem dois jovens, Brad Fischer, o produtor, e Jamie Vanderbilt, o roteirista. A iluminação que vem da rua Geary torna Brad mais pálido do que de costume. Seus cabelos negros e curtos e as sobrancelhas escuras destacam-se audaciosamente em um rosto sério e inquisitivo. "Para David, o *Zodíaco* vai além de ser uma reconstrução", diz Brad. "Ele está interessado na progressão dos eventos que consegue capturar com precisão em película, e isso dissipa quaisquer mitos envolvendo o caso".

A Bay Area é território conhecido de Fincher, um lugar da infância. "Eu tinha cerca de 7 anos quando toda essa história do Zodíaco estava acontecendo", diz Fincher."Eu estava indo para a Isabel Cook, em São Anselmo, quando comecei a perceber que estávamos sendo seguidos por uns dois carros da polícia rodoviária, a caminho da escola. Eu me lembro de estar no ônibus voltando da escola para casa e perguntei a meu pai sobre aquilo. 'Por que o carro da polícia rodoviária está nos seguindo?' Obtive apenas uma resposta vaga. Eu me lembro de que as pessoas estavam sendo mortas e, então, mais tarde, quando eu estava em Berryessa almoçando em uma mesa de piquenique, alguém disse que ali o Zodíaco tinha esfaqueado algumas de suas vítimas. Eu devia ter cerca de 11 anos então". Ele acredita que o *Zodíaco* é um filme sobre "uma época, um lugar e um processo, uma série de acontecimentos que mudaram a Califórnia de uma maneira interessante".

"Para mim e Brad, essa é uma obra de amor", acrescenta Jamie, que adaptou *Zodiac* e *Zodiac Unmasked.* "É importante para nós fazer isso de maneira correta com o cara certo, que é David. Eu gosto do fato de Fincher se rebelar até mesmo contra ser rebelde. 'Não me rotulem', é o que ele diz. 'Isso não é uma coisa legal. Eu só quero fazer filmes." As costeletas de Jamie e seus cabelos alourados são tão longos e despenteados quanto em um filme do Tarzan, mas, em poucos meses, ele irá parecer um pirata espadachim com cavanhaque (que ele vai jurar não raspar enquanto o filme de 80 milhões de dólares, da Warner Brothers/Paramount, não receber sinal verde). Eu conheci Brad e Jamie em 2002 na premiere de *Auto Focus,* de Paul Schrader, filme sobre meu livro de 1993 que trata do astro de *Guerra, Sombra e Água Fresca,* Bob Crane (Greg Kinnear). "David começou em um setor muito técnico da indústria cinematográfica, trabalhando com efeitos visuais", diz Jamie. "Acho que isso contribuiu muito para a objetividade e o realismo dele em relação às coisas. Geralmente, os caras que fazem vídeos de música (como David fez) nunca fazem bons filmes, porque lhes falta emoção e se interessam mais pelo lado técnico. A versão antiga de *Zodíaco* era muito mais como *JFK*, em que há uma mensagem final. Oliver Stone queria convencer o público."

"Eu não quero que seja visto como um esforço para condenar Arthur Leigh Allen (também conhecido como Bob Starr)", diz David a Jamie. "Se os personagens do filme acreditam que Arthur Leigh Allen é o Zodíaco (embora eu pense que ele é), para mim está tudo bem, mas não quero fazer um filme sobre convencer o público. Certamente Robert chegou à sua conclusão e isso bastou para ele. Ele achava que sabia quem era o cara e ele conhecia a loja de ferragens onde ele trabalhava. Quando Leigh morreu, ele achou que o caso havia sido esquecido. É isso o que queremos apresentar. Nós também sabemos que tinha de haver uma cena no filme em que o Departamento de Justiça diz: 'Isso tudo é realmente interessante'. Gostaríamos de poder continuar com isso, mas a realidade da situação é que não podemos levar esse sujeito a julgamento, portanto, se não haverá esse tipo de satisfação da parte do público, não existe nenhuma vantagem. E queremos abordar os aspectos políticos envolvidos nisso. O caso contra Leigh é bom. Eu estou convencido. Mas é circunstancial e nós temos de apresentar isso e dizer: 'Achamos que todo mundo pode ficar tranquilo'. Eu olho para ele e é incrivelmente fascinante."

"Adoro filmes de vingança", diz Jamie, "mas entendo por que David quer criticar. Ele quer fazer um filme que corroe o gênero serial killer. Ele já fez um filme do tipo serial killer. O perigo para nós seria ter um diretor que quisesse se concentrar em todos os detalhes purulentos. Pelo menos, ele tirou essa parte de seu mundo e está muito mais interessado nas pessoas."

Brad Fischer fará grandes avanços no caso do Zodíaco. Na longa fase de apuração dos fatos para um filme sobre o Zodíaco, ele rastreará Mike Mageau, vítima do Blue Rock Springs, em Las Vegas, e descobrirá um importante tíquete de estacionamento. Jamie encontrará um mapa do lago Berryessa desenhado à mão e assinado pelo principal suspeito. Os três detetives de Hollywood vão reunir os detetives originais e revisitar os locais dos assassinatos com eles. A aventura deles é fascinante e eu a documentei durante anos, mas isso é outra história. *Esta* é a história de como David Fincher filmou *Zodíaco*.

Quase dois anos se passam. Em uma clara manhã de setembro, enquanto ônibus e carros de época trafegam devagar na frente do *São Francisco Chronicle*, Jake Gyllenhaal dá um pulo na ampla calçada e estende a mão. É uma estranha sensação ver o melhor ator da geração dele interpretando você em uma superprodução. Gyllenhaal está vestido com o mesmo tipo de colete de lã e calça de veludo que eu usava em 1968, quando eu era um jovem cartunista de política no *Chronicle*. Ele tem 24 anos (nascido seis dias antes do Natal de 1980), mais de 1,83 metro de altura e olhos azuis; é musculoso e despudoradamente bonito. Jake faz alguns polichinelos, dá algumas tragadas em um cigarro e sai correndo para o beco ao lado onde bate no vidro de um carro estacionado em frente ao Hanno's. O repórter Paul Avery, de ressaca, acorda sobressaltado. Para o papel de Avery, o correspondente de guerra compulsivo, viciado em drogas, Fincher fez uma escolha tão incomum, que teve de pensar muito antes de contar a Brad, Jamie e Laray Mayfield, diretora de elenco. O brilhantismo e a precisão de Robert Downey Jr. no papel de Avery se confirmaram.

Virando a esquina, Fincher observa um monitor — vendo apenas o que as câmeras no carro e atrás de Jake veem. Graysmith: "Estive pensando...". Avery: "Deus nos livre a todos... com todos os detalhezinhos fascinantes, Robert, mas é um pouco cedo demais". Graysmith: "São 11 horas". Quando Avery entra cambaleando no *Chronicle*, vemos uma arma enfiada no cós de sua calça. Downey acabou de se casar com a produtora Susan Levin em uma residência particular em Hamptons e está em ótima forma. Meu amigo, o ator de teatro de São Francisco Penny Wallace, está ansioso para ver de perto o magnético ator. Quando menciono que conheci Avery, Downey vem correndo até nós. "Me conte mais", diz, a centímetros de distância. Primeiro, digo a ele que Avery era muito mais alto, mais magro e mais louro do que ele.

Em 5 de setembro de 2005, passei o dia com Jake Gyllenhaal dentro do escritório de dois andares de Fincher (que inclui uma torre), no Hollywood Boulevard. Nos fundos, na frente de um portão eletrônico, atores aspirantes haviam deixado seus currículos em pequenas caixas de papelão. “David, seu escritório é um prédio”, diz Jamie. “Quem mais fica aqui?”, pergunta Brad. “Ninguém, apenas eu”, diz Fincher. Ele estava ali havia uns dois meses. David acorda, verifica um dado na internet sentado atrás de sua mesa, em seguida pega um dos 12 marcadores Sharpie pretos colocados em uma caneca sobre sua mesa e faz uma anotação. O escritório é moderno, todo decorado com estilo e repleto de equipamentos de alta tecnologia da Sony. Fincher está lendo *Force Majeure, O Mundo é Plano* e *Freakonomics — O Lado Oculto e Inesperado de Tudo que nos Afeta*. Hoje o Viper chegou, embrulhado em papel marrom, e está esperando no *lobby*. Fincher está tão empolgado quanto um menino com um brinquedo novo. “Para o *Zodíaco*, vou mandar ele sentar e fazer truques. Vamos verificar a Cronologia.” Eles se levantam de um conjunto de sofás e cadeiras para estudar o grande quadro rudimentar cheio de anotações coladas com fita adesiva. A área de conferência com equipamentos *high-tech* de áudio e vídeo faz lembrar a sala de guerra do *Dr. Fantástico*. O pé-direito do prédio possui 6 metros de altura, e uma luminária oval gigantesca, com 6 metros de diâmetro, cobre metade do teto.

Jake passou a manhã trocando fraldas e desenhando charges de políticos. Ele pergunta que tipo de caneta eu uso (Gillott número 170 e número 658). As canetas de pena do século XIX são difíceis demais de usar, então dou a ele minha Radiograph número 2 e ele desenha um Nixon passável. Criado em Hancock Park, Jake vem de um ambiente de *show-biz*; o pai, Stephen, é diretor (*O Destino de uma Vida*); a mãe, Naomi Foner, é roteirista (*O Peso de um Passado*); a irmã mais velha, Maggie, chegou a interpretar a própria irmã nas telas em *Donnie Darko*. Jake é um dos atores do momento — seu filme de ação, *O Dia Depois de Amanhã*, arrecadou 187 milhões de dólares nas bilheterias dos EUA e ele tem dois grandes filmes em cartaz nos cinemas. Um deles é *O Segredo de Brokeback Mountain*, de Ang Lee, com Heath Ledger, uma história trágica sobre dois vaqueiros da década de 1960 que se apaixonam no Wyoming. Deverá render a Jake sua primeira indicação ao Oscar. O outro é *Soldado Anônimo*, de Sam Mendes, a história de um jovem atirador do corpo de fuzileiros durante as operações Tempestade no Deserto e Escudo do Deserto. “Posso tirar sua foto?”, Jake me pergunta, mas seu celular com câmera ficou amassado e cheio de areia depois de ficar exposto aos ventos ferozes de uma área próxima da fronteira com o México, onde passou por um treinamento básico. “Tenho um gravador em meu carro", diz Jake para mim. "Volto já." Ele sai correndo e volta com um satélite espacial — microfones, câmera de vídeo, braços longos esticados, piscantes luzes vermelhas. Ele o instala precariamente na beirada do sofá. Uma sombra de barba recobre suas bochechas, e seu cabelo castanho-escuro havia crescido de novo, mas na sexta-feira em que ele se encontrou com David Fincher para discutir o Zodíaco, sua cabeça ainda estava raspada por causa de *Soldado Anônimo*. Desde o início, David acreditou que Jake Gyllenhaal seria "realmente interessante" para o papel de Graysmith. "Vou fazer se você fizer", diz David a Jake, deslizando o enorme roteiro através da mesa até ele. "Leia no fim de semana". É um primeiro esboço, porque ele e Jamie ainda estão refinando a versão que poderia facilmente dar um filme de três horas com um cronograma de filmagem tipo maratona de pouco mais de cem dias. O tamanho extenuante do roteiro não intimida o ator de porte atlético. Ele tem resistência. Ele tem garra. "Ei, eram 200 páginas", disse mais tarde, impassível, à revista *Premiere*. Depois que Jake examinou o roteiro, viu que nos primeiros três quartos do filme meu personagem é respeitoso e educado, produto de minha criação sulista e de minha família militar. "Mas eu sou o herói desse filme", diz Jake, então ele volta e diz a Brad e Jamie: "Ah, entendi. É uma comédia".

Brad e Jamie trabalharam com a diretora de elenco Laray Mayfield no filme *Violação de Conduta*, mas ela e Fincher se conhecem há muito mais tempo. Quando veio para Los Angeles com o filho, ela não percebeu que havia um número incrivelmente pequeno de oportunidades para uma mulher independente sobreviver ou ter sucesso nessa dura cidade. Foi Fincher quem a fez perceber o que uma mulher independente poderia conseguir. “Eu tinha um amigo que era diretor de vídeos de música”, diz ela, com um sotaque arrastado, “e em 1987 fui trabalhar como assistente dele em uma pequena produtora-satélite de uma grande empresa comercial que não existe mais”. Alguns meses depois, quando Fincher ajudou a fundar a Propaganda Films, uma produtora, David pediu-lhe que trabalhasse para ele. “Eu fui e, 19 anos depois, aqui estamos. Meu relacionamento com David é de muita proximidade, porque ele perdoa todos os meus defeitos”. Ela própria é bonita o suficiente para ser uma estrela. Eles escalaram Brian Cox, o doutor Lector original, como o advogado Mel Belli. “Ele vai tirar de letra aquele papel”, diz. “A maior batalha deste esboço era chegar no ponto em que Fincher não apenas achasse que a coisa era fiel à realidade (ele, obviamente, se preocupa muito com isso), mas também conseguir criar o sentimento de fluxo e refluxo das informações”. No roteiro, a impressão digital no táxi de Stine é uma grande fonte de discussão. Jamie não quer mostrar necessariamente, de um jeito ou de outro, se o Zodíaco está usando luvas. “Podemos ver o assassinato de Stine, mas não vamos ver o rosto dessa pessoa”.

"Quando o Zodíaco para de escrever por três anos", diz Fincher, "temos de sentir que ele parou de escrever. Não podemos simplesmente cortar para a próxima cena". Uma maneira de mostrar a passagem do tempo é a linha do horizonte de São Francisco; vemos o edifício TransAmerica sendo construído gradativamente, até estar terminado.

"Nós coordenamos o que Toschi estava fazendo com o que nós estávamos fazendo", Jamie me conta. "Acompanhamos vocês dois antes de vocês se encontrarem, o que, do meu ponto de vista, é uma coisa estrutural bem bacana, em que conhecemos os dois personagens principais, sabemos que eles vão estar juntos na tela em algum momento, mas não sabemos quando. Então, quando vocês finalmente se cruzam, é um momento realmente legal."

Durante as duas ou três últimas semanas, o escritório de Fincher tornou-se um centro de produção completo. "É um pouco como um labirinto", diz Brad. "É uma instalação gigantesca. As pessoas ficam perdidas aqui." No andar térreo, a sala do designer de produção Don Burt fica no canto sudoeste. Há coisas do *Zodíaco* por toda parte, nas paredes, em cima de todas as mesas, mas especialmente na parte do fundo, onde Burt acampou. A primeira assistente de direção, Mary Ellen Wood, uma mulher morena e intensa, tem uma sala no canto nordeste; depois vem a sala do diretor de arte, Keith Cunningham. David fica no canto sudeste, ao lado da sala de sua parceira de longa data, a produtora Cean Chaffin.

Se o andar térreo é o estúdio de um artista ou arquiteto, então o andar de cima é uma galeria de arte. “Lá em cima”, diz Jamie, “há quadros, mapas e fotos por toda parte, a ponto de haver um quadro de 1969 do *SF Chronicle* com fotos de máquinas de escrever e dos pequenos telefones ligados às mesas dos repórteres”. A sala de Laray fica no segundo andar, ao lado da sala de sua sócia, Mindy Bazar. No fim de um estreito corredor, estão instalados o cenógrafo Victor Zolfo, um sujeito fabuloso e generoso, e Max Daly, pesquisador do departamento de arte. Max está organizando o material para a seção de documentação em DVD, mas Ron Frankel, um prodígio do computador que faz efeitos especiais de movimento e modelos em 3D, é quem o está montando. Seu orçamento é de 1 milhão de dólares.

Há ainda uma sala de exibição, a sala de Sally Sue Lander, a segunda assistente de direção, e a sala de Hope Parish, a maga dos adereços, alta e loira. Hope está usando o que será a futura sala de edição de David. “Estamos aqui simplesmente, com os futuros móveis de David”, diz Hope. Ela é uma especialista que passou bons meses no Iraque e no Canadá, trabalhando em filmes como *O Aviador*. Assim como Max, ela tem um tempo notavelmente curto para fazer seu trabalho. “Eu não vi um roteiro de verdade”, diz, “e eles me disseram três dias úteis antes de eu chegar que eu estava contratada. Foi em uma quinta-feira. Me trouxeram para trabalhar na segunda e me deram nove semanas para preparar tudo na frente da câmera e preparar o cronograma de filmagem. Então, no fim, eles provavelmente nos darão uma semana para finalizar tudo". Hope, Paul, Dana, Michelle e Teri se alternam no eBay sob o mesmo pseudônimo, tentando comprar um relógio Zodiac. Seus lances são derrotados pelos lances de alguém da equipe, que não sabe com quem está concorrendo. O principal objeto de Hope, aquele que as pessoas vão observar para ter certeza de que o filme está sendo fiel, são as cartas do Zodíaco. Levou muito tempo para fazer a primeira — o papel tinha de ser fino o suficiente para que a escrita fosse vista do outro lado. O assistente de Hope, Jules Kmetzko, reproduz o cartão com o esqueleto do Zodíaco enviado a Avery, mas a tinta arroxeada não era preta o suficiente e, depois que ela volta correndo com um cartão perfeito, nota alguma coisa. No *Chronicle* achávamos que o cartão era dobrado ao meio, mas Jules diz: "Não. Olhe. Ele na verdade tem quatro dobras, de modo que eles podem imprimir tudo em um lado e *depois* o dobram".

O gerente de locação Rick Schuler pensou em quatro possibilidades diferentes para simular o Blue Rock Springs e finalmente decidiu pela estrada Bouquet Canyon, na Floresta Nacional Angeles em Saugus, para os tiros contra Darlene Ferrin (Clara Hughes) e Mike Mageau (Lee Norris). As instalações incluem morteiros para simular o som de tiros, vidro temperado quebrado para enfeitar e potes de fumaça/neblina, uma luz brilhante de dentro do carro do Zodíaco, uma lanterna, faróis, um sinal luminoso de conversão, uma luz-balão com um operador e o flash de um silenciador. Os treinadores têm um bando de gansos prontos para gritar ao menor sinal.

No dia 4 de outubro, o ponto de encontro do senhor Ed Teen (o restaurante George´s 50 Diner em Long Beach) é filmado, e seis dias depois, no 22º dia de filmagem, no terceiro andar do *Chronicle*, começam a serem gravadas as cenas que se passam dentro do jornal. Em agosto, Fincher havia me mostrado fotos em grande angular do *Chronicle* geradas por computador. As plantas de arquitetura reproduzidas tridimensionalmente permitiram ao diretor determinar o trajeto da câmera e os ângulos por meio de fotogrametria (um processo em que eles estabelecem certos pontos dentro de um espaço tridimensional) e até mesmo atravessar paredes. Fincher imagina uma sequência de abertura com um carrinho de transporte de correspondência entrando empurrado no *Chronicle*, visto como se a câmera estivesse na frente do carrinho e caminhando de costas. Uma vez que a atual sala de redação do *Chronicle* parece uma empresa de seguros (com carpete), Rick vasculhou não apenas São Francisco, mas também outros locais em Los Angeles que pudessem se passar pelo *Chronicle* de 1968 e 1978. Sua equipe já havia criado um falso botequim (cópia do Hanno's in the Alley) existente atrás do jornal. A antiga redação renasce perfeita em um cenário do comprimento de um quarteirão dentro do

Edifício Terminal Annex, na rua Alameda (seu saguão é idêntico ao do *Chronicle).* Tudo é autêntico: luminárias, velhas máquinas de escrever, o detalhe no teto, a mesa do copidesque em forma de U. Tudo funciona — telefones antigos, bebedouros, elevadores e tubos pneumáticos de correspondência. Hope até mesmo abasteceu as gavetas das mesas com blocos do *Chronicle* e lápis Eagle. Mas quem notaria a diferença? David Fincher notaria.

Shorty, "um baixinho mal-humorado de cabelos brancos", está ao lado do cenário de café e de uma placa que diz "Café Danado de Gostoso". A Cena 14A mostra Jake Gyllenhaal saindo correndo do elevador e entrando no caos da redação, no terceiro andar, falando com Shorty (James Caraway) e pegando café. Nas cenas de cartunista de Jake, ele usa minha prancheta de desenho verdadeira, pincéis, régua T, esboços, cadernos de desenho originais (onde eu desenhei pela primeira vez o Zodíaco em sua indumentária) e vidros de tinta. O processo intricado de selecionar desenhos no ângulo certo para a câmera, dizer as falas, enfiar e fechar a garra do portfólio e, em seguida, correr pelo salão até a sala de reunião de editoriais é um desafio para o ator exausto. Algumas vezes ele esquece de fechar a maleta. Uma vez ele saiu sem ela. Correndo, errando, escolhendo e enfiando, esquecendo, ele encolhe os ombros para mim, desconsolado, ao refazer a cena. Sim, Jake Gyllenhaal tem garra.

Cena 17B, sala da reunião de editoriais do *Chronicle*, 35º

dia, 28 de outubro. A cena inclui Jake, Templeton Peck (John Getz), Al Hyman (Ed Setrakian) e o *publisher* Charles Theiriot (John Terry). Terry pesquisou seu papel com tal profundidade, que até mesmo sabe do encontro de Theiriot na Casa Branca com o presidente Lyndon Johnson, para fazer um acordo de operação conjunta com o jornal. Diz a lenda que, nesse encontro, LBJ grosseiramente penteou os cabelos na frente do impecavelmente bem-educado Theiriot. Afrontado, o elegante editor voltou a São Francisco e se posicionou contra a guerra de LBJ no Vietnã. Na casa de Jamie, eu assisto aos copiões da atuação emocionante de Terry ao entregar a carta do Zodíaco a Temp Peck porque não suporta continuar lendo-a em voz alta. Terry captou a nobreza e a integridade do malfadado editor. O imenso cenário do *Chronicle* é um sucesso tão grande, que será mantido como cenário de época de jornal. No 36º dia de filmagem, Fincher volta ao Blue Rock Springs, depois vai para o Edifício do Tribunal de Culver City (delegacia de polícia de Riverside).

"Então, quando Robert veio ter com você", Fincher pergunta a meu grande amigo Dave Toschi, "e diz: 'Estou interessado no Zodíaco', ele não disse a você: 'Vou até Vallejo e vou falar com aqueles caras'. Obviamente, você não conhecia o tipo de obstinação que Robert demonstraria mais tarde, mas ele vem à sua sala e se senta com você. Em 1977, você fica sabendo que ele quer escrever um livro, em algum lugar de sua mente você se pergunta se esse assunto já perdeu gás, se já chegou ao fim para você de certa forma. Você está sentado ali pensando que é preciso alguém chegar e movimentar as coisas".

"Eu estava jogando a toalha àquela altura", diz Toschi, com um sorriso triste. "Nada estava por acontecer. Nada de bom. Eu senti que, quando Robert saiu do *Chronicle* e não ficou realmente em paz com relação ao Zodíaco, ele ia fazer alguma coisa, eu acreditava nele."

"Então você não pôde revelar informações a ele inicialmente", diz Fincher.

"Eu mostrei a ele os arquivos do *caso encerrado*, com as cartas originais do Zodíaco e pedaços da camisa", responde Toschi.

"Então, quando você vê que Robert quer fazer parte dessa coisa", continua Fincher, "recomeçar de onde pessoas pararam e descobrir alguma coisa que possa ter sido negligenciada, existe alguma parte de você que diz: 'Eu sempre quis ter pessoal para pegar esse sujeito, olhar por cima do ombro dele ou enfiar uma lanterna no traseiro dele, e este é o cara que pode fazer isso?' Estranhamente, os procedimentos oficiais têm todas essas normas de atuação irrelevantes, e de repente alguém vem e oferece ajuda. Ele não é governado pelo mesmo conjunto de normas."

"Ele pode fazer o que bem entende", diz Toschi, "e o fez, como cidadão preocupado."

"Então você dá a ele essa coisa. Agora você não sabe da metade das coisas em Vallejo. Sabe que algo não está certo em Vallejo. 'Aqui tem algo', diz você. Tem esse cara que você talvez queira averiguar."

Toschi balança a cabeça afirmativamente. "É assim que começou", diz. "Nosso principal suspeito estava prestes a sair da prisão."

"O que é fantástico em David Fincher é que ele faz você jogar fora todas as suas pré-concepções", diz uma fonte em Hollywood para mim. "Eu adoro quando Fincher começa a fazer seus discursos. Ele não se contém. Ele se mostra um homem brilhante e talentoso que, ocasionalmente, pode ser extremamente difícil, mas só porque ele não tem paciência para conversa-fiada. De algum modo, ele e a indústria cinematográfica não se misturam muito, como óleo e água. No entanto, é um dos cineastas mais talentosos do mundo. O que é ao mesmo tempo maravilhoso e terrível com relação a David, e o que apavora tanto os estúdios, e a razão pela qual eu o adoro tanto, é que ele realmente tem sensibilidade comercial, mas, no fim das contas, tudo o que importa para ele é fazer um grande filme e dizer: 'Este é um grande filme'. No final, um grande filme é mais importante do que a bilheteria de estreia no fim de semana, mas é em nome disso que vivem e morrem os executivos dos estúdios, e é isso o que torna David um enigma para eles."

Laray me telefona. "A garota que conseguimos para fazer Cecelia Shepard, Pell James, é tão boa que você vai pirar." O *Zodíaco* (sob o nome em código *Chronicles*) começou a ser filmado em 11 de setembro de 2005, o mais sombrio de todos os dias sombrios, quarto aniversário do atentado de 11 de setembro. O cenário é o lago Berryessa com o Sol se pondo lentamente. Penny e eu fazemos de carro, quatro dias depois, o longo trajeto sinuoso, com a certeza de que veríamos não a cena violenta do ataque a facadas, mas um idílio para os que gostam de piquenique. Há um grande aparato de segurança a postos. Os policiais do condado de Napa retiram do lago um intruso com equipamento de mergulho. De helicóptero, Don Burt trouxe vários carvalhos pesando centenas de quilos cada e os colocou na península. Ele chegou até a ficar de quatro para plantar grama, folha por folha, a fim de que a margem e a encosta fossem trabalhadas, replantadas, reniveladas e reconstruídas até ficarem exatamente como eram em 1969.

Penny e eu andamos ao longo da margem em direção à península, onde o cobertor do piquenique é estendido e David Fincher está esperando, sob um guarda-sol, para filmar a Cena 35. Uma barca muito carregada estava logo ali à margem, repleta de equipamentos pesados. O engenheiro supervisor Wayne Tidwell e o assistente de captura de dados Derek Schweickart trabalham no Sistema Viper S-2. Todos são avisados para ter cuidado com cobras cascavéis. "Eu tenho um terapeuta que diz: 'O truque é saber que você não pode encurralar todas as cascavéis'", diz Fincher. "'Você só tem de saber onde elas estão'."

O capitão Ken Narlow está ali, saudável, embora enfrentando um problema nos quadris. O capitão rapidamente me lembrou de que foi ele quem realmente tirou as fotos aéreas das pegadas do Zodíaco. Os objetos de Hope dessa vez são um cobertor, as chaves do carro de Bryan, uma carteira, chapas de proteção para o corpo (armadura), colchonetes, amarras preparadas para serem rapidamente desfeitas, faca com lâmina retrátil e bainha, guarda-sóis para o elenco, revólver do Zodíaco (que não dispara de verdade), balas, cinturão, faca com bainha, lágrimas e sangue. Uma câmera está enterrada ao nível do chão.

Um homem encapuzado mantém amarrados Bryan Hartnell (Patrick Scott Lewis) e Cecelia. Quem está sob o capuz? Fincher jogará com a voz e o corpo de diferentes atores. Ele brincará com nossa percepção. "Fica frio à noite", diz Bryan, "A gente pode congelar...". O homem aponta a arma para ele, à queima-roupa: "Deita! Agora!" Mais tarde, quando Hope relembra a cena, lágrimas surgem em seus olhos, por causa dos gritos angustiados de Pell ecoando por sobre as águas do lago.

A chuva cai do lado de fora do pequeno restaurante. É o ano mais chuvoso da história e está ficando mais chuvoso ainda. Para Brad e Jamie, esse encontro serve para discutir a estrutura e os personagens secundários que não chegarão às telas, mas que vão conferir ao filme um pouco da verdade de David. "Acho que precisamos arrumar algum jeito novo de subdividir (o material)", diz Fincher. "Estamos indo por hierarquia de departamento. (...) Obviamente, já que existe o Blue Rock Springs, precisamos de uma investigação em andamento no Blue Rock Springs. Eu contei a vocês sobre a cronologia que eu queria fazer no computador? Basicamente, eu criaria um filme que nos possibilitaria dar um 'zoom' no norte da Califórnia e ele seria assim: aqui fica Vallejo, aqui é a rua, aqui é o que acontece nesta data/dia/noite. E, literalmente, colocaríamos na cronologia tudo que temos em termos de ocorrência policial entre essa hora e essa hora, em algum lugar dessa vizinhança, conseguindo, assim, construir uma cronologia inteira, incluindo quando as cartas são enviadas". Eles poderiam acompanhar o norte da Califórnia hora a hora, dia a dia, e ver que isso aconteceu aqui e aquilo aconteceu ali e tudo em termos de geografia. Indicando "Vallejo, 4 de julho", Fincher conseguiria verificar o que o sargento Ed Rust estava fazendo naquele dia, o progresso do desfile naquele momento.

Mais tarde, os detetives do caso Zodíaco, capitão Roy Conway e detetive George Bawart, juntaram-se a nós. "A ideia toda por trás dos assassinatos do Zodíaco era fazer algo hediondo e escrever cartas sobre isso", diz Conway. Ele fala assertivamente, até de forma áspera algumas vezes.

"Eu concordo", diz Fincher. "Mas isso também é coerente com alguém que está escrevendo para o *Chronicle* e o *Vallejo Times* e para a delegacia de polícia de Vallejo e dizendo: 'Eu sou o responsável por isso', e eles estão dizendo: 'Se você é, nos dê mais informações'. Isso seria coerente com o categórico 'Fui eu que fiz aquilo, droga, e vou ter meu lugar na história. Vocês não podem me negar a fama'."

"Isso mostra uma outra coisa", diz Conway, "a questão jurisdicional. Se tivessem formado uma força-tarefa como fizemos nos últimos anos, teria sido gol de placa."

"Isso é o que Graysmith estava fazendo", diz Fincher.

"Hoje em dia, qualquer força policial do mundo forma imediatamente uma força-tarefa", diz Bawart, "porque o chefe de polícia de um lugar telefona para o chefe de polícia de algum outro lugar e consegue pessoal para ajudar. Tivemos resultados maravilhosos quando de fato fizemos isso."

"O interessante sobre Leigh é que ele é um cara que parece às vezes estar consciente do fato de que não é tão esperto quanto achava ser", diz Fincher, falando sobre a gravação recém-descoberta de um interrogatório, com uma hora e meia de duração. "E ele fica incomodado. O que ele faz, e que é interessante, porque a maioria das pessoas costuma se afobar, é que ele começa a ir mais devagar, porque percebe que você tem de se dar tempo para ficar três passos à frente."

Em 8 de agosto, Laray não havia escalado ainda algo entre 10 a 20 dos 76 papéis com falas. "Não posso fazer propostas enquanto não tivermos o cronograma, mas estamos informando as pessoas quem elas vão interpretar. Bijou Phillips vai ser Linda, uma das irmãs de Darlene Ferrin. Adoro a pequena Bijou." Candy Clark, que esteve em um dos filmes favoritos de Fincher, *Loucuras de Verão*, está indicada para o papel de Carol Fisher. Penny Wallace também. "Jamie e eu fomos à sala de David, e Laray estava nos mostrando gravações de todas as pessoas de quem preferia para o papel", conta-me Brad. "Ela fez com que David ficasse sentado ali e assistisse à gravação de Penny (Cena 16: Carol Fisher olhando suas cartas e recebendo uma do Zodíaco). Ela é boa demais. Fez um bom trabalho", diz Laray. "David a adora". Penny reage: "Eu juro que, se eu morresse amanhã, estaria tudo bem, porque eu poderia colocar uma placa no meu pescoço que diz: David Fincher adora meu trabalho!" Mas Candy Clark fica com o papel. "Não que eu guarde ressentimento", diz Penny, "mas realmente era para ser eu lá na tela prateada, a 3,5 metros de altura. Em vez disso, estou aqui na fila do caixa-rápido do supermercado segurando dois frangos criados organicamente, em granjas sustentáveis, *envelhecendo*". Na sala de Fincher, Laray decide que Elias Koteas (*Além da Linha Vermelha*) tem o nariz exatamente igual ao de Jack Mulanax e o escala. E Fincher acha que sabe quem pode interpretar a secretária de Mulanax.

Meu telefone toca. "Robert, querido, aqui é Laray. São quatro e meia, quinta-feira. Estou pensando se você pode me dar o telefone de Penny. Eu tenho um papel para ela, mas é em Los Angeles e eu não sei qual é a probabilidade de ela poder vir trabalhar aqui como faria uma atriz local. É a secretária de Mulanax e ela vai trabalhar com um dos meus atores favoritos — Elias Koteas." Penny está em um Blue Grass Festival, sem sinal de celular. Ela telefona mais tarde: "Robert! Robert! Robert!". Pode até ser uma única fala, mas é um filme de David Fincher.

Trigésimo-oitavo dia de filmagem, 2 de novembro. Nuvens baixas e neblina. O horário marcado para o cenário fechado é 7h30. O Estúdio Um (o estúdio de som de West Hollywood), na Warner Brothers, é grande e escuro. Um pano azul está jogado por cima do *trailer* de teto aberto, como um céu de tecido. A construção de madeira é feita de modo a ser desmontada, as paredes se abrem para cima ou deslizam de volta, para acomodar as câmeras do mesmo jeito que no cenário elaborado em *O Quarto do Pânico*, de Fincher. O interior mobiliado irá combinar com o exterior de um *trailer* de verdade no local. Entro no *trailer* e olho em volta, depois saio e o vejo no monitor, a alguns metros de distância, onde Fincher e o grande cinematógrafo Harris Savides estão sentados lado a lado. Eles poderiam até mesmo estar dentro do *trailer*. O painel mostra todos os ângulos do interior e todos os movimentos dos esquilos e tâmias (um deles dentro de uma gaiola sobre uma pilha de livros, outros dois correndo livremente;

e há até mesmo um esquilo substituto) em silhuetas, em primeiro plano. O cenário é uma cama, roupas e entulho em cada canto. Persianas fechadas deixam entrar uma luz estilo filme *noir* no *trailer* escuro. A lista de objetos de Hope inclui revólveres que não atiram, jaquetas de náilon azul, pênis de borracha, vaselina, comida na geladeira, esquilos congelados, luvas, jornais velhos, sapatos, pornografia e até mesmo "cocô de esquilo".

Para o papel de Dave Toschi, Mark Ruffalo havia sido desde o início o preferido. Na Cena 171, o Toschi de Ruffalo e o inspetor Bill Armstrong de Anthony Edwards revistam o *trailer* do principal suspeito. Ruffalo irá trabalhar por 12 horas e Tony Edwards, um tempo mais longo ainda. Mary Ellen diz: "Todos em seus lugares. Prontos. Fiquem atentos". Eles ensaiam. "Fiquem a postos. Obrigada." Fincher diz: "Claquete. Atenção. Roda. E ação!" Ele assiste à primeira tomada no monitor. "Corta. Passa de novo." Mary Ellen pede: "Silêncio!" Iluminação: "Subam as luzes".

O Viper de Fincher estava dando problemas assim como as luzes, piscando — um problema elétrico. É coisa alugada e então acontece uma troca de acusações. Chris Strong e Brian "Fuzz" Fosnaugh arrumam na mesma hora uma bateria para a troca. "Desde o início", diz Mary Ellen. "Muito bom", diz Fincher. "Um pouco mais contido no começo. Desce um pouco e ação!"

Os detetives entram e encontram um pênis de madeira e um

grande vidro de vaselina debaixo da cama. A seguir, Toschi está na cozinha, abrindo a porta da geladeira e depois o congelador. "Jesus!", diz Toschi. "O quê?", pergunta Armstrong. "Esquilo", responde Toschi. Armstrong vai checar. Há um esquilo congelado lá dentro. Cada vez que Ruffalo abre o congelador e reage: "Esquilo!", é engraçado. Ele o faz de rosto impassível, com expressão de fascínio, com nojo, com resignação e com uma inflexão diferente. É sempre engraçado. Finalmente, depois de uma pausa para iluminação, Ruffalo abre o congelador e, em vez de um esquilo congelado, vê a foto de Harris com a testa queimada de sol. Sua tomada provoca uma grande gargalhada. "Uma atuação danada de boa — eu realmente acreditei que você viu um esquilo", diz Fincher.

Nas filmagens, o diretor usa um indicador a laser. "Você acha que eu conseguiria cegar um esquilo daqui?", brinca, enquanto aponta travessamente para cima do *trailer*. "Podemos fazer mais uma...? Por favor." Fincher é sempre educado — é um homem que agradece aos garçons. A tomada 14 da revista à geladeira fica fantástica, especialmente a qualidade da luz sobre o rosto de Ruffalo. Mas Fincher está incomodado. Será que a geladeira antiga tinha luz no congelador? Sim, dizem a ele. Eles não teriam colocado uma se não tivesse. Ela é autêntica. Ruffalo vai até o congelador cerca de 18 vezes, mas a 14ª é a escolhida. "O que é fantástico em David", diz Jamie, "e obviamente há um monte de coisas fantásticas em David, é que ele é também conhecido por ser perfeccionista. Ele é um daqueles caras que faz 37 tomadas de um sujeito passando só para conseguir o jeito certo".

A revista no *trailer* continua, e os inspetores encontram dois casacões de náilon. "Ora, ora", diz Toschi, "luvas pretas. Tamanho sete, o mesmo encontrado no táxi. Ele tem o mesmo tamanho de sapatos e luvas que o Zodíaco. Com certeza é mera coincidência". "Corta. Passa de novo", diz Fincher. Ruffalo passa dois dias com Toschi em seu escritório, em Daly City. "Esse cara é ótimo", diz Ruffalo. "Ninguém poderia inventar um Dave Toschi." Quando nos conhecemos em Hollywood, Ruffalo ficou fazendo Toschi até eu dizer a ele que estava igualzinho — a voz, os maneirismos — tudo perfeito. "A capa está começando a me lembrar Columbo", diz ele a Casey Storm, a figurinista. "Eu pedi um casaco um pouco mais curto; embora este já seja um casaco curto, é ainda muito *columbesco.*" Mas Toschi tem um muito parecido. Ele é também o maior fã do mundo de Columbo. "Como é o cabelo de Toschi?", pergunta Ruffalo, com seriedade. "É cacheado?" "É sim", diz Jamie, que de repente percebe: "Ah, sim, Ruffalo tem cabelos naturalmente encaracolados. Mark tem os cabelos de Dave Toschi na vida real!" Conto a Ruffalo como, no auge do caso do Zodíaco, uma câmera de noticiário saiu do rosto de Toschi e focalizou a mão dele torcendo um copo descartável. "Deste jeito?", diz Ruffalo, repetindo o gesto e arquivando a informação.

Anthony Edwards é encantador, alto, magro, pálido e bem preparado — perfeito para interpretar Bill Armstrong, o investigador inteligente e ilibado. "Eu vejo Armstrong como um homem íntegro que nunca deixou o departamento na mão, nem deixou de se dedicar ao caso", diz. "E vejo o assassino como alguém que, na verdade, dissociou-se do assassinato. Ele não está lá." Edwards, que é da região, uma vez interpretou Richard Eugene Hickock, em *A Sangue-Frio*, baseado no livro de Truman Capote. Quando, no *trailer*, Tony examina uma pilha de revistas, Fincher grita pelo megafone: "Largue a pornografia! Afaste-se do *trailer*!" As capas das revistas não aparecem na tela, não por causa de seu conteúdo, mas por causa de questões de direitos autorais. Enquanto andam pelo *trailer*, Toschi tenta não pisar nos esquilos engaiolados. "Muito bom", diz Fincher. Um pouco de sua direção se estende a Edwards, filmado da cintura para cima. "Dê a impressão de que você está andando pelo entulho."

Em um dado momento, Armstrong, em sua revista, vai até o final do corredor e, à luz oblíqua que vem de fora, volta-se e olha por sobre o ombro... para onde? Mesmo sem som, a cena é fantasmagórica e arrepiante. As composições de Fincher lembram as pinturas de velhos mestres e sua paleta de cores é a mesma de *Se7en*, seu filme inovador e megasucesso que arrecadou 300 milhões de dólares em bilheterias do mundo inteiro. Os homens que geravam a fumaça atmosférica dentro do *trailer* colocam fumaça demais, e Fincher entra no *trailer* e sai logo. “Está fazendo uns 200 graus ali e o cheiro é de bunda!”, grita.

Mas depois que Fincher filma mais de uma dúzia de tomadas da mesma cena, fica ansioso para usar aquela energia ainda reinante e faz com que os atores voltem às suas marcas. “Mark, podemos fazer mais uma, por favor. Do início! Volte. Silêncio, por favor. Corta... rápido!” Finalmente: “Bom. Vou ficar com esta”. Então corta. Mais uma vez. “Você parece muito com o Mágico de Oz por trás da cortina, David”, diz um dos membros da equipe, “só que mais irritado”. Fincher não quer que os atores fiquem à vontade. “Muito bem. Agora, de novo!” As tarefas de atuação (e de direção) exigem resistência e energia notáveis, e a velocidade aumenta nas filmagens de modo que Fincher possa manter a energia na cena completa, descartando as tomadas que não quer, abrindo espaço para as que vai manter. Finalmente, ele tem uma cena inteira, sem falhas e que não precisará ser editada. Em uma cena, Ruffalo tem dificuldade para armar uma carabina calibre 30 (ninguém conhece armas como Fincher — “Fincher conhece um pouco demais”, diz Brad pesaroso). Finalmente, eles filmam uma cena em que se vê Ruffalo do peito para cima, olhando para baixo e mexendo os braços, enquanto o som de um rifle sendo armado é introduzido. Na pele do personagem, Ruffalo sorri ao som de um carro encostando lá fora, à luz do dia. Uma adorável explosão de luz exterior do meio-dia, refletida pelo para-brisas, divide seu rosto.

No dia 7 de novembro, eles filmam o jantar na casa de Mel Belli (a Enright Residence) e, nos dois dias seguintes, filmam nos bastidores e no palco, no estúdio de TV, enquanto Belli conversa com o "Zodíaco" no programa de Jim Dunbar. Depois que Armstrong e Toschi discutem os resultados da análise de caligrafia de Sherwood Morrill no Callahan's Restaurant em Santa Monica, o cenário é atualizado para 1978, quando Graysmith mostra a Toschi os livros de criptografia roubados. O 50º dia de filmagem transcorre na loja de ferragens Ace Hardware Store (Southgate), que na época ficava na avenida Theatre (do Warner Grand Theatre, em São Pedro). O 52º dia de filmagem significa que Fincher chegou à metade do trabalho, mas agora o número total de dias aumentou para 103. Transcorrem a 9ª e a 10ª e parte da 11ª — o estúdio de TV, a loja de ferragens e, finalmente, a delegacia de Vallejo.

Em um monitor, Harris Savides assiste impassivelmente ao amanhecer. "Para cima um oitavo", diz Harris. Ele estuda o jogo de manchas de sombras através do que se tornou o departamento de polícia de Vallejo. Seu olhar está calculando, com mais precisão do que qualquer aparelho óptico mecânico. "Um sexto." Ele mal se mexe na cadeira enquanto filma o exterior da Cadeia Velha na rua 126 em Hawthorne. Carros policiais de época passam. Um deles estaciona na frente, atrás de um chamativo Volkswagen 1975 Rabbit laranja, como o que eu tinha enquanto estava escrevendo *Zodíaco*. Enquanto esperávamos, o dia amanheceu às 6h32, frio, escuro, dia do aniversário do assassinato de JFK. Existe um ligeiro risco de chuva (uma das últimas cenas envolve chuva), mas ela não se materializa, por isso, às 15 h, o caminhão-pipa da Tech será trazido para garantir que Graysmith fique ensopado. Dentro da cadeia, Fincher, de camiseta branca, começa o ensaio com o sargento Jack Mulanax (Elias Koteas) e sua secretária (Penny Wallace). Penny tem um *trailer*, uma substituta, equipe de maquiagem e figurino — Casey, Stacy, Sally, Trish e Amy. "Em meu vestido e sapatos de salto de 1969 e penteado feito por Trish", diz Penny, "fiquei adorável ao estilo 1969". A peruca de Elias está desconfortável e é logo descartada, com um pedido de desculpas a Fincher. A maquiadora dá tapinhas na testa de Elias, enquanto ele pega o telefone e começa uma conversa. No monitor, Elias ocupa o lado esquerdo, em primeiro plano; à direita, Penny é vista trabalhando em sua sala. Penny e Elias ensaiam. "Muito bom", diz Fincher. Ele está de bom humor esta manhã. Eles fazem de novo. "Todos em suas marcas. Prontos. Fiquem atentos. Ação!" Ele observa no grande monitor. "Bom. Vou ficar com esta (tomada 4)." Ele usa uma marca em formato de estrela ou diamante para identificar as melhores tomadas e apaga as outras a fim de ter espaço na memória digital para o que serão 33 tomadas. "Bem", diz ele, "poderiam mudar a marca de Penny um pouquinho para a esquerda?" O cabo e o batente da porta começam a atrapalhá-la, assim como os sapatos de salto alto mal ajustados. “Vamos mudar a marca dela cerca de 30 centímetros em direção à porta.” Eles fazem a Cena 14. “Um pouco mais para baixo e ação!” Depois que Fincher desloca novamente a marca, ele muda a fala dela. “O fato de o telefonema ser do *Chronicle* é uma grande coisa. Não coloque ênfase demais em nada. Apenas fale. Vamos mudar a palavra ‘cara’. Ela soa moderna demais. Não gesticule com as duas mãos. Uma é o bastante. Volte no final da fala. Ande reto. Você está desviando um pouco em direção à porta, mexendo-se um pouco demais.” No monitor, Fincher observa cada movimento dela. Então, muda mais uma fala. Ele muda a fala de número 2 para a de número 4, porque o sistema telefônico ao vivo parou de funcionar e precisa ser substituído por Hope e sua equipe. “Corta. Mais uma vez... Muito bem. Agora, de novo.” A cadência e o movimento da cena melhoram imediatamente quando Fincher acrescenta a palavra “desculpe” à fala dela ao interromper o telefonema de Elias. Nas tomadas 32 e 33, os sapatos dela foram trocados e, de salto baixo, ela conclui duas tomadas perfeitamente, usando a fala melhorada. Em uma cena filmada depois, Penny está ao fundo mexendo no arquivo. Ela está em um filme de David Fincher.

Depois de um intervalo para o feriado de Ação de Graças, a filmagem recomeça para estender-se até 30 de novembro, na refinaria de petróleo Standard Oil Refinery (usina da Nabisco no Boulevard Artesia, em Buena Park), com a polícia interrogando seu principal suspeito. É um trabalho arriscado para os atores. "Cuidado com o vapor", o elenco é avisado. "Não cheguem perto e cuidado com o chão escorregadio. Enquanto estiverem nesta locação, não toquem em nenhuma chave elétrica, tomada ou interruptor. Não perambulem pelo edifício em hipótese nenhuma!" Eles filmam em um ônibus, em uma prisão, em um galinheiro, em um lava a jato, no saguão do Bechtel, na seção de investigação de documentos e depois saem para os feriados de fim de ano. Em 3 de janeiro de 2006, 75º dia de filmagem, eles retornam à investigação de documentos e, três dias depois, concluem a difícil cena ao longo das docas — na casa-barco de Avery. O interior será filmado no Estúdio 2 da Warner Brothers. A 18ª e a 19ª semanas transcorrem no apartamento de Graysmith.

Na manhã de 16 de janeiro, no Estúdio 7, Toschi, Ken Narlow (Donald Logue) e Mel Nicolai (Zach Grenier) estão voando para a conferência secreta em Riverside, que veem com descrença. "Paul Avery", diz Downey, "prazer em conhecê-lo. Posso pegar uma carona com vocês quando aterrissarmos?" De tarde, Fincher muda para o Estúdio 3, o apartamento de Graysmith. Melani, minha ex-esposa, é interpretada por Chloe Sevigny, e Margot, nossa filha, é interpretada aos 6 meses por Kiley e Keely Hanson e, aos 2 anos, por Jessica

Baltutis. Uma cena mostra meus filhos David (Jack Sampson) e Aaron (Zachary Sauers) trabalhando nos mapas do Zodíaco; Jake sai da mesa de jantar para assistir ao noticiário da TV, mas os dois garotos não conseguem ficar sem rir, porque é muito difícil ficar sério quando Chloe está fingindo ser séria.

A estreia de *Perseguidor Implacável* no Cinema Westwood é adiada por um dia, para 4 de janeiro. O período que vai do 93º dia ao 102º dia transcorre na Secretaria de Segurança Pública e, finalmente, depois de repetir uma tomada em uma cena de Bawart, Fincher termina os 111 dias de filmagem. Mas sua equipe continua a investigação. Max estuda um catálogo recuperado pela delegacia de polícia de Vallejo no porão da casa do principal suspeito em 1991. Ele descobre a foto de um traje preto com um capuz quadrado preto, como o do Zodíaco. O catálogo diz que a roupa pode ser encomendada pelo correio. Ele volta rapidamente para o front. A data da publicação é anterior aos assassinatos do Zodíaco.

Para comemorar o décimo aniversário da Phoenix Pictures, Mike Medavoy, chefe de Brad, dá uma festa de gala. "É na verdade o 12º aniversário", diz Brad, "mas em Hollywood todo mundo mente sobre a idade". Medavoy abraça o cofundador Arnie Messer, Brad e o produtor executivo Lou Phillips. "Em minha longa carreira", diz o lendário Medavoy, "esta é a melhor equipe que já tive". Bryan Hartnell e o filho, Benjamin, também estão na festa. Bryan, 127 quilos e 1,93 metro de altura, está saudável e é um profissional bem-sucedido. Ele é mais do que um sobrevivente. Bryan me puxa de lado e me conta sua história. Um dia, ele e Mike Mageau se encontraram no mesmo tribunal de Southland — Bryan um advogado de defesa bem-vestido, Mike em um macacão laranja, ainda uma vítima perturbada e ex-morador de rua. “Olhe para você e olhe para mim”, diz Mageau. “Tocados pelo mesmo assassino e veja o que você se tornou. Veja o que eu me tornei.”

Este livro foi composto em Liberation Serif
para a Editora Novo Conceito,
em julho de 2011